DE BONNES RAISONS DE MOURIR

Né en 1980 à Saint-Malo, Morgan Audic a grandi à Cancale. Enseignant d'histoire et de géographie dans un lycée de Rennes depuis plus de dix ans, il est l'auteur de *Trop de morts au pays des merveilles* et de *De bonnes raisons de mourir*.

MORGAN AUDIC

De bonnes raisons de mourir

ROMAN

ALBIN MICHEL

ISBN : 978-2-253-24159-1 – 1ʳᵉ publication LGF

À ma mère, mon père, mon frère.

LA CITÉ DU SILENCE

1

— C'est vraiment le pire endroit où mourir, déclara l'officier Galina Novak.

Au nord, vers la frontière biélorusse, des nuages noirs gonflaient à l'horizon, déversant des averses froides sur les forêts de Polésie. Novak sortit un paquet de cigarettes de sa poche et le tapota nerveusement sur un genou.

— Vous pensez que c'est un meurtre?

Surpris par la question, le capitaine Joseph Melnyk décrocha un instant son regard de la route et le tourna vers sa passagère. Cheveux blonds soigneusement domestiqués en une queue-de-cheval stricte, visage juvénile, uniforme flambant neuf au look vaguement américain... une fois de plus, il songea que la jeune femme, tout juste sortie de l'académie de police, ne semblait pas à sa place dans l'habitacle miteux de sa vieille Lada de service.

— Vous pensez que quelqu'un a tué ce type? insista-t-elle.

Melnyk haussa les épaules.

— Inutile de s'en faire toute une histoire. Je te parie qu'il s'agit d'un touriste qui a fait une crise cardiaque, ou d'un vieil ivrogne qui est tombé d'un balcon. Ça sera réglé en moins de deux heures. Pas la peine d'imaginer le pire.

Peu convaincue, Novak se rencogna dans son siège. D'un geste sec, elle ajusta entre ses lèvres pincées une Belomorkanal, une clope bon marché.

— Il n'empêche. C'est vraiment un endroit moche où finir sa vie, marmonna-t-elle entre ses dents.

Un silence tendu, haché par le crissement des essuie-glaces, envahit l'habitacle. Novak crevait de trouille, pas besoin d'être un grand enquêteur pour le comprendre. Aujourd'hui, elle allait devoir se coltiner son premier vrai cadavre. Pas un de ceux de la morgue de Kiev, qu'on montrait aux recrues pendant leur formation. Un vrai mort, avec une vraie famille. Et en plus, il se trouvait à Pripiat, une ville fantôme abandonnée depuis 1986 à cause de l'explosion de la centrale nucléaire de Tchernobyl. De quoi avoir envie de s'envoyer tout un paquet de ces saloperies de Belomorkanal.

Les bosquets de pins et de bouleaux défilèrent sur le bas-côté, alternant avec de vastes étendues herbeuses qui étaient autrefois des champs fertiles. À un croisement, Melnyk dut ralentir à cause d'un groupe de chevaux de Przewalski qui embouteillait la route. De part et d'autre du bitume fissuré, leur troupeau broutait l'herbe rase. À la fin des années 1990, on avait capturé une trentaine de ces chevaux au sud de l'Ukraine, dans la réserve naturelle d'Askania-Nova, pour les amener ici. Les autorités de l'époque espéraient résoudre ainsi deux problèmes d'un coup : faire prospérer loin des hommes une espèce en voie de disparition et contrôler la croissance de la végétation de Tchernobyl, qui avait tendance à proliférer de manière anarchique. Les écologistes disaient que c'était une mauvaise idée d'avoir importé une espèce au bord de l'extinction dans un endroit aussi dangereux. Melnyk, lui, appréciait de voir les chevaux s'ébattre dans les anciens champs. Ils donnaient l'impression que trente ans après l'accident nucléaire, la vie reprenait ses droits dans la zone évacuée.

Le tout-terrain dépassa un grand crucifix orthodoxe et soudain, le dosimètre de Novak se mit à crépiter furieusement. Son cadran affichait l'équivalent d'une année de radiations à Moscou ou à Kiev. Planté près de la croix, un panneau triangulaire rouge et jaune indiquait une zone hautement contaminée. Une fournaise radioactive saturée de césium, de strontium ou de plutonium.

— Coupe ton engin de malheur, ordonna Melnyk.

Il détestait les craquements sinistres qu'éructaient les dosimètres. Depuis bien des années déjà, le sien restait consigné dans la boîte à gants de la Lada. Travailler dans un endroit infesté de radiations était une chose, entendre une machine vous le rappeler sans cesse en était une autre. Les pires spots à éviter, de toute manière, il les connaissait par cœur. Et pour le reste, il était bien obligé de marcher sur de la terre contaminée et de respirer l'air où volaient de temps à autre des particules radioactives.

Novak s'exécuta de mauvaise grâce et rangea son appareil dans la poche intérieure de sa parka. Il se demanda quel genre de connerie elle avait bien pu faire à l'académie pour se retrouver bombardée à

Tchernobyl pour sa première affectation. À vingt et quelques années, on ne rêve pas de s'enterrer dans un commissariat qui donne sur trente kilomètres de champs et de ruines irradiés. On espère travailler à Kiev ou sur la côte de la mer Noire, au soleil. Sept ans plus tôt, lui-même n'aurait jamais imaginé bosser un jour dans la zone, jusqu'à ce que son supérieur le convoque dans son bureau pour lui donner le choix entre deux options : démissionner ou être muté à Tchernobyl.

Sept ans… Il s'observa un moment dans le rétroviseur central qui pendait de travers. Physique pesant, cheveux épais et touffus, yeux bleus délavés, épaisse barbe blonde parsemée de poils blancs… Le travail dans la zone l'avait transformé en homme des bois.

— Vous avez un conseil pour les… les radiations ? demanda Novak d'une voix inquiète.

Il remarqua qu'elle n'avait toujours pas allumé sa cigarette et mâchonnait le filtre en carton du bout des dents.

— Est-ce qu'on peut se protéger de la radioactivité, d'une manière ou d'une autre ? insista-t-elle.

Melnyk prit un air pénétré, fronça les sourcils, et lui assena d'un ton grave :

— Il y a quelques années, quand je suis arrivé ici, j'ai posé la même question. On m'a répondu : « Si tu tiens à avoir des gosses, enroule-toi les couilles dans de l'aluminium. »

Novak regarda son supérieur avec de grands yeux écarquillés.

— De… l'aluminium ? Ça marche vraiment ?

14

— Si ça marche? Demande aux autres gars de la brigade. Ils le font tous.

— Et pas vous?

— Moi j'ai déjà trois gamins. L'aluminium, c'est pour les jeunes.

Melnyk se retint de sourire. Les anciens faisaient toujours la même blague aux nouvelles recrues, qui, invariablement, dévalisaient aussitôt les magasins dégarnis de Tchernobyl, histoire de faire des stocks de rouleaux d'aluminium pour mettre leurs attributs masculins à l'abri des radiations. Bien sûr, cette fois-ci, c'était un peu moins drôle, vu que Novak était une femme.

Au bout de quelques kilomètres, les tours décrépites de Pripiat apparurent au-dessus de la cime des arbres. À l'extrémité de la rue Lénine, Melnyk aperçut un minibus Toyota. De larges stickers appliqués sur ses portes vantaient les mérites d'un touropérateur spécialisé dans les visites de la zone. Il arrêta la Lada sur le bord de la route et pesta intérieurement en sortant du véhicule. La bruine s'était transformée en une pluie fine qui s'insinuait dans le col des manteaux et glaçait les nuques. Mais au moins, les gouttes d'eau plaquaient au sol les poussières radioactives qui infestaient les rues de la ville, la rendant momentanément moins dangereuse.

Une dizaine de touristes s'extirpèrent sans hâte du minibus. Ils avaient tous au poignet le bracelet jaune prouvant qu'ils s'étaient acquittés de l'assurance obligatoire avant d'entrer dans la zone contaminée. Dieu seul savait quelle compagnie prenait en charge ce genre de risque.

Un grand type en veste de camouflage se détacha du groupe et interpella le capitaine en ukrainien. C'était le guide officiel.

— *Ekh!* Ça fait une heure qu'on attend! se plaignit-il.

— Embouteillages, répondit Melnyk sans esquisser le moindre sourire. C'est bien vous qui avez appelé? Où est le cadavre?

— Il vaut mieux qu'on y aille en voiture. Le corps est…

Avant que le guide ne finisse sa phrase, un des touristes s'approcha de Melnyk et s'adressa à lui dans un russe approximatif :

— Quand nous partir? Nous pas vouloir rester!

Melnyk le toisa et répondit d'un ton peu amène :

— Quand je l'aurai décidé.

— Ici dangereux, pas rester, partir vite nous voulons!

Le type parlait un mauvais russe avec un accent américain. Deux excellentes raisons de l'envoyer paître :

— Vous vouliez quelque chose qui sorte des normes, le grand frisson, hein? Eh bien, profitez-en! Ça vous fera une bonne histoire à raconter à votre oncologue.

— C'est quoi «oncologue»?

— Un cancérologue, répondit Melnyk.

Le visage du type prit une teinte verdâtre. Les autres touristes, conscients du malaise, tournèrent leurs regards vers le guide. Ce dernier baragouina quelques mots en anglais, puis demanda à Melnyk :

— Est-ce qu'ils peuvent au moins attendre dans le minibus?

— Bien sûr. Dès qu'ils auront montré leurs papiers d'identité à ma collègue.

Le guide transmit l'information au groupe de touristes et des passeports anglais, américains et baltes jaillirent dans leurs mains. Melnyk se pencha vers Novak et lui chuchota en ukrainien :

— Tu relèves leur nom et tu consignes leur témoignage. Moi je vais voir le cadavre. Surtout, fais-les poireauter, cette bande de vautours, ajouta-t-il. Ils sont venus pour prendre une bonne décharge d'adrénaline, qu'ils en aient pour leur argent.

Puis il fit signe au guide de le suivre jusqu'à la Lada. En dépassant le minibus, il remarqua pour la première fois le slogan écrit en grosses lettres sur les flancs du véhicule : «Le voyage dont tous vos amis vont être jaloux».

— Foutus abrutis, marmonna-t-il dans sa barbe.

L'année passée, trente mille visiteurs étaient venus découvrir la zone irradiée. Pour y accéder, il suffisait d'avoir plus de dix-huit ans, de ne pas être enceinte et de pousser la porte d'un des innombrables voyagistes spécialisés dans les Tchernobyl Tours qui pullulaient à Kiev. Là, pour quelques centaines de dollars, on vous obtenait toutes les autorisations nécessaires tamponnées par l'administration ukrainienne.

La dernière mode, c'était de faire son enterrement de vie de garçon à Tchernobyl. Trop ordinaires, les sauts en parachute et les cuites avec strip-teaseuse : depuis quelques mois on voyait régulièrement débarquer des contingents de connards éméchés qui beuglaient dans les rues abandonnées de Pripiat. Melnyk en venait presque à regretter l'époque des touristes russes. Ils étaient de plus en plus rares, depuis l'annexion de la Crimée par la Russie et le déclenchement de la guerre civile qui minait la région du Donbass, à l'est de l'Ukraine.

— Alors, il est où, ce foutu cadavre ? demanda-t-il en s'installant dans sa Lada.

— Ça n'a pas l'air de vous chagriner qu'un homme soit mort, s'étonna le guide d'un ton réprobateur.

— Ce qui me «chagrine» pour l'instant, c'est de retrouver le corps avant que les chiens sauvages ne commencent à le boulotter.

Un sourire sans joie passa fugitivement sur le visage du guide.

— Ne vous inquiétez pas : là où il se trouve, il ne risque pas grand-chose.

— Pourquoi ? Il est dans un bâtiment ?

— Pas dans un bâtiment. *Sur* un bâtiment.

Le guide désigna un grand immeuble au bout de la rue Kurchatova. Il était couronné de l'emblème de la République socialiste soviétique d'Ukraine, un marteau et une faucille encadrés par des gerbes d'épis de blé coiffées d'une étoile rouge. À l'avant-dernier étage de l'immeuble, un cadavre pendait entre deux fenêtres, les bras en croix.

Melnyk sentit son estomac se cabrer.

— *Blyad!* jura-t-il, abasourdi.

Il démarra la voiture et remonta la rue en slalomant entre les pousses d'arbre qui avaient crevé l'asphalte. Son esprit tournait à plein régime, énumérant tout ce qu'il allait falloir mettre en branle : faire venir des renforts du commissariat, appeler le procureur, prévenir la morgue qu'un corps potentiellement radioactif allait arriver… Devant l'immeuble, il leva les yeux vers le cadavre et fut de nouveau soufflé par le spectacle morbide qui s'offrait à lui. Des câbles métalliques s'enroulaient autour des poignets du mort, tendant des diagonales vers l'intérieur de l'immeuble où on avait dû les arrimer. De loin, leur couleur s'était confondue avec la grisaille de la façade.

L'espace d'un instant, il eut l'impression de voir une des jambes de la victime bouger. Était-ce le vent, ou bien son imagination ? Ou alors…

— Est-ce que vous êtes entré pour vérifier qu'il était bien mort ? demanda-t-il.

Le guide ouvrit les bras et tourna ses paumes vers le ciel, tout en haussant les épaules.

— Enfin… ça paraît clair qu'il est mort, non ?

— Pour vous, oui, pas pour moi.

Melnyk scruta de nouveau le corps. Le léger balancement qu'il avait cru détecter s'était arrêté. Sans doute n'était-ce que le vent, mais l'idée que ce type était peut-être encore en vie le glaçait. Il songea aux escaliers délabrés qui menaient aux étages, à la poussière radioactive sur le sol de béton, à l'immeuble au coin de la rue qui s'était partiellement écroulé l'hiver dernier, hésita, puis finalement se résolut à aller voir de plus près.

— Je vais monter. Attendez-moi là.

— Je ne bouge pas, répondit le guide, soulagé de ne pas avoir à entrer dans le bâtiment.

Melnyk marcha d'un pas décidé jusqu'à l'entrée du vieil immeuble soviétique. Le premier étage était occupé par une bibliothèque publique dont les livres avaient été depuis longtemps éparpillés aux quatre vents. On trouvait parfois des feuilles de poésie russe enroulées autour des branches des arbres qui bordaient la route.

À l'intérieur, il n'eut aucun problème pour s'orienter. L'immeuble était relativement identique à celui qu'il occupait à Kiev, avec sa femme. Du temps de l'URSS, tout le pays s'était couvert de ces verrues de béton bon marché, de Berlin à Vladivostok. Les bâtiments étaient tellement stéréotypés qu'il aurait pu se diriger dans celui-là les yeux bandés.

Arrivé au cinquième étage, il fit une pause. Il avait le souffle court. Pas assez de sport et trop de cigarettes. Pendant qu'il reprenait sa respiration, il s'imprégna des bruits de l'immeuble abandonné. Le sifflement du vent traversant les fenêtres brisées, les grincements des volets qui claquaient par intermittence… Soudain, il identifia un cliquetis régulier.

Les griffes d'un chien sur le béton nu.

Il sortit son pistolet et le plaqua contre sa cuisse. Depuis longtemps, à Pripiat, les chiens ne respectaient plus les hommes. Ceux qui avaient survécu aux abattages après l'évacuation de la ville avaient fini par former des meutes qui dormaient dans les immeubles morts et n'en sortaient que pour chasser. Certains, maigres, le museau long, ressemblaient bien plus à des loups qu'à des chiens.

Il continua son ascension. Au septième, l'air était saturé d'odeurs fauves. Il entendit un grondement étouffé et comprit que la tanière de l'animal se trouvait quelque part dans le coin. Un instant, il pensa monter un étage plus haut et tirer une balle par une fenêtre pour que le claquement de la détonation l'effraie et le fasse filer vers le rez-de-chaussée. Puis il songea que rien ne lui assurait que celui qui avait crucifié l'homme sur la façade était parti. Tendu à l'extrême, il poursuivit son ascension en pointant son arme devant lui.

À l'avant-dernier étage, il marcha jusqu'à l'appartement où était suspendu le corps. Devant la porte d'entrée défoncée, il s'immobilisa, guettant le moindre bruit suspect : le crissement du verre cassé sous une semelle, un soupir, un vêtement qui se froisse, tout ce qui pouvait trahir une présence hostile. Il attendit une bonne minute, puis se décida à entrer. Le hall étant vide, il piqua vers le salon. Là, il fut frappé d'une surprise telle que son doigt manqua d'appuyer sur la queue de détente de son arme.

Dans la pièce se trouvaient des dizaines d'animaux. Quinze, vingt, trente peut-être. Des renards, des loups, des lynx, des sangliers. Une meute étrange qui lui tournait le dos. Il réalisa lentement que ce n'était que des bêtes empaillées. Immobile, il attendit que les battements de son cœur se calment, puis traversa le salon et se pencha par la fenêtre pour examiner l'homme suspendu. Son corps nu portait des marques de sévices : brûlures, coupures, hématomes. Pire : ses paupières et ses lèvres étaient cousues. Il tendit la main vers le cou grisâtre, mais n'y détecta aucune pulsation. C'était bien le vent qui avait fait bouger le cadavre.

Un tas de vêtements étaient jetés dans un coin de la pièce. Dans la poche d'un pantalon, Melnyk découvrit un passeport russe au nom de Léonid Vektorovitch Sokolov. La photo d'identité correspondait à la victime : le type avait une tache de naissance rou-geâtre à la lisière du cuir chevelu qui permettait de l'identifier sans ambiguïté, malgré les sutures sur ses yeux et ses lèvres.

Il y avait aussi un portefeuille dans la poche du pantalon. En l'ouvrant, Melnyk trouva une grande quantité de roubles et de hryvnias, la monnaie ukrai-nienne : une petite fortune, quatre ou cinq mois de son salaire. L'idée de récupérer quelques billets lui traversa l'esprit. Dieu sait qu'il en avait besoin, ne serait-ce que pour son fils, Nikolaï, qui se battait dans le Donbass, sans gilet pare-balles. Malgré tout, il remit l'argent à sa place. Il avait vécu sa vie le plus honnêtement possible jusqu'ici, il n'allait pas com-mencer à devenir un pilleur de cadavre à son âge. Il sortit son téléphone et composa le numéro du com-missariat. Un de ses collègues décrocha :

— Comment ça se présente, ce cadavre?

— Un vrai merdier. C'est un meurtre. J'ai besoin de renfort. Il va aussi me falloir du matériel. Le type est suspendu sur la façade d'un immeuble.

— C'est… c'est un gars du coin?

— Non, un Russe. Un certain Léonid Vektoro-vitch Sokolov. Sors-moi tout ce que tu peux trouver sur lui et rappelle-moi dès que tu en sais plus.

Il redescendit vers le rez-de-chaussée. Au septième étage, les grognements de bête s'étaient tus. Dans la poussière qui tapissait le sol du hall de l'immeuble, des empreintes de pattes recouvraient maintenant celles de ses bottes.

Dehors, le guide n'avait pas bougé d'un centi-mètre.

22

— Est-ce que vous avez déjà vu ce type ?

Melnyk lui tendit la pièce d'identité du défunt. Le guide l'examina en détail, mais le visage de l'homme ne lui disait rien.

— Réfléchissez : vous l'avez peut-être croisé hier ou avant-hier pendant une visite. Il faisait peut-être partie d'un autre groupe.

— Désolé, je ne l'ai jamais vu, répondit-il d'un ton catégorique.

Ils remontèrent dans la Lada. Pendant le court trajet vers la place centrale, Melnyk se dit qu'il fallait une sacrée dose de haine pour démolir un type comme ça et exposer son corps. Arrivé près du minibus, il déposa le guide et prit Novak à part :

— C'est un 115, lui dit-il à voix basse.

Dans le Code pénal ukrainien, l'article 115 traitait du meurtre avec préméditation. Il avait préféré éviter le mot « meurtre », pour ne pas affoler davantage les touristes.

Les pupilles de la jeune flic se dilatèrent.

— Cause de la mort ?

— Difficile à dire tant qu'on ne l'aura pas détaché.

— Le… détacher ?

— Il est suspendu par des câbles sur la façade d'un immeuble.

Novak resta muette un moment, avant de débiter fébrilement le code de procédure criminelle :

— On ne peut pas laisser la scène de crime sans surveillance… il faut… il faut qu'on dresse un périmètre sécurisé autour du corps…

— Du calme, officier, tempéra Melnyk. On est au milieu de nulle part. Qui viendrait se balader sur la scène de crime la plus radioactive du monde?

— Mais c'est la procédure…

— À Kiev, peut-être. Pas ici. Qu'est-ce que tu as tiré des touristes?

Novak sortit son calepin et relut ses notes d'une voix tremblotante :

— Ils ont tous réservé leur excursion hier à Kiev, après une visite au musée national de Tchernobyl. Le minibus les a pris à sept heures ce matin devant le McDonald's de la place Maïdan. Ensuite ils ont fait un peu plus de deux heures de route, ont passé le check-point de Dytyatki vers dix heures et ont fait la visite habituelle : d'abord la ville de Tchernobyl, le monument des liquidateurs, puis les villages abandonnés, le réacteur, et enfin ils sont arrivés ici, à Pripiat. Ils sont restés dix minutes sur place avant que l'un d'entre eux, un Français, un certain… Gallois, n'aperçoive le cadavre. Vous pensez que c'est l'un d'eux qui a tué le type?

Melnyk balaya l'idée sans aucune hésitation :

— Non. Rien que suspendre le corps a dû prendre des heures.

Son téléphone sonna. C'était le collègue du commissariat à qui il avait confié les recherches sur Léonid Sokolov.

— Qu'est-ce que tu as sur mon client?

— Sur lui, pas grand-chose, mais j'ai trouvé un truc flippant sur sa famille.

La voix de son collègue oscillait entre excitation et nervosité :

— Sa mère s'appelait Olga Sokolov. Elle a été assassinée dans le coin. Un truc de dingue. Multiples coups de couteau, mutilations… l'horreur. On a retrouvé son cadavre et celui d'une autre femme dans une maison du village de Zalissya.

Zalissya était à un jet de pierre de Tchernobyl, pourtant Melnyk n'avait jamais entendu parler de cette affaire.

— Ça ne me dit rien. Ça s'est passé quand, cette histoire ?

— C'est ça qui est dingue. C'était en 1986. Le 26 avril.

Melnyk sentit une boule se former au creux de son estomac.

— Tu es sûr de la date ?

— Certain, répondit le flic.

Melnyk raccrocha, glacé. Le 26 avril 1986… tous les Ukrainiens, jeunes ou vieux, connaissaient cette date. Et pour cause : c'était ce jour-là que la centrale de Tchernobyl avait explosé.

LA LANGUE DES ROSSIGNOLS

2

Grincements métalliques, respirations sifflantes.

Il s'éveilla dans une pénombre inquiétante, traversée de flashs vert et bleu chaque fois qu'il clignait les paupières. L'air était lourd, saturé d'une puanteur âcre de corps mal lavés mêlée à des odeurs d'antiseptique et d'alcool fort.

Où je suis?

Ses yeux s'habituèrent à la faible luminosité de la pièce et il aperçut une rangée de lits plaqués contre le mur en face de lui. Ils étaient occupés par des êtres informes et gémissants qui remuaient lentement leurs membres comme des scarabées à demi écrasés agitent leurs pattes avant de s'éteindre.

Bouge!

Une pulsion au fond de son crâne lui criait de fuir. Il essaya de se redresser, mais ses poignets et ses chevilles refusèrent de se décoller du matelas. Avec horreur, il réalisa qu'ils étaient attachés au cadre du lit par des sangles. Il tira de toutes ses forces pour arracher ses liens, mais l'effort lui fit tourner la tête au point qu'il crut s'évanouir. Désorienté, le corps baigné d'une sueur froide et grasse, il tenta de se rappeler comment il était arrivé ici.

Bouche pâteuse, maux de crâne, gorge chargée d'un arrière-goût d'alcool rance : à l'évidence, il avait beaucoup bu. À chaque accélération brutale de son cœur, il avait l'impression que les cloches de Saint-Basile carillonnaient sous son crâne. Élancements dans les côtes, goût métallique suintant depuis ses lèvres fendues, sensation de brûlure aux jointures de ses doigts : il n'avait pas fait que boire, il s'était également battu. Des flashs de la nuit précédente lui revinrent. La veille, le Zenit Saint-Pétersbourg jouait contre le Spartak Moscou. Dans un bar à supporters, il avait traité les Pétersbourgeois d'enculeurs de chèvres, ou de quelque chose dans ce goût-là. À moins que ce ne soit l'inverse : peut-être bien qu'il avait insulté la sacro-sainte équipe du Spartak, Dieu lui pardonne. En tout cas, le résultat ne s'était pas fait attendre. Quand il était sorti du bar, trois types lui étaient tombés dessus. Des ultras au crâne rasé, avec un écusson noir-blanc-or cousu sur leur bomber kaki, le drapeau de la Russie impériale. Le genre de mecs habitués à ratonner en bande des Tchétchènes, des Daghestanais et, d'une manière générale, tous ceux qui avaient la peau plus sombre qu'eux.

Avec ses traits métissés, il était une proie idéale. Un «cul noir», comme ils disaient. Les ultras avaient cru tomber sur une cible facile. Grave erreur. Le gibier c'était eux. Coups de coude dans l'arcade sourcilière, coups de talon dans les côtes, coups de genou, coups de tête, il n'avait rien épargné à ses adversaires. Dans une bouffée de fierté alcoolique, il se dit que ses agresseurs devaient certainement se trouver beaucoup plus mal que lui en ce moment.

Bruit de pas dans le couloir.

Une porte s'ouvrit en grinçant, puis une lumière aveuglante jaillit des néons des plafonniers dans un concert de cliquetis aigus. Ébloui, il ferma les yeux, tandis qu'une voix masculine parlant un russe teinté d'accent sibérien claquait dans ses oreilles comme un pétard jeté au fond d'une caverne :

— Lequel d'entre vous est Alexandre Rybalko ?

La lumière... la lumière des néons cherchait à lui cramer la cervelle. Il se pencha de côté et plissa les yeux. Par le fin interstice entre ses paupières, il observa l'homme qui venait d'entrer. Jeune, il avait des lunettes et portait une blouse blanche.

— Alexandre Rybalko ? répéta l'homme.

Nouvelle détonation dans son crâne travaillé par la gueule de bois. Il émit un grognement et le médecin s'approcha de lui.

— Vous êtes Alexandre Rybalko ? Vous comprenez ce que je vous dis ? Vous parlez russe ?

— Moins... fort, répondit-il à grand-peine.

Chaque parole lui coûtait d'immenses efforts. Sa langue était lourde, maladroite. Le son de sa propre voix faisait vibrer les os de son crâne. Même penser lui semblait douloureux.

— Où... suis ?

— À l'hôpital. Vous êtes américain ? Européen ?

— Suis russe, *mudak*.

Une expression de vif étonnement traversa le visage du jeune médecin. Rybalko se demanda si c'était le choc de savoir qu'on pouvait être métis et parler russe, ou plutôt la surprise de se faire insulter dans sa langue maternelle.

— Pourquoi… suis ici? articula-t-il péniblement.

Le médecin se recomposa rapidement un visage professionnel, savant mélange d'arrogance et de résignation fatiguée.

— La police vous a ramassé près de la gare, cette nuit, lui expliqua-t-il d'un ton pincé. Vous étiez allongé dans la rue, complètement ivre.

Rybalko leva légèrement la tête pour regarder autour de lui. Les autres lits étaient occupés par de piteux spécimens d'alcooliques hagards, des pauvres types hirsutes, rougeauds, au nez violacé, aux ongles sales, des bêtes humaines. Il espérait, sans trop se faire d'illusions, avoir l'air moins minable qu'eux.

Il remarqua qu'il était le seul à avoir les membres entravés par des sangles.

— Pourquoi… suis attaché?

— C'est à cause de votre attitude pendant le déshabillage. Vous avez essayé de mordre un des infirmiers.

Nouveau souvenir disponible : lui dans le couloir, traîné par trois types tentant de maîtriser son mètre quatre-vingts et ses quatre-vingt-huit kilos qui s'agitaient maladroitement pour leur échapper. Douleur dans le bras, froideur du sol sur son visage : on lui fait une clé à l'épaule pour l'obliger à se calmer. Il hurle : «Je n'ai pas de temps à perdre, putain! Pas de temps à perdre!» On le déshabille, ne lui laissant que son caleçon. Il gueule un long moment. Puis s'endort.

Le médecin saisit une des lanières de cuir et commença à défaire ses contentions.

— Avant de vous autoriser à sortir, on va procéder à un petit examen pour vérifier que tout va bien, vous êtes d'accord, monsieur Rybalko?

Bien qu'il n'apprécie pas que le médecin lui parle comme à un enfant attardé, il lui signifia son approbation d'un geste lent de la tête.

— Asseyez-vous sur le bord du lit, s'il vous plaît.

Il obéit sans hâte. Ses muscles étaient douloureux et ses mouvements patauds. Le médecin lui posa tout un tas de questions auxquelles il répondit par monosyllabes. Ça vous arrive souvent de boire autant? Non. Est-ce que vous buvez régulièrement? Non. Vous souvenez-vous de la nuit dernière? Non. De celle d'avant? Non. Vous avez des maux de tête? Oui. Sur une échelle de un à dix, à combien situeriez-vous cette douleur? Onze. Mal au ventre? Oui. Quel a été l'événement déclencheur de votre surconsommation d'alcool?

Rybalko regarda longuement le docteur.

— J'ai tué quelqu'un.

Le médecin se transforma instantanément en statue de sel.

— Quelqu'un? Comment? Qui?

Il prit son temps avant de répondre, un sourire narquois aux lèvres :

— Un toubib. Il posait trop de questions.

Vexé, le jeune médecin piqua un fard et lui enfila sans ménagement la sangle d'un tensiomètre autour du bras.

— Vous ne devriez pas plaisanter avec ce genre de chose. Le mois dernier, un type dans le même état que vous s'est carrément endormi sur les rails. Le chauffeur n'a pas eu le temps de freiner. L'homme est mort sur le coup. Ça aurait pu être vous. On a un groupe de parole sur l'alcool qui se réunit deux fois par semaine. Le mardi et le jeudi. Je vous conseille de vous y inscrire.

— Suis pas un ivrogne, marmonna Rybalko.

Ignorant ses dénégations, le médecin lui récita le laïus habituel sur les méfaits de l'alcool, comme s'il prêchait la Bible à un non-croyant. Heureusement, le reste de l'examen se fit dans un relatif silence. À la fin, le jeune docteur lui annonça qu'il allait pouvoir sortir. Dès que le praticien quitta la pièce, Rybalko ferma les yeux et sombra dans l'inconscience. S'ensuivirent vingt ou trente minutes de sommeil agité, jusqu'à ce qu'une infirmière le secoue doucement pour le réveiller. Elle avait apporté les fripes chiffonnées qu'il portait depuis trois jours. Il essaya de se lever pour les enfiler, mais fut pris d'un vertige qui l'obligea à se rasseoir.

— Ça va aller? Vous voulez qu'on vous trouve un fauteuil roulant? demanda l'infirmière, pleine de sollicitude.

Je ne suis pas un putain de grabataire, songea-t-il, piqué dans sa fierté.

— Ça va, se contenta-t-il de répondre, vu que chaque parole lui coûtait des efforts démesurés et que s'énerver ne ferait qu'aggraver ses maux de tête.

Sous l'œil amusé des autres poivrots, il enfila tant bien que mal son pantalon à grandes enjambées lentes et maladroites, puis ses chaussettes, ses chaussures humides, son T-shirt, son pull qui sentait la bière rance et sa parka écorchée aux manches.

34

L'infirmière lui donna des cachets qu'il avala avec un verre d'eau si fraîche qu'elle lui fit mal aux dents. Elle quitta ensuite la pièce et il la suivit d'un pas traînant dans les couloirs carrelés qui sentaient la teinture d'iode. À chaque intersection, elle attendait quelques secondes qu'il la rejoigne. Il avait l'impression qu'elle se déplaçait au bord d'une piscine, tandis que lui marchait en scaphandre au fond du bassin.

Quelle déchéance.

— Vous êtes sûr que vous ne voulez pas un fauteuil roulant ? insista-t-elle.

Il mâchonna une injure inaudible. Une dizaine de mètres de plus et ils débouchèrent enfin dans le hall de l'hôpital. L'infirmière l'abandonna à un guichet où une employée fatiguée lui remit son manteau et un sac en plastique noir contenant ses affaires. Il essaya de défaire le nœud qui le fermait, mais ses doigts engourdis par l'alcool en étaient incapables. Il finit par éventrer le sac d'un geste agacé et son contenu se déversa sur le comptoir : un portefeuille, des clés de voiture, un tas de tickets de métro, et au milieu…

Un pistolet MP-443.

L'employée fixa l'arme un long moment, la bouche arrondie de surprise. Peau sombre, flingue sur le comptoir : il savait ce qui se passait dans sa tête, quel genre d'associations foireuses s'y formaient.

— C'est mon arme de service, dit-il alors qu'elle semblait sur le point de pousser un cri.

Même visage incrédule que celui du jeune médecin. Il exhuma de ses affaires étalées sur le comptoir sa carte de police et la brandit devant l'employée.

— Vous voyez? Police de Moscou.

La femme inspecta la carte avec cet air pincé que prennent les caissières de supermarché quand elles examinent un billet de cinq mille roubles. Pendant ce temps, il coinça son pistolet dans sa ceinture et rabattit son T-shirt dessus. L'employée décida finalement que la carte était authentique et lui tendit une liasse de documents contenant facture, paperasserie administrative diverse et, traîtreusement glissé entre deux pages, un prospectus vantant les vertus d'un groupe de parole pour alcooliques. Il fourra le tout dans la poche de sa parka et régla sans broncher les frais d'hospitalisation.

Avant de partir, il passa aux toilettes pour s'asperger le visage d'eau fraîche. Dans le miroir au-dessus du lavabo, il faillit ne pas se reconnaître. Ses joues étaient embuissonnées d'une barbe de trois jours, sa peau café au lait avait pris un teint terreux, ses yeux bleu clair étaient injectés de sang. Les paroles du médecin résonnèrent dans son esprit : « Le mois dernier, un type dans le même état que vous s'est carrément endormi sur les rails. Le chauffeur n'a pas eu le temps de freiner. L'homme est mort sur le coup. Ça aurait pu être vous. »

Ça aurait pu être lui… S'endormir sur les rails, être emporté par le premier train de banlieue du matin, sans même s'en apercevoir… *Peut-être que ça aurait été mieux pour tout le monde*, songea-t-il en remontant le col de sa veste.

Il se sécha le visage et quitta l'hôpital. Dehors, l'air était vif, le soleil faiblard. Un taxi couleur aspirine attendait, garé en double file. Il allait grimper dedans, brandir sa carte de police et exiger du chauffeur qu'il l'emmène jusque chez lui, quand il remarqua le flic de l'autre côté de la rue, adossé à sa voiture de service. Cheveux noirs coupés court, nez crochu, mensurations de culturiste trop bien nourri, il semblait à l'étroit dans son blouson de cuir. Lui aussi avait des cernes sous les yeux et ses joues étaient bleuies par une barbe naissante.

C'était Basile Tchekov, son coéquipier.

3

La Lada Priora de Tchekov était garée sur un emplacement réservé aux ambulances. À l'intérieur du véhicule régnait une agréable tiédeur. Il boucla sa ceinture et Tchekov démarra, piquant au premier carrefour vers les artères thrombosées du centre de Moscou. Malgré l'heure matinale, la capitale dégueulait d'automobiles, sur les trottoirs, les parkings, les deux-voies, les quatre-voies, les six-voies, rendant la progression lente et saccadée.

— Ça fait quarante-huit heures que je te cherche. T'étais où?

La voix grave de son coéquipier sonnait comme un tambour dans son crâne.

— Moins fort, supplia-t-il.

— Où tu étais? insista Tchekov.

— Un peu partout, un peu nulle part… Quel jour on est?

— Quel jour? Mais bordel, on est mercredi!

Mercredi, déjà, songea Rybalko en se massant les tempes.

— Personne n'a de tes nouvelles depuis vendredi. Tu faisais quoi pendant tout ce temps?

— *Zapoï*, répondit Rybalko.

La langue russe avait enfanté un mot simple pour désigner le fait de se soûler plusieurs jours de suite, jusqu'à ne plus se souvenir de rien. Autant l'utiliser.

— Un *zapoï*? Sérieusement?

Tchekov n'en croyait pas ses oreilles.

— On te cherche depuis des jours et toi, tu étais en train de picoler? Putain, c'est pas vrai… Un *zapoï*, répéta-t-il tout en klaxonnant une voiture qui venait de lui refuser la priorité. Ça ne t'a pas traversé l'esprit de me prévenir? Ou d'appeler le boulot lundi pour leur dire que tu étais malade, ou Dieu sait quelles conneries qu'ils auraient gobées? Pourquoi tu n'as contacté personne?

— J'avais pas envie de parler.

— Pas envie de… mais putain de merde, tu te fous vraiment de ma gueule!

— Ça va, Tolia, dit-il en utilisant son surnom pour l'amadouer. Y a pas mort d'homme.

— Ah ouais, Alex? T'en es si sûr que ça?

Frôlant la crosse de son arme de service, Tchekov plongea la main dans la poche intérieure de son blouson et en sortit un carnet à spirale qu'il lui jeta sur les genoux. Dessus, il y avait des numéros de téléphone et des adresses qu'il reconnaissait : son appartement, celui de son ex-femme, quelques bars, sa salle de sport, les domiciles de ses amis proches. Tous étaient barrés d'un trait nerveux. Il y avait aussi quelques notes griffonnées dessous : ivresse sur la voie publique, rébellion, coups et blessures, insulte à agent, tapage nocturne, menaces de mort, destruction de mobilier urbain…

— Vu le nombre de conneries que tu as faites pendant ta beuverie, je n'aurais même pas été surpris de trouver un cadavre flottant sur la Moskova avec ton nom gravé au couteau sur le front. C'est dans un de ces *avtozak* que tu aurais fini, si je ne t'avais pas mis la main dessus en premier.

Tchekov désigna du doigt les sinistres fourgons cellulaires de la police qui cheminaient le ventre vide vers la place Maïakovskaïa où se déroulait une manifestation anticorruption.

— Pankowski est aux abois. Il était prêt à lancer un mandat d'arrêt contre toi.

Rybalko haussa les épaules, indifférent. Il n'avait aucun respect pour Anatoli Pankowski, leur commissaire. C'était un bureaucrate qui ne brillait ni par son courage ni par son charisme. Tout à fait le genre à sacrifier ses hommes, si sa carrière était menacée.

— Si on commence à coffrer les flics de Moscou qui picolent trop, il va falloir ouvrir un paquet de prisons, lâcha-t-il en bâillant.

Tchekov faillit s'étrangler de rage :

— C'est ça, plaisante! En attendant, même ton pote Kachine a commencé à flipper à cause de ta disparition.

— Kita ?

— Ouais, Kita. Il a débarqué chez moi dimanche soir. Tu imagines comme j'étais heureux de voir un foutu trafiquant se pointer à mon appart. Il voulait à tout prix te voir.

— Pourquoi ?

— Aucune idée : tu lui demanderas toi-même. Mais ça doit être important : il m'a filé un beau paquet de blé pour que je te retrouve.

Rybalko se força à sourire.

— Moi qui pensais que tu étais venu me chercher parce que tu t'inquiétais pour ma santé.

— Je t'ai appelé une dizaine de fois avant qu'il ne passe chez moi, protesta Tchekov.

— Si un jour tu disparais, je n'attendrai pas que quelqu'un me paie pour te rechercher.

Agacé, Tchekov fit claquer sa langue contre son palais.

— Ne me fais pas ton numéro, Alex. C'est pas moi qui ai merdé, c'est toi. Qu'est-ce qui t'a pris de te foutre en l'air? C'est à cause de Marina?

À l'évocation de son ex-femme, Rybalko serra un peu trop les mâchoires, réveillant la douleur tapie dans sa boîte crânienne.

— Tu lui as parlé?

— Personne ne pouvait me dire où tu étais, alors je suis passé la voir. Elle m'a dit qu'elle allait bientôt se remarier. C'est ça qui a tout déclenché?

— J'ai pas envie d'en parler.

Opportunément, le téléphone de Tchekov sonna et il dut répondre. Fin du premier round : l'interrogatoire reprendrait plus tard. Rybalko regarda défiler les rues de Moscou à travers sa vitre, jusqu'à ce que ses paupières se ferment et qu'il glisse dans le sommeil. Quand il se réveilla, ils étaient arrivés au pied de son immeuble, un grand bâtiment bourgeois qui datait d'avant la Première Guerre mondiale.

— Allez, on se bouge! lui intima Tchekov en le secouant légèrement.

Rybalko s'étira en bâillant, puis sortit de la voiture. Ils entrèrent dans le hall de l'immeuble et grimpèrent jusqu'à son appartement. Pendant qu'il fouillait dans ses poches à la recherche de ses clés, Tchekov observa d'un air surpris les cinq sonnettes accolées à sa porte d'entrée.

— Tu habites dans une *kommunalka*?

Rybalko acquiesça. Depuis son divorce, il louait une chambre dans un appartement communautaire, une sorte d'anomalie temporelle héritée des débuts douloureux de l'URSS, quand les Soviétiques avaient tenté de remédier à la pénurie de logements en confisquant les appartements des riches et en les divisant en autant de lots qu'il y avait de pièces. Cinq colocataires se partageaient sa *kommunalka*, et par conséquent, dans les parties communes, on trouvait tout en cinq exemplaires. Cinq savons dans la salle de bains (ou plutôt quatre, vu qu'il avait oublié d'en racheter un), cinq gazinières dans la cuisine, cinq torchons près des éviers, cinq machines à laver et bien sûr cinq compteurs électriques pour mesurer la consommation de cinq Moscovites fauchés.

— Va prendre une douche, lança Tchekov, j'appelle Pankowski. Et pendant que tu te savonnes, essaie de trouver ce que Kachine pourrait te vouloir, ajouta-t-il tandis que Rybalko remontait le couloir vers la salle de bains.

Comme chacun rechignait à faire la moindre dépense pour l'entretien des parties communes, cette dernière était dans un piteux état. Le robinet du lavabo suait de l'eau rouillée, le fond de la baignoire était rongé par des taches noirâtres et les carreaux jaunes et verts aux murs étaient tombés à certains endroits, révélant le béton. Pour éviter que d'autres ne se descellent, on avait scotché une bâche en plastique sur la cloison près de la baignoire, très exposée à l'humidité.

Il resta un long moment immobile sous les jets d'eau tiédasse, puis se frotta mollement avec un gros morceau de savon qui appartenait à un de ses colocataires, un truc de nana qui sentait la vanille et l'abricot. Le fond de la baignoire était glissant et ses gestes peu assurés. Incapable de garder l'équilibre dans cet environnement hostile, il appuya sa tête contre le carrelage pour ne pas tomber tandis qu'il se lavait un pied, puis l'autre.

Au sortir de la douche, il avait les idées un peu plus claires, mais ne comprenait toujours pas pourquoi Kachine voulait le voir. Est-ce que c'était lié à quelque chose qu'il avait fait pendant le week-end ? Il jeta un œil à ses vêtements. Le pantalon, un jean bleu nuit, était raidi par les fluides qu'il avait absorbés, l'alcool, la sueur et surtout le sang. Comme il se concentrait sur les taches brunes, un souvenir surgit, comme une bulle qui éclate à la surface d'une flûte de champagne.

Des soldats qui reviennent du front avec leurs camarades fourrés dans des sacs mortuaires. Des prisonniers jetés à l'arrière d'un camion qui ont craché du sang sur leur chemise. Des types attachés à des chaises qu'on frappe à coups de crosse. L'image d'un blindé gardant le carrefour d'une ville couleur cendre s'imposa à lui. On était loin d'ici, dans un pays où les gens se mettent à genoux pour prier. Non, pas dans un autre pays, dans son pays, dans les montagnes du Caucase, en Tchétchénie, il y a des années. Un pays gris béton, vert treillis et rouge sang.

Il se tint la tête à deux mains. Impossible de faire le point sur ses souvenirs récents, avec tout ce bordel en attente d'inventaire qui encombrait son esprit. Il lui fallait d'autres objets sur lesquels se concentrer. Il sortit de ses poches les affaires qu'on lui avait restituées à l'hôpital. *Essaie déjà de te rappeler ce que tu as fait ces derniers jours*, songea-t-il en les passant en revue.

Suspect : Alexandre Rybalko, né en 1978 en URSS, Union des Républiques socialistes soviétiques, un pays mort en 1991. Citoyen de la Fédération de Russie. Dix-huit ans dans la police. Divorcé depuis presque deux ans de sa femme, Marina. Non-fumeur, depuis la naissance de leur fille…

Première erreur.

Il fixa avec un mélange de surprise et de déception le paquet de cigarettes dans sa main. Le besoin monta aussitôt en lui, puissant, impérieux. Il s'en alluma une et entrouvrit la fenêtre de la salle de bains pour évacuer la fumée, songeant qu'il avait tenu bon pendant des années, avant de sombrer de nouveau dans son addiction.

Sa cigarette terminée, il continua son enquête sur lui-même. Le trousseau de clés avec une matriochka qui pendait au bout d'une chaînette lui apporta peu d'informations. C'était la clé de sa voiture. Sur la base de la poupée russe, il y avait écrit «Tassia», d'une toute petite calligraphie d'enfant appliqué. C'était sa fille, Anastassia, qui la lui avait offerte, il y a très longtemps. La peinture était décolorée et s'écaillait par endroits, même s'il prenait soin de passer du vernis de temps en temps pour qu'elle ne se flétrisse pas trop vite.

Il s'attarda davantage sur son portefeuille. Il regorgeait de billets retirés quelques jours plus tôt de son compte en banque, de l'argent censé être mis de côté pour les coups durs. Il trouva, coincés entre deux cartes de visite, des reçus pour des tournées de vodka. L'une d'entre elles avait été réglée dans le bar à supporters où il s'était accroché avec les skinheads. En son for intérieur, il savait qu'il n'était pas entré par hasard dans ce bar, qu'il avait espéré y trouver des types assez cons ou assez soûls pour se battre avec lui, pour évacuer toute la colère et la frustration qui s'étaient accumulées depuis des jours. Les skins avaient été les candidats parfaits. Ils avaient pris une raclée, mais il se souvint qu'ils étaient en vie quand on les avait séparés. Appuyés contre un mur, crachant du sang entre leurs dents déchaussées, mais vivants.

Il passa donc à la pièce à conviction suivante, une petite fiole vide qu'il reconnut instantanément. À sa grande honte, il s'agissait d'une bouteille de cent millilitres de Boyarychnik, une préparation à base d'aubépine dont on se servait normalement comme huile de bain. Mais en Russie, tout le monde savait que l'huile d'aubépine, c'était la roue de secours du poivrot : même quand les magasins et les bars étaient fermés, on en trouvait dans des distributeurs automatiques en pleine rue. Elle cumulait trois avantages non négligeables : elle contenait jusqu'à 90 % d'alcool, était facile à trouver parce qu'elle ne subissait pas les restrictions qui s'appliquaient aux spiritueux et son prix était dérisoire, à peine une poignée de roubles. Et en prime, c'était moins dégueulasse que l'eau de Cologne et moins dangereux que l'antigel. Quoique : l'année précédente, des dizaines de personnes étaient mortes dans une cité miteuse de Sibérie après avoir bu des bouteilles de Boyarychnik frelaté. Le fabricant local d'huile de bain avait remplacé l'éthanol par du méthanol, un poison fatal pour l'organisme.

On vivait vraiment dans un monde fabuleux, songea-t-il en jetant le flacon d'aubépine dans la poubelle près du lavabo.

Dernier objet dans le portefeuille : un petit bout de papier semblable à un reçu de carte bleue, tellement fin qu'on pouvait presque voir à travers. C'était un ticket pour un *elektrichka,* un train de banlieue. Il l'avait acheté à Lioubertsy, la ville où il vivait avec sa femme avant leur divorce. Marina y louait toujours leur ancien trois-pièces, sauf qu'elle y vivait maintenant avec son nouveau mec. C'est en allant la voir que tout était parti en vrille. Pour trouver suffisamment de courage, il avait commencé à boire. À trop boire. Au final, il avait titubé jusqu'à son immeuble, avait monté les étages, puis, au moment de frapper, il s'était dégonflé. Derrière la porte d'entrée, il entendait les rires de Tassia et de Marina. La voix de *l'autre*, aussi. Il s'était rendu compte à cet instant que c'était au-dessus de ses forces de leur parler. Alors il était parti dans la nuit. Et s'était réveillé quelques jours plus tard dans le dessoûloir d'un hôpital.

Il sortit de la salle de bains avec une serviette enroulée autour de la taille. Une bonne odeur de café s'échappait de la cuisine, mais Tchekov l'occupait, le téléphone vissé à l'oreille, en pleine dispute avec Pankowski. Rybalko piqua vers sa chambre. Chichement meublée, elle comportait juste un lit, une armoire, un fauteuil et une table basse sur laquelle traînaient des canettes de bière Jigoulevskoïe et un album photo. Il était retourné, ouvert à une page contenant des clichés pris avec un appareil argentique une dizaine d'années plus tôt. Des souvenirs des temps heureux avec Tassia et Marina.

Dans l'armoire où il rangeait les quelques vêtements qu'il avait déballés de ses cartons de déménagement, il attrapa un pull en laine aux coudes lustrés par l'usure. Il l'enfila par-dessus un de ses vieux T-shirts de contrefaçon, celui avec le portrait de Kurt Cobain et le nom du groupe Nirvana mal orthographié. La majeure partie de son dressing dormait encore dans un box quelque part en périphérie de Moscou. Il n'avait pas la place de tout ranger ici. Et puis emménager complètement, ce serait admettre que tout était terminé entre Marina et lui.

Son mal de tête se réveilla. Il attrapa dans l'armoire une boîte en plastique avec une croix verte dessus. Elle était pleine à ras bord de médicaments. Une vieille habitude soviétique, sans doute, datant d'une époque où l'on n'était jamais sûr que les magasins seraient approvisionnés.

— Pankowski veut que tu te pointes tout de suite au boulot, lui annonça une voix rocailleuse.

Il se retourna. Tchekov se tenait dans l'encadrement de la porte.

— Qu'est-ce que tu lui as répondu ?

— Que tu étais malade, histoire qu'on passe voir tranquillement Kachine. Il veut te voir au plus vite.

Rybalko attrapa deux cachets et les avala sous l'œil inquiet de son coéquipier.

— Alex, qu'est-ce qui t'est arrivé pour que tu te foutes en l'air comme ça ? Je te connais depuis assez longtemps pour savoir que tu n'es pas un ange, mais passer quatre ou cinq jours à picoler et ne pas venir bosser, ça c'est une première.

Il éluda :

— Laisse tomber, Tolia. Emmène-moi chez Kachine.

4

Nikita Kachine tenait une affaire dans la banlieue sud de Moscou, un abattoir assorti d'une boucherie qui confectionnait les meilleures saucisses des environs. La légende disait qu'il s'en servait pour faire disparaître les cadavres des gens qui s'opposaient à lui, mais c'était vraisemblablement une rumeur propagée par les mauvaises langues. Du moins, Rybalko l'espérait : il repartait souvent de leurs entrevues avec un ou deux kilos de viande fraîchement hachée.

L'employé derrière le comptoir de la boucherie les fit passer dans l'arrière-boutique, puis dans l'abattoir. Kachine y travaillait au milieu de ses employés. Mince et voûté comme une lame d'acier prête à jaillir, il découpait minutieusement un quartier de viande avec des gestes précis et secs, quasi chirurgicaux. Même si l'essentiel du fric qu'il se faisait venait de ses activités illégales, Kachine aimait passer du temps à son abattoir, pour y travailler des carcasses. Ça le détendait, aussi bizarre que cela puisse paraître.

Comme s'il avait senti un changement dans l'air, Kachine se retourna brusquement alors qu'ils étaient encore à six ou sept mètres de lui.

— Alex ! s'exclama le mafieux en l'apercevant.

Il planta son couteau dans le quartier de viande qu'il était en train de découper et retira ses gants.

— Ça fait des jours que je te cherche. Heureusement que ton ami est un fin limier.

Une dent en métal scintilla au bord de son sourire, tandis qu'il tapait amicalement sur l'épaule de Tchekov. Il lui murmura à l'oreille :

— Passe à la caisse. Ils ont ton argent. Et prends un bon rôti pour dimanche. Cadeau de la maison.

Tchekov coula vers son collègue un regard hésitant et presque coupable.

— Je t'attends dehors ?

— Pas la peine, répondit Rybalko. Kita et moi, on ne s'est pas vus depuis longtemps. Ça risque de durer. Je prendrai un taxi.

Tchekov acquiesça, puis s'éclipsa sans demander son reste. Kachine retira son tablier et le suspendit à un crochet en inox.

— On sera plus tranquilles là-haut, fit-il en désignant un escalier métallique.

Il menait à son bureau, aménagé en hauteur de manière à ce qu'il puisse surveiller le travail de ses employés. L'intérieur était spacieux et exempt de toute tentative de décoration. Pas de photos, de souvenirs, de tableaux. Rien de personnel. Les murs blancs étaient bordés d'armoires métalliques uniformes. Un vieux frigidaire ronronnait dans un coin.

Quand Kachine referma la porte du bureau derrière lui, Rybalko remarqua que le pourtour de la poignée avait une couleur brun sale, comme si on l'avait touchée avec des mains ensanglantées. Il y avait aussi quelques taches de la même couleur sur le tapis. Le souvenir du mafieux frappant un homme traversa son esprit. Un civil tchétchène qui refusait de dire où il cachait son argent. Rybalko sortit une cigarette et inspira une longue bouffée pour renvoyer l'image dans les ténèbres de sa mémoire. En contrebas, par une fenêtre, il aperçut la carcasse du porc traversée par le couteau à désosser.

— Une bière ? lança Kachine.

Rybalko grimaça. L'idée de boire un verre d'alcool de plus lui soulevait l'estomac, tout comme les odeurs de sang et de viscères qui perçaient par un vasistas entrouvert.

— Pas soif. Pourquoi tu as payé Tchekov pour me retrouver ?

— Il n'est pas donné mais plutôt efficace, ton ami. Où est-ce que tu étais ?

— Viens-en au fait, Kita. J'ai pas de temps à perdre.

Kachine soupira.

— Toujours aussi pressé, hein ? Bon, allons droit au but. J'ai besoin d'un flic sûr qui parle la langue des rossignols. Alors j'ai pensé à toi.

La « langue des rossignols » était le surnom que les Ukrainiens donnaient à leur langue, en raison de sa musicalité. Contrairement à ce que pensaient beaucoup de personnes, l'ukrainien et le russe étaient deux langues très différentes, un peu comme l'espagnol et le français.

— Est-ce que tu connais Vektor Sokolov? demanda Kachine en ukrainien.

— Ce nom ne m'est pas inconnu, mais je ne pourrais pas te dire exactement pourquoi.

— Il était ministre de l'Énergie, du temps de Boris l'Éponge.

Boris Eltsine avait été le premier président de la Fédération de Russie, juste après la dissolution de l'URSS. C'était aussi le seul dirigeant au monde capable de gouverner avec trois grammes d'alcool dans le sang.

— Attends, ton Sokolov, ce ne serait pas le type qui a fondé PetroRus? demanda Rybalko.

Kachine acquiesça.

— Lui-même.

Lors de la privatisation sauvage des biens de l'État russe, au milieu des années 1990, Sokolov avait su user de sa position au sein du ministère de l'Énergie pour s'emparer d'une partie des vastes ressources en or noir de la Sibérie. C'était à cette époque qu'il avait fondé PetroRus, l'une des plus puissantes entreprises pétrolières du pays.

— Sa famille a récemment été endeuillée par la mort de son fils, poursuivit Kachine. Une sale histoire. Il a été tué en Ukraine.

— Des tas de gens crèvent en Ukraine, surtout en ce moment.

— Sauf que là, on parle d'un meurtre. Dans une ville que tu connais bien.

— Kiev?

— Non. Pripiat.

Rybalko crut à une mauvaise blague :

— *Pripiat ?* C'est impossible. Pripiat est inhabitée depuis trente ans. Elle est verrouillée par la police et l'armée.

— Pas tout à fait. Depuis quelques années, on y organise des visites touristiques.

— Des visites ? Pour quoi faire ?

— Contempler les vestiges du monde communiste. C'est comme un musée à ciel ouvert, à ce qu'il paraît.

— Quelle connerie.

— Je ne te le fais pas dire. Pour en revenir à notre histoire, Vektor Sokolov soupçonne les autorités ukrainiennes de vouloir enterrer l'enquête judiciaire. Il m'a chargé de lui trouver quelqu'un de compétent pour enquêter sur la mort de son fils.

— Attends… tu es sérieusement en train de me proposer d'aller à Pripiat ? Tu crois vraiment que je vais accepter de retourner dans cette ville de merde, Kita ?

— Je sais, je sais. J'ai pas oublié ce que tu m'as raconté quand on était en Tchétchénie. La mort de tes parents, l'exil… t'en as bavé, je sais. Mais Vektor Sokolov est prêt à lâcher un beau paquet de fric pour…

— Je ne suis pas intéressé. Et d'abord, d'où tu le connais, Sokolov ?

— On a des amis communs qui nous ont mis en relation. Tout le monde sait que j'ai du poids chez les Ukrainiens de Moscou.

Malgré ses activités illégales, Kachine passait pour un bienfaiteur aux yeux de la diaspora ukrainienne.

Il finançait généreusement de nombreux organismes de charité, le centre culturel ukrainien et la bibliothèque ukrainienne de Moscou, entre autres. C'était aussi à lui qu'on s'adressait au sein de la communauté pour régler les petits et les grands problèmes qui nécessitaient de la discrétion et une totale absence de scrupules.

— Je sais que tu t'étais juré de ne jamais retourner en Ukraine. Mais, Alex, ce que je te propose, c'est une affaire en or. Ce type est prêt à te payer une fortune. Et je pèse mes mots. On parle de beaucoup, beaucoup de fric. Suffisamment pour financer l'opération chirurgicale de ta fille.

Rybalko se raidit.

— Elle coûte des millions de roubles, objecta-t-il.

— Je te l'ai dit : ce mec est prêt à tout pour retrouver l'assassin de son fils.

Kachine sortit d'un tiroir une petite carte de visite au nom de Vektor Sokolov, la posa sur la table et, du bout de ses doigts légèrement teintés de sang, la poussa en direction du flic.

— Appelle-le. Ne serait-ce que pour savoir combien exactement il est prêt à te proposer pour faire ce boulot. Ça ne t'engage à rien.

Rybalko fixa un long moment le petit morceau de carton satiné. Une partie de lui n'en avait rien à foutre. Une autre lui soufflait d'accepter, pour Tassia.

— Toi, qu'est-ce que tu y gagnes ? demanda-t-il.

— Sokolov va investir en Crimée. Si tu retrouves l'assassin de son fils, il me prendra comme associé. Finie la grisaille de Moscou, bonjour les plages de sable fin. Je m'occuperai de la sécurité de ses business là-bas.

— Pour empêcher que des gars comme toi ne les rackettent ?

Un sourire de hyène éclaira le visage maigre du mafieux et sa dent en métal brilla furtivement au coin de ses lèvres.

— Tu as tout compris, Alex. Alors ? Tu vas lui parler, oui ou non ?

Rybalko se leva et empocha la carte de visite.

— Je vais voir. Je te tiens au courant.

5

En sortant de son entrevue avec Kachine, Rybalko prit un taxi pour le sud-est de Moscou, direction Lioubertsy. Dans les années 1990, la ville était la Chicago russe. Gangs, racket d'entreprises, règlements de comptes... à la chute du régime communiste, les rues de la ville avaient vu se développer une génération quasi spontanée de jeunes délinquants bodybuildés engendrée par l'appauvrissement généralisé, les nouvelles tentations liées à la diffusion du capitalisme et la dissolution de l'ordre moral soviétique. Des vauriens au look improbable, pantalon à carreaux, casquette, blouson en cuir et cravate ultrafine, qui menaient des razzias jusqu'au cœur de la capitale. Aujourd'hui, la ville était plus calme et les tours décrépites peuplées de jeunes couples bénéficiaires du programme de logement « Jeunes familles ».

Il retrouva sa voiture garée sur le trottoir où il l'avait abandonnée. C'était une Volga M24 gris asphalte, un modèle des années 1970 avec une grille en lamelles chromées à l'avant. Des petites bouteilles de vodka d'un demi-litre traînaient sur les tapis de sol, accompagnées des restes d'un *tchebourek* dans son emballage de papier gras. Le gros beignet en chausson avait empuanti l'habitacle d'odeurs de friture, de viande hachée et de bouillon.

Il jeta l'ensemble dans une poubelle. Au bout de la rue, on apercevait le balcon d'un appartement qu'il avait autrefois partagé avec Marina. Il se demanda une fois de plus ce qui avait fait basculer leur mariage. Était-ce le temps qui avait usé leur couple? Était-ce son travail? Marina avait enduré pendant des années ses absences, quand il s'immergeait corps et âme dans son boulot de flic. Et puis, un beau jour, tout s'était écroulé. Elle ne voulait plus craindre qu'on l'appelle pour lui dire qu'il avait pris une balle pendant une intervention. Elle ne voulait plus partager son lit avec un fantôme. Elle voulait quelqu'un qui soit là pour elle.

Peut-être avait-elle finalement compris qu'elle ne pouvait pas le réparer. Les femmes aiment croire qu'elles peuvent changer les hommes. Les rendre meilleurs. Lui était un bel exemplaire de mâle fracturé. La mort de son père, de sa mère, le traumatisme de l'expulsion de Tchernobyl, la guerre en Tchétchénie, il en avait tant et tant, de plaies à panser. Elle avait cru que créer un foyer stable suffirait à apaiser son mal-être. Mais lui avait besoin de se frotter au mal pour avancer. De sillonner les veines noires de Moscou pour en extirper les cellules cancéreuses, de coffrer des tueurs, des violeurs pour racler un peu de toute cette perversion qu'il avait vue là-bas, en Tchétchénie, et qui gangrenait aussi la capitale.

Pour lui, la violence n'était pas morte avec la fin de la guerre. Le champ de bataille s'était juste déplacé. Tous ces types qui avaient appris à tuer, qui y avaient parfois pris goût, on les avait relâchés dans la nature. Un jour, il avait arrêté dans une banlieue au nord de la ville un de ses anciens camarades de régiment. Au front, on le surnommait Popovitch, en référence au clown Oleg Popov, parce qu'il avait toujours une blague à raconter. Chez lui, on avait retrouvé deux corps décomposés. Des cadavres de prostituées. Quand Rybalko lui avait demandé pourquoi il les avait tuées, il avait dit qu'on ne lui posait pas la question en Tchétchénie. Qu'il pouvait faire ça et que c'était normal. Alors comment pourrait-il quitter la police tant que des tarés comme ça vivaient dans la même ville qu'Anastassia ?

Tassia. C'était peut-être à cause d'elle qu'ils s'étaient séparés. Marina était violoniste au conservatoire Tchaïkovski de Moscou, l'école de musique la plus prestigieuse de Russie. Découvrir que sa fille était quasiment sourde lui avait brisé le cœur. Il était persuadé qu'elle lui en voulait pour ça. À lui personnellement, parce qu'il portait des gènes corrompus par l'irradiation. D'ailleurs, c'était quand on avait détecté les problèmes d'audition de Tassia que leur couple avait commencé à battre de l'aile. Aux yeux du flic, ce n'était pas un hasard : c'était un aveu. Marina ne le lui avait jamais dit frontalement, mais il en avait la conviction : pour elle, c'était sa faute à lui si Tassia n'était pas «normale».

Assis dans sa M24, il réfléchit un long moment à la proposition de Kachine, tout en contemplant le spectacle ordinaire des rues, le défilé des camés aux bras maigres, squelettes ambulants en mal d'héroïne, l'armada des mères célibataires qui promenaient leur poussette vers un square miteux, le pas lent des vieilles babouchkas fourbues coiffées de leur sempiternel fichu coloré, qui rapportaient du marché des légumes anémiques.

Déprimant.

Était-ce ce qu'il voulait pour Tassia? Une vie médiocre, dans un quartier médiocre, avec un boulot médiocre et un mari absent ou mort? Il démarra et se dirigea vers l'école de sa fille. Il y arriva juste avant que ne sonne la cloche annonçant la pause déjeuner. Dès qu'elle retentit, des gamins envahirent la cour en piaillant. Un instant plus tard, une maîtresse vint ouvrir le portail aux parents qui attendaient leur progéniture et il partit à la recherche de Tassia.

Les enfants tourbillonnaient autour de lui, heureux, une furie de cris de joie, de nattes blondes et de regards bleus. Au bout d'un moment, il repéra au milieu de la cour la silhouette de sa fille. Elle portait une doudoune rose bonbon, comme pour conjurer la grisaille des murs de l'école et du ciel couleur acier. De dos, on remarquait à peine les prothèses disgracieuses accrochées à ses oreilles. Deux horreurs en plastique marron qu'elle devait enfiler pour se désenclaver du silence.

Soudain, elle se retourne. Son visage s'illumine. *Papa! Papa!* Elle lui saute dans les bras.

— Qu'est-ce que tu fais là? demande-t-elle.

— On va déjeuner dehors. Au McDonald's.

— Chez McDo! s'écrie-t-elle en sautillant sur place.

— C'est un genre d'anniversaire-surprise, rien que pour nous deux, lui explique-t-il.

Sa fille ouvre de grands yeux.

— Il y aura un cadeau, comme pour un vrai anniversaire ?

— Oui. On passera au Goum pour le choisir.

Il prend sa petite main dans la sienne. Elle a des traces de peinture rouge et bleue au bout des ongles. Ce matin, sa classe a eu une activité avec une artiste. Elle lui raconte ça pendant qu'ils roulent jusqu'à trouver un parking pas trop loin de la place du Manège, à côté du Kremlin. Là-bas, il y a un McDonald's où il n'est jamais allé. Il veut un endroit sans autres souvenirs que ceux qu'ils vont se créer aujourd'hui.

En faisant la queue pour commander, il se rappelle la première fois qu'il avait mangé un Big Mac. C'était en 1990, place Pouchkine. L'URSS tenait toujours debout, mais le rideau de fer qui la séparait du reste de la planète était sérieusement troué. On venait d'ouvrir le premier fast-food de Russie. Le plus grand du monde. Il y était allé avec sa tante, pour son anniversaire. C'était un luxe : le repas coûtait six roubles, alors qu'en moyenne un Russe en gagnait à peine deux cents par mois.

Tassia prend un menu enfant, avec le jouet pour les filles. Elle dévore tout très vite. Lui mange lentement : chaque moment passé avec elle lui paraît précieux, même ceux d'une banalité affligeante, quand il nettoie le coin de sa bouche avec une serviette ou qu'il la regarde s'ébattre dans l'aire de jeux.

Il lui propose d'aller au parc Gorki pour faire du roller.

— Au parc? Mais c'est l'heure de retourner à l'école!

— Pas d'école cet après-midi. On reste tous les deux.

— Super! s'exclame-t-elle avant d'engloutir sa dernière bouchée de glace à la vanille.

Sur la route, elle lui raconte sa vie. Les copines, les copains, les vêtements à la mode, les jouets pour Noël. Elle dit qu'elle veut devenir peintre. Une semaine plus tôt, elle se voyait surfeuse. Il songe que quand il avait son âge, les garçons rêvaient d'être cosmonautes et les filles gymnastes, comme Nadia Comăneci. Toutes ces histoires lui paraissent merveilleuses. Pourquoi ne les écoutait-il pas, avant? Il était trop pressé. Il avait trop de choses à faire. Maintenant qu'il est trop tard, il réalise que c'était ça, les moments importants à vivre.

L'imminence de la mort vous oblige à redéfinir vos priorités.

Quelques jours plus tôt, dans une salle d'examen qui sent l'alcool à désinfecter. Il est assis sur la table où le médecin vient de l'ausculter. Ils se connaissent bien. Le vieux docteur le suit depuis sa première visite au centre médical de la Direction principale de la milice de Moscou, à la fin des années 1990. Il lui pose la question la plus importante de toute sa vie :

— Est-ce que c'est opérable?

Le docteur dispose des clichés médicaux sur un négatoscope fixé au mur de la pièce. Quand l'appareil s'illumine, une lumière froide inonde les contours noir et blanc d'une coupe transversale de son cerveau. Le médecin pointe du doigt un amas sombre au milieu de la boîte crânienne. L'antre de la bête.

— *La tumeur est ici, déclare-t-il.*

Rybalko serre les poings, avale difficilement sa salive.

— *On peut la retirer ?*

Le docteur éteint le panneau lumineux.

— *À ce stade, il n'est pas possible d'opérer. Je suis désolé.*

Ils arrivent au parc Gorki et louent des rollers. Pendant qu'ils nouent leurs attaches, il explique à Tassia que durant l'époque soviétique, le parc était un des rares endroits où l'on pouvait se détendre en toute insouciance, même si des haut-parleurs débitaient à longueur de journée les discours des dirigeants communistes. Tassia demande s'il la promenait ici quand elle était toute petite. Il répond que le parc était trop dangereux à l'époque. Après la chute de l'URSS, il était devenu pendant un temps le domaine des petits truands et des junkies. Tassia manifeste son incompréhension : pour les enfants de sa génération, le parc appartient aux jeunes femmes de Moscou Plage qui y bronzent topless l'été, aux joueurs de ping-pong, aux adolescents qui y fument leurs premières cigarettes, aux nounous qui promènent les bébés en poussette.

Ils croisent d'autres enfants. Tassia touche nerveusement les grosses prothèses auditives accrochées à ses oreilles. Quand elle sort, elle essaie de les cacher sous un bonnet ou derrière ses cheveux. Et de plus en plus souvent, quand elle ne peut pas les dissimuler, elle les retire, tout simplement. Elle veut juste paraître normale aux yeux des autres.

Différents clichés en noir et blanc défilent sur le négatoscope. Foie, poumons, estomac, le docteur pointe du doigt de gros amas sombres sur chacune des radios. Le mal est partout en lui.

— *Certains cancers se développent très vite*, dit le médecin. *Le vôtre a gagné du terrain extrêmement rapidement et vous avez des métastases dans la plupart des organes majeurs.*

Sa gorge est sèche et nouée. Il a l'impression de ne plus pouvoir respirer. Trois mois plus tôt, il avait fait un check-up et le médecin n'avait rien trouvé d'inquiétant dans ses analyses. Il ne peut pas être malade, c'est impossible. Et encore moins mourant.

Il demande d'une voix blanche :

— *J'étais à Pripiat quand la centrale de Tchernobyl a explosé. J'avais huit ans. Est-ce que c'est ça qui…*

Il laisse la phrase en suspens. Le médecin hoche la tête avec gravité.

— *Ça peut expliquer la rapidité de la propagation. Beaucoup des personnes touchées par la catastrophe ont développé des cancers. Votre système immunitaire a forcément été affaibli par l'exposition aux radiations.*

Ils passent devant l'endroit où l'on installe une grande patinoire pendant l'hiver. Elle n'ouvre que mi-novembre. Dommage. Il aurait aimé patiner dessus avec Tassia. Avec ses gros rollers, ses mouvements sont saccadés, mais sur la glace, sa fille est légère et aérienne. Une fée qui vole. Elle tient ça de sa mère. Lui patine comme on donne des coups de hache.

La voix du médecin lui paraît lointaine, comme s'il parlait depuis le fond d'une caverne. Il ne l'écoute plus vraiment. Les souvenirs de l'explosion, longtemps mis sous cloche, affluent dans son esprit.

Six heures du matin à Pripiat. L'appartement est calme. Le réveil sonne. On est samedi, il a mal dormi. Sa mère prépare le petit déjeuner. Elle semble un peu nerveuse et regarde souvent par la fenêtre. Pour lui, c'est une journée comme une autre.

Mais le temps bégaie.

On est samedi et il va à l'école. Que se passe-t-il? Sa mère s'y reprend à plusieurs fois pour faire ses boucles de lacets. À l'école, les grands des classes supérieures marmonnent des rumeurs. Vers neuf heures du matin, des femmes au visage sévère entrent dans sa classe. Tous ses camarades et lui reçoivent d'étranges pilules qu'ils doivent avaler avec un verre d'eau. On ne le dit pas encore, mais c'est de l'iode, censé les protéger contre l'effet des radiations. Ensuite, tout le monde est renvoyé à la maison. Sur le chemin du retour, il a la peur au ventre. Les gens se conduisent bizarrement. Les adultes conspirent à voix basse. Les enfants sont sérieux comme des vieillards. Quelque chose de grave est en train de se dérouler, on le sent, mais personne ne sait quoi.

Puis vient le soir et le début de l'enfer. Son père n'est pas revenu de la centrale. Sa mère ne parle pas. Elle patiente, assise à côté du téléphone. Il attend, lui aussi. Écrasé de fatigue, il s'endort vers une heure du matin. Quand sa mère le réveille, elle a les yeux rougis et les traits alourdis par le manque de sommeil. On est le dimanche 27 avril. L'évacuation de la ville est ordonnée. Il demande où est son père. Sa mère dit qu'il combat le dragon.

Dans les méandres du parc, les bruits de voiture disparaissent. Beaucoup de familles se baladent, il y a des nourrissons dans les poussettes. Il achète des graines à un distributeur automatique. Tassia les lance aux rongeurs et aux oiseaux. Elle passe un long moment à essayer de faire s'approcher d'elle un petit écureuil à la queue blanc et roux.

Le dragon de la forêt rousse.

Enfant, quand il avait quatre ou cinq ans, sa mère lui avait raconté que son père éteignait des incendies causés par le dragon enfermé dans la centrale. Elle disait que des scientifiques russes l'avaient capturé et soumis à leur volonté. Qu'ils utilisaient son souffle pour chauffer les maisons et produire l'électricité qui alimentait les lampadaires dans la rue et la télévision dans leur salon. Que la bête dormait paisiblement, mais que son père était là pour éteindre le feu au cas où elle se réveillerait et se mettrait à cracher ses flammes n'importe où. Bien sûr, c'était un piètre mensonge. Mais lui n'était qu'un gamin. Que pouvait-il comprendre aux atomes, à la fusion nucléaire, à la radioactivité?

Rien.

Mélancolie d'automne. À Moscou, il débute dès le 1er septembre, et passe comme un songe. Bientôt, les arbres seront sertis de feuilles rouges et orange. On repère déjà dans les ramures des dégradés de vert jaunissant. Tassia ramasse quelques feuilles et les lance vers le ciel.

Sa mère réunit quelques affaires. Les autorités ont dit de ne prendre que le strict nécessaire, que l'évacuation était temporaire, alors elle hésite. Quelles robes, quels manteaux, quelles chaussures? Est-ce qu'il faut emporter le samovar, offert par sa belle-mère, au cas où il y aurait des pillages? Lui, il se demande quels jouets prendre avec lui. Son ours? Non, il ne sera pas du voyage. De toute façon, il est grand maintenant. Il n'en a plus besoin. C'est sa mère qui lui dit ça en le tenant par les épaules. Elle le serre très fort, elle qui d'habitude est si douce. Ça lui fait peur. Ils montent dans un bus avec leurs petites valises. Leur bus rejoint un autre bus, qui rejoint lui-même une file de bus. Il a beau être jeune, il comprend tout de même que c'est tout Pripiat qui fuit dans ces bus orange. Une ville sur roues, presque cinquante mille personnes qui ne savent pas encore qu'elles ne reviendront plus jamais vivre là, que leur cité de l'atome, si jeune, si fière, vitrine du communisme triomphant, est déjà morte.

Il y a une grande roue dans le parc Gorki. Tassia a un peu peur, mais elle veut essayer, tant qu'il est avec elle. Quand la nacelle qu'ils occupent atteint le point le plus haut, elle se blottit contre lui. Il pense à une autre grande roue, celle de Pripiat, qui le faisait rêver quand il était gamin. On devait inaugurer le parc d'attractions pour le 1er Mai. Mais la ville a été évacuée avant l'ouverture et il n'a jamais pu y aller avec son père, comme il le lui avait promis. Une larme se forme au coin de ses yeux sans qu'il s'en rende compte.

— Tu pleures?

— Non, c'est le vent. Une poussière.

Après l'évacuation, ils s'installent chez Vadik, son grand-père paternel, un vieux colonel qui a fait la guerre aux nazis. Un vrai communiste, solide comme une pièce d'artillerie. Pas le genre à avoir peur de son ombre. Un soir, un représentant du Parti passe à la maison. Après son départ, Vadik s'effondre dans le fauteuil et sanglote. Alexandre est choqué : jamais il n'a vu grand-père verser une larme. C'est à ce moment-là qu'il comprend : son père ne reviendra pas. Le dragon l'a vaincu.

Son père est enterré à Moscou, au cimetière de Mitino, avec ses collègues pompiers, lourdement irradiés durant les premières heures de la catastrophe. On l'a enroulé dans un sac en plastique, puis placé dans un cercueil en bois et enfin dans un autre en zinc. Le tout a été coulé dans du béton et enfoui à plusieurs mètres de profondeur, comme un déchet nucléaire. Sur la pierre gris-noir de sa tombe, on a gravé son visage, figé dans une éternelle jeunesse.

Sa mère assiste à l'enterrement. À son retour, ils vont voir les médecins de l'hôpital régional. Radios, prises de sang, scanners. On les ausculte avec des appareils crépitants. Les aiguilles dansent sur les cadrans des dosimètres. Cent, deux cents, cinq cents microröntgens. On ne sait pas ce que ça veut dire. On devine juste que plus les chiffres sont élevés, plus c'est grave. Les médecins les obligent à prendre des bains toutes les quatre-vingt-dix minutes et à avaler des cachets de vitamines. Voilà tout ce que peut faire la puissante URSS pour sauver ses héroïques prolétaires. Mais lui, c'est un gosse, et il croit que ça va marcher.

Et jusque-là, ça avait marché.

L'après-midi est bien entamé. Ils partent au Goum, l'ancien «magasin principal universel» reconverti en galerie marchande de luxe. Dans une bijouterie, ils choisissent un collier pour l'anniversaire de Tassia. Il veut offrir quelque chose qui lui survivra. Il fait emballer le bijou et dit qu'elle le recevra seulement le jour de son anniversaire. Tassia trépigne : elle n'a pas envie d'attendre trois mois.

Le médecin est en train de rédiger une ordonnance.

Il lui pose alors la plus terrible des questions :

— Combien de temps j'ai devant moi ?

Le médecin lève le nez de ses papiers et le scrute longuement, comme s'il essayait de lire dans les rides de son front le nombre exact de secondes qu'il lui reste à vivre.

— Quelques mois. Trois, quatre… peut-être six en tout. Mais pas beaucoup plus.

Un cri blanc se perd dans sa gorge. Le dragon de Tchernobyl a fini par le rattraper, ce monstre qui a détruit son enfance et tué tous ceux qu'il aimait. Son père, brûlé par un feu invisible. Sa mère, emportée par une leucémie. La nuit où le réacteur 4 crachait des flammes et des éclats de graphite, elle avait essayé de rejoindre la centrale pour avoir des nouvelles de son mari. On l'avait arrêtée à un contrôle, mais le mal était fait. Elle avait pris une dose de radiations massive.

Il se souvient de sa pauvre tête chauve, à cause des traitements. Il se souvient des mèches d'or qui tombaient. Elle avait de si jolis cheveux, sa mère. Elle en était si fière.

Son téléphone sonne. C'est Marina.

— Alexandre ? Je viens d'avoir un appel de l'école. Anastassia n'est pas dans sa classe. Ils disent qu'un homme est passé la chercher. Est-ce que c'est toi ?

— Oui, c'est moi… j'ai oublié de te téléphoner. Désolé, je…

Elle l'interrompt, folle de colère :

— Tu te fous de moi? Je me suis fait un sang d'encre… j'ai failli appeler la police! Qu'est-ce qu'il t'a pris?

C'est le moment de lui dire. Ou peut-être pas. Annoncer sa mort prochaine au téléphone lui paraît une mauvaise idée. Il décide de repousser un peu plus cette épreuve :

— Je t'expliquerai.

— Tu es complètement inconscient… Ramène-la tout de suite!

Il raccroche. Tassia fait de la balançoire. Elle rit. Il agrippe encore quelques beaux souvenirs d'elle, puis lui dit qu'ils doivent partir.

La consultation est terminée. Le médecin se lève pour l'accompagner dehors.

Il pose une dernière question :

— *À ma place, qu'est-ce que vous feriez du temps qu'il vous reste?*

Le docteur ne réfléchit pas bien longtemps : il a une réponse toute faite pour ce genre de situation.

— *Je mettrais mes affaires en ordre et je profiterais de ma famille.*

C'est ce qu'il comptait faire en sortant de chez le médecin. Parler de sa maladie à Marina. Et puis, devant la porte de son appartement, il avait hésité. Il s'était senti tellement misérable qu'il avait préféré partir et satisfaire tous les caprices qui lui passaient par la tête. La drogue. Les femmes. La violence gratuite. La vitesse. L'alcool. Il s'était tout accordé, une dernière fois.

— Tu viens à mon anniversaire, cette année? demanda Tassia alors qu'ils pénétraient dans Lioubertsy.

— J'essaierai.

Mais dans trois mois, serait-il encore en vie ? Ils arrivèrent devant l'immeuble de Marina. En face de la porte d'entrée, son ex-femme attendait, les bras croisés et la mine sombre. Elle embrassa Tassia et lui dit de monter à leur appartement. Une fois la gamine disparue, elle laissa éclater sa colère :

— Tu es complètement malade, Alex ! Tu imagines dans quel état d'inquiétude j'étais ?

Pour l'apaiser, il savait qu'il n'avait que trois mots à prononcer : *Je vais mourir*. Mais il n'y arrivait pas.

— Je voulais passer un peu de temps avec ma fille…

— Un peu de temps avec ta fille ? Alors ça, c'est la meilleure ! Tu as eu neuf ans pour passer du temps avec elle. Mais tu avais toujours quelque chose d'autre à faire. Tu as passé plus de temps avec tes dealers et tes assassins qu'avec elle… et avec moi.

Elle se tut un instant. Elle était au bord des larmes.

— Je te préviens, Alex, la prochaine fois je porte plainte. Il est hors de question que tu passes prendre Tassia quand bon te semble.

— Il n'y aura pas de prochaine fois.

Elle fronça les sourcils.

— Je les connais, tes promesses, Alex, alors écoute-moi bien…

— C'est la vérité, Marina. Je… je…

— Tu quoi ?

Il eut soudain une vision. Anastassia a vingt ans. Elle est à la faculté. Elle étudie la médecine. Assise au premier rang, elle rabat machinalement ses cheveux derrière ses oreilles. Elle a oublié le contact désagréable contre sa peau de l'appareillage qui, petite, lui permettait d'entendre. Il est midi. On est au début de l'automne. Elle passe ses doigts sur le collier en or qu'ils avaient choisi ensemble au Goum. Peut-être qu'elle se rappelle leur balade dans le parc Gorki.

Dans sa vision, il n'a pas envie qu'elle se remémore sa mère en pleurs dans la petite cuisine de leur appartement.

— Alors, Alex, qu'est-ce que tu as comme excuse cette fois?

Il inspira profondément.

— Je vais partir.

Ce n'était pas les trois bons mots, mais c'était ceux qu'il fallait dire.

— Partir? s'étonna Marina. Tu prends des congés? Tu déménages?

— Non, c'est une mission spéciale. Je vais être loin de Moscou quelque temps, alors je voulais voir Tassia, au cas… au cas où il m'arriverait quelque chose.

Marina le considéra un long moment, silencieuse. Il connaissait le regard qu'elle jetait sur lui. Elle était en train d'essayer de détecter s'il mentait ou s'il était sincère.

— Et ces derniers jours, tu étais où?

— En planque.

— Dans un bistrot? ironisa Marina. Je t'ai assez souvent vu ivre pour savoir quand tu as bu.

— Un collègue a fêté son départ à la retraite hier soir.

Elle n'en croyait pas un mot. Et elle avait raison.

— Ce que tu fais de tes nuits ne me regarde plus. Mais, je te le répète, tu ne peux pas passer prendre

Tassia quand bon te semble. Il y a eu un jugement. Tu dois le respecter.

Il hocha la tête, puis sortit de sa poche la boîte qui contenait le collier.

— Je ne sais pas combien de temps je serai parti. Tu pourras lui donner, si jamais je ne suis pas là ?

Marina scruta le cadeau d'un air méfiant, comme s'il s'agissait d'un colis piégé.

— C'est bien ce que je disais, fit-elle en l'attrapant à contrecœur. Toi d'abord, le boulot ensuite, et après on voit pour le reste.

— Marina…

— Ne dis rien. J'ai assez entendu tes excuses. Je dirai à ta fille que tu dois arrêter des méchants. Comme les autres fois. Tâche au moins de l'appeler le bon jour, cette fois. Et d'être sobre.

Elle se détourna pour rejoindre le hall de l'immeuble. Il la regarda s'en aller avec un léger pincement au cœur. C'était peut-être la dernière fois qu'il la voyait et il n'avait pas su faire la paix avec elle.

6

Le coup de fil qu'il passa à Vektor Sokolov fut bref et concis. Il se présenta, expliqua que Kachine lui avait donné sa carte et, immédiatement, l'ancien ministre l'invita à se présenter à sa villa. Elle se trouvait sur la Roubliovka, l'artère la plus prestigieuse de Moscou. Les flics de son commissariat surnommaient le quartier Zabor-City, la Cité des palissades, vu que toutes les maisons y étaient entourées de murs de protection. Les premiers étaient apparus dès les années 1930, sous Staline, pour garder à l'abri des regards les datchas de la nomenklatura, l'élite du Parti. Depuis, les villas à cent millions de roubles des riches oligarques avaient supplanté celles des princes rouges et les palissades avaient poussé comme des champignons après l'averse. Le quartier était le sanctuaire des puissants de la ville : hommes politiques, capitaines d'industrie, mafieux, tout ce petit monde s'y incarcérait dans un entre-soi incestueux, derrière des enceintes vidéosurveillées aussi impénétrables que celles du Kremlin.

Un vigile occupait une espèce de check-point qui surveillait l'entrée du quartier, un ex-flic, qui le toisa avec mépris. Après la barrière, les seules personnes à la peau foncée que croisa Rybalko furent des nounous des Philippines et des ouvriers du Caucase qui s'esquintaient à construire les fondations de nouvelles villas. Des types recrutés pour moins de cent roubles de l'heure place des Trois-Gares, au cœur de Moscou, parmi les dizaines de travailleurs des anciennes Républiques soviétiques qui composaient la défunte URSS, Tadjiks, Ouzbeks, Turkmènes ou Kirghizes venus tenter leur chance dans la capitale russe.

L'accès à la villa de Sokolov était protégé par un haut portail métallique surmonté de trois grosses caméras. Deux gardes du corps vinrent chercher Rybalko et il dut leur remettre son arme de service. Derrière le portail s'étendaient une large allée pavée et un jardin long comme un parcours de golf. En suivant un petit chemin balisé par des ardoises qui affleuraient sous la pelouse, on arrivait à une baie vitrée donnant sur un très grand salon à la décoration prétentieuse. Des peintures d'artistes contemporains, sans doute très chères, tutoyaient des lustres en cristal. Sur un mur, un écran plat de la taille d'une table de billard dominait une assemblée de fauteuils en cuir si épais qu'ils semblaient pouvoir arrêter des balles de fusil.

Une jeune femme blonde traversa soudain le salon, aérienne et vaporeuse dans sa robe haute couture qui reprenait les motifs d'un tableau de Mondrian. Escarpins Louboutin de douze centimètres, bijoux Cartier, sac Hermès... On s'habillait à la française chez les Sokolov. La fille lui adressa un sourire enjôleur, puis enfila un long manteau de zibeline que lui tendait une domestique surgie de nulle part. Sans dire un mot, l'ange blond quitta la pièce et sortit dans l'allée, où ronronnait une grosse limousine Bentley avec chauffeur.

— La fille de votre patron n'a pas l'air d'être très affectée par la mort de son frère, lança Rybalko aux gardes du corps.

Les molosses échangèrent un regard amusé.

— C'est la femme de M. Sokolov, pas sa fille, dit l'un d'eux.

— C'est beau, les mariages d'amour, ironisa Rybalko.

Des pas retentirent dans l'escalier en marbre qui menait aux étages et bientôt, Vektor Sokolov apparut devant lui. La cinquantaine tonique, l'ex-ministre portait une veste de costume cintrée qui lui pinçait la taille. Son visage lourd et ordinaire était rehaussé par l'éclat blond de ses cheveux et à défaut de charisme, il portait au poignet gauche une Rolex Cosmograph Daytona, des bagues en or à ses doigts boudinés et des boutons de manchettes en diamant.

— Ah! Alexandre Rybalko! s'exclama-t-il. Ravi de vous voir enfin!

Ils échangèrent une solide poignée de main.

— Toutes mes condoléances pour votre fils, compatit Rybalko. Une ombre passa dans les yeux de Sokolov.

— Merci. Vous êtes père, vous aussi. Vous imaginez ce que j'endure.

— Je… j'imagine, dit-il en pensant à Tassia.

— Allons au fumoir. Nous y serons plus à l'aise pour parler.

Sokolov donna congé à ses gardes du corps, puis le conduisit au fumoir. Deux fauteuils clubs en cuir, une table basse avec une cave à cigares, un petit meuble contenant des alcools et des eaux pétillantes exotiques… c'était une pièce aux dimensions intimes en comparaison du salon. Un des murs, peint dans un bleu canard sombre, était couvert de trophées. Cerfs, loups, ours, tous avaient été abattus par Sokolov lors de parties de chasse en Sibérie.

Sur la table basse traînaient un exemplaire de *Kommersant*, le quotidien économique, ainsi qu'un magazine ouvert sur un article expliquant comment choisir ses diamants. Quelques pages plus loin, un autre article expliquait que la réussite financière de Vektor Sokolov ne manquait pas de piquant, vu que son prénom pouvait se lire *VElikiï Kommounizm TORjestvouïet* : « Le grand communisme triomphe ».

Sokolov se servit un cognac français et lui en proposa un. Rybalko refusa et demanda juste un peu d'eau. L'ex-ministre déboucha une eau minérale étrangère et remplit son verre en lui expliquant qu'elle venait de Norvège et qu'elle était sans doute la plus pure du monde. Il parla un peu d'un projet d'usine électrique qu'il menait là-bas, puis avala une lampée de son cognac hors de prix avant de reprendre, cette fois d'un ton plus grave :

— Cela fait plus d'un mois que mon fils a été tué et je n'ai toujours pas le moindre indice sur ce qu'il lui est exactement arrivé. Comme Léonid est mort en Ukraine, je ne peux pas utiliser mes relations pour peser sur l'enquête.

— Où en sont les investigations de la police là-bas ?

— Parlons-en! s'exclama Sokolov, amer. Une parodie. En me servant de mes contacts à l'ambassade de Russie, j'ai découvert que ces salopards n'avaient même pas procédé à une autopsie, sous prétexte que le corps était trop irradié.

La rage contenue faisait saillir les veines de son cou et durcissait ses traits.

— Tout ce qu'ils veulent, c'est punir la Russie à travers moi, ces ordures. Parce que j'ai été ministre. Mais ça ne se passera pas comme ça. S'ils croient que je vais rester sans rien faire, ces pourris, ils se trompent… ils se trompent!

La colère de Sokolov grondait sous sa peau. Les muscles de sa mâchoire roulaient, des tics nerveux agitaient le coin d'une de ses paupières, sa poitrine se soulevait à un rythme plus saccadé. Pourtant, juste au moment où sa haine semblait sur le point d'exploser en orage d'injures, il se recomposa un visage stoïque et reprit la conversation sur un ton froid de professionnel de la négociation.

Ce fut pour Rybalko un spectacle aussi étonnant qu'inquiétant.

— Quand j'ai compris que je ne pouvais pas compter sur les forces de l'ordre ukrainiennes pour découvrir la vérité, j'ai commencé à chercher un détective qui accepterait d'aller enquêter du côté de Tchernobyl. Après quelques échecs, j'ai contacté de vieux amis qui m'ont mis en contact avec Nikita. Quand il m'a dit que vous étiez né à Pripiat, j'ai su que vous étiez le candidat idéal.

Sur le meuble où étaient rangées les bouteilles, il y avait un plateau d'argent qui devait servir habituellement à apporter des pâtisseries préparées par le chef français de Sokolov. L'ex-ministre y avait déposé deux dossiers.

— Ceci, dit-il en brandissant une première liasse de documents, contient les informations que j'ai déjà pu réunir pour vous faciliter le travail d'enquête. Trop peu de choses, hélas, essentiellement des relevés de compte, la liste des appels que mon fils a passés depuis son portable et, bien sûr, quelques photos que j'ai pu me procurer. C'est mon contact dans la zone qui les a prises.

Rybalko feuilleta rapidement le dossier, puis s'arrêta sur une photo d'identité de Léonid. Visage pesant, sourire artificiel, il ressemblait beaucoup à son père, mis à part un détail : alors que les yeux de Vektor Sokolov étaient bleus, ceux de son fils étaient d'un noir d'encre. Sur les autres clichés, pris après sa mort, le regard sombre disparaissait derrière des paupières couturées de fil de pêche transparent.

— Si vous avez déjà quelqu'un sur place, pourquoi désirez-vous m'envoyer là-bas ?

— Cette personne n'a pas d'expérience dans le domaine de l'investigation criminelle. Je veux un professionnel. Et je veux qu'il soit d'ici, renchérit Sokolov en insistant sur chaque syllabe. Je veux savoir exactement avec qui je traite. Lui parler face à face.

Il prit la deuxième liasse de documents. Cette fois-ci, il ne la lui tendit pas et se contenta de la feuilleter.

— J'ai pu me procurer une copie de votre dossier, Alexandre. J'y ai repéré des petites choses, des détails infimes, mais qui sont significatifs quand on les relie entre eux : des avancements tardifs, des congés accordés en automne, au pire moment de l'année, des blâmes… J'en ai conclu que vous n'étiez pas dans les petits papiers de votre hiérarchie. Je suppose que vous êtes plutôt indépendant et rebelle à l'autorité, n'est-ce pas ?

Rybalko répondit du tac au tac :

— C'est exact. Tout comme vous êtes égocentrique, carriériste et habitué à ce que tout le monde vous obéisse.

Loin de s'émouvoir de son insolence, Sokolov hocha la tête comme un joueur d'échecs appréciant un coup particulièrement audacieux.

— Nikita Kachine m'avait prévenu que vous pouviez être assez… direct. Ça me convient très bien : pour ce travail, j'ai besoin de quelqu'un qui ne perd pas de temps à tourner autour du pot.

— Ne pas perdre de temps…, répéta pensivement Rybalko.

Troublé, il passa en revue les clichés pour se donner une contenance.

— Il paraît qu'il y a tout un tas de gens qui visitent Pripiat. Des curieux, des anciens déplacés qui désirent revoir la ville de leur jeunesse, leurs descendants qui veulent connaître leurs racines, des amateurs de sensations fortes… À laquelle de ces catégories appartenait votre fils ?

Sokolov s'accorda quelques secondes de réflexion avant de répondre :

— Je pense qu'il est allé là-bas en raison des liens qui unissent notre famille à Pripiat.

Son visage se fit grave.

— Je suis de Pripiat, moi aussi. J'étais premier secrétaire du *Gorkom*.

Le chef du comité de la ville, rien que ça ! Pour autant, le visage de Sokolov n'évoquait aucun souvenir en lui. Il était sans doute trop jeune à l'époque pour se rappeler un obscur homme politique des années 1980.

— Donc, Léonid voulait revoir la ville où il était né, résuma-t-il.

— Ce n'était pas vraiment ça… je crois… je crois plutôt qu'il était là-bas pour mener une enquête. Ma femme…

Sokolov sembla tout à coup terriblement vieux et fatigué. Très pâle, il se laissa glisser dans un des fauteuils de cuir.

— Ma première femme, Olga, la… la mère de Léonid… elle a été assassinée le jour de l'explosion de la centrale.

Intrigué, Rybalko s'avança au bord de son siège.

— Vous pensez que votre fils est parti là-bas pour enquêter sur son meurtre ?

— Je n'en sais rien. Je suppose que oui. Même si ça n'a aucun sens. J'étais un homme influent à Pripiat, au moment où la centrale a explosé. Si je n'ai pas réussi à retrouver l'assassin d'Olga, avec tout le pouvoir que j'avais à l'époque, comment aurait-il pu y parvenir, trente ans après ?

— Jamais votre fils ne vous a parlé de son intention de retourner dans la région de Tchernobyl ?

— Non. Il m'a fait croire qu'il était à Dubaï, alors je n'ai rien vu venir.

— Donc c'est la deuxième tragédie familiale qui vous touche, et elles sont toutes les deux liées à Pripiat.

Avec de petits mouvements secs du poignet, Sokolov fit tourner le cognac dans son verre. L'alcool se mit à former une spirale huileuse sur laquelle s'attarda son regard.

— Je sais ce que vous vous dites. Le meurtre de ma femme, l'assassinat de Léonid… c'est trop gros pour être un hasard. Il y a forcément des connexions.

— Est-ce que vous aviez des ennemis à Pripiat ?

Sokolov rit doucement.

— Quel homme politique n'en a pas ? Quand j'étais au Gorkom, tous ceux qui étaient sous mes ordres voulaient prendre ma place. Quant à mes supérieurs, ils avaient peur que je les remplace.

— Est-ce que vous avez reçu des menaces avant la mort de votre fils ?

— Non.

— Avez-vous des ennemis ici, à Moscou, qui auraient pu planifier son assassinat ?

Sokolov se pencha en avant et dit sur le ton de la confidence :

— Alexandre, on n'arrive pas là où je suis sans se faire des tas d'ennemis. Si, en retournant chez vous, vous vous arrêtiez chez chaque personne que j'ai froissée au cours de ma carrière, vous n'arriveriez pas à Moscou avant Noël. Et encore, je ne parle que des ennemis que je me suis faits en politique. Si on ajoute ceux des affaires… là, c'est au bout de la Roubliovka que vous n'arriveriez pas de sitôt !

— Et votre femme, qui pouvait vouloir sa mort ?

81

Sokolov regarda les trophées au mur, l'air maussade.

— Aucune idée. La milice a tout mis en œuvre pour retrouver l'assassin d'Olga, mais hélas, elle a été tuée au pire moment. Tous les services de sécurité étaient débordés. Il fallait évacuer les civils, surveiller les zones à risque, retourner la terre contaminée, enfouir les maisons trop irradiées…

Les paroles de Sokolov réveillèrent en lui les souvenirs de l'évacuation. Rybalko se revit au fond d'un bus, assis à côté de sa mère. Les autres gosses autour de lui étaient surexcités, parce qu'ils pensaient qu'ils allaient camper quelques jours. Lui n'avait pas le cœur à se réjouir. Son père n'était toujours pas revenu de la centrale.

Il s'alluma une cigarette et écouta l'ancien ministre d'une oreille distraite.

— … mené des investigations… pas les moyens humains… tout le monde était si occupé à lutter contre les conséquences de l'explosion… J'aurais aimé ne jamais avoir à me replonger dans ces années-là… Mais ce serait fou de croire que la disparition d'Olga et la mort de Léonid ne sont pas liées… l'autopsie est programmée à Donetsk…

Rybalko se reconnecta à la réalité.

— Donetsk ? C'est dans le Donbass. À des centaines de kilomètres à l'est de Tchernobyl. Qu'est-ce que le corps de votre fils fait là-bas ?

Sokolov inspira longuement avant de répondre :

— Les autorités ukrainiennes ne voulaient pas me le rendre, soi-disant à cause de possibles risques de contamination lors de l'acheminement en Russie. Il y a quelques jours, à force de pots-de-vin, j'ai réussi à le récupérer et à le faire transporter en camion réfrigéré jusqu'à Donetsk.

— Pourquoi ne pas l'avoir rapatrié par avion ?

— Je n'ai pas été assez clair. Les autorités ukrainiennes ne m'ont pas rendu volontairement la dépouille de mon fils. J'ai payé des gens pour qu'ils laissent «échapper» son corps de la morgue.

— Je vois. Mais comment comptez-vous le faire sortir du pays sans la paperasse réglementaire ?

— J'ai des contacts dans la République de Donetsk. Ils s'occuperont de tout.

Rybalko en avait vaguement entendu parler. La République de Donetsk était le nom que les séparatistes avaient donné au territoire qu'ils s'étaient constitué dans le Donbass autour de la grande ville de l'Est ukrainien.

— Je me suis arrangé avec eux pour que le cercueil de Léonid passe la frontière sans encombre. Il circulera dans un des camions qui ramènent les dépouilles des soldats russes morts au front.

— Je croyais qu'il n'y avait pas de forces russes impliquées dans le conflit ukrainien, ironisa Rybalko.

Sokolov étira un sourire narquois. La Russie avait toujours proclamé ne pas être impliquée dans le Donbass, mais elle était régulièrement accusée de soutenir militairement les séparatistes.

— On ne peut pas empêcher nos braves concitoyens d'aller se battre contre les fascistes de Kiev, non ? Quoi qu'il en soit, pour en revenir à mon fils, nous avons trouvé un légiste prêt à pratiquer son autopsie à la morgue de Donetsk. Il n'attend que vous.

Rybalko croisa les bras, dubitatif.

— Donc, si je résume, vous voulez que je traverse un pays en guerre et que j'enquête dans une décharge nucléaire à ciel ouvert pour retrouver un assassin complètement dérangé?

Sokolov ne se départit pas de son sourire.

— Je me rends bien compte des dangers que comporte cette mission. C'est pourquoi je suis prêt à vous verser cinquante millions de roubles pour la mener.

Rybalko resta muet de surprise. Cinquante millions de roubles! Même en deux ou trois vies, il aurait été incapable d'accumuler une telle somme. Avec cet argent, Tassia pourrait bénéficier de son opération, faire les études de son choix, serait à l'abri du besoin…

— Comment serait versé l'argent? demanda-t-il.

— Sur un compte numéroté en Suisse, à la fin de votre mission.

Sa gorge était soudain très sèche. Il attrapa son verre et avala un peu d'eau minérale norvégienne.

— Et si… et si je meurs pendant l'enquête?

— Je comprends votre inquiétude. C'est une tâche risquée. S'il vous arrivait malheur, je vous garantis qu'un quart de la somme promise serait versé à votre veuve, ou à la personne de votre choix.

Toujours ça de gagné, songea-t-il.

— En retour, j'attends de vous une totale discrétion, poursuivit Sokolov. Personne ne devra savoir que je vous ai envoyé en Ukraine. Mon nom ne doit jamais être cité et vous ne devrez parler de notre arrangement à personne. C'est une des clauses qui seront notées dans le contrat que nous passerons ensemble.

Il termina son cognac avant d'ajouter :

— Une dernière chose : l'argent ne vous sera versé qu'à une seule condition, qui ne figurera pas dans le contrat.

— Laquelle ?

— Une fois que vous aurez trouvé l'assassin de mon fils, je veux qu'il *crève*.

Sokolov le fixa longuement, comme pour le sonder, puis demanda :

— Est-ce que cela vous pose un problème moral ? Si vous avez besoin d'un moment pour réfléchir à mon offre, je peux vous laisser un jour pour y penser à tête reposée.

Un jour de réflexion. Vingt-quatre heures. Mille quatre cent quarante minutes. Quatre-vingt-six mille quatre cents secondes. C'était un luxe que Rybalko ne pouvait pas se permettre.

— Inutile, répondit-il en se levant. Je vais retrouver votre type. Et je vais le descendre.

LES HIRONDELLES
DE TCHERNOBYL

7

Quand le capitaine Melnyk arriva au commissariat de Tchernobyl, il découvrit sur son bureau une boîte en carton bandée de scotch brun. Dessus, on avait dessiné au feutre noir un message en lettres capitales : «Pour le capitaine Melnyk. Attention, fragile.»

Légère comme une plume, la boîte émit un petit bruit floconneux quand il la secoua pour essayer d'en deviner le contenu. Elle était bardée de timbres, mais en y regardant de plus près, il remarqua qu'ils n'avaient pas été tamponnés par les services de la poste. D'ailleurs, il n'y avait pas l'adresse de l'expéditeur notée sur le colis, ni même celle du commissariat.

Il reposa la boîte et composa le numéro de l'accueil. Le collègue de permanence décrocha.

— J'ai un colis dans mon bureau : qui l'a déposé?

— C'est moi... Pourquoi? Il y a un problème?

— Il n'y a pas l'adresse de l'expéditeur dessus et je n'attendais aucune livraison. Le facteur t'a fait signer quelque chose quand il te l'a donné?

— Bah... non. J'ai trouvé le colis au pied de la boîte aux lettres.

— Tu portais des gants quand tu l'as pris?

— Euh, bah non, pourquoi j'en aurais mis ?

— Laisse tomber, dit-il avant de raccrocher.

Melnyk scruta le colis comme s'il s'agissait d'un suspect qui refusait de parler. Il extirpa une paire de gants en latex d'un des tiroirs de son bureau, les enfila, puis sortit de sa poche un couteau qu'il déplia avec une lenteur minutieuse. Il passa la lame le long du scotch qui scellait la boîte et l'ouvrit avec précaution. À l'intérieur se trouvaient de petits morceaux de plastique blancs qui semblaient inviter ses mains à plonger dans leur douceur veloutée. Ses doigts entrèrent en contact avec un objet enfoui dessous. Au toucher, il était soyeux et léger. Melnyk écarta un peu l'écume de polystyrène et une forme ronde d'un bleu électrique émergea au milieu. Il continua de creuser et bientôt une tête d'oiseau apparut. C'était une hirondelle empaillée, figée dans une posture si réaliste qu'elle en était dérangeante.

Malgré la fraîcheur qui régnait dans son bureau, Melnyk sentit des gouttes de sueur perler sur son front. Un animal naturalisé… la dernière fois qu'il en avait vu un, c'était dans l'appartement de Pripiat depuis lequel on avait suspendu le cadavre de Léonid Sokolov. Il observa l'oiseau sous toutes les coutures, puis vérifia qu'il n'y avait rien d'autre dans la boîte, perdu dans le bourrage qui protégeait l'animal. Une fois certain de ne pas avoir raté un quelconque message, il reporta son attention sur les timbres. Tous dataient de l'époque communiste et ils étaient tellement vieux que certains avaient été fixés avec du scotch transparent car la colle s'était desséchée. D'après ce qui y était écrit, ils célébraient le quatre-vingt-dixième anniversaire des premiers Jeux olympiques modernes. Après une rapide recherche, Melnyk découvrit que la première Olympiade s'était déroulée en 1886 et donc que les timbres dataient de…1986.

Ces timbres avaient été édités l'année de la mort d'Olga Sokolov, la mère de Léonid. Aucun doute n'était permis. C'était le tueur qui lui avait envoyé ce colis. Était-ce une mise en garde? Une provocation? Annonçait-il un nouveau meurtre?

Dans l'armoire métallique où il rangeait son fusil automatique, Melnyk attrapa une bouteille de vodka et s'en servit un verre. L'alcool lui brûla la gorge, puis une douce chaleur se diffusa dans son torse, dénouant légèrement la boule qui lui comprimait l'estomac.

Dès le début, tout était allé de travers dans cette enquête. L'autopsie avait été annulée parce que selon les légistes, le corps de Léonid était trop radioactif. Il avait fallu se contenter d'un rapide examen externe, qui n'avait guère délivré d'indices. Depuis cette première déconvenue, les revers s'étaient accumulés pour le capitaine et son équipe. Il n'y avait aucun témoin du meurtre. Les prélèvements sur la scène de crime étaient quasiment inexploitables, hormis quelques empreintes de pas taille 47 et des éclaboussures de sang appartenant à la victime.

Pire, Léonid Sokolov lui-même semblait s'être ingénié à laisser le moins de traces possible de son passage dans la région. On savait que le Russe avait pris un vol depuis Moscou une semaine avant sa mort et avait atterri à l'aéroport de Kiev. On savait aussi que trois jours plus tard, il avait franchi le check-point de Dytyatki avec un groupe de touristes. Il avait réglé en liquide pour un voyage organisé, la formule Frissons, avec deux jours dans la zone, dont une nuit à Tchernobyl. Après ça, il avait réservé quatre nuits d'avance dans l'unique hôtel de Slavutich, qu'il avait quitté un beau matin avec un sac à dos et des chaussures de randonnée. Ensuite, il avait disparu, jusqu'à ce qu'on le retrouve pendu sur la façade d'un immeuble.

Melnyk était persuadé que la mort de Léonid était liée à celle de sa mère, trente ans plus tôt, mais il n'avait pas encore réussi à étayer cette théorie. Alors, après s'être resservi un verre, il examina une fois de plus les archives du double meurtre de 1986.

Si les indices sous scellés avaient depuis longtemps disparu, égarés par négligence ou tout simplement abandonnés dans le commissariat irradié de Pripiat, une partie des pièces de procédure étaient toujours disponibles, consignées dans un maigre classeur en carton. C'était presque un miracle en soi : faute de budget, on repoussait la numérisation des vieux documents de l'époque soviétique d'année en année, si bien que la plupart des dossiers d'avant 1991 pourrissaient sans que personne s'en soucie, grignotés par les rats et l'humidité.

Avec précaution, il sortit du classeur les feuillets dactylographiés jaunis et les étala sur son bureau. Il chaussa ses lunettes et parcourut les premières constatations réalisées par les miliciens lors de la découverte des corps d'Olga Sokolov et Larissa Leonski, l'autre victime de 1986.

Le cadavre de Larissa avait été retrouvé à l'étage de sa datcha, dans le lit conjugal. Elle ne portait que ses sous-vêtements, des modèles occidentaux théoriquement inaccessibles en URSS. Il fallait recourir au marché noir pour s'en procurer, ou bien connaître des diplomates en poste dans des pays capitalistes. Piotr Leonski, le mari, était d'astreinte à la centrale nucléaire le soir du meurtre. Il avait affirmé ne pas être au courant pour les sous-vêtements. Mentait-il, de peur qu'on l'accuse de contrebande? Il niait également que sa femme ait pu avoir un amant qui l'aurait rejointe ce soir-là à leur datcha. Sur ce point, l'examen du légiste semblait le contredire : le praticien avait conclu que Larissa avait eu un rapport sexuel peu de temps avant sa mort.

Olga, quant à elle, était entièrement habillée. Son corps avait été retrouvé au rez-de-chaussée, près de la porte grande ouverte. Elle avait dans sa poche une lampe torche suggérant qu'elle était allée de nuit jusqu'à la maison des Leonski.

Melnyk s'imagina mentalement Olga dans sa datcha, quelques heures avant son assassinat. Elle dort. La chaleur est étouffante dans sa chambre, alors les fenêtres sont ouvertes. Son sommeil est profond : elle est institutrice, et les préparatifs de la fête du 1er Mai battent leur plein à son école. Elle est épuisée. Soudain, au milieu de la nuit, quelque chose la réveille. Peut-être l'explosion de la centrale, à une heure vingt-trois. Ou peut-être des cris de femme? Elle se lève, allume la lampe de chevet, puis regarde le réveil. Il est très tard. Elle jette un œil dehors. À une cinquantaine de mètres, il y a la datcha des

Leonski, la seule habitée ce soir-là. Olga décide de s'y rendre pour voir si Larissa va bien. Elle prend une lampe torche et avance à pas rapides sur l'herbe sèche. C'est une femme courageuse : le dossier d'enquête précise qu'elle a été infirmière au front, en Afghanistan, avant de s'installer à Pripiat avec son mari.

La nuit est d'un noir profond. Les arbres dansent dans le vent. Leurs murmures et leurs craquements accompagnent Olga. Devant la porte de la datcha des Leonski, est-ce qu'elle hésite ? Est-ce qu'elle pousse le panneau d'une main tremblante ?

Elle entre. Le salon est vide. Son désordre ordinaire est étrangement inquiétant. Les vêtements qui traînent sur le canapé. La bouteille de vin qui a laissé des cercles bordeaux sur la table basse. Les bougies dont la cire dégouline sur le bois clair d'une étagère. Devine-t-elle que Larissa reçoit un homme qui n'est pas son mari ?

Une fragrance familière flotte dans l'air. À l'étage, dans la salle de bains, les enquêteurs de la milice retrouveront un flacon de *Moscou rouge* qui s'est brisé en touchant le sol. Ce parfum de femme sature ses nerfs olfactifs tandis qu'Olga progresse dans l'escalier. Soudain, dans le couloir, elle s'arrête. Quelque chose ne va pas. Une odeur s'est mêlée à celle de *Moscou rouge*. La puanteur de la mort.

Qu'avait-elle fait ensuite ? On pouvait supposer qu'Olga avait poursuivi son chemin. La milice avait relevé ses empreintes digitales sur la porte de la chambre à coucher. Melnyk s'imagina le choc qu'elle avait dû ressentir en découvrant le cadavre de son amie baignant dans son sang. À plusieurs reprises, le rapport préliminaire insistait sur la quantité de sang répandu partout dans la pièce, sur les murs, les meubles, et surtout sur le lit. On avait relevé vingt-quatre impacts de coups de couteau sur le corps de Larissa. Le matelas sous elle était littéralement imbibé de son sang. Il portait également des marques de lacérations. Melnyk s'imagina le tueur assis sur le bassin de sa victime, poignardant sans relâche son torse, son cou, son visage, avec une fureur telle que parfois ses coups allaient se perdre dans les draps, s'enfonçant profondément dans le matelas. La plupart avaient été assenés au niveau du thorax, mais l'assassin avait aussi poignardé les yeux et lacéré le visage. Larissa avait également des blessures défensives sur les avant-bras : quatre coupures très nettes et profondes. L'arme avait été retrouvée dans les fourrés : il s'agissait d'un couteau de cuisine appartenant aux Leonski.

Olga, elle, n'avait reçu qu'un unique coup fatal dans la région du cœur. Pourquoi un seul, alors que Larissa avait été tuée avec autant de sauvagerie ? Les miliciens avaient une explication : le premier meurtre était un crime passionnel, le second un crime crapuleux pour se couvrir. L'assassin avait mis à mort Larissa sous le coup de la folie, Olga l'avait surpris, elle avait essayé de fuir, mais le tueur l'avait rattrapée avant qu'elle ne parvienne à quitter la datcha et l'avait exécutée.

Melnyk avait beau lire et relire les documents de la milice, rien dans le dossier d'enquête de 1986 ne faisait référence à une quelconque hirondelle. Et pour ne rien arranger, les photos de la scène de crime avaient disparu. Un détail en revanche semblait relier le meurtre d'Olga et celui de son fils : Léonid avait les paupières cousues, et Olga, tout comme Larissa, avait eu les yeux crevés post mortem.

Le tueur avait-il un sentiment de honte, qui l'empêchait de croiser le regard de ses victimes ? Le milicien qui avait rédigé le rapport préliminaire percevait dans ces mutilations l'influence d'une vieille légende russe affirmant que l'image du tueur s'imprimait dans les yeux des défunts. Melnyk n'écarta pas cette explication : dans les terres de Polésie, friandes de superstitions, ce genre de légende était forcément connue de tous.

En observant une signature illisible au bas d'un document, une idée lui effleura l'esprit. Les miliciens qui avaient travaillé sur le double meurtre de 1986 étaient tous partis à la retraite depuis longtemps, mais il était possible que l'un d'entre eux vive encore dans la région. Peut-être saurait-il pourquoi le tueur était obsédé par les animaux empaillés ?

Ça valait le coup d'essayer. Melnyk releva le nom de celui qui dirigeait l'enquête à l'époque, un certain Arseni Agopian. Une simple recherche sur Internet lui apprit que l'ancien milicien tenait une boutique de pêche à Strakholissya, un village en bordure de la zone d'exclusion.

Il composa aussitôt le numéro du magasin.

— Les Appâts d'Arseni, qu'est-ce que je peux faire pour vous ?

La voix lui sembla un peu trop juvénile pour être celle d'un vieux flic à la retraite.

— Capitaine Melnyk, du commissariat de Tchernobyl. Est-ce que vous êtes Arseni Agopian?

L'homme confirma son intuition :

— Moi c'est Rouslan. Arseni, c'est mon père. Vous êtes un de ses anciens collègues?

— Non. Je cherche à le contacter au sujet d'une affaire qu'il a traitée quand il était dans la milice. Vous pouvez me le passer?

— Désolé, mais il ne travaille pas à la boutique l'après-midi.

— Il est chez lui?

— Oui et non. Il est sur son bateau. C'est un peu sa deuxième maison!

— On peut le joindre?

— Il n'a pas de portable. Il n'aime pas trop ça, les trucs électroniques.

— Et il revient quand?

— Oh, d'ici une heure ou deux, maximum. Vous voulez que je lui transmette un message?

On était vendredi et Melnyk devait retourner à Kiev le soir même. Faire un détour par Strakholissya était envisageable. Il regarda sa montre. Presque dix-sept heures.

— Je vais faire le déplacement jusqu'à votre magasin. Si jamais vous croisez votre père avant moi, demandez-lui de m'attendre.

8

La Riviera nucléaire, tel était le surnom de Strakholissya.

Quand les autorités soviétiques avaient délimité le périmètre à évacuer après l'accident de la centrale, la petite ville avait échappé de justesse à la destruction. Les clôtures barbelées plantées par les militaires s'étaient arrêtées à deux cents mètres de sa périphérie, au grand soulagement de ses habitants. Strakholissya était ainsi devenue une bourgade «propre», alors qu'au-delà de ses faubourgs il était interdit de ramasser les champignons, les pommes et les framboises à cause des radiations.

Melnyk éprouva une drôle de sensation en traversant la ville. Bien que située à un jet de pierre des villages abandonnés de la zone, Strakholissya n'avait rien de commun avec eux. Ses longues rues étaient bien entretenues, les jardins des datchas plantés de massifs odorants, les potagers gonflés de légumes et, globalement, les gens qu'il croisait semblaient heureux. Un peu partout, des chantiers vrombissaient d'activité pour faire sortir de terre des datchas ultramodernes. À Strakholissya, par un de ces curieux emballements du génie humain pour transformer la merde en or, des promoteurs avaient acheté pour une bouchée de pain des terrains qui donnaient sur les rives de ce que l'on surnommait la «mer de Kiev», un lac artificiel de cent dix kilomètres de long formé par le barrage hydroélectrique de Vychhorod, afin d'y faire construire des résidences secondaires hyperluxueuses pour les riches habitants de la capitale ukrainienne. Comme le lac s'étendait jusqu'à Pripiat, on aurait pu croire que personne n'aurait voulu s'installer près des berges. Et pourtant : ils étaient des dizaines et des dizaines à payer à prix d'or leur petit bout de la Riviera de Tchernobyl.

Le diable en riait encore.

Melnyk gara sa Lada Riva en face de la boutique d'Arseni Agopian. Elle était située près d'un ponton au bord duquel s'alignaient des canoës et des bateaux à moteur. De gros voiliers étaient amarrés plus loin, le long de berges foisonnant d'herbe grasse. À l'intérieur du magasin, on trouvait des cannes à pêche, des appâts, et toute une quincaillerie d'hameçons, de leurres, de cuillères et de bouchons. Dans l'entrée, épinglées sur un tableau de liège, des photocopies noir et blanc indiquaient les prix de location de bateau et ceux des sorties en mer accompagnées d'un guide pour la pêche. Les montants étaient notés en hryvnias, en roubles et en dollars. Depuis quelques années, des pêcheurs du monde entier affluaient sur la mer de Kiev pour essayer de remonter au bout de leur ligne de gros poissons introuvables ailleurs. Vu que la faune locale avait été épargnée par la surpêche pendant les trente dernières années à cause des radiations, les poissons s'étaient reproduits en masse et avaient eu le temps d'atteindre des tailles inhabituelles. Quelques clichés exposés au-dessus du panneau de liège montraient d'heureux touristes brandissant des poissons-chats si larges et si lourds qu'ils devaient les tenir à deux bras, comme de gros sacs de farine. Sur chaque photo, un vieil homme en retrait souriait avec fierté, comme si c'était lui qui avait sorti le poisson, et Melnyk paria qu'il s'agissait d'Arseni Agopian.

Son fils était derrière le comptoir, en train de bricoler le moulinet d'une canne à pêche. C'était un beau bébé de cent et quelques kilos avec des tatouages qui s'effilochaient en entrelacs bleutés sur ses avant-bras. Il portait un T-shirt vert olive floqué d'un message proclamant que le monstre du loch Ness vivait dans la mer de Kiev.

Melnyk sortit sa carte professionnelle :

— Capitaine Melnyk. Je vous ai appelé il y a environ une heure.

— Le flic de Tchernobyl, dit le fils d'Arseni en hochant la tête.

— Votre père est revenu de sa partie de pêche ?

— Ouais. Il travaille dans sa cabane. Vous ne pouvez pas la rater, c'est le premier bâtiment en sortant à gauche. Marchez trente mètres et vous y serez.

Melnyk suivit ses instructions et se retrouva bientôt devant un édifice si grand qu'il méritait plus le nom de hangar que de cabane. À l'intérieur, ça sentait la corde humide et la sciure. Un petit voilier en cale sèche occupait une partie de l'espace.

— Z'êtes le collègue de la zone ?

Melnyk sursauta. Il n'avait pas remarqué le vieil homme debout près d'un établi. Tel un caméléon

100

imitant son environnement proche, sa peau bronzée, ridée et brunie par le soleil, ses vêtements marron foncé et son chapeau en cuir le rendaient presque invisible dans les recoins sombres de sa cabane.

— Commandant Agopian?

— Arseni, ce sera bien suffisant, dit le vieil homme en déposant sur son établi le rabot à bois qu'il tenait à la main.

Il marcha vers le capitaine d'un pas mesuré.

— Vous n'avez pas de collègue? De mon temps, les miliciens allaient toujours par deux.

— Un qui savait lire et un qui savait écrire, répondit Melnyk en se souvenant d'une vieille blague qui circulait à l'époque soviétique.

Agopian rit poliment et lui serra la main.

— Mon fils m'a dit votre nom, mais je l'ai oublié.

— Joseph Melnyk.

— Melnyk, répéta Arseni. J'ai entendu parler de vous.

— Comment?

— Des collègues à vous viennent parfois pêcher dans le coin. Et vous savez ce qui se passe quand deux flics pêchent ensemble : ils se racontent des histoires de flics. Mais dites-moi plutôt ce qui vous amène ici, capitaine.

— Une vieille affaire. Un double meurtre sur lequel vous avez enquêté en 1986.

— Olga et Larissa, marmonna Arseni. Pourquoi vous vous intéressez à cette affaire?

— Je pense qu'elle est liée à un assassinat sur lequel je travaille actuellement.

— Le type mort qu'on a retrouvé à Pripiat?

— C'est ça. C'était le fils d'Olga Sokolov.

Le visage d'Arseni se tendit.

— Vous suggérez que sa mort a un rapport avec celle de sa mère?

— C'est ce que je crois. Et c'est pour ça que je suis venu vous voir.

L'ancien flic scruta la surface de l'eau qui scintillait dans le soleil déclinant.

— On peut en discuter sur le bateau? Je comptais faire une sortie. C'est peut-être une des dernières belles journées de l'année.

— On m'attend à Kiev pour le dîner.

— Dans ce cas, on fera vite.

Beaucoup de gens flânaient sur les rives, profitant de la douceur de la journée. Melnyk comprit que l'ancien milicien avait envie de parler à l'abri des oreilles indiscrètes.

— Va pour une petite balade. Mais je dois être de retour sur la terre ferme dans moins d'une heure.

— C'est entendu.

Arseni Agopian se dirigea vers le ponton et détacha l'amarre de son bateau. C'était une espèce de gros hors-bord avec d'énormes moteurs japonais qui devaient valoir une fortune.

— Sacré bateau. Je ne connais pas beaucoup d'anciens miliciens qui peuvent se payer un truc pareil.

Arseni sourit.

— J'ai fait quelques belles affaires à la fin des années 1990, quand on a commencé à vendre des parcelles du domaine public. J'ai acheté les terres où vous voyez les datchas, là-bas.

Il désigna du doigt une rangée de résidences secondaires dont les jardins donnaient sur les berges du lac artificiel.

— À l'époque, tout ça ne valait qu'une bouchée de pain. J'ai gardé une parcelle pour me construire une maison et j'ai revendu tout le reste une petite fortune.

Arseni tourna le volant et le bateau décrivit une large courbe pour éviter un groupe de jeunes en combinaison qui s'essayaient au stand-up paddle sur des planches de surf.

— Et la boutique de pêche?

— Ça, c'est mon petit plaisir de retraité. C'est à peine rentable, mais ça donne du boulot à mon fils et ça m'occupe un peu. Vous avez des enfants?

— Deux fils et une fille, répondit Melnyk.

— Ils vivent dans le coin?

— Les deux premiers sont à Kiev et mon dernier s'est engagé sur le front de l'Est.

— Armée régulière?

— Non, brigade de volontaires.

Arseni hocha la tête gravement.

— Il paraît qu'ils manquent de tout sur le front.

— C'est vrai. On a essayé de lui donner un coup de pouce, mais il lui manque toujours de quoi se procurer un gilet pare-balles.

— Sale guerre, décréta Arseni.

L'ancien milicien mit les gaz et ils s'éloignèrent des plages bordées de datchas luxueuses.

— Si vous avez fait de si bons placements, pourquoi vous n'êtes pas parti ailleurs?

— Ailleurs? Comme où?

— Sur la côte. En Crimée, par exemple.

— Ah! Ma femme aurait bien aimé. Elle a sa sœur là-bas. Mais moi, j'ai passé toute ma vie dans cette région. C'est ici chez moi. Qu'est-ce que j'irais faire sur la mer Noire? Je suis un pêcheur d'eau douce, plaisanta Arseni.

— La plupart des gens qui habitent dans le coin ne restent que parce qu'ils sont trop pauvres pour déménager.

— Pas ceux qui vivent ici.

Arseni accéléra. Le bruit du moteur devint si fort qu'il rendait impossible toute discussion. Plutôt que de crier pour se faire entendre, Melnyk décida d'attendre d'arriver à destination, une petite île perdue au milieu du lac. L'ancien flic sortit une canne à pêche et la lui tendit.

— Vous pêchez?

Melnyk attrapa la canne et jeta la ligne à l'eau d'un geste souple du poignet.

— Ça m'arrive. Mais pas si près de la zone. Je préfère mon poisson sans radiations.

Tout le monde savait qu'il y avait des sédiments radioactifs coincés au fond de la mer de Kiev et que les poissons y étaient contaminés au-delà des taux raisonnables.

Arseni esquissa un sourire teinté d'ironie.

— Dans ce cas, j'espère que vous n'achetez pas de poisson sur les marchés de Kiev. Ceux qui pêchent ici ne collent pas une étiquette sur leurs prises quand ils les revendent aux poissonniers de la capitale.

Il se saisit lui aussi d'une canne, lança à son tour son hameçon, puis se mit à parler de son enquête, trente ans plus tôt :

— Tout a commencé quand le mari d'Olga, Vektor Sokolov, m'a fait venir au Gorkom. Il était débordé à cause de l'évacuation. Les lignes téléphoniques étaient coupées et il était inquiet de ne pas avoir de nouvelles de sa femme. Il nous a expliqué qu'elle passait le week-end à leur datcha, à quelques kilomètres de Pripiat.

— À Zalissya.

— C'est ça. Il était supposé la rejoindre, mais avec l'explosion de la centrale, il s'était retrouvé coincé dans la ville à gérer la crise. Il nous a demandé d'aller la chercher et de l'évacuer en urgence. Bien sûr, on avait d'autres chats à fouetter, mais c'était un membre éminent du Parti. Alors on a obéi.

La ligne d'Arseni tressauta. Il donna un coup de moulinet et remonta un petit poisson luisant comme une cuillère d'argent.

— Un à zéro, capitaine.

— C'est la qualité, pas la quantité qui importe, répondit Melnyk, stoïque. Que s'est-il passé quand vous êtes arrivés à la datcha des Sokolov ?

Arseni arracha sans délicatesse l'hameçon qui ensanglantait la mâchoire du poisson et jeta sa prise dans un bac rempli d'eau.

— On a découvert la porte de la datcha ouverte et personne à l'intérieur. La voiture n'avait pas bougé. Par acquit de conscience, on est allés voir les maisons juste à côté pour vérifier qu'Olga n'était pas en train de prendre le thé chez un voisin. La datcha des Leonski aussi était ouverte et il y avait une empreinte de pas ensanglantée sur le perron. Une pointure énorme, au moins du 47. On est entrés et on a découvert le cadavre d'Olga au rez-de-chaussée et celui de Larissa à l'étage, dans la chambre. Mais je suppose que vous savez déjà ça.

— À votre avis, pourquoi le tueur n'a-t-il pas cherché à dissimuler les corps?

— Vous réfléchissez comme un flic d'aujourd'hui. À l'époque, c'était l'URSS. Les gens n'étaient pas gavés de reportages sur des affaires criminelles ou de séries policières comme maintenant. Et puis on n'avait que les empreintes digitales pour identifier formellement un tueur. L'ADN, ça n'existait pas. La plupart des meurtriers sur lesquels j'ai enquêté se contentaient d'abandonner leurs victimes dans la nature ou de les laisser là où ils les avaient tuées. Mais bien sûr, l'assassin d'Olga et Larissa a aussi pu être interrompu.

— Par qui? D'après votre rapport préliminaire, les autres datchas étaient inoccupées et isolées dans la forêt.

— Vous ne m'avez pas compris: je ne dis pas que le tueur a été interrompu par quelqu'un, mais plutôt par *quelque chose*.

— L'explosion de la centrale?

— Exactement.

Logique, songea Melnyk. Après l'accident, l'incendie qui avait pris dans le réacteur 4 s'observait à des kilomètres à la ronde. En voyant le ciel s'embraser, le tueur avait certainement préféré s'éloigner le plus possible de la centrale plutôt que d'enterrer ses victimes.

106

Sa ligne vibra. Il moulina rapidement et remonta un tas d'algues qu'il rejeta à l'eau en pestant. Presque aussitôt, Arseni sortit un nouveau poisson. L'ancien milicien lui raconta une ou deux anecdotes de pêcheurs, puis ils reparlèrent de l'enquête.

— Le rapport préliminaire laisse entendre que Larissa avait reçu de la compagnie, la nuit où on l'a assassinée, commença Melnyk.

— C'est exact. Une bonne bouteille, des sous-vêtements de luxe, des bougies… Larissa avait prévu de passer la soirée avec un autre homme que son mari.

— Vous l'avez identifié ?

— Non. On n'a jamais réussi à savoir qui c'était. Et puis, à vrai dire, on n'a pas vraiment creusé dans cette direction. On s'est plutôt concentrés sur Piotr Leonski.

— Le mari ? Je croyais qu'il travaillait à la centrale la nuit de l'accident ?

— Il a déserté son poste juste après l'explosion. Des militaires l'ont arrêté à un barrage et l'ont emmené au commissariat de Pripiat. Quand on a découvert que son épouse avait été tuée, on l'a interrogé. Bien sûr, il a clamé son innocence et dit qu'il comptait simplement rejoindre Kiev pour se mettre à l'abri. Mais on avait quelques éléments qui nous faisaient penser qu'il avait pu assassiner Larissa.

— L'empreinte taille 47 sur le perron ?

— Exact. Elle correspondait à une paire de bottes de Leonski qu'on a retrouvée dans la datcha. Il a dit que c'était le tueur qui les avait utilisées pour le faire soupçonner.

— J'ai trouvé cette information dans le dossier d'enquête, mais il n'y avait pas de photos de la scène de crime.

— Ça ne m'étonne pas vraiment. Beaucoup de choses ont été égarées pendant l'évacuation.

L'indolence de l'ex-milicien agaça quelque peu Melnyk. Il décida d'aborder un autre point qui le tracassait :

— J'ai lu dans le rapport du légiste que Larissa avait eu des relations sexuelles peu avant sa mort, mais qu'il n'avait pas retrouvé de traces de sperme. Ça ne vous a pas interpellés, à l'époque?

— Pourquoi? Ça aurait dû?

— Dans les années 1980, il était quasiment impossible pour une femme d'acheter des préservatifs. L'avortement était le principal moyen de contraception.

— Peut-être que son amant en avait. Ou que son assassin a utilisé un objet pour pratiquer un simulacre de pénétration.

— Il n'y a pas que ça qui me chiffonne. L'enquête commence le 26 avril et la dernière pièce dans le dossier date du mercredi 30. Entre ça et les pièces qui manquent, tout a l'air bâclé dans cette enquête.

L'ex-milicien lui décocha un regard courroucé.

— Est-ce que vous êtes venu ici pour m'accuser d'avoir mal fait mon travail, capitaine?

Melnyk sentit de la colère dans sa voix. Il choisit de jouer l'apaisement :

— Je ne cherche pas à vous blâmer. Je sais que c'était une période difficile.

— À qui le dites-vous! C'était pire que la guerre. On devait gérer l'évacuation de milliers de personnes, prévenir les pillages, installer des barrages sur les routes, patrouiller dans les villages abandonnés… c'était la folie, on dormait à peine… Mais j'ai fait mon travail, capitaine. Si je n'ai pas attrapé ce tueur, c'est parce qu'on ne m'a pas laissé le temps de le faire.

— On ne vous a pas laissé finir vos investigations ?

— Non, on m'a retiré l'enquête.

— Qui a repris les recherches ?

— Le KGB.

De surprise, Melnyk bafouilla :

— Le KGB ? Pourquoi… pourquoi les services secrets se sont-ils vu confier une enquête de la milice ?

— On ne m'a pas donné d'explications et je n'ai pas posé de questions. Mais si vous voulez mon avis, le KGB a cherché à vérifier qu'il n'y avait pas quelque chose qui se cachait sous ce double meurtre.

— Comme quoi ?

— Le sabotage du réacteur numéro 4.

Melnyk le regarda, interdit, puis se tourna vers l'arche de Tchernobyl qu'on devinait au loin, par-dessus la cime des arbres.

— Olga était l'épouse du chef du Gorkom de Pripiat, poursuivit Arseni. Larissa celle d'un ingénieur de la centrale. Il y avait de quoi se poser des questions.

— Mais comment deux femmes seules auraient pu saboter un réacteur nucléaire ?

— En donnant des informations à des puissances étrangères.

— Vous pensez aux Américains ? C'est ridicule !

— Ben voyons ! Des Américains qui mènent un complot pour déstabiliser un pays, ça ne s'est jamais vu, persifla Arseni. Avez-vous déjà entendu parler du Pamir?

— C'est le nom d'une chaîne de montagnes d'Asie centrale.

— C'était aussi le nom de code d'un projet hautement confidentiel qui aurait donné à l'URSS l'avantage sur les États-Unis dans la course à l'armement, s'il avait été mené à bien. Dans les années 1970, les chercheurs soviétiques ont commencé à travailler sur un projet de centrale nucléaire mobile.

Une centrale nucléaire qui se déplace? Melnyk n'en croyait pas ses oreilles. Comment pouvait-on sérieusement projeter de créer un truc pareil?

— Les Américains, avec leurs satellites, pouvaient cibler très précisément nos silos nucléaires. Le but de Pamir était de fournir assez d'énergie pour alimenter des plates-formes de lancement de missiles atomiques mobiles, montées sur des camions. Comme ça, les attaques américaines ne pourraient plus neutraliser les armes soviétiques. Or, Tchernobyl a sauté trente jours après l'assemblage du premier réacteur mobile. Comme je vous l'ai dit, il y avait de quoi se poser des questions. Larissa avait accès à la centrale et Olga à des informations sensibles par le biais de son mari. Et toutes les deux sont mortes la nuit de l'explosion. Sacrée coïncidence, vous ne trouvez pas?

— Si elles livraient des données classées secret défense aux Américains, pourquoi les auraient-ils tuées?

— Ne soyez pas naïf. Vous pensez qu'ils avaient prévu de les rapatrier à Washington? Mieux valait se débarrasser des témoins.

110

Melnyk était perplexe. D'un côté, il se disait que si le KGB avait trouvé une quelconque preuve de sabotage, il aurait immédiatement accusé les États-Unis. De l'autre, il était également possible que les autorités soviétiques aient décidé d'enterrer l'affaire. Dénoncer les agissements des États-Unis, ça aurait été reconnaître les faiblesses de la sécurité des centrales russes et l'incompétence du KGB. Sans parler des conséquences militaires : un sabotage aurait constitué un acte de guerre et l'URSS aurait dû répliquer en conséquence, c'est-à-dire en lançant des ogives nucléaires.

— Vous avez le nom du type du KGB qui vous a repris l'enquête ?

— C'était il y a trente ans. Comment voulez-vous que je me souvienne de ce genre de détail ?

— Ce n'est pas tous les jours qu'on mène des investigations sur un double meurtre. Ça aurait pu vous marquer.

— Je vous l'ai dit, c'était la folie après l'explosion. Quand on m'a démis de l'affaire, je suis tout simplement passé à autre chose.

— Vous n'avez jamais cherché à savoir ce qui s'était passé ? Vous n'avez pas été tenté de poursuivre votre enquête ?

— Pourquoi j'aurais fait ça ?

— Certains flics restent obsédés par leurs enquêtes non résolues.

— Je ne suis pas de ceux-là. J'ai quitté ce boulot il y a plus de dix ans et c'est ce que j'ai fait de mieux. Je ne traîne pas de valise. Je ne rêve pas de meurtres affreux. Je ne me réveille pas en sueur au milieu de la nuit. Je dors comme un bébé. Et je ne ressasse rien. Le double assassinat de 1986, je n'y avais pas repensé depuis des années. Et si vous n'étiez pas venu, je n'y aurais pas repensé jusqu'à ma mort.

Il pêcha un nouveau poisson. Cette fois, il sortit un couteau et, d'un geste précis et rapide, il ouvrit le ventre de l'animal et le vida de ses entrailles dans le lac. Les oiseaux qui tournoyaient au-dessus d'eux piquèrent aussitôt en direction des viscères et se les disputèrent en piaillant. Arseni Agopian répéta l'opération avec les deux autres poissons qu'il avait déjà pris.

— J'ai l'impression que ce n'est pas votre jour, capitaine, dit-il en observant le seau vide à côté de lui.

Melnyk n'avait toujours pas attrapé quoi que ce soit, en dehors de son tas d'algues.

— Je déclare forfait, dit-il en remontant sa ligne.

Il posa sa canne à pêche. Arseni s'installa au poste de pilotage.

— On peut essayer une autre zone.

— Non merci. Il va être temps que je rentre. À votre avis, qu'est devenu le dossier d'enquête du KGB ?

— Aucune idée. Il est sans doute dans des archives, quelque part à Moscou.

Arseni fit vrombir les moteurs et ils repartirent vers la terre ferme. Arrivé au ponton, Melnyk demanda à l'ancien milicien :

— Vous pensez que c'est son amant ou son mari qui a tué Larissa Leonski ?

Arseni le regarda droit dans les yeux.

— La moitié des meurtres que j'ai traités dans ma carrière impliquaient de l'alcool et des violences conjugales chroniques. L'autre moitié était des crimes motivés par des pulsions très simples, en général la cupidité. Larissa était une très belle femme et la rumeur lui prêtait des aventures avec plusieurs amants. Mon avis, c'est que son mari a découvert qu'elle l'avait trompé. Il a attendu que son amant s'en aille et est entré dans la datcha. Là, il l'a assassinée. Il pensait qu'il n'y avait personne aux alentours, mais Olga Sokolov a entendu ses cris. Et il a dû la tuer pour la faire taire.

Le dépit amoureux… Ça se tenait. Ça expliquait entre autres le nombre de coups portés à Larissa. Il fallait être envahi par une colère ou une haine immense pour faire ça.

— Une dernière question : est-ce qu'il y avait un oiseau sur la scène de crime ?

— Un oiseau ? Les oiseaux, il n'y en avait plus après l'explosion de la centrale.

— Je pensais davantage à un animal empaillé. Une hirondelle, pour être précis.

Arseni, l'air pensif, regarda un groupe de cormorans qui séchaient leurs ailes au soleil.

— C'est bizarre comme certains détails peuvent vous revenir. Je ne pourrais plus dire la couleur des cheveux de Larissa ou si la bouteille dans le salon était du vin rouge ou du champagne soviétique. Et pourtant, je me souviens qu'il y avait ce fichu oiseau empaillé, c'est vrai.

Il ramassa le seau et versa les poissons vidés dans une glacière.

— Je vous ai dit qu'après l'explosion, il n'y avait plus d'oiseaux à Tchernobyl. Ils tombaient du ciel ou bien ils se fracassaient contre les murs, comme s'ils cherchaient à se suicider. C'était à cause de toutes ces saloperies radioactives qui saturaient l'air. Quand on est allés à la datcha des Leonski, toute une volée est tombée sur notre voiture. Je me souviens encore du bruit sur le toit. *Tam-tam-tam-tam.* C'était comme si on mitraillait la carrosserie avec des balles de caoutchouc. Il y en a même un qui s'est écrasé sur le pare-brise. Ça a fait une grosse tache de sang qui s'est étalée quand j'ai enclenché les essuie-glaces.

Sa voix vibrait. Arseni était moins détaché qu'il ne l'affirmait.

— Dans la chambre de Larissa, il y avait une commode avec un oiseau posé dessus. C'est une des rares choses que je me rappelle clairement. Je suis entré dans cette chambre, j'ai vu le cadavre, tout ce sang, et juste après, j'ai remarqué cet oiseau qui semblait m'observer. Il avait l'air tellement... tellement vivant. On avait envie de marcher sur la pointe des pieds pour éviter qu'il ne s'envole.

— Est-ce que c'était une hirondelle?

Arseni hocha la tête.

— C'est ça. Une hirondelle bleue. Avec du sang partout sur les plumes.

9

Melnyk quitta l'ex-milicien et reprit la route pour Kiev, l'esprit occupé par ses nouvelles découvertes. Quand il arriva à son appartement, des voix s'élevaient depuis le salon. Le temps qu'il retire sa parka et la suspende au portemanteau, sa femme s'était téléportée dans le hall d'entrée.

— Ta future belle-fille est là. Ça fait une heure qu'on t'attend !

Il avait presque oublié. Ce soir, Nikolaï venait dîner chez eux. C'était la première fois qu'il venait avec sa nouvelle compagne. Comment s'appelait-elle déjà ?

— Nadia ? tenta-t-il.

— Non : Oksana.

— La dernière s'appelait Nadia.

— Peut-être. Mais celle-là, il va l'épouser.

Melnyk avait été surpris quand son fils avait annoncé qu'il allait se marier. Sa femme, elle, avait explosé de joie. Enfin une bonne nouvelle ! Depuis que Nikolaï avait plaqué ses études pour s'engager sur le front de l'Est, elle n'avait pas beaucoup d'occasions de se réjouir.

— Mais où tu étais? souffla-t-elle. Tu devais être là à sept heures!

Elle semblait tiraillée entre deux envies contradictoires : celle de lui crier dessus et celle de faire le moins de bruit possible pour ne pas que sa future belle-fille l'entende.

— J'ai dû passer à Strakholissya pour une affaire sur laquelle je travaille.

Il se pencha pour l'embrasser. Elle se recula très légèrement.

— D'abord ta douche, Joseph.

Il soupira. C'était le rituel du retour. Tatiana craignait excessivement les radiations. Elle n'acceptait pas de le toucher tant qu'il n'avait pas passé une dizaine de minutes sous la douche.

Elle baissa les yeux vers ses rangers.

— Tu n'as pas mis tes godillots à l'entrée?

Les chaussures, il devait toujours les laisser sur le palier. Elle avait peur qu'il puisse rapporter des particules radioactives sous ses semelles.

— Je vais les sortir.

— Tu peux aussi jeter le paillasson dehors. Je le mettrai à la poubelle. Il est complètement usé de toute façon. Et ne suspends pas ta veste avec les autres.

Il acquiesça sans broncher. Ils avaient déjà eu bien des disputes au sujet des mesures de quarantaine qu'elle lui imposait, et il ne se sentait pas d'humeur à les contester une fois de plus. Il vivait seul à Tchernobyl une bonne partie de l'année, dans un logement de fonction prêté par l'État, alors il n'avait pas envie de gaspiller les rares moments qu'ils passaient ensemble à s'engueuler.

Elle récupéra dans le placard de l'entrée un gros sac en plastique du genre de ceux qu'on utilisait sur les chantiers de construction et le lui tendit.

— Rejoins-nous au salon quand tu auras terminé, dit-elle. Je t'ai mis des vêtements propres dans la salle de bains.

— Chérie, elle pourrait me voir. Est-ce que pour une fois on ne pourrait pas…

— C'est hors de question. Il suffit d'une seule fois pour qu'on soit contaminés.

Discussion close. Elle tourna les talons et retourna au salon. Il resta un instant sur le paillasson, incertain. Puis, rapidement, honteusement, il se déshabilla dans l'entrée, transféra toutes ses affaires dans le sac, et marcha sans bruit jusqu'à la salle de bains.

Tatiana avait toujours eu une trouille bleue de tout ce qui avait trait aux radiations. Quand il avait commencé à bosser dans la zone, ils avaient failli divorcer à cause de ça. Elle ne voulait plus le toucher. Ni même qu'il rentre chez eux. La mise au point du rituel d'arrivée avait été le seul moyen pour eux d'éviter la rupture. Il avait espéré que ce serait seulement provisoire. Mais sept ans plus tard, le rituel était toujours en place, à peine assoupli. Il avait fini par s'y faire, mais il n'aimait pas l'idée que quelqu'un, en l'occurrence sa future belle-fille, puisse découvrir qu'il était obligé de se mettre à poil pour rentrer dans son propre appartement.

Après s'être changé, il rejoignit sa femme au salon. Elle était en train de montrer des photos de famille à Oksana, qui les regardait avec un sourire aux lèvres, prenant plaisir à voir son petit ami en barboteuse sur de vieux clichés argentiques. Melnyk la trouva tout de suite sympathique. Elle était beaucoup plus discrète que les filles au look tapageur que Nikolaï avait l'habitude de fréquenter. Pas de piercing, de tatouage, de cheveux décolorés. Ni grande ni petite, elle avait des formes généreuses et portait des lunettes de vue à monture d'écaille qui lui donnaient un air sérieux.

— Enchanté de vous rencontrer, monsieur Melnyk.

— Appelez-moi Joseph, dit-il en lui serrant la main. Nikolaï n'est pas avec vous?

— Son train est retardé. Il y a eu une panne. Il devrait arriver dans peu de temps.

— Les Melnyk ne sont pas connus pour leur ponctualité, commenta Tatiana avec un clin d'œil appuyé à sa future belle-fille.

Apparemment, le courant passait bien entre elles. Joseph s'installa sur le canapé et piocha dans les petits-fours salés encore tièdes qu'avait préparés sa femme.

— Nous étions en train de parler du poste d'Oksana à l'université, lança-t-elle.

Oksana était historienne. Nikolaï et elle s'étaient rencontrés pendant la révolution de Maïdan, en 2014. Après la fuite du président Viktor Ianoukovytch, on avait retrouvé des milliers de documents papier réduits en confettis par l'ancien pouvoir en place. Des dizaines d'Ukrainiens s'étaient portés volontaires pour tenter de recomposer ces «archives de la corruption». En tant qu'historienne, Oksana avait été chargée d'encadrer le travail des bénévoles.

Nikolaï faisait partie du groupe qu'elle supervisait. À le croire, il était tombé amoureux d'elle au premier regard.

— Oksana travaille sur la mode durant la période communiste, continua Tatiana. Je lui ai montré les robes que je portais quand j'étais jeune. Elle les a prises en photo pour les mettre dans sa thèse !

La conversation roula un long moment sur les études de la jeune femme. Elle leur expliqua que sa thèse commençait en 1959 avec le défilé Dior à Moscou, parce que auparavant l'URSS interdisait les défilés de haute couture et persécutait ceux qui portaient des tenues «à la mode». Puis Oksana et Tatiana se mirent à parler de la mode des années 1970, et Melnyk décrocha un peu, se contentant de hocher la tête de temps en temps pour donner le change. Okasana dut le sentir, car elle se mit à lui poser des questions sur son travail. Elle lui demanda en particulier si elle devait dire que son futur beau-père était milicien ou bien policier. Récemment, le gouvernement avait en effet décidé de remplacer le mot «milice», par «police», plus moderne. Ce n'était pas qu'une mesure cosmétique : les anciens miliciens comme Melnyk devaient se soumettre à une procédure de réadmission dans la fonction publique, destinée à vérifier leurs compétences et leur probité. Il allait l'expliquer à Oksana quand on sonna à la porte.

C'était Nikolaï. Sa mère l'accueillit avec effusion, comme si elle ne l'avait pas vu depuis dix ans. Après l'avoir serré dans ses bras, elle regarda d'un air atterré son uniforme trop grand pour lui. Il avait perdu du poids, au moins cinq ou six kilos, estima Melnyk.

— Combien de temps tu restes?

— Juste un week-end, maman. Mon unité repart dans le Donbass à la fin de la semaine.

— Seulement deux jours? se lamenta-t-elle, réalisant qu'elle ne pourrait jamais assez le gaver pour qu'il récupère ses bonnes joues d'adolescent.

Elle se décolla enfin de Nikolaï et Melnyk se retrouva face à lui, séparé par quelques mètres et cette épaisse couche de pudeur qui mettait depuis toujours une distance entre eux.

— Salut, papa.

— Salut, fils.

Pas d'accolade. Pas de poignée de main. Comme il était tard, on passa directement à table. Tatiana avait préparé le repas avec soin. Il était composé d'un bœuf Stroganov et en dessert d'une *Kievski tort*, un gâteau de Kiev, onctueux parpaing à base de crème au beurre, de meringue et de noix de cajou. Sa confection épique ne s'improvisait pas : il fallait la planifier au moins trois jours à l'avance. Un vrai plat soviétique, en somme. La préparation de la meringue, à elle seule, prenait dans les trente-six heures. Aussi était-il interdit à Melnyk de dire à sa femme qu'il y avait trop de cognac dans une des couches de crème au beurre ou pas assez de cacao dans une autre.

Pendant le repas, on discuta beaucoup du mariage, comme si la guerre n'existait pas, comme pour l'exorciser. Nikolaï annonça qu'il se ferait en petit comité, au grand désespoir de sa mère. On convint aussi d'une date pour que les familles se rencontrent. Il fallait aller vite : Nikolaï insistait pour que le jour du mariage soit fixé au plus tôt. On parla ensuite robe, banquet, orchestre.

À la fin du repas, les femmes se retrouvèrent dans la cuisine et les hommes sur le balcon, à fumer une cigarette. Melnyk posa alors à son fils la question qu'il gardait pour lui depuis quelque temps déjà :

— Pourquoi tu as décidé de l'épouser si vite ?

Nikolaï haussa les épaules.

— Vous vous êtes mariés à cet âge-là, maman et toi.

— Tu sais ce que je veux dire. Tu ne connais Oksana que depuis quelques mois. Avec ta mère, on se fréquentait depuis deux ans.

— Je sens que c'est la bonne. Je suis prêt pour ça.

Melnyk observa longuement son fils. Comme il avait grandi en quelques semaines de guerre. Non, il n'avait pas grandi : il avait mûri. Il avait toujours cet air enfantin, toujours cette gaucherie, mais quelque chose dans son regard faisait comprendre qu'il avait définitivement quitté l'adolescence pour l'âge adulte.

Soudain, Nikolaï demanda :

— Est-ce que tu as déjà utilisé ton arme sur quelqu'un, papa ?

Étonné, il lui retourna la question :

— Tu as tiré sur un ennemi ?

Nikolaï mâchonna nerveusement l'intérieur de sa joue avant de répondre :

— Oui. Mais je ne sais pas si…

Il tira sur sa cigarette et laissa sa phrase en suspens dans l'air, accrochée aux volutes de tabac bleutées.

— Tu ne sais pas si tu l'as tué ? le relança Melnyk.

Le jeune homme se massa la tempe gauche d'une main, pour fuir un instant le regard que son père posait sur lui.

— On gardait notre check-point, comme d'habitude. La nuit allait tomber. Et puis, tout à coup, ça a tiré depuis un bâtiment à l'autre bout de la rue. Des rafales, un déluge de balles. On est restés terrés derrière des plots de béton en attendant que ça se calme, puis on a riposté. On a mitraillé les fenêtres, jusqu'à ce que tout devienne silencieux. Le bâtiment, c'était une vieille administration qui était fermée depuis longtemps. Plus personne n'était supposé vivre là-dedans.

Ses yeux scrutaient l'immeuble en face comme si c'était de là qu'on avait fait feu.

— On a attendu un quart d'heure, puis on a décidé d'envoyer une patrouille là-bas. Je me suis porté volontaire. On a progressé lentement parce qu'on avait peur que ce soit un piège. Qu'il y ait un sniper quelque part. Ça arrive parfois : les séparatistes font semblant de se retirer et en fait, ils nous arrosent quand on pointe le bout de notre nez. Cette fois, ce n'était pas le cas.

Melnyk expira une large bouffée. L'odeur du tabac lui parut aussi âcre que celle de la poudre.

— Tout le monde était mort là-dedans. Deux hommes et une femme. Ils s'étaient planqués dans une salle où il y avait des fresques. Tu sais, ces trucs communistes avec plein de gens qui défilent. Il y avait du sang partout. Sur les drapeaux, les uniformes, les tabliers. Comme si les personnages de la fresque étaient sortis du mur pour les massacrer. Mais leur

122

visage était toujours aussi souriant. Ça faisait froid dans le dos.

Melnyk repensa à toutes ces peintures murales soviétiques qu'il avait croisées dans sa vie. Des foules de cosmonautes, d'enfants, de vieillards, tous en marche vers le progrès, tellement heureux qu'ils en paraissaient suspects. Le contraste avec le spectacle des cadavres déchiquetés par les balles avait dû être saisissant.

— Les types par terre avaient mon âge. Ils étaient ukrainiens, comme nous. Et il y en a un qui avait un billet de train pour Kiev.

Nikolaï marqua une pause et balaya du bout du pied un mégot qui avait échappé à la vigilance maniaque de sa mère.

— Je me suis dit qu'il avait lui aussi une famille à Kiev. Que peut-être je l'avais croisé dans la rue. Peut-être que ce gars, j'avais été à la même école que lui, ou vécu dans le même quartier, sans jamais le croiser. Peut-être qu'on avait bu une bière dans le même bar. Aimé la même fille.

Il sourit amèrement.

— Le pire, c'est que je ne sais même pas si je l'ai tué. J'ai tiré dans sa direction. On a tous tiré dans sa direction. Je ne sais pas si je devrais me sentir coupable. Est-ce qu'il se serait senti coupable, à ma place ?

Il sortit de sa poche un sac plastique qui contenait une petite grappe d'objets : une montre, un portefeuille, un médaillon, une alliance…

— Il avait quelques affaires personnelles sur lui. J'ai tout pris. Je ne sais pas pourquoi j'ai fait ça.

Les autres se sont partagé l'argent, les armes et les équipements de valeur. Moi j'ai juste demandé ça. Je pense… j'ai envie de les rendre à sa famille. Je ne vais pas leur parler, juste mettre ça avec un mot dans leur boîte aux lettres, pour leur dire comment leur fils est mort. Je ne sais pas pourquoi je ferai ça. J'aimerais qu'on fasse la même chose pour moi, si jamais…

Nikolaï s'arrêta. Tous deux savaient qu'il n'y aurait personne du ministère pour appeler la famille si ça tournait mal. Qu'il faudrait compter sur ses frères d'armes pour faire le sale boulot. Le jeune homme n'était pas dans une armée régulière. Son bataillon n'existait pas de manière officielle. C'était juste des gars qui prenaient les armes pour défendre leur pays, pas des militaires de carrière.

— Tu pourrais laisser tomber tout ça. Pourquoi tu n'arrêtes pas? demanda Melnyk.

Son fils l'observa avec un regard perçant, un sourire au coin des lèvres, comme s'il avait anticipé cette question depuis le début de leur discussion, depuis son arrivée dans l'appartement, depuis le jour même où il avait décidé de partir combattre dans le Donbass.

— Et toi, pourquoi tu ne quittes pas la police? répondit-il.

— Tu sais bien qu'on a besoin de mon salaire, ta mère et moi, pour s'en sortir.

— Tu pourrais trouver un autre job.

— C'est la crise. Qui embaucherait un ex-flic de mon âge?

— C'est la seule raison? Tu ne crois pas à ce que tu fais?

— Si, mais…

Il ne savait pas quoi répondre, quel pion avancer. Reconnaître qu'il aimait son travail de policier, qu'il le considérait comme important, c'était admettre que l'engagement de son fils pour défendre son pays l'était tout autant. Prétendre le contraire, c'était mentir, et Nikolaï le savait.

— Quand j'étais petit, reprit le jeune homme, quand les autres se moquaient de moi, je leur disais que tu étais milicien et en général ça leur foutait la frousse. Je pensais que c'était parce que tu poursuivais les méchants et que tu avais une arme. Plus grand, j'ai compris que tout le monde avait peur des policiers, parce qu'ils pouvaient t'arrêter ou te coller des amendes, te battre même, sans que tu puisses rien faire. Après ça, j'ai caché ce que tu faisais à mes amis.

— Je n'ai jamais été ce genre de flic.

— Je sais. Tu crois que pour changer le système, il faut être à l'intérieur. Agir plutôt que simplement protester. Moi aussi je veux agir. J'y ai beaucoup réfléchi. Je ne peux pas me contenter de me plaindre que tout va mal en Ukraine. Je veux changer ce pays. J'ai été à Maïdan. J'ai participé à la révolution et aux élections. Maintenant que mon pays est attaqué, qu'on veut le diviser, je dois aussi agir. Je ne peux pas juste espérer que d'autres personnes le feront à ma place. D'autres fils et d'autres filles. Je dois prendre ma part de risque.

Nikolaï paraissait avoir longuement pensé à tout ça.

— Si je te demande de reprendre le cours normal de ta vie, tu refuseras ? l'interrogea Melnyk.

— Oui.

— Oksana l'a fait ? Elle te l'a demandé ?

— Elle croit en mon combat. Mais elle a essayé de me convaincre de rester, bien sûr.

— Et ta mère ?

Nikolaï sembla plus gêné.

— N'implique pas maman là-dedans.

— Si tu meurs au front, ça la tuera. Littéralement. Tu as toujours été son petit Niko. Tu es son dernier fils. Celui avec qui elle a terminé son métier de mère. Ton frère et ta sœur n'ont pas encore d'enfants…

— Avec Oksana, on prévoit d'avoir un bébé.

Nikolaï avait lâché ça comme un avion largue une bombe.

— Quand ?

— Bientôt. C'est en cours.

Il aurait dû se réjouir, pourtant Melnyk considéra son fils d'un œil attristé. Un mariage rapide, un enfant… il avait l'impression que Nikolaï était en train de tout faire au pas de course parce qu'il avait peur de mourir avant d'avoir vécu une vie normale.

Les femmes revinrent au salon. Ils quittèrent le balcon. C'était l'heure des au revoir. Tatiana embrassa chaleureusement Oksana et son fils. Melnyk fit de même avec sa future belle-fille, puis salua Nikolaï avec cette distance virile qui les empêchait l'un comme l'autre de se serrer dans les bras alors que chacun redoutait que cette séparation ne soit la dernière.

Le jeune couple parti, l'appartement redevint morne et silencieux. Melnyk s'assit dans son vieux fauteuil, tandis que sa femme faisait la vaisselle. Il songea à leur discussion. Et puis il pensa à Vadim Moutko.

Moutko était un petit malfrat de bas étage que Melnyk avait arrêté à de nombreuses reprises pour de menus larcins. Un jour, pendant son arrestation, Moutko avait attrapé une lame et essayé de le planter. Le policier avait toujours une cicatrice au niveau des côtes, là où le couteau avait glissé sur l'os. Il avait réussi à sortir son arme et à tirer sur son agresseur. Une seule balle, dans le poumon, alors qu'il visait le bras. Moutko était mort quelques heures plus tard, à l'hôpital. Ça avait beau être une ordure qui battait sa femme, avait violé trois ou quatre adolescentes et abandonné ses enfants à l'Assistance publique, Melnyk ne pouvait s'empêcher, certaines nuits, de rêver de lui et de se sentir coupable de l'avoir descendu. Et c'est ça qu'il aurait dû dire à Nikolaï : que les fantômes de ceux qui étaient morts au pied de la fresque reviendraient régulièrement lui rendre visite, qu'il ait rendu ou non leurs affaires à leurs parents éplorés.

— Ils vont avoir un bébé, lança Tatiana depuis la cuisine.

— Ah bon ? fit-il, feignant l'ignorance.

— Oksana dit qu'elle ne prend plus la pilule depuis des semaines. Elle sent que ce sera pour bientôt.

— Et sa thèse ? Ça risque d'être compliqué avec un enfant et Nikolaï au front.

— On l'aidera.

Elle semblait ravie.

— Tu as l'air aux anges d'être grand-mère.

— Bien sûr ! Ce sera mon premier petit-fils.

— Tu sais déjà que ce sera un garçon ?

— Je l'ai vu en rêve.

— Ah bon, dans ce cas… Je ne savais pas que tu avais des preuves scientifiques.

— Ne te moque pas, Joseph. J'ai eu la vision dans mes rêves que nous aurions deux fils et une fille. Et c'est ce qu'il s'est passé.

— Préviens-moi dès que tu vois les numéros du loto.

— Bougre d'andouille ! lança-t-elle depuis la cuisine.

Plus tard, quand il se mit au lit, il repensa longuement à son entrevue avec Arseni Agopian, le flic qui supervisait l'enquête sur le double meurtre de 1986. Si, comme il le prétendait, le KGB avait repris l'enquête, il devait bien exister un dossier quelque part. Mais où pouvait-il se trouver ? La section ukrainienne du KGB avait été dissoute peu après la chute de l'URSS et l'indépendance du pays. Il n'avait aucune idée de ce qui était advenu des documents produits par les anciens services secrets soviétiques.

L'évidence le frappa soudain. Oksana ! Elle était historienne. Il devrait lui demander. Il se tourna vers le réveille-matin. Vingt-trois heures trente. Un peu tard pour l'appeler. Nikolaï et elle devaient « rattraper le temps perdu ». Son regard s'arrêta sur la commode qui faisait face au lit. Il y avait, posé dessus, un porte-bijoux en forme d'arbre. Des colliers et des bagues étaient suspendus à ses branches en bois. Tatiana était en train de se brosser les dents dans la salle de bains. Quand elle en sortit, il lui demanda :

— Qu'est-ce que tu as fait de la bague de ta grand-mère ?

128

Elle se coucha près de lui, mais à une distance raisonnable.

— Elle est chez le bijoutier. Le diamant allait se détacher.

C'était une fine bague en or avec une pierre minuscule, à peine une paillette.

— Tu es la pire menteuse que je connaisse, affirma Melnyk.

Elle s'appuya sur un coude et se redressa légèrement pour lui faire face. Il soutint son regard sans ciller.

— Je l'ai vendue, dit-elle finalement.

— Vendue? Pourquoi?

— Parce que notre fils fait la guerre en T-shirt, Joseph. Et que je ne pourrai plus vivre si j'apprends qu'il est mort d'une balle dans la poitrine.

Elle se tourna sur le côté. Il regarda son dos dont il connaissait chaque relief, chaque rousseur.

— Ça faisait assez?

Elle grogna :

— Tu sais combien ça coûte, un vrai gilet de combat?

Il n'en avait pas la moindre idée. Elle n'attendait pas de réponse, de toute façon.

— Bien plus que le prix d'une vieille bague, maugréa-t-elle.

— On pourrait emprunter de l'argent.

— À qui? On est déjà dans le rouge à la banque.

— Ta mère, les enfants…

— Ils ont autant de mal à joindre les deux bouts que nous, tu le sais bien.

Elle soupira lourdement :

— Si seulement tu n'avais pas été muté à Tchernobyl. À l'heure qu'il est, tu serais peut-être le chef d'un grand service, au lieu de végéter là-bas.

— Chérie… on en a déjà parlé. Tu crois que ça m'amuse d'être obligé de me déshabiller pour pouvoir rentrer chez moi? De voir la peur dans tes yeux quand j'arrive le vendredi soir? Que tu refuses de me toucher si je ne me suis pas frotté la peau jusqu'au sang?

Il se sentait fatigué. Combien de fois avaient-ils eu cette discussion?

— Tout ça c'est de ta faute. Si seulement tu avais su pour une fois mettre tes principes entre parenthèses, on n'en serait pas là!

Sept ans plus tôt, il avait témoigné contre son supérieur dans une affaire de corruption. Son chef rackettait une partie des salles de jeu de la capitale en échange de sa «protection». Comme personne d'autre que Melnyk n'avait osé témoigner, l'enquête était tombée à l'eau, et c'est lui qui avait été sanctionné : exilé à Tchernobyl.

— Si tu avais gardé ton poste à Kiev, on serait ensemble toute la semaine et ton fils ne se serait pas engagé dans l'armée pour défendre toutes ces valeurs que tu professes!

— Alors c'est à cause de moi s'il s'est enrôlé?

Elle se retourna vivement. Des larmes rougissaient ses yeux.

— Si tu avais été là pendant Maïdan… si tu lui avais demandé de ne pas s'engager dans sa fichue unité… si tu n'avais pas été si loin pendant qu'on avait besoin de toi…

— C'est parfaitement injuste. Je n'y suis pour rien.

Elle arrêta sa litanie de reproches.

— Je sais. C'est injuste. Mais c'est déjà assez dur de savoir que tu travailles dans la zone. Et maintenant Nikolaï se retrouve au front. J'ai peur de vous perdre.

Melnyk se rapprocha d'elle, la serra contre lui. Il comprenait ce qu'elle ressentait. Il n'y avait pas de procédure à inventer pour se protéger de la mort de ses proches. Elle ne pouvait pas mettre les rangers de Nikolaï devant la porte, ses affaires dans un sac et lui faire prendre une douche pour exorciser sa peur de recevoir un jour un coup de fil lui annonçant la mort de son fils.

— Il ne lui arrivera rien, lui assura-t-il.

— Comment le sais-tu?

— Comme tu sais qu'il va avoir un fils.

Elle ne répondit pas. Il resta soudé à elle un long moment, jusqu'à ce que sa respiration devienne plus lente et régulière. Elle s'était enfin endormie. Lui mit beaucoup plus de temps à trouver le sommeil, le regard fixé sur le réveil qui égrenait les minutes. Il songea aux paroles de sa femme sur ses principes, et à l'argent qu'il y avait dans le portefeuille de Léonid Sokolov. De quoi acheter un gilet pare-balles à son fils, s'il avait pour une fois transigé avec son code moral.

Bien après minuit, il sombra dans un sommeil agité. Au même moment, quelque part en Russie, un flic russe qu'il ne connaissait pas faisait ses valises pour aller mourir en Ukraine.

GUERRE CIVILE

10

Samedi matin, le vol Moscou-Rostov.

Pensif, Alexandre Rybalko regardait par le hublot la steppe infinie, trouée çà et là de marais frangés de roseaux. L'herbe nouvelle, haute et drue, qui poussait sur les flancs ensoleillés des ravins… l'odeur fade de la terre noire… le vent qui diffusait le parfum des violettes et des tulipes… Des bribes du *Don paisible* de Mikhaïl Cholokhov lui traversaient l'esprit. Adolescent, il avait dévoré le roman du Prix Nobel russe. Étrange de se dire que sa jeunesse appartenait à une autre époque, un autre siècle, un autre pays, alors que tout semblait si proche dans ses souvenirs. Les paysages étaient toujours les mêmes, les hommes presque identiques, mais l'URSS de son enfance avait explosé en de multiples fragments. Elle était devenue la Russie, l'Ukraine, la Biélorussie et tant d'autres pays encore.

La steppe céda la place à des champs aux frontières rectilignes, aussi mornes et rationnelles qu'un circuit imprimé d'ordinateur. Bientôt, Rostov-sur-le-Don apparut à l'horizon.

Légère secousse à l'atterrissage. Tout le monde descend.

Dans l'aéroport, il ne s'attarda pas devant les tapis qui distribuaient les valises des passagers. Il n'avait rien pris avec lui. Il comptait acheter des vêtements sur place et s'en débarrasser avant de rentrer en Russie, si jamais il devait revenir. Il n'avait pas envie de remporter des habits potentiellement contaminés.

Il n'eut pas longtemps à attendre son contact devant l'entrée de l'aéroport. L'homme embauché par Vektor Sokolov pour l'amener à Donetsk était ponctuel. La cinquantaine bien entamée, le visage et les avant-bras bronzés et décorés de quelques tatouages, il disait s'appeler Joseph, mais tout le monde l'appelait Ossip.

Il conduisait une Lada Niva hors d'âge à la peinture beige crème mouchetée de rouille. Les banquettes et le coffre du tout-terrain étaient encombrés de boîtes en carton et le toit supportait tout un chargement de bidons recouverts d'une bâche kaki. Le véhicule dépassait de loin la charge maximale conseillée et les suspensions gémirent d'une manière inquiétante quand Rybalko s'assit à l'avant.

Durant le trajet jusqu'au poste-frontière, Ossip lui raconta que plusieurs fois par semaine, il traversait la frontière pour aller vendre en Ukraine des produits bon marché en Russie, comme le carburant, ce qui expliquait les odeurs d'essence qui suintaient de temps à autre de la bâche recouvrant le toit de la Lada. Deux cents litres de sans-plomb en jerricanes se cachaient dessous, ce qui ne dissuadait pas le vieux contrebandier d'enchaîner les

136

cigarettes. Au retour, il rapportait principalement de la vodka ukrainienne, car elle était deux fois moins chère qu'en Russie. Mais, Ossip le jurait sur tous les saints orthodoxes : il ne trafiquait jamais d'armes. De l'essence, des cigarettes, de l'alcool, mais pas d'armes. Il n'avait pas envie d'avoir la mort d'un parent sur la conscience : ici, tout le monde, lui compris, avait de la famille en Russie et en Ukraine.

Ils arrivèrent au poste-frontière vers midi. C'était une sorte de hangar ouvert au toit bleu pastel, sous lequel passaient plusieurs files de véhicules. Celles qui venaient de Russie étaient plutôt courtes, les autres, côté Ukraine, semblaient s'étendre jusqu'à Kiev. Il y avait aussi des piétons qui traversaient avec des cabas ou des poussettes transformés en caddies de fortune pour aller chercher en Russie tout ce qui manquait en Ukraine. Ossip lui glissa qu'au plus fort de la crise, jusqu'à quatre mille Ukrainiens avaient franchi la frontière chaque jour.

Rybalko remarqua un drapeau qu'il ne connaissait pas sur une grande antenne radio. Il comportait trois bandes horizontales noire, bleue et rouge, frappées d'un écusson représentant un aigle à deux têtes avec au centre un archange.

— C'est le drapeau de la République de Donetsk, expliqua Ossip. Les rebelles ont pris le poste-frontière et depuis, c'est eux qui jouent les douaniers. En attendant le rattachement à la Russie, comme en Crimée !

Rybalko se rappela comment des hommes en treillis lourdement armés et bien organisés étaient

137

brusquement apparus en Crimée peu après la révolution de Maïdan, délogeant les frêles forces ukrainiennes de leurs casernes miteuses. Des indépendantistes, d'après Moscou, des militaires russes selon Kiev. Une fois maîtres de la région, les séparatistes avaient organisé un référendum proposant le rattachement de la région à la Russie. Sans surprise, le oui à l'annexion l'avait emporté haut la main. Quelque temps plus tard, c'était tout l'est de l'Ukraine qui s'était enflammé. Dans le Donbass, en particulier à Donetsk et Louhansk, une partie de la population ne reconnaissait pas le nouveau pouvoir issu de la révolution. Très vite, des groupuscules prorusses s'étaient attaqués aux bâtiments officiels et avaient déclaré l'indépendance de toute la région. Depuis, c'était la guerre.

— Tu es pour le rattachement du Donbass à la Russie ? demanda-t-il à son chauffeur.

Le vieux trafiquant réfléchit un instant, comme s'il ne s'était jamais posé la question auparavant.

— Je suis pour la fin de la guerre, dit-il finalement. C'est tout.

— Mais la fin de la guerre, c'est aussi la fin de ton business.

— Il y en aura d'autres. Il y aura toujours du trafic dans le coin ! s'exclama joyeusement Ossip.

Rybalko ne savait trop quoi penser de tout ça. Quand il était enfant, ici ne passaient que des lignes imaginaires. À gauche l'Ukraine, à droite la Russie, mais rien ou presque pour matérialiser la frontière. Après la chute de l'URSS, ces lignes avaient pris forme, comme un mauvais rêve devenu réalité.

138

De part et d'autre de la frontière, des gens s'étaient endormis soviétiques et s'étaient réveillés ukrainiens ou russes. Mais ils avaient la même culture et la même langue. Dans la région, la plupart des habitants étaient russophones ou utilisaient le sourjik, un créole de langue russe et ukrainienne tressé par des décennies de destin commun.

Une fois les contrôles à la frontière passés, ils traversèrent des kilomètres de steppe écorchés de mines d'anthracite, de cités-dortoirs et d'usines métallurgiques, pointillés noir et gris sur la surface infinie du Donbass. De temps à autre, une pyramide sombre se dressait dans le lointain, un terril composé des résidus de l'extraction du charbon. Hormis cela, le Donbass était d'une éreintante platitude, ne laissant aucune place à la surprise et à l'imagination. Dans les zones industrielles, on croisait des usines silencieuses comme des églises, des hangars rouillés saupoudrés de poussière de charbon et des corons inhabités. La région était ravagée par le chômage. C'était d'ailleurs là qu'il fallait chercher les raisons premières de la guerre. Du temps du communisme, les mineurs et les ouvriers du Donbass étaient les héros de la propagande d'État. La patrie leur offrait médailles, appartements confortables et cures thermales sous le soleil de la Crimée. Aujourd'hui, que leur restait-il? Rien, si ce n'était la nostalgie de l'ancien monde. Pour s'en sortir au quotidien, certains creusaient des mines illégales. Le précieux charbon affleurait partout, à tel point que les fossoyeurs en rapportaient souvent dans le coffre des corbillards après avoir creusé une tombe.

Mais ce n'étaient que des expédients. Le Donbass pourrissait dans son jus soviétique depuis trente ans. Kiev était loin et semblait impuissante à régler les problèmes de la région. Il avait juste suffi à Moscou de souffler sur les braises pour que le pays du charbon s'enflamme.

Pour autant, tout le Donbass n'était pas acquis aux séparatistes. Si dans certaines villes les graffitis prorusses *Stavai Donbass*, «Lève-toi, Donbass», fleurissaient sur les murs, dans d'autres c'était le drapeau jaune et bleu de l'Ukraine qui flottait.

— La guerre ici, c'est le frère qui tire sur le frère, ou au mieux sur le cousin, argumenta Ossip. Et même quand on vise un Russe, on n'est pas à l'abri de toucher un parent éloigné. Foutue guerre de merde. Il y a quelque chose de… ah, comment il s'appelle déjà… ma fille est psychologue, tu sais, elle m'a raconté l'histoire de ce Grec, pendant l'Antiquité, qui a couché avec sa mère et tué son père. Tu sais de quoi je parle ?

— Œdipe, répondit Rybalko.

— Ça doit être ça. J'y ai bien réfléchi, et pour moi, cette guerre, elle a un rapport avec l'histoire d'Œdipe. Les troupes de Kiev veulent tuer le père russe, les rebelles prorusses se battent pour réintégrer la mère patrie soviétique. Et pour ça, on se massacre allègrement entre membres de la même famille.

Il désigna une pyramide noire qui se dressait près d'un puits de mine surmonté d'une étoile rouge.

— Ma femme était d'ici avant de s'installer à Rostov. Elle disait que quand elle était gamine, ils tiraient des feux d'artifice lors du 1er Mai et qu'elle

140

les regardait du haut des terrils. Aujourd'hui, les enfants montent là-haut pour voir les missiles Grad tomber sur la ville d'à côté. Quel avenir ils vont avoir, ces gosses ?

Rybalko hocha la tête gravement. Il savait ce que c'était d'appartenir à une génération sacrifiée. Il avait vingt ans dans les années 1990, quand l'URSS s'était effondrée. Un cataclysme que seuls ceux qui l'avaient vécu de l'intérieur pouvaient comprendre. Les illusions perdues, le chômage, la rétrogradation du pays du statut de superpuissance mondiale à celui de puissance subalterne, les métropoles envahies par les bandits et les capitalistes, les fusillades quotidiennes, l'inflation à quatre chiffres, la perte des repères, la drogue… grandir dans le monde postcommuniste avait été une longue série d'humiliations et de sacrifices.

Ils roulèrent pendant ce qui lui sembla une éternité. Tous les quarts d'heure, Ossip sortait son téléphone et consultait Twitter ou VKontakte, le Facebook russe. On y annonçait en temps réel l'avancée des troupes et les changements de drapeau aux block-posts contrôlant les carrefours stratégiques. Parfois, des coups de feu pétaradaient dans le lointain. Mais Ossip prenait garde de rester loin du front, dans l'arrière-cour de la guerre, là où la mort semblait attendre son heure.

Bien sûr, ils n'étaient pas tout à fait à l'abri du danger. Un obus pouvait se perdre et leur tomber dessus. Ou un groupe de bandits pouvait les ran-çonner et les battre à mort. Pourtant, Rybalko était détendu. Il vivait sa traversée du Donbass avec un grand détachement, comme si les sièges fatigués de la Lada étaient un canapé et le pare-brise un écran de télévision. Il avait l'étrange impression que rien ne pouvait l'atteindre. Que son rendez-vous avec la mort avait déjà été fixé et qu'elle ne viendrait pas le chercher avant.

Enfin, Donetsk apparut dans l'horizon noir. Sa banlieue avait le calme inquiétant des villes qui bordent un champ de bataille. Les cités périphériques, plus proches des combats, étaient plantées de grands immeubles aux allures de genoux écorchés. Des explosions avaient fait voler en morceaux une partie du bardage métallique qui les recouvrait, laissant apparaître un ciment gris crevé de béances de briques rougeâtres. À leur pied fumait parfois la carcasse encore chaude d'un véhicule éventré par un obus. Des sacs de sable explosés traînaient ici et là. Des éclats de verre scintillaient sur la chaussée : était-ce la chaleur des bombes qui avait vitrifié le sable ? Dans les quartiers centraux, les stigmates de la guerre étaient plus discrets. Les vitres des bâtiments étaient barrées de croix en scotch brun, pour atténuer les vibrations des obus qui pouvaient pulvériser les fenêtres de tout un quartier. Elles donnaient sur des rues désertes, à l'asphalte poinçonné par des éclats de shrapnels.

Ils arrivèrent à l'hôpital Kalinina vers dix-sept heures. Ossip déposa son passager devant un bâtiment annexe orné de pseudo-colonnades de style grec comme s'il s'agissait du temple d'un dieu antique. Les gens qui y entraient tenaient un mouchoir sur leur nez, ceux qui en sortaient étaient

142

blêmes. Et chaque fois que la porte s'ouvrait, une odeur de charogne, féroce et inquiétante, envahissait la rue. C'était la morgue, à n'en pas douter. Il était temps de découvrir ce que le corps de Léonid Sokolov avait à révéler.

11

Le hall d'entrée de la morgue empestait la poudre
et le sang séché. Au sol, des cadavres en treillis militaire étaient entassés les uns sur les autres, comme
des bûches. Un peu plus loin, dans un couloir qui
filait vers les salles d'examen, on apercevait des
corps de vieillards et d'enfants gisant sur des brancards ensanglantés, emmitouflés dans des draps de
lit horriblement ordinaires, parsemés de pâquerettes
blanches ou d'oiseaux bleus.

Un légiste déboucha dans le hall par une porte
transversale. La trentaine fatiguée, il portait un
tablier blanc maculé de taches de sang roussâtres.
Rybalko l'intercepta avant qu'il ne s'éloigne vers les
salles d'examen.

— J'ai rendez-vous avec le docteur Tcherep. Vous
savez où je peux le trouver?

Le légiste le scruta de la tête aux pieds.

— C'est vous qui venez pour le corps radioactif?

— C'est moi. Où est-ce que je peux trouver Tcherep?

— Tcherep est mort, lâcha le légiste sans la
moindre émotion.

— Mort? Mais depuis quand?

— Ce matin. Un obus est tombé sur son immeuble.

Le ton était froid comme un scalpel. L'homme ne semblait pas porter son ancien confrère dans son cœur.

— Qui le remplace pour l'autopsie?

— Personne. Tcherep était à quelques mois de la retraite et avait un cancer de la gorge. Il s'en foutait d'ouvrir un cadavre irradié. Ici, personne d'autre ne se portera volontaire pour plonger ses mains dans le corps de ce type.

— On a payé très cher pour cette autopsie, protesta Rybalko.

— Allez vous plaindre à la veuve de Tcherep, c'est elle qui a encaissé l'argent.

On entendit des sanglots. Dans un coin, un assistant demandait à une mère d'identifier le corps de son fils. Il était couché sous deux autres cadavres. Il fallait écarter les pieds de celui du dessus pour voir le visage du gamin de dix-huit ans.

— Vous pourriez faire venir quelqu'un d'ailleurs? insista Rybalko. De Lougansk, par exemple?

Le légiste s'agaça:

— Écoutez, j'ai couvert les magouilles de Tcherep, mais je ne vais pas faire son sale boulot. J'ai vingt corps à autopsier et mon équipe compte un membre de moins, alors qu'on était déjà en flux tendu. Chacun sa merde. Moi, tout ce que je vais faire, c'est remettre votre ami dans sa boîte en plomb et attendre qu'on vienne le chercher. Et plus vite il quittera ma morgue, mieux ce sera.

Rybalko regarda les corps empilés dans le hall tout en réfléchissant à la situation. Trouver un autre légiste ou transporter le cadavre dans une autre morgue prendrait des jours. Pour l'instant, il devait faire une croix sur le rapport d'autopsie. Mais s'il pouvait procéder à l'examen externe de la dépouille, il n'aurait pas complètement perdu son temps en venant à Donetsk.

— J'ai fait le voyage de très loin. Est-ce que je peux au moins jeter un coup d'œil au corps ?

— Il est très irradié, je ne pense pas…

Rybalko sortit une liasse de billets de cinq mille roubles de sa poche.

— Je suis sûr qu'on peut trouver un arrangement, déclara-t-il en comptant une dizaine de billets. Vous devez avoir besoin d'argent pour l'électricité, le matériel, les réparations… et moi j'ai besoin de voir le corps. Je n'ai pas de temps à perdre, vous comprenez ?

Il tendit la liasse au légiste, qui hésita un bref instant avant de céder à l'appât du gain.

— Après tout, qu'est-ce que ça change ? dit-il en empochant l'argent.

Ils remontèrent le couloir qui menait aux salles d'examen. Sans fenêtres, il était mal éclairé par des ampoules nues dont la lueur jaunâtre se réfléchissait sur les murs. En passant près des brancards, Rybalko sentit les doigts d'un mort le frôler et il frissonna.

Le légiste poussa une porte. La pièce derrière évoquait un abattoir ou une usine d'équarrissage au fin fond d'un pays sous-développé. Partout des corps. Des corps raides, gonflés, grotesques. Des corps maigres aux côtes apparentes. Des corps incomplets. Des corps dont la tête n'était plus qu'une masse de pulpe de chair et de cheveux étirés. Des cadavres de mineurs aux gueules noires. Des morts nus, des morts en treillis, des morts en survêtement. Allongés sur des brancards lépreux couverts de plaques de rouille. Sur les tables de dissection. Empilés à même le sol, sur le carrelage bleu de la morgue ou sur des bâches transparentes, à trois, à quatre, à cinq. Beaucoup avaient les yeux fermés, mais on pouvait aussi croiser des regards éteints qui vous fixaient sans vous voir. Hier encore, ces gens-là faisaient des projets. Brutalement, l'idée glaçante qu'il serait bientôt l'un d'entre eux s'imposa à Rybalko.

— Les bombardements d'hier, lança le légiste en guise d'explication.

— Tcherep… il est dans le lot?

Le légiste désigna les fenêtres d'un doigt souillé de sang séché. Elles donnaient sur une cour où étaient garés des camions frigorifiques. Sur l'un d'eux, on avait écrit à la peinture noire «200». Rybalko comprit qu'il servait à stocker les dépouilles des combattants russes : quand il était en Tchétchénie, Grüz 200 était le nom de code que l'armée utilisait pour désigner les cadavres des soldats ramenés du front. Sur un autre camion, il y avait un slogan publicitaire en français. Rybalko en maîtrisait des rudiments, et, en faisant un effort, il traduisit le message : «Produits frais, pour bien vous servir».

— On a dû entreposer Tcherep là-dedans, dit le légiste. À cause des coupures d'électricité, on ne peut plus utiliser nos chambres froides.

Il soupira.

— Au plus fort de la guerre, on recevait vingt ou trente corps par jour. Il fallait trouver un moyen de les conserver en attendant de les examiner. On était si débordés qu'on a dû faire venir des collègues de Slaviansk pour nous aider. Et même là, on n'a pas pu faire toutes les autopsies. Il y avait tellement de corps qu'on était obligés de les stocker dans les entrepôts réfrigérés d'un marchand de glaces. Quand il a été bombardé, on a commencé à enterrer des cadavres sans les examiner. Et sans cercueil, parce qu'il y avait tant de morts qu'il n'y en avait plus un seul dans toute la ville. Les corps non identifiés, on les mettait dans une fosse commune, sans faire de certificats de décès. À chaque cessez-le-feu, on en déterre quelques-uns pour les autopsier. Il y a des tas de gens dans la région qui sont sans nouvelles d'un proche disparu, on fait tout notre possible pour mettre des noms sur les cadavres. Alors vous comprendrez que votre Russe radioactif, ce n'est pas ma priorité.

Il se dirigea vers une porte avec un gros panneau triangulaire orange et jaune scotché dessus. Deux messages, l'un en russe et l'autre en ukrainien, mettaient en garde ceux qui entraient contre le risque de contamination radioactive.

— Le cadavre est hautement irradié, donc ne restez pas près de lui plus de deux minutes et ne touchez à rien.

Il poussa la porte. Au centre de la petite pièce, il y avait une table d'examen entourée de bâches transparentes qui pendaient du plafond. À travers, on apercevait le corps mutilé de Léonid Sokolov.

— Quand on l'a sorti de son cercueil, les dosimètres se sont mis à jouer du Tchaïkovski, annonça le légiste. Et avant que vous le demandiez, on n'a pas de combinaisons antiradiations.

Rybalko sortit trois billets de cinq mille roubles.

— J'aimerais rester seul un moment.

Le légiste le dévisagea, intrigué.

— Qu'est-ce que vous comptez faire?

— L'examiner sommairement.

— Vous n'avez pas entendu ce que j'ai dit? Le corps est radioactif. Ra-dio-ac-tif.

Rybalko ajouta deux billets de cinq mille. Le légiste les attrapa du bout des doigts.

— Après tout, c'est votre vie. Gaspillez-la comme bon vous semble. Tcherep avait installé une douche de décontamination provisoire dans la pièce d'à côté. Lavez-vous avant de partir. Et jetez aussi vos affaires. Je dirai à un assistant de vous donner des vêtements de rechange.

Le légiste quitta la pièce, le laissant seul avec le cadavre. Rybalko franchit le fragile rideau transparent qui délimitait un périmètre de sécurité autour de lui. À l'intérieur, on avait scotché au sol et au plafond du film plastique, sans doute pour éviter que des projections de matière organique radioactive ne contaminent la morgue.

La puanteur du corps décomposé lui sauta au nez. Surmontant un haut-le-cœur, il alluma un vieux scialytique pour éclairer ce qui restait de Léonid Sokolov. La lumière blanche inonda d'une lueur crue les plaies qui striaient sa peau.

Il fuma une cigarette pour se donner le temps de s'habituer à l'odeur et à la présence de ce corps blafard, froid et désincarné. Bien que le cadavre porte d'innombrables traces de coupures, de brûlures et de contusions, le tueur avait relativement épargné le visage et les mains. Certes, les paupières et les lèvres étaient cousues, mais le meurtrier avait employé un fil fin et réalisé un travail délicat. Rien à voir avec la suture sur le ventre, laide, anarchique, faite avec du gros fil et sans aucun souci esthétique. Le but de ces mutilations-là n'était pas de défigurer Léonid. De toute évidence, le tueur voulait que les enquêteurs l'identifient sans ambiguïté, par ses empreintes digitales et son visage.

Pourquoi désirait-il autant qu'on te reconnaisse? se demanda Rybalko en scrutant la tache de naissance rougeâtre au sommet du front du cadavre.

Près du corps, sur une table en inox munie de roulettes, il y avait un vieil enregistreur à cassette et un appareil polaroïd. Il y avait aussi des outils de chirurgie de seconde main. Scie, scalpels, ciseaux coudés, tout ou presque était dépareillé et patiné par l'usure. Les instruments étaient destinés à être jetés après autopsie : pas la peine d'utiliser du matériel neuf.

Il attrapa l'appareil photo et prit des clichés de l'intégralité du corps, en commençant par le visage et en descendant jusqu'aux pieds. Au niveau des parties génitales, il détourna le regard et pointa l'appareil un peu au hasard, cadrant bizarrement la photo. Ce n'était pas une question de pudeur : il en avait vu d'autres dans les vestiaires du club de sport où il s'entraînait avec les gars de son commissariat. C'était plutôt une affaire de dégoût : le tueur avait castré sa victime et la vue de l'amas de chair rosâtre

150

à l'endroit où auraient dû se trouver ses testicules révulsait Rybalko.

Il essaya de trier les informations que donnait le corps de Léonid Sokolov pour comprendre ce qu'avaient été ses derniers jours. Ses mains d'abord : certains ongles étaient cassés, mais ça ne semblait pas être lié à une quelconque torture. Rybalko avait plutôt l'impression que le jeune homme avait gratté quelque chose désespérément. Sous les ongles qui étaient toujours intacts, il y avait des résidus noirs. De la terre peut-être? L'analyse en laboratoire en dirait plus, si jamais les prélèvements étaient exploitables. Il n'avait aucune idée de la façon dont les radiations pouvaient les altérer. En tout cas, le tueur n'avait pas pris la peine de couper les ongles ni de les nettoyer. Soit il n'avait pas peur qu'on y trouve de l'ADN, soit il s'en foutait.

Outre les marques des câbles avec lesquels on avait suspendu le corps, Rybalko remarqua sur les poignets du mort des traces circulaires qui laissaient penser qu'on l'avait attaché de son vivant. Il y avait aussi des traces de dermabrasion sur le torse et l'abdomen, comme si la peau avait été soumise à des frottements intenses et prolongés. En additionnant ces éléments, il se créa l'image mentale d'un homme étendu sur le dos, emprisonné par des sangles. En l'attachant ainsi, son assassin s'était assuré qu'il était complètement à sa merci tandis qu'il le torturait.

Plus il inspectait le corps, plus le mépris et le dégoût envers celui qui avait fait ça grondaient en lui. Tuer quelqu'un était une chose, mais démolir un homme ainsi était profondément inhumain. Il consigna dans son esprit tous les détails qu'il avait relevés et rangea dans sa poche les clichés. Il n'y avait pas grand-chose d'autre à faire, en l'absence d'un légiste compétent. À moins bien sûr que…

Non.

Il repoussa d'abord cette idée. Il n'allait pas découper les sutures pour voir quelles horreurs se cachaient derrière la longue cicatrice sur le ventre, hérissée de fils noirs, serpentant comme une monstrueuse chenille. Quant aux yeux…

Non. Il n'allait sûrement pas faire ça.

Et pourtant, il devait le faire. Il s'alluma une autre cigarette en prenant son temps, pesant le pour et le contre. Les radiations n'étaient pas un souci. Il était déjà mort, après tout : pourquoi s'inquiéter de quelque chose qui pouvait potentiellement lui filer un cancer dans dix ans alors qu'il ne lui restait que six mois à vivre ? Les préposés de la morgue s'activaient dans la salle d'autopsie attenante, mais ce n'était pas gênant ; aucun d'entre eux n'avait envie d'entrer dans une pièce contenant un corps hautement irradié. Le vrai problème, c'était de savoir s'il y avait un risque de détruire des indices en ouvrant les sutures.

En un instant, il prit sa décision. D'une main tremblante, il saisit un des scalpels.

D'abord la tête ou l'abdomen ?

C'était sans doute les sutures du visage qui le rebutaient le plus, mais avec le ventre, il pouvait s'attendre à des choses plus écœurantes. Le corps avait plus d'un mois, et même s'il avait été conservé au froid, il risquait de tomber sur une bouillie de viscères putréfiés.

Il opta donc pour le visage.

La nausée monta en lui quand il posa sa main sur l'œil droit de Léonid Sokolov. La peau était froide au toucher et légèrement collante. Il écarta les paupières inférieure et supérieure, puis pratiqua de petites incisions pour se débarrasser des sutures. L'œil de Léonid apparut. Son iris était d'un bleu parfait. Un sentiment de malaise envahit Rybalko. Quelque chose n'allait pas, il le sentait dans ses tripes. Il se força, du bout de l'index, à toucher la paroi de l'œil. Elle était froide, dure et glissante. Sa consistance était étrange. Elle n'avait pas l'élasticité qu'il s'attendait à trouver. Il fit rouler l'œil et, à sa grande surprise, ne rencontra aucune résistance. Le globe oculaire tourna complètement, jusqu'à ce que l'iris bleu disparaisse, caché derrière les tempes. Horrifié, il recula. Vektor Sokolov avait les yeux bleus. Ceux de son fils étaient noirs. Voilà ce qui n'allait pas.

On avait énucléé Léonid, puis remplacé ses yeux par des prothèses.

Maîtrisant son dégoût, Rybalko inséra son scalpel entre la peau et l'œil pour l'éjecter de l'orbite. Lourd, lisse et poisseux, l'œil de verre cachait un objet métallique logé dans l'amas de tissus autour du nerf optique sectionné. Il le récupéra à l'aide d'une paire de pinces chirurgicales et constata que c'était une pièce de monnaie.

— Un kopeck, marmonna-t-il.

Un claquement sonore résonna derrière lui. Contraction de l'estomac, cœur qui tambourine. Il pivota en un instant et se trouva face aux rideaux en plastique. Personne. Il mit quelques secondes avant de comprendre que le bruit venait du vieil enregistreur à cassettes posé sur la tablette près de lui.

— Saloperie d'engin, grogna-t-il.

L'enregistreur était réglé pour se déclencher à la voix. Sans doute était-il trop loin, quand il discutait avec le légiste, pour que l'appareil s'allume.

Il éteignit le magnétophone, puis se concentra sur l'autre œil. Après l'avoir éjecté, il découvrit encore une fois un kopeck. La pièce était comme collée au fond de l'orbite et il dut se résoudre à introduire son doigt dans l'orifice gluant pour la récupérer. Après avoir nettoyé les pièces, il constata qu'elles étaient assez anciennes. L'une datait de 1986, l'autre de 1957.

Il laissa les pièces de côté et s'attaqua aux sutures des lèvres. À l'intérieur de la bouche se trouvaient les testicules sectionnés. Le tueur avait fourré un morceau de tissu au fond de la gorge afin qu'ils ne tombent pas dans l'œsophage. Grimaçant de dégoût, Rybalko sortit les organes et dégagea l'étoffe pour l'examiner. Blanche, parsemée de motifs floraux, elle était particulièrement usée, comme si elle était très ancienne. Il la prit en photo avant de la replacer dans la bouche du mort.

Il lui fallait maintenant fouiller les entrailles de Léonid Sokolov. Il hésita un long moment, le regard fixé sur la grande cicatrice aux allures de couture de balle de base-ball. Ses doigts picotaient. Était-ce à cause du stress, de la maladie en lui, ou bien des radiations? Il ouvrit et referma plusieurs fois sa main droite pour dissiper l'engourdissement. Quand il posa enfin la paume sur l'abdomen de Léonid Sokolov afin d'y prendre appui pour trancher les fils, il eut l'étrange sensation de pétrir un oreiller. Il pressa un peu plus fermement, et le ventre s'enfonça d'une manière qui n'avait rien de naturel.

Quelle horreur allait-il encore trouver là-dedans?

Il se décida enfin. L'opération était fastidieuse : la cicatrice était longue et le fil épais. Une fois son ouvrage terminé, il saisit la peau des deux côtés de la plaie béante, retint son souffle et tira sur les chairs pour les écarter. Le ventre s'entrouvrit, révélant l'intimité des entrailles de Léonid Sokolov, la couche de graisse jaune, peu épaisse, les muscles rosés et une masse sombre qui l'horrifia.

À la place de l'estomac et des viscères, il n'y avait plus qu'une sorte de bourre de paille et de crin. Au milieu, gisait une boule de plumage. Il l'extirpa et constata, incrédule et choqué, qu'il tenait dans les mains un oiseau tout entier, un faucon, qu'il posa délicatement sur la poitrine blanchâtre du mort.

12

Le soleil était haut dans le ciel quand il ressortit de la morgue, livide. Il marcha jusqu'au bar le plus proche, commanda une vodka et la but en silence. Un peu de sang maculait le verre. Il regarda ses ongles. Il les avait tellement brossés dans la douche de décontamination qu'il s'était fait saigner. Il demanda une autre vodka et l'avala d'un seul trait pour se calmer avant de téléphoner à Vektor Sokolov.

— Alexandre? L'autopsie est déjà terminée? s'étonna l'ancien ministre.

— Non, elle… elle a été annulée. Le légiste est mort dans un bombardement.

Sokolov demeura silencieux un moment, puis annonça d'une voix ferme :

— Je vais appeler mes contacts à Donetsk. Dans moins d'une semaine, j'aurai trouvé un remplaçant.

— Et qu'est-ce que vous voulez que je fasse pendant ce temps-là?

— Attendre.

Rybalko balaya sans hésiter la proposition :

— Inutile. J'ai procédé à un examen rapide du corps. Pas besoin que je reste pour l'autopsie complète. Vous me ferez parvenir le rapport quand il sera prêt.

— Vous avez vu le corps de mon fils ? Comment… comment était-il ?

— Le légiste vous l'expliquera mieux que moi.

— Je veux savoir, insista Sokolov, autoritaire.

Des images agressèrent son esprit, cadrées comme les clichés du vieux polaroïd avec lequel il avait photographié le cadavre meurtri de Léonid.

— Ce n'est pas une bonne idée. Le corps de votre fils porte de multiples traces de torture et il a été sévèrement mutilé.

— Quel genre… quel genre de mutilations ?

— Vraiment, je pense que le mieux c'est que le légiste…

— Je veux savoir ! s'emporta Sokolov. Qu'est-ce que ce salopard d'assassin a fait à mon fils ?

Le souffle de l'ancien ministre était lourd et menaçant. Rybalko capitula : s'il voulait la vérité, après tout, c'était son droit.

— On lui a retiré les yeux et on l'a castré. Les testicules ont été placés dans sa bouche et il avait des prothèses oculaires dans les orbites.

Silence au bout du fil. La respiration de Sokolov enfla encore, devenant rauque, bestiale, presque un grognement. Puis il y eut une explosion de bruits : du bois cassé, du verre qui se brise, des jurons. Un déferlement de colère qui sembla tout détruire dans le grand salon moscovite et qui dura un long moment avant de s'apaiser.

Sokolov reprit alors sur un ton d'une effrayante neutralité :

— Quelle est la cause de la mort?

— Je n'ai pas pu la déterminer. Il n'y avait pas de trace évidente d'un coup fatal, pas de signes de strangulation, pas d'orifice d'entrée de balle…

Sokolov l'interrompit brutalement :

— Mais pour quoi je vous paie, nom de Dieu, si vous n'êtes pas foutu de me dire ce qui a tué mon fils !

Le silence se réinstalla entre eux, venimeux comme un serpent prêt à bondir.

— Je ne suis pas légiste.

— Ça, je l'ai compris, que vous n'étiez pas un putain de légiste, vu que le putain de légiste qui devait faire cette putain d'autopsie est mort dans cette putain de guerre de merde !

Suivit une litanie d'insultes en russe et en ukrainien, avant que Sokolov ne retrouve son calme et son inquiétante voix neutre.

— Pardonnez-moi. Vous comprenez, c'est trop, tout ça. Vous êtes père. Imaginez qu'on fasse ça à votre fille… Qu'est-ce que vous pouvez me dire d'autre? Quelles sont vos premières conclusions?

— Pour l'instant, je ne peux faire que des hypothèses, commença Rybalko prudemment. On est face à un assassin qui reste dans l'ombre, mais qui ne cache pas son crime. Qui l'expose même, un peu comme une sorte… une sorte d'œuvre d'art. Avant de se demander pourquoi il a tué votre fils et pas quelqu'un d'autre, la question la plus importante que nous devons nous poser est celle-ci : pourquoi toute cette mise en scène?

— Et vous avez une réponse?

— Je vous l'ai dit, il est trop tôt pour tirer des conclusions définitives. Il faudra que je voie la scène de crime de mes propres yeux et que je trouve d'autres indices. Mais d'après ce que j'ai observé, je pense que le tueur a procédé de manière symbolique. Les prothèses à la place des yeux de Léonid étaient de couleur bleu pâle, comme vos iris. Et derrière, il y avait deux pièces. Un kopeck de 1957, un autre de 1986. Est-ce que ça évoque quelque chose pour vous ?

Sokolov bafouilla :

— 1957 ? Je… ma femme… c'est l'année de naissance d'Olga… Et 1986…

— L'année où elle a été tuée, compléta Rybalko.

Il intégra rapidement cette nouvelle information. Les pièces indiquaient clairement que la mort de Léonid Sokolov était liée à la disparition de sa mère. Il se demanda si le chiffon qui obstruait la gorge avait lui aussi un sens.

— Que portait votre femme le soir où elle a été tuée ?

— Une robe.

— De quelle couleur ?

— Blanche, je crois.

Rybalko sortit les clichés polaroïds qu'il avait pris durant l'examen du corps et les étala sur le comptoir.

— Il y avait un tissu coincé dans la gorge de votre fils. J'ai pensé que c'était juste pour empêcher les… enfin bref : le tissu est blanc avec des motifs de fleurs.

— Oui, je… je me souviens, elle avait une robe à fleurs ce jour-là… Est-ce que vous pensez… est-ce que vous croyez…

La voix si ferme de l'ancien ministre devint tremblante, comme fissurée. Rybalko songea à Marina et à sa fille. Comment aurait-il encaissé ça, s'il avait été à la place de Sokolov ?

Il formula la phrase que son interlocuteur n'osait pas prononcer :

— Je pense qu'il est hautement probable que l'assassin de votre fils et celui de votre femme en 1986 soient une seule et même personne.

Nouveau silence au bout du fil, mais différent des précédents. Un peu comme le bruit blanc de la forêt juste après qu'un grand arbre s'est effondré.

— Mon Dieu, marmonna enfin Sokolov. Comment est-ce possible, après toutes ces années… comment… pourquoi cette mise en scène ?

Rybalko choisit ses mots avec précaution :

— À travers le corps de votre fils, le tueur vous envoie un message.

— Pourquoi maintenant, plus de trente ans après… la mort de ma femme ?

— Je n'ai pas de réponse à cette question. Je peux juste faire des suppositions sur le sens de ce message. Dans l'abdomen de votre fils, j'ai trouvé un oiseau. Un faucon, pour être plus précis.

Il laissa le temps à Sokolov de digérer l'ironie macabre du tueur : *sokol*, en russe, signifie « faucon ».

— Si Léonid était bien en train d'enquêter sur la disparition de sa mère, il s'agit peut-être d'une mise en garde qui vous est adressée, du style *Reste en dehors de ça, ou toi aussi tu mourras*.

Sokolov devint fou :

— Pour qui se prend-il, ce malade ? Il croit qu'il peut me menacer ? Tuer mon fils et s'en sortir comme si de rien n'était ? Je n'ai pas peur de lui !

160

Facile à dire, songea Rybalko, *quand on est à des centaines de kilomètres du danger, entouré de gardes du corps dans une villa surprotégée.* C'est lui qui allait devoir se coltiner la menace. Lui qui risquait de finir comme Léonid Sokolov, les yeux crevés et les couilles dans la gorge.

— Reprenez la route dès que vous pouvez, ordonna Sokolov, fébrile. Je m'occupe d'organiser une nouvelle autopsie au plus vite.

Il raccrocha. Rybalko rangea son téléphone et commanda un autre verre de vodka. Quand il l'eut terminé, ses mains ne tremblaient plus.

LE PIC-VERT RUSSE

13

Le capitaine Joseph Melnyk émergea du sommeil
au son d'une sonnerie familière. Il chercha du bout
des doigts le bouton pour éteindre son réveille-matin,
puis réalisa qu'il n'avait pas programmé d'alarme la
veille. La mélodie étouffée provenait de la cuisine. Le
téléphone portable… il l'avait laissé là-bas. Trop loin,
trop tôt : il referma les yeux, espérant que celui ou celle
qui l'appelait abandonnerait. En vain : la sonnerie se
tut un instant, puis repartit de plus belle. Sa femme
grogna. Il se résolut à se lever pour aller répondre.

— Melnyk, j'écoute, énonça-t-il d'une voix pâteuse.

— Capitaine ? J'espère que je ne vous réveille pas ?

Novak. Contrairement à lui, elle était d'astreinte
au commissariat pendant le week-end. Il ouvrit le
frigidaire et attrapa l'assiette contenant les restes de
la *Kievski tort*.

— Qu'est-ce qui se passe ? marmonna-t-il en s'en
coupant une part.

— Le gardien qui surveille l'accès à Duga vient
d'appeler le commissariat.

— Laisse-moi deviner. Quelqu'un s'est introduit
là-bas.

Novak acquiesça. Melnyk était tout sauf surpris : Duga était un ancien site militaire qui abritait un gigantesque radar anti-balistique datant de la guerre froide. C'était un des spots favoris des «touristes de l'extrême» qui s'introduisaient illégalement dans la zone pour visiter les ruines soviétiques.

— Il a arrêté le type?

— Non, il a juste trouvé l'endroit où il campait.

Il alluma la machine à café. Autant prendre un petit déjeuner complet : il ne risquait plus de se recoucher.

— Et donc? Qu'est-ce que tu veux que je fasse? Je suis à Kiev pour le week-end.

— Je sais, mais je pense qu'il y a un lien avec le meurtre de Léonid Sokolov.

Tatiana entra dans la cuisine.

— Qui t'appelle si tôt? Tout va bien?

— Oui, chérie, c'est...

Il préféra lui cacher qu'il s'agissait du boulot, de peur de déclencher une nouvelle dispute. La première chose qui lui vint à l'esprit fut le nom d'un de ses cousins :

— C'est Nikodim.

Il s'éclipsa de la cuisine et se réfugia sur le balcon. Novak demanda à qui il parlait.

— Ma femme. La sonnerie du téléphone l'a réveillée.

— Désolée.

— Qu'est-ce qui te fait penser que le visiteur de Duga pourrait avoir un lien avec la mort de Léonid Sokolov?

— Apparemment, il a laissé un oiseau empaillé derrière lui.

166

Melnyk sentit son pouls s'accélérer.

— Un oiseau? Quel genre d'oiseau? Une hirondelle?

— Le gardien n'a pas donné de précisions. Est-ce que vous voulez que j'aille voir sur place?

Il regarda l'horloge du salon. Deux heures pour aller à Tchernobyl, au moins deux autres sur place pour tirer les choses au clair, la route du retour… s'il décidait d'aller dans la zone, il ne pouvait pas espérer être rentré avant le milieu de l'après-midi, voire le début de la soirée.

— Capitaine?

— Attends-moi au commissariat. J'arrive dans deux heures.

Il raccrocha, tout à ses pensées. Ce matin, il comptait aller voir Oksana pour essayer de savoir où se trouvaient les archives du KGB ukrainien. Il allait devoir remettre ça à plus tard. Et trouver une excuse pour sa femme. S'il lui disait qu'il retournait dans la zone pendant ses congés, elle allait très mal le prendre.

Assise à la table du salon, elle sirotait son café en regardant le journal du matin sur leur vieille télévision.

— Les bombardements dans la région de Donetsk ont repris, dit-elle. Heureusement que Nikolaï était à Kiev.

Le journaliste annonça qu'on était déjà à plus de dix mille morts depuis le début du conflit et que plus d'un million et demi de personnes avaient été déplacées par les combats. Il conclut en se demandant quand les Ukrainiens pourraient retrouver une vie normale. Une vie normale… Certains jours, Melnyk se demandait quant à lui si l'Ukraine était vraiment faite pour la normalité. Les guerres révolutionnaires du début du xxᵉ siècle, la grande famine provoquée par Staline, les massacres perpétrés par les nazis, l'explosion de Tchernobyl, la guerre civile dans le Donbass, la crise économique, le chômage… c'était quoi, une vie normale pour un Ukrainien ?

— Nikodim a un problème avec sa voiture. Je lui ai dit que j'allais passer lui donner un coup de main, lança-t-il à Tatiana.

Ça l'ennuyait de lui mentir, mais il valait mieux pour tout le monde qu'elle le croie dans la banlieue de Kiev en train de bricoler la vieille Jigouli de son cousin.

— Dis-lui qu'il ne t'a toujours pas rendu les outils qu'il t'a empruntés cet été, répondit-elle sans quitter des yeux l'écran.

— J'essaierai d'y penser. Ne m'attends pas pour manger ce midi. Ça risque de durer.

— Comme tu veux.

Il était surpris qu'elle ne proteste pas. Et pour tout dire presque déçu. Ça faisait quinze jours qu'ils ne s'étaient pas vus, à cause de ses périodes d'astreinte dans la zone. Elle aurait dû être contrariée qu'il ne passe pas la journée avec elle. Pourtant, elle n'en laissa rien paraître, trop préoccupée qu'elle était à zapper entre les chaînes russes et ukrainiennes à la recherche d'informations sur la situation dans le Donbass.

— Tu veux que je rapporte quelque chose pour le dîner ?

— Avec tous les restes dans le frigo ? Non, merci. Et puis il faut qu'on économise.

La culpabilité surgit de nouveau. Le gilet pare-balles… Il fallait à tout prix qu'il se procure un gilet pour son fils avant qu'il ne retourne au front. Mais où trouver l'argent ?

Plus tard. L'urgence pour l'instant, c'était de rejoindre Novak. L'affaire du tueur à l'hirondelle pouvait être son ticket de sortie de la zone. S'il coinçait rapidement ce monstre, il aurait certainement une promotion, peut-être même une prime. Oui, c'était ça, il pouvait faire d'une pierre deux coups : arrêter le tueur de Léonid Sokolov et fournir à son fils de quoi se protéger.

Il engloutit le reste de sa *Kievski tort* et descendit au parking chercher sa vieille Lada Riva.

Dans Kiev, la circulation était plutôt fluide, vu l'heure matinale. Bien que pressé, il roula en respectant les limitations de vitesse. L'essence coûtait horriblement cher ces derniers temps, et bien sûr, il ne fallait pas compter sur l'État pour lui rembourser ses frais de déplacement, alors qu'il rognait sur ses congés pour faire avancer son enquête.

Arrivé au commissariat, il récupéra Novak, puis ils empruntèrent un véhicule de patrouille et roulèrent vers Duga. La base militaire n'était pas très loin de Tchernobyl. Pour l'atteindre, il suffisait de prendre une petite route secondaire un peu après la sortie de la ville. Construite avec des dalles de béton armé, elle filait à travers une forêt de pins parfaitement alignés.

Novak s'en étonna.

— C'est une forêt artificielle, expliqua Melnyk. Elle a été plantée à l'époque de la construction du radar pour dissimuler la base militaire.

Au bout de la route, la silhouette massive du radar barrait l'horizon. Il était composé de deux immenses structures rectangulaires. La plus petite, dédiée aux hautes fréquences, culminait à cent mètres. L'autre, qui espionnait les basses fréquences, en faisait cinquante de plus. De loin, les deux murs de métal ressemblaient à de gigantesques échafaudages dressés pour repeindre en bleu le ciel grisonnant.

— À quoi ça servait, ce machin?

— C'est ce qu'on appelle un «radar transhorizon». Il était théoriquement capable de détecter un lancement de fusée nucléaire aux États-Unis.

L'accès aux installations militaires était barré par un large portail vert aux battants frappés d'une grosse étoile argentée. Tout à côté, une maison en brique blanche faisait office de check-point. Un homme en sortit en entendant le moteur du véhicule de patrouille. Il portait un pantalon de treillis et une grosse veste militaire. L'étonnement se peignit sur son visage cireux quand Novak sortit de la voiture. Les femmes étaient rares dans la région de Tchernobyl. Encore plus chez les flics.

— Alors, chef, lui lança Melnyk, on a eu de la visite?

— Ouais.

— Vous avez pu identifier l'intrus?

— Non. Je l'ai pas vu.

— Il a laissé un oiseau empaillé derrière lui?

— Ouais. Il a laissé quelques trucs.

170

— Des trucs?

— Un sac de couchage, des conserves…

— Il a squatté plusieurs jours ici?

— Ouais.

— Et vous n'aviez rien remarqué depuis tout ce temps?

Le gardien haussa les épaules.

— C'est grand.

— Comment savez-vous que l'intrus est resté plusieurs jours?

— Il était bien installé. Venez voir.

Pas bavard, songea Melnyk. À Duga, on n'avait pas besoin de recruter de grands causeurs pour surveiller les installations. Le radar était encore peu intégré aux itinéraires touristiques, et il pouvait se passer des jours entiers avant que quelqu'un ne se présente au portail. La compagnie habituelle du gardien se résumait à une petite bande de chiens semi-sauvages qui venaient chaque jour quémander de la nourriture à l'heure du déjeuner.

L'homme franchit une petite porte qui flanquait le grand portail vert. Melnyk fit signe à Novak de les suivre. La jeune femme hésita. À peine débarquée de la voiture, elle avait sorti son compteur Geiger. Intérieurement, Melnyk se demanda combien de temps elle tiendrait encore avant de démissionner. Une semaine? Deux semaines? Au commissariat, les paris allaient bon train. La plupart des collègues pensaient qu'elle ne terminerait pas l'année. Ils avaient appris qu'elle faisait la route tous les jours depuis Kiev pour venir travailler, plutôt que de louer un appartement à Slavutich ou d'occuper un logement de fonction à Tchernobyl. Ce genre de signe ne trompait pas : ce n'était qu'une question de temps avant qu'elle ne craque.

Le compteur Geiger crépita faiblement quand elle passa la porte.

— Tu vois, ici ce n'est pas plus radioactif qu'au commissariat, relativisa Melnyk.

Ça n'eut pas l'effet escompté : Novak se raidit davantage. Elle rangea malgré tout son compteur et ils marchèrent tous les trois en silence en direction du radar.

Melnyk essaya de la détendre en lui racontant ce qu'il savait sur les lieux :

— Du temps de l'URSS, le site de Duga était classé top secret. Comme il fallait bien loger les gens qui assuraient son fonctionnement, les Soviétiques ont construit une ville juste à côté. Elle était parfaitement autonome : il y avait un stade, des boutiques, un théâtre et même un terrain de hockey. Plus de mille cinq cents personnes vivaient ici. Des scientifiques, des militaires, des techniciens, leurs familles... Pourtant, la ville ne figurait sur aucune carte, ni dans aucun relevé statistique. Elle n'avait même pas de nom à proprement parler. Comme toutes les villes secrètes de l'URSS, elle était désignée par un code postal composé à partir du nom de la ville la plus proche. Ici c'était Tchernobyl-2.

Novak tiqua :

— C'était quand même se donner beaucoup de mal pour rien. On voit le radar à des kilomètres. Les gens devaient poser des questions au sujet de ce machin planté en plein milieu de la forêt.

172

— Tu oublies qu'à l'époque, poser les mauvaises questions pouvait t'attirer pas mal de problèmes. Le KGB veillait au grain. Il faisait en sorte que personne n'ébruite le secret de Duga. Sur les cartes officielles, c'était juste un camp d'été pour les pionniers soviétiques.

— Les «scouts soviétiques»… mon père en a fait partie. Vous aussi, j'imagine.

— Non. Je n'ai pas eu cette chance.

— Je croyais que tout le monde y était passé, du temps de l'URSS. À part…

Novak s'arrêta au milieu de sa phrase. Trop tard. Il savait ce qu'elle allait dire.

— À part les cancres, les voyous et les enfants des ennemis du peuple, c'est ça?

La jeune flic regarda le bout de ses chaussures.

— Désolée. Je ne voulais pas être désobligeante.

Après quelques minutes de marche silencieuse, ils arrivèrent au pied du radar. La dernière fois que Melnyk était venu à Duga, c'était pour ramasser le cadavre d'un touriste qui avait fait une chute mortelle en tentant d'escalader une des deux gigantesques antennes. Chaque année, l'ascension devenait plus dangereuse à entreprendre. Les échelles s'étaient gauchies faute d'entretien et les barreaux étaient glissants à cause de la corrosion. D'autres accidents semblaient inévitables tant que le radar serait debout, alors on parlait régulièrement de le dynamiter. Mais faire s'effondrer une structure d'une taille équivalente à dix stades de foot et pesant plus de quatorze mille tonnes n'était pas sans risque dans une zone touchée par la catastrophe de Tchernobyl.

L'effondrement risquait de créer un microséisme et d'envoyer dans l'air des particules radioactives. À Kiev, on ne voulait pas en entendre parler.

Le gardien les emmena jusqu'à un large bâtiment à l'allure austère.

— C'est le centre de commandement du radar, leur lança-t-il en y pénétrant.

À l'intérieur, tout était sombre. À la lumière de leurs lampes torches, ils traversèrent des salles pleines d'armoires métalliques vidées de leurs équipements informatiques. Au sol, une poussière grumeleuse recouvrait des schémas de circuits électriques, des câbles arrachés et des cartes perforées destinées à d'antiques ordinateurs. Melnyk se dit qu'il restait beaucoup trop de métal pour que le désordre qui régnait dans le bâtiment soit le fait de pillards. Il était plus probable que les militaires aient tout détruit, de peur que leur précieuse technologie ne soit volée. À l'époque de l'explosion, Duga abritait un des systèmes informatiques les plus performants au monde.

Ils débouchèrent dans une pièce qui reproduisait en miniature la salle de commande du radar. Des panneaux colorés présentaient les différents missiles américains auxquels les opérateurs pouvaient être confrontés. Au sol, sur un lit de briques, était posée une porte dégondée. Dessus traînaient un sac de couchage et un tapis de mousse élimé.

— On dirait que votre visiteur est parti en urgence, lança Melnyk.

— Y a parfois des chiens et des loups qui rôdent dans le coin, répondit le gardien. L'odeur a dû les attirer.

174

Sur une étagère se trouvait une boîte de conserve ouverte. Melnyk enfila une paire de gants et l'attrapa. À l'intérieur, la nourriture était moisie. Elle était là depuis plusieurs jours. Ça voulait dire que celui qui l'avait ouverte pouvait être n'importe où dans la zone à l'heure qu'il était.

— Et l'oiseau? demanda Melnyk. Où est-ce qu'il se trouve?

— Dans l'ancienne cantine.

Cosmonautes, stations orbitales, satellites : les murs de l'ancien réfectoire des officiers de la base étaient ornés de fresques colorées décrivant le merveilleux avenir spatial de l'URSS. Au milieu de la pièce jonchée de châssis d'ordinateurs et de déchets métalliques, ils découvrirent un petit oiseau empaillé posé sur un tabouret. Ce n'était pas une hirondelle : l'animal avait un plumage gris et vert.

Novak prit une photo avec son téléphone portable.

— Vous avez une idée de l'espèce? demanda-t-elle.

— Absolument pas, répondit Melnyk.

La voix du gardien s'éleva dans leur dos :

— Je vous parie que c'est un genre de pic-vert.

Ils se retournèrent. L'homme souriait, visiblement satisfait de l'effet qu'il venait de produire.

— Vous vous y connaissez en oiseaux?

— Non. Je m'y connais en radars.

Melnyk comprit l'allusion. À l'époque où il était en activité, le radar Duga émettait un signal radioélectrique qui perturbait fortement les liaisons radio. Rapide et régulier, le signal avait rapidement été baptisé d'un tas de surnoms, comme la Mitraillette à caviar ou encore le Pic-vert russe.

Il expliqua tout cela à Novak.

— Pourquoi avoir abandonné cet oiseau ici ? se demanda-t-elle.

— C'est peut-être une sorte d'œuvre d'art, lança leur guide. J'ai vu que le type avait fait un dessin dans une autre pièce.

— Montrez-nous ça, ordonna Melnyk.

Le gardien les emmena dans une salle destinée aux cours de propagande. Sur un des murs était collé un vieux photomontage en noir et blanc montrant des soldats américains terrorisant des civils désarmés et un homme coiffé d'un chapeau de cow-boy qui portait à l'annulaire de la main droite une grosse chevalière en or. En face, on avait récemment dessiné à la bombe un visage angoissé figé sur un cri silencieux. Un truc à la Edvard Munch qui mettait mal à l'aise. Au pied de la fresque traînaient des bombes de peinture usagées et des pochoirs en carton. Melnyk remarqua que l'artiste avait signé son œuvre.

Artyom.

— *Blyad*, lâcha-t-il.

Et il ajouta à destination de Novak :

— Prends quelques photos et on s'en va. Je sais où trouver notre homme.

14

La dernière fois qu'il avait vu Artyom, Yegor de
son vrai prénom, c'était un adolescent de seize ans
insolent et mal dans sa peau. Ses escapades dans
la zone étaient un moyen pour lui de fuir le train-
train de son existence : les cours soporifiques, les
week-ends vides et les vacances à travailler à la
ferme de ses parents. En tout, il avait dû se faire
prendre quatre ou cinq fois dans la zone, mais Melnyk se doutait qu'il y avait séjourné bien plus souvent que ça.

— Vous pensez vraiment qu'il aurait pu tuer Léonid Sokolov ? lui demanda Novak, une fois de retour
à leur véhicule.

— Je ne pense pas. C'était un gamin difficile, mais
pas un tueur.

Par le rétroviseur central, Melnyk avisa du
regard le pic-vert sur la banquette arrière. Artyom
était un gamin paumé à l'époque où il enchaînait
les nuits au commissariat à attendre que son père
vienne payer l'amende pour son intrusion illégale
dans la zone. Quand il n'y baroudait pas, il passait le plus clair de ses journées à fumer, à jouer

à des jeux vidéo ultraviolents, à traîner au foyer des jeunes ou au terrain de foot du lycée de son village. Mais Artyom avait pu changer depuis leur dernière rencontre. Était-il passé à des sensations plus fortes ?

Melnyk avait décidé d'aller chez son père pour essayer d'en savoir plus. L'homme avait une ferme à Bazar, une petite bourgade à l'ouest de la zone. En théorie, Bazar était dans le périmètre contaminé par les retombées de Tchernobyl, mais il n'y avait ni poste de garde ni barbelés aux alentours. En 1986, les autorités soviétiques étaient venues dire aux habitants de se calfeutrer dans leurs maisons. On leur avait parlé d'évacuation, mais rien ne s'était passé pendant des années, comme si on les avait oubliés. Et puis, un beau jour de 1993, on avait ordonné aux deux mille six cents habitants de quitter leur ville. La plupart avaient été relogés, mais quelques centaines d'irréductibles étaient restés, malgré les injonctions pressantes des policiers et des militaires.

— Il y a beaucoup de jeunes ici, s'étonna Novak quand ils arrivèrent au centre du village.

Des ados au visage fermé traînaient leur ennui devant le foyer des jeunes. Il y en avait une petite dizaine qui regardait passer le tout-terrain comme si c'était l'attraction de leur journée.

— Il y a un lycée à Bazar. C'est le seul de la région, répondit Melnyk.

Contrairement à la plupart des bourgs en bordure de la zone, la population de Bazar augmentait régulièrement depuis quelques années. Pour attirer de nouveaux habitants, le maire octroyait presque gratuitement les vieilles maisons du centre-ville. En échange, il suffisait de les retaper et de payer cent cinquante hryvnias à l'année, soit vingt ou trente fois moins que le loyer de n'importe quelle bicoque ailleurs en Ukraine. Résultat : Bazar était passé de deux cent trente habitants en 2005 à plus de cinq cents en 2010.

— Pourquoi ça s'appelle Bazar ? demanda Novak.

— Au Moyen Âge, pendant la domination mongole, c'était ici qu'on trouvait le plus grand marché d'esclaves de la région.

— Vraiment charmant, soupira la jeune flic.

La rue centrale était tout en bosses et en nids-de-poule. Ils dépassèrent le parc, avec son indispensable statue en mémoire des victimes de la Seconde Guerre mondiale. Le long du bitume, entre les maisons aux fenêtres cassées et aux jardins envahis de ronces, s'insinuaient de temps à autre des habitations rénovées. Melnyk remarqua qu'il y en avait bien plus qu'à sa dernière visite. Il avait entendu dire qu'avec la guerre dans le Donbass, des colons d'un nouveau genre étaient venus s'installer à Bazar. Des familles pro-Ukraine chassées par les séparatistes, qui espéraient se construire ici une nouvelle vie, loin du conflit.

Plus ils s'éloignaient du centre, plus l'emprise de l'homme sur la nature faiblissait. Comme ailleurs dans la zone, elle dévorait tout, lentement, insidieusement. Les vieilles clôtures s'affaissaient en silence. La vigne vierge se faufilait dans les immeubles écroulés. Un renard dormait sur un banc public. On ne savait plus très bien si c'était la terre des hommes ou celle des bêtes.

Novak écarquilla les yeux en voyant défiler des champs plantés de céréales et de légumes.

— Ils font de l'agriculture ici ? La terre n'est pas contaminée ?

— Il paraît qu'il y a des endroits exploitables dans le coin. La pollution radioactive s'étend en taches de léopard. Tu peux avoir des dizaines de kilomètres sains et tout d'un coup une zone de quelques dizaines de mètres carrés hautement radioactive.

La ferme du père d'Artyom se trouvait à moins de cinq minutes du centre de Bazar. Pour une somme dérisoire, il avait récupéré de vieux bâtiments agricoles datant de l'URSS et les avait retapés pour y faire de l'élevage de moutons. Il cultivait aussi quelques dizaines d'hectares de terres disséminées autour du bourg. Quand il aperçut les deux flics entrer dans sa bergerie, le fermier comprit tout de suite la raison de leur visite. Il abandonna à un de ses employés l'agneau qu'il était en train d'examiner et alla à leur rencontre.

Avant de les saluer, le fermier balaya du revers de la main un peu de paille qui s'était accrochée à sa veste matelassée. Le geste avait une raideur inhabituelle et Melnyk se souvint que l'homme avait été gravement blessé à l'épaule quelques années plus tôt. À cette époque, le père d'Artyom possédait une ferme dans la région de Donetsk. Au tout début des troubles dans le Donbass, il avait fourni de la nourriture aux forces loyalistes et les pro-Russes le lui avaient fait payer en le passant à tabac. C'est pour éviter d'autres représailles qu'il était venu s'installer à Bazar.

— Capitaine Melnyk… ça faisait bien longtemps que je ne vous avais pas vu. Et en toute honnêteté, j'espérais ne plus vous revoir. Yegor est encore entré dans la zone, c'est ça?

— Exactement. On a trouvé un de ses graffitis du côté du radar.

— Ce foutu tas de ferraille… Qu'est-ce qu'il peut bien aller chercher là-bas?… J'imagine qu'il va encore falloir aller au tribunal d'Ivankiv et payer une amende?

— C'est peut-être bien plus grave, cette fois-ci.

— Quoi… vous voulez dire… de la prison?

— Possible. Il faut d'abord que je parle à votre fils, pour tirer les choses au clair. Il est à la ferme?

Le fermier, sonné, passa une main dans ses cheveux grisonnants.

— Oui, oui… le week-end il rentre de Kiev… il fait des études là-bas.

— Dans quel domaine?

— Les arts. Il est inscrit dans une école privée.

Melnyk n'était pas étonné. Artyom faisait déjà des graffitis dans la zone quand il la fréquentait assidûment, trois ans plus tôt.

— Ça coûte une fortune et il n'y a pas de débouchés, se désespéra le père. Mais bon, je me dis qu'il finira par se trouver un vrai boulot.

Ils quittèrent la bergerie et marchèrent vers la maison. Elle bordait un grand champ en friche.

— Là-bas, ce sera du blé d'hiver, dit machinalement le fermier en désignant ses terres d'un large geste de la main. Tout en bio. Zéro pesticide.

— Du bio de Tchernobyl, soupira Novak, désabusée. Et les gens achètent ça?

— Bien sûr. C'est meilleur et plus sain que la plupart des choses que vous trouverez sur les marchés de la capitale. On en exporte aussi à l'étranger.

Un gros chien-loup dormait paisiblement devant la porte de la maison. Dans l'entrée, le vieux plancher sentait le bois pourri et les portes menant aux autres pièces n'étaient plus droites. Comme tous les autres bâtiments de la ferme, la bâtisse avait été laissée à l'abandon pendant des années avant que le fermier n'y installe sa famille.

— Yegor doit être dans sa chambre, dit son père en se dirigeant vers l'escalier.

— C'est laquelle?

— Celle du fond, au premier étage.

— Restez ici. On va aller le chercher nous-mêmes.

— Mais…

Sans laisser au père le temps de protester, Melnyk gravit l'escalier, bientôt suivi par Novak. Un peu avant qu'ils n'arrivent à la porte, la jeune flic ouvrit son manteau et mit la main sur la crosse de son pistolet. Elle avait enfilé son gilet pare-balles après être descendue du tout-terrain. Melnyk aussi avait mis le sien. Il n'en avait plus porté depuis le temps où il bossait à Kiev, à la brigade criminelle.

Il dégaina son arme et poussa la porte. Elle s'ouvrit sur le désordre ordinaire d'une chambre d'adolescent. Vêtements jetés au pied du lit, guitare aux cordes effilochées, sac de cours renversé vomissant des classeurs, affiches de groupes à la mode, lit défait.

Une odeur de renfermé, de sueur et de ketchup ponctuée de notes de cannabis flottait dans l'air.

Artyom ne les avait pas entendus entrer. Assis devant son ordinateur, il jouait à un jeu vidéo et portait un casque à micro intégré par lequel il distribuait des ordres. Il était question de bloquer le passage à l'équipe adverse et de faire sauter une bombe avant la fin du temps imparti.

Melnyk haussa la voix :

— Artyom !

Le garçon sursauta et se retourna. En voyant les deux flics, il blêmit à tel point que Melnyk eut peur qu'il fasse un malaise.

— Capitaine… capitaine Melnyk… je… qu'est-ce que vous faites ici ?

Son regard oscillait entre les deux flics dans sa chambre et la pipe à eau posée sur sa commode.

— Coupe-moi ton ordinateur et suis-nous. On va discuter en bas.

Artyom s'exécuta avec précipitation. Le gamin rondouillard que le capitaine avait si souvent arrêté dans la zone était devenu un jeune homme longiligne de dix-neuf ans qui flottait dans son T-shirt déchiré et son jean trop grand. Son visage s'était légèrement affiné, mais il gardait ce petit air poupin d'enfant bien nourri. Tandis qu'ils s'asseyaient tous autour de la table du salon, Melnyk eut du mal à se dire que c'était la gueule d'un tueur implacable.

— C'est toi qui les as appelés ? lança Artyom à son père.

— Je te jure que non.

— Ouais, alors comment ils savaient, hein ? Je me pointe ici que le week-end. Comment ils savaient que je fume, hein ?

— On n'est pas là pour ça, dit Melnyk. On sait que tu es allé dans la zone.

Le gamin s'en prit de nouveau à son père :

— Ouais, ben t'aurais pas dû les faire monter. Maintenant je suis dans la merde à cause de toi. Putain, si j'fais de la prison, t'auras l'air malin…

— Parle à ton père sur un autre ton, gamin, lui ordonna Melnyk. Et je te le répète : on n'est pas venus à cause de ton herbe. On veut savoir ce que tu faisais à Duga.

Artyom se rejeta contre le dossier de sa chaise et croisa les bras.

— J'suis pas allé dans la zone.

— Arrête tes mensonges : on a trouvé ton sac de couchage et on a vu ton graffiti à l'intérieur d'un des bâtiments, à côté du radar.

— Et alors ? Des graffs, j'en ai fait plein ces dernières années.

— La peinture était récente.

— Vous pouvez le prouver ?

— Des preuves, il y en a plein ta chambre, si je veux. La détention de cannabis, ça coûte jusqu'à trois ans de prison, je te rappelle.

— Vous avez dit…

— Ouais, j'ai dit qu'on n'était pas là pour ça. Mais si tu continues à jouer à l'imbécile, on saisit tout et on t'emmène au commissariat.

Artyom se renfrogna.

— C'est une perquisition illégale.

— Tu es expert en droit maintenant ? Je te rappelle qu'ici c'est chez ton père et qu'il nous a autorisés à entrer…

— Ouais, eh ben merci, papa. Tu fais vraiment chier.

Melnyk tapa violemment du poing sur la table.

— Ne parle pas comme ça à ton père, ou je t'en colle une ! Tu devrais le remercier, au lieu de faire le malin. Ça fait combien de fois que la police débarque ici à cause de toi ? J'en connais plus d'un qui t'aurait foutu à la porte de chez lui pour moins que ça.

Artyom soutint un long moment son regard, avant de le détourner vers son père.

— J'ai plus rien à dire. Je veux un avocat.

— Un avocat ? s'étrangla Melnyk.

Il fulmina quelques insultes et menaça le gamin des pires sanctions s'il s'entêtait à lui faire perdre son temps, mais Artyom resta silencieux.

— Mais dis-leur ce que tu faisais ! supplia le père.

— J'ai rien à dire.

— Ils sont prêts à passer l'éponge sur la drogue !

— Ils n'avaient pas le droit d'entrer dans ma chambre. Ils n'ont rien contre moi.

Melnyk bouillait intérieurement. Il était à deux doigts d'empoigner le morveux par le col, quand la voix calme et posée de Novak l'arrêta dans son élan :

— Ton surnom, Artyom, c'est une référence à *Métro 2033*, n'est-ce pas ?

Le gamin la regarda avec curiosité. Melnyk aussi.

— C'est un roman d'anticipation, lui expliqua Novak. Ça se déroule en Russie, dans le métro de Moscou, vingt ans après une apocalypse nucléaire. Le héros s'appelle Artyom. Ils ont fait un jeu vidéo à partir du bouquin il y a quelques années. Tu y as joué ?

Artyom acquiesça.

— Ouais, c'était pas mal. Même si en FPS, je préfère *STALKER*.

— FPS ? demanda Melnyk.

— *First-person shooter*, traduisit la jeune femme. Un jeu de tir en vue subjective. Comme si c'était vous qui teniez l'arme. *STALKER* est un jeu qui se déroule dans la zone contaminée de Tchernobyl. Tu as aussi joué à *Call of Duty* ? La mission avec le sniper ? demanda-t-elle au garçon.

— Ouais, ouais. Mais qu'est-ce que ça peut vous foutre ?

L'effet de surprise passé, le jeune homme retrouvait sa morgue. Melnyk le recadra une fois de plus :

— Parle mieux que ça à la dame si tu ne veux pas qu'on termine cette discussion au commissariat.

— Ce sont les jeux vidéo qui t'ont donné envie d'être un *stalker* ? poursuivit Novak, imperturbable.

On donnait souvent ce surnom à ceux qui s'introduisaient dans la zone pour la visiter ou la piller. C'était une référence à *Pique-nique au bord du chemin*, un roman de science-fiction d'Arcadi et Boris Strougatski. En 1979, Andreï Tarkovski en avait tiré un film intitulé *Stalker*. Le terme désignait des guides clandestins qui permettaient d'accéder à une zone dangereuse cernée par la police. En son cœur était supposé se trouver un endroit où tous les vœux pouvaient se réaliser.

— Les jeux vidéo qui poussent les jeunes à faire des conneries ? s'exclama Artyom. Pitié, pas ces clichés merdiques… Vous savez ce que c'est de vivre ici ? Être jeune dans le coin, c'est pourrir sur place. Y a rien à faire. Pas de boulot, pas de loisirs, pas d'avenir… Merde, à Donetsk, j'avais une vie. J'ai dû tout quitter du jour au lendemain. Ma copine, mes potes, tout. Le seul truc excitant, c'est la zone. C'est pour ça que j'y traînais quand j'étais au lycée.

— Mais maintenant tu es à Kiev. Pourquoi tu es retourné là-bas ?

— J'avais envie de revoir la zone. C'est dur à comprendre pour ceux qui connaissent pas, mais c'est un endroit magique. Quand tu y as goûté, tu as envie d'y revenir. Tu n'en fais jamais le tour. C'est comme ça. Y a toujours un truc que tu as envie de voir.

— Comme le Pic-vert russe, glissa Novak.

Artyom hésita.

— Je te le répète : on est prêts à passer l'éponge, si tu nous racontes tout, lui dit Melnyk.

Le gamin se détendit un peu.

— OK, c'est vrai : la semaine dernière, j'y suis allé.

— Quand ?

— De lundi à dimanche.

— Je croyais que tu étais à Kiev, à l'école ! protesta le père.

— Ouais, ben non. J'ai pris un taxi collectif jusqu'ici et ensuite j'ai marché jusqu'à la limite de la zone et j'ai commencé à vadrouiller.

— Pourquoi tu es allé à Duga ? demanda Novak.

— Parce que c'est un bon spot pour faire des photos.

— Et peindre, ajouta Melnyk.

— Ouais, aussi pour peindre.

— On a trouvé un oiseau empaillé dans le bâtiment que tu squattais. Tu peux nous expliquer ce que c'est?

Artyom sourit.

— Le pic-vert? Ça c'est un coup de bol. Si je suis allé dans la zone, c'était pas que pour traîner. J'ai un travail à rendre pour la fin de l'année, un projet d'expo. Dès le début, je voulais faire un truc avec la zone. Donc j'ai fait des photos, des fresques… je voulais montrer tous les aspects de cet endroit. La mélancolie, la tristesse, la peur, la beauté, la laideur…

— L'oiseau, l'interrompit Melnyk. Parle-nous de l'oiseau. Comment tu te l'es procuré?

— Comme j'étais en train de le dire, c'était un coup de bol. J'ai pas mal traîné à la recherche de bons coins pour mes photos et à un moment, j'ai trouvé une vieille bicoque avec des animaux empaillés dedans.

Novak s'avança sur sa chaise. Inconsciemment, Melnyk fit de même.

— Quel genre d'animaux?

— Bah… des trucs de la forêt.

— Il y avait des oiseaux?

— Ouais, ouais, beaucoup même… Le mieux, c'est peut-être que je vous montre les photos que j'ai prises. Elles sont dans mon ordinateur, là-haut.

— Va le chercher, ordonna Melnyk.

Le gamin s'exécuta et revint un instant plus tard avec son ordinateur portable sous le bras.

— Il est un peu long à se lancer, dit-il en tapotant nerveusement sur la souris qu'il avait branchée dessus.

Il ouvrit un dossier et l'écran afficha une bonne centaine de clichés miniatures. Le jeune homme les parcourut rapidement, puis cliqua sur l'un d'eux.

— Voilà. Ça commence là.

Il fit défiler les images. Des clichés d'animaux naturalisés se succédèrent.

— Ce sont les mêmes qu'à Pripiat, constata Novak.

— Sauf qu'ils sont bien plus abîmés, répondit Melnyk.

La plupart des bêtes étaient en piteux état : ailes tordues, dents manquantes, pelage écorché… Le tueur avait-il décidé de les abandonner à cause de ça ?

— Où as-tu fait ces photos ? demanda Melnyk.

— Dans une baraque pas très loin de la gare de Yaniv.

Artyom afficha la photo d'un bâtiment sur lequel il avait graffé une colombe blanche.

— La maison était juste à côté de celle-là.

Melnyk observa attentivement l'image, puis se leva.

— Tu passeras demain au commissariat avec ton père, dit-il. L'officier Novak enregistrera ta déposition. Si tu nous as dit la vérité, on passera sur toutes tes petites infractions. Mais si je te revois dans la zone, je te coffre, c'est clair ?

— Si jamais vous m'attrapez, répondit Artyom, un sourire insolent aux lèvres.

Son père remercia les policiers et leur proposa d'emporter un peu de mouton fraîchement abattu. Melnyk refusa par principe, Novak par peur des radiations. Tous deux regagnèrent le véhicule de patrouille et le capitaine lança un appel radio pour demander à ses collègues du commissariat de se rendre à Yaniv et de chercher un bâtiment avec un graffiti de colombe sur la façade.

— Ça aurait été plus simple d'emmener Artyom avec nous pour le retrouver, vous ne pensez pas?

— Et passer deux heures sur la route à se le coltiner? Non merci.

L'après-midi était bien entamé quand ils arrivèrent à la gare désaffectée de Yaniv. Elle se situait à un jet de pierre de Pripiat, juste à côté d'une ancienne route menant au cœur de la ville. La voie était impraticable depuis des années, barrée par un monticule de terre sur lequel avaient poussé des arbres. C'était sans doute le vestige d'un talus dressé en 1986 pour éviter que des pillards ne s'introduisent dans la ville en voiture.

Dès qu'il sortit de la voiture, Melnyk eut un mauvais pressentiment. Une odeur de brûlé couvrait celle des pins. Elle provenait de la carcasse carbonisée d'une petite maison dont les fenêtres donnaient sur la colombe graffée par Artyom. Son toit s'était partiellement effondré, mais Melnyk pénétra malgré tout à l'intérieur. Dans ce qui était jadis le salon, au milieu des débris noirâtres qui jonchaient le sol, perçaient des bouts d'os d'une blancheur éclatante. Melnyk retourna dehors chercher une branche morte et s'en servit pour balayer sommairement les cendres froides. Des squelettes d'animaux incrustés de fils de métal apparurent.

Il jeta la branche contre le mur et jura toutes les insultes de la terre.

Le tueur à l'hirondelle avait effacé ses traces.

DES NOUVELLES
DE LA FIN DU MONDE

15

En apercevant les premiers faubourgs de Kiev, Alexandre Rybalko s'étira en bâillant. Le voyage depuis Donetsk avait duré toute la nuit. Ossip et lui s'étaient relayés au volant toutes les trois heures, mais contrairement au vieux contrebandier, il n'avait quasiment pas dormi. Trop de stress, de questions et de caféine. Au moins, il avait eu tout loisir de réfléchir à ce qu'il avait découvert pendant l'autopsie.

Première évidence : le meurtre de Léonid Sokolov avait été minutieusement planifié. Le tueur n'avait pas agi sous le coup de l'impulsivité. Il avait tendu un piège à sa victime et soigneusement préparé son cadavre pour qu'il porte un message à son père. Pour cela, il fallait de la maîtrise de soi, mais aussi une solide détermination. En outre, fourrer le corps avec un oiseau de proie nécessitait une certaine logistique. C'était peut-être d'ailleurs l'angle d'attaque le plus intéressant pour son enquête : comment pouvait-on se procurer la dépouille d'un faucon ? Réponse : soit on le chassait soi-même, soit on l'achetait à un braconnier, puisque l'espèce était très certainement protégée.

Il y avait fort à parier que le tueur avait à sa disposition un endroit où s'occuper de sa victime sans que le bruit attire des curieux. *Où peut-on torturer quelqu'un sans que ses cris alertent qui que ce soit?* La réponse lui parut tout aussi évidente : dans la zone d'exclusion. Un espace inhabité, des centaines de bâtiments à l'abandon, pas une âme qui vive et des contrôles de police plus ou moins lâches, l'endroit idéal pour tuer. Il le sentait : c'était là que s'était nouée la tragédie.

La nature, une zone isolée, un oiseau mort : et si le meurtrier était un chasseur?

Comme convenu, Ossip déposa Rybalko près de la place Maïdan, dans le café où il avait rendez-vous avec le contact qui devait l'emmener à Tchernobyl. Les adieux furent brefs, mais chaleureux. Ossip lui souhaita bon courage et une longue vie. Rybalko en sourit presque.

Il s'installa à une table et commanda un café, puis passa aux toilettes pour s'asperger le visage avec un peu d'eau froide. Dans le miroir au-dessus du lavabo, il croisa son regard fatigué. Avec son teint cireux et ses cernes sous les yeux, il ressemblait à l'un de ces cadavres empilés à la morgue de Donetsk. Il réalisa que les vêtements donnés par le légiste à sa sortie de la douche de décontamination devaient certainement appartenir à l'un des défunts.

Le café se remplit progressivement de bruissements alors que les clients s'y installaient, de plus en plus nombreux. Des jeunes cadres qui prenaient un expresso avant d'aller travailler. Des étudiants blafards, qui avaient passé la nuit à faire la fête. Dehors, la place Maïdan était calme. Difficile d'imaginer qu'au plus fort de la révolution de 2014, tout n'y était que bruit et fureur, panaches de fumée, barricades, explosions de grenades et coups de feu, quand les forces spéciales ukrainiennes avaient affronté pendant des semaines les insurgés qui voulaient se rapprocher de l'Europe et renverser le pouvoir corrompu du président Ianoukovytch.

Le temps passa lentement. Son contact était en retard et, seul au milieu de la foule qui peuplait maintenant le café, Rybalko ressentit cruellement l'absence d'Ossip. Le contrebandier parlait continuellement, meublant chaque silence d'une histoire ou d'une question, attitude qui l'aurait exaspéré une semaine plus tôt, mais qui avait dorénavant l'avantage de l'empêcher de penser à ce qu'il y avait au bout de son voyage.

La mort.

Vers dix heures, une voiture se gara en double file sur le trottoir en face du bar. Une femme aux cheveux blond cendré en sortit. Petit nez retroussé, sourcils frondeurs, cigarette fichée entre ses lèvres boudeuses, elle marchait d'un pas énergique et décidé. Elle lui faisait penser à Aleksandra Shevchenko, une des fondatrices des Femen, le groupe de féministes ukrainiennes.

Elle entra dans le bar et scruta la salle de ses yeux bleus comme le lac Baïkal. Quand ils se braquèrent sur lui, il sentit son cœur s'agiter dans sa poitrine. Ils échangèrent un regard qui lui parut durer une éternité, puis elle s'avança jusqu'à sa table et se planta devant lui.

— C'est vous, Alexandre ?

Sokolov avait dû lui donner sa photo. Mais avec sa tête de déterré, peut-être qu'il ne se ressemblait plus.

— C'est moi. Mais vous pouvez m'appeler Alex.

Il remarqua qu'elle avait une cicatrice légèrement rosâtre au niveau de la gorge, comme une fêlure dans sa peau de porcelaine.

— Moi c'est Ninel.

— Ninel comment ?

— Ninel tout court, répondit-elle un peu sèchement. Je suis en double file, allons à ma voiture.

Il laissa un billet sous sa tasse et la suivit dehors. Ils marchèrent jusqu'à son véhicule, qui, ô surprise, était un tout-terrain Lada. Il y avait des tas de stickers collés à l'arrière : un soleil orange sur fond jaune avec écrit «Nucléaire, non merci!», un macaron d'une association soutenant les enfants d'un dispensaire de la région, un rectangle rose faisant la promotion du Gender Museum de la ville de Kharkiv, un carré vert avec un sanglier barré d'un trait dénonçant le braconnage dans les forêts biélorusses… Avant de s'asseoir sur le siège, Rybalko dut en déloger une boîte en carton pleine d'affiches annonçant une réunion sur la protection de la faune à Tchernobyl.

— Vous étiez supposé arriver plus tôt, lui dit Ninel.

— J'ai été retenu plus longtemps que prévu à Donetsk, à cause des bombardements.

Elle sortit de son sac un support qu'elle installa sur le tableau de bord et y fixa une petite caméra tournée vers la route. Rybalko connaissait bien ce genre de pratique, qui s'était rapidement propagée en Russie : l'enregistrement de la caméra permettait de prouver sa bonne foi en cas d'accident. Apparemment, en Ukraine comme en Russie, on ne pouvait faire confiance ni aux autres conducteurs ni aux assureurs. Et surtout pas aux policiers.

Ninel démarra et s'inséra dans la circulation dense du début de matinée.

— Donc c'est vous qui allez me faire pénétrer dans la zone interdite, énonça Rybalko pour lancer la conversation.

— On dirait bien, répondit-elle sans quitter la route des yeux. Si on ne traîne pas, on sera à Pripiat au même moment que le guide qui a découvert le corps de Léonid. Comme ça, vous pourrez l'interroger avant qu'on aille voir l'immeuble où il était pendu.

Efficace, songea-t-il. Ninel ne perdait pas de temps : ça lui convenait parfaitement.

— Comment comptez-vous procéder pour me faire entrer dans la zone ?

— Je travaille pour une ONG que j'ai fondée à Tchernobyl. Elle s'appelle 1986. Une partie de nos activités consiste à mesurer l'impact des radiations sur la faune et la flore, donc on a des laissez-passer pour effectuer des prélèvements dans la nature.

— Vous êtes biologiste ?

— Ornithologue.

— Vous avez fait vos études à Moscou ? J'ai l'impression que vous avez un léger accent russe.

Ninel lui jeta un regard étrange.

— Je préfère que ce soit dit tout de suite : parler de ma vie privée ne fait pas partie des services pour lesquels on me paie.

Il ne s'attendait pas à autant de froideur. Haussant les épaules, il sortit son paquet de cigarettes de sa poche.

— Et on ne fume pas dans ma voiture, ajouta-t-elle.

Quelle chieuse, songea-t-il en rangeant sagement son paquet.

— On y sera dans combien de temps ?

— Un peu moins de deux heures.

— Ça va être long, si on doit éviter les questions personnelles.

— Vous pouvez me parler de vous, si vous voulez. Vous êtes marié ? demanda-t-elle d'un ton négligent.

— Ça, c'est une question personnelle.

— Vous n'êtes pas obligé de répondre.

— Je suis divorcé.

— C'est récent ?

— À peine deux ans. Mais ma femme va se remarier bientôt.

— Et vous ?

— Vous croyez que j'irais enquêter dans une zone radioactive si j'étais en couple ? rétorqua-t-il.

Ninel serra un peu plus fort le volant et ses yeux se ternirent un instant. Il remarqua qu'elle ne portait pas d'alliance. Il devina qu'elle non plus n'avait personne pour partager son quotidien.

— Vous êtes célibataire, déclara-t-il.

— Je vous l'ai dit : je ne réponds pas aux questions sur ma vie privée.

— Ce n'était pas une question.

Elle fronça les sourcils.

— J'espère que vous serez aussi perspicace dans votre enquête.

Puis, changeant de sujet :

— Vous étiez dans le Donbass. Qu'est-ce que vous pensez de ce qui se passe là-bas ?

Ça sentait la question piège. Il essaya d'être diplomate :

— Je ne sais pas quoi dire. Je suis né soviétique. La Russie, c'est mon pays. L'Ukraine aussi. Choisir entre les deux, ce serait comme choisir entre mon père et ma mère.

— Votre père battait votre mère ? Parce que là, l'Ukraine a de beaux cocards, quand même.

D'un geste nerveux, Ninel ramena derrière son oreille une mèche tombée sur son front. La colère déformait ses traits délicats.

— Vous n'avez pas l'air de porter la Russie dans votre cœur.

— La Russie ? Ne pas l'aimer ? Mais la Russie je l'adore ! Les Russes aussi. Je parle russe. Je mange russe. J'aime les auteurs russes. Tolstoï. Gogol. Dostoïevski. J'aime l'âme russe. J'aime ses putains de plaines qui n'en finissent pas, la neige sur Moscou. Je fume russe. Je bois de la vodka russe. Je me chauffe au gaz russe, quand ils ne nous coupent pas l'approvisionnement. J'ai baisé avec des Russes.

Silence entrecoupé de légers crépitements. Devant eux, un camion transportant du blé semait des grains sur la route. Ils s'échappaient de la bâche censée empêcher le vent de les faire voler et venaient mitrailler le pare-brise par intermittence.

— Le problème, reprit Ninel, ce n'est pas la Russie, ni les Russes. C'est le pouvoir. Tous ces généraux, tous ces politiques, tous ces hommes d'affaires qui veulent toujours plus de pouvoir et toujours plus de terres. Ils détruisent tout, partout. L'est est en ruine, mais regardez vers l'ouest : on est aussi en train de tout bousiller nous-mêmes, entre Ukrainiens. Vous avez entendu parler des mines d'ambre clandestines ?

— La pierre marron avec laquelle on fait des bijoux ?

— Ce n'est pas de la pierre, mais de la résine fossilisée. Dans le triangle de l'ambre, entre Jitomir, Rivné et Volynie, il y a la deuxième plus grande réserve d'ambre du monde. Les prix ont quadruplé ces dernières années, alors des prospecteurs clandestins viennent de tout le pays pour piller les gisements. Ils ont détruit des centaines d'hectares de nature pour chercher de l'ambre dans les sous-sols. Ils commencent par couper tous les arbres, ensuite ils arrachent les souches et injectent de l'eau sous pression dans le sol. Comme l'ambre est plus léger que le sable et la terre, il remonte à la surface et ils le récoltent avec des épuisettes. Quand ils ont terminé, la terre est inexploitable et les arbres ne peuvent plus pousser. On se croirait sur la Lune. Et vous savez ce qui est le plus grave ?

Il ne répondit rien. Elle n'attendait pas de réponse de toute façon.

— En retournant la terre, ils libèrent les poussières radioactives crachées par l'explosion de la centrale de Tchernobyl, ces imbéciles. Pour des bijoux merdiques, on a déjà démoli deux cent cinquante kilomètres carrés de forêt et mis la vie de centaines de personnes en danger. C'est au point que l'État a envoyé la garde nationale. Mais ça ne réglera rien. Un habitant de la région sur dix vit de l'extraction de la résine. Les mafias encadrent le trafic et les flics et les politiciens touchent des pots-de-vin pour fermer les yeux.

La colère creusait une ride verticale entre ses sourcils.

— Je hais tous ces hommes qui détruisent pour la richesse et le pouvoir. Je les hais.

— Pourtant vous travaillez pour Sokolov. Dans le genre avide, on ne fait pas beaucoup mieux.

Elle lui lança un regard farouche.

— J'aimerais me passer de ce genre de compromis. Mais mon ONG a besoin de financements. L'argent que me donne Sokolov pour vous aider me permet de la faire tourner pendant des mois. Je n'ai pas le luxe de me payer des scrupules. Même si je déteste la personne pour qui vous travaillez vous aussi.

Au moins, maintenant, il savait d'où venait l'hostilité latente de la jeune femme. Pour couper court à la discussion, elle poussa un disque du groupe Kino dans le lecteur de l'autoradio. La voix de Viktor Tsoï chantant «Je veux des changements» s'éleva dans les enceintes, et Ninel ne rouvrit plus la bouche pendant une bonne heure, jusqu'à ce qu'une barrière leur coupe la route à quelques dizaines de kilomètres de Tchernobyl.

— C'est le check-point de la ville de Dytyatki. Il va falloir descendre présenter nos autorisations.

Une file d'attente s'était formée devant le poste de contrôle, composée essentiellement de tout-terrain et de minibus transportant des touristes.

Ninel se gara à côté de l'inquiétant double panneau annonçant en cyrillique et en anglais qu'ici commençait la zone affectée par les retombées radioactives de l'accident nucléaire de Tchernobyl.

— On ne passera pas avant un bon quart d'heure. Si vous voulez fumer une cigarette, c'est maintenant.

Elle marcha de son pas décidé jusqu'à une sorte de pergola sous laquelle on avait placé une statue de la Vierge Marie, puis esquissa un signe de croix à la mode orthodoxe, en touchant l'épaule droite avant la gauche, à l'inverse des catholiques. Tandis qu'elle murmurait une prière inaudible, Rybalko fuma une cigarette en l'observant. Il avait lu quelque part que la statue avait été érigée en souvenir des victimes de la zone. Ninel comptait-elle quelqu'un de sa famille parmi les martyrs de l'atome ?

Sa prière terminée, ils allèrent faire la queue devant le guichet du garde qui contrôlait les accès à la zone. De son ton de conférencière, Ninel expliqua sommairement à Rybalko le fonctionnement de l'endroit :

— La zone d'exclusion est divisée en deux parties. Là on pénètre dans la première : la zone 2. Elle s'étend sur un périmètre de trente kilomètres autour de la centrale. Pour y entrer, il faut obligatoirement une autorisation délivrée par l'État. Plus loin, on passera le check-point de la zone 1, qui regroupe les sites les plus sensibles. Elle couvre un rayon d'environ dix kilomètres. En théorie, les contrôles y sont plus stricts. Mais on a tous les papiers qu'il faut, ne vous inquiétez pas.

Enfin, ce fut leur tour de présenter leurs autorisations au garde. Gras, en treillis, le militaire écrasait sous son poids une chaise dont l'assise en tissu était éventrée sur le côté, laissant apparaître un rembourrage en mousse jaunâtre. Après avoir longuement scruté la paperasse officielle, il rendit à Ninel les laissez-passer et ils remontèrent dans la voiture pour poursuivre leur chemin vers la centrale.

Rien ou presque n'indiquait qu'ils venaient de pénétrer dans un pays empoisonné. Ils traversèrent les mêmes routes de campagne qu'avant le check-point, sauf que de temps en temps on devinait entre les branches d'un arbre des clôtures affaissées, des maisons en ruine, des fermes abandonnées et des poteaux dénudés de leurs fils électriques.

Un oiseau s'envola de la ramure d'un bouleau et traversa leur champ de vision.

— Une bécasse, énonça machinalement Ninel.

Se souvenant qu'elle était ornithologue, Rybalko sortit de sa poche les photos qu'il avait prises lors de l'autopsie et les passa rapidement en revue, jusqu'à retrouver celle du faucon.

— Est-ce que ce genre de rapace vit dans la région ?

Elle blêmit en apercevant le cliché de l'animal ensanglanté.

— Qu'est-ce qui lui est arrivé ? demanda-t-elle avec une moue dégoûtée. Où l'avez-vous trouvé ?

— Croyez-moi, il vaut mieux que vous ne le sachiez pas. Alors ?

— C'est un faucon hobereau.

— C'est une espèce locale ?

— Ce n'est pas une espèce endémique, si c'est ce que vous voulez dire. On en observe partout en Europe et en Asie. Et, en effet, il y en a dans la zone autour de la centrale.

— Est-il possible de déterminer si ce faucon a été capturé dans la région ?

Elle jeta un autre regard dégoûté à la photo.

— Il n'a pas de bague. Impossible de savoir d'où il vient. À la limite, il faudrait l'autopsier, si vraiment sa provenance est importante pour votre enquête.

— Une autopsie ? Pourquoi ?

Elle désigna d'un geste large la forêt autour d'eux.

— Vous voyez tout ce qui nous entoure ? Tout ça, c'est empoisonné. Le sol, les arbres, les plantes. On a l'impression que la nature a repris ses droits parce qu'on croise des chevaux, des loups et des sangliers. Mais s'ils prospèrent, c'est parce que la chasse est interdite depuis une trentaine d'années et qu'il n'y a quasiment pas de circulation, donc peu de collisions avec des véhicules.

Il embrassa d'un regard la nature autour de lui. Les pins lançaient leurs cimes à l'assaut du ciel bleu cobalt où les oiseaux dansaient. Quelques cerfs paissaient dans une trouée herbeuse. La forêt, les étangs, les cours d'eau qui divaguaient, les maisons envahies d'herbes folles et de ronces… comment s'imaginer cet endroit comme un enfer vénéneux ?

— Entre 1986 et 1996, reprit Ninel, on a fait des études sur des rongeurs pour mesurer l'impact des radiations sur leur organisme. Vingt-deux générations ont été examinées. Entre la dixième et la quinzième génération, le nombre de morts in utero a commencé à monter en flèche, avant de se stabiliser vers la vingtième. Le génome de ces rongeurs s'était dégradé de manière spectaculaire.

Elle regarda Rybalko avec intensité.

— Vous savez ce que ça représente, vingt générations, pour les êtres humains ? Trois à cinq siècles. Et cette terre est empoisonnée pour bien plus longtemps. Des milliers d'années. Le plutonium 239, par exemple, continuera d'être dangereux pendant environ vingt-quatre mille ans.

Les bosquets de bouleaux et les pins lui parurent tout à coup bien tristes. Vingt-quatre mille ans... d'ici là, la muraille de Chine serait aussi plate qu'une route pavée et la grande pyramide de Gizeh un tas de cailloux désordonnés.

— Et donc pour le faucon ? reprit-il.

— En l'autopsiant, on pourrait découvrir des éléments qui, mis bout à bout, permettraient de savoir si l'oiseau vient de Tchernobyl. Par exemple, en étudiant les hirondelles de la région, on s'est rendu compte que leur plumage est plus terne et que beaucoup sont atteintes d'albinisme partiel. Environ 15 % ont la tête tachée de blanc. Il y a aussi plus de tumeurs et le nombre d'hirondeaux qui ont un cerveau plus petit que la moyenne est plus important qu'ailleurs. Et les femelles...

Elle marqua une pause.

— Beaucoup sont stériles. À la période de reproduction, environ un quart n'ont pas de plaque incubatrice. C'est une zone sur l'abdomen qui perd ses plumes quelques jours avant la saison de la ponte.

Ça a pour but d'assurer une meilleure transmission de la chaleur lors de la couvaison.

Elle laissa filer un nouveau silence, puis ajouta :

— Si un spécialiste analysait sérieusement la carcasse, il pourrait trouver ce genre d'indices. Bien sûr, ça ne servirait qu'à donner des éléments de réponse, pas des preuves absolues.

Les immeubles abandonnés de Pripiat apparurent soudain au milieu des arbres. Troublant : la cité modèle qui l'avait vu naître était devenue un Disneyland déglingué où la seule attraction en marche était le train fantôme. Pourtant, Pripiat avait été une ville merveilleuse où il faisait bon vivre. Les magasins étaient correctement approvisionnés, les gens gagnaient bien leur vie et tout était neuf et bien entretenu. Enfant, Rybalko croyait que tous les Soviétiques habitaient dans une ville comme celle-là. Ce n'était qu'en la quittant pour s'installer avec sa mère dans une banlieue pouilleuse de Kiev qu'il avait compris que Pripiat était une exception. Tous les Russes connaissaient la légende selon laquelle au XVIIIe siècle, le ministre russe Grigori Potemkine avait fait construire dans les villages de Crimée de luxueuses façades en carton-pâte pour faire croire à l'impératrice Catherine II que tout allait bien en Russie. Voilà ce qu'avait été Pripiat, au fond : un village Potemkine moderne, destiné à masquer la misère de la vie en URSS, et que l'on montrait volontiers aux dignitaires étrangers en visite dans la région. La vitrine commerciale du nucléaire soviétique qui cachait une arrière-boutique crasseuse.

Ils remontèrent lentement l'avenue Lénine, la grande rue qui menait au cœur de Pripiat. Le revêtement de la route était en mauvais état : il y avait des nids-de-poule et, çà et là, de jeunes pousses d'arbre avaient crevé le macadam. Les façades des immeubles étaient sinistres. Leurs fenêtres étaient brisées depuis longtemps et leurs battants en bois qui claquaient au vent s'ouvraient sur des appartements ravagés par les intempéries.

Un des bâtiments lui parut familier.

— J'habitais là, balbutia-t-il, surpris.

Il n'avait pas reconnu son quartier, le district numéro 1, à cause des arbres qui avaient poussé de manière anarchique et des carcasses de bus garées sur le bas-côté, des Ikarus hongrois qui avaient servi à l'évacuation de la ville. Pourtant, c'était bien là qu'il avait vécu enfant, au troisième étage de l'immeuble numéro 28. À moins de trois cents mètres derrière, il y avait l'école numéro 3 Solnyshko (Petit Soleil), où il allait, gamin. L'espace d'un instant, il songea à demander à Ninel de stopper la voiture le long du trottoir, pour qu'il puisse revoir l'appartement de son enfance. Puis une boule se forma dans son estomac à l'idée de retrouver l'endroit saccagé.

Retourner là-bas gâcherait les souvenirs des jours heureux où ses parents étaient jeunes et vigoureux, avant que la centrale ne détruise leur vie. Mieux valait ne pas s'arrêter.

Ninel tourna son regard bleu vers lui.

— Je ne savais pas que vous aviez vécu ici, s'étonna-t-elle.

— Mon père était pompier. Il était de service le soir de l'accident.

Le visage de la jeune femme sembla se détendre légèrement.

— C'est grâce à des gens comme votre père que la catastrophe a été contenue. On ne serait pas là s'ils ne s'étaient pas sacrifiés pour nous.

C'était la vérité, mais qui le savait? Avec amertume, il se dit que le monde se souvenait de dictateurs, de joueurs de foot brésiliens et d'artistes peignant des carrés blancs sur fond blanc, mais que personne ne pouvait donner le nom d'un seul de ces hommes qui avaient sauvé l'Europe d'un cataclysme nucléaire sans précédent. Qui connaissait Alexeï Ananenko, Valeri Bespalov et Boris Baranov? Qui savait qu'ils s'étaient portés volontaires pour plonger dans le bassin inondé sous le réacteur 4, pour activer ses pompes et le vider de son eau avant que le cœur en fusion ne l'atteigne? Qui savait que si le magma d'uranium et de graphite s'était déversé dans le bassin, il se serait produit une explosion de plusieurs mégatonnes qui aurait rendu inhabitable une bonne partie de l'Europe?

Qui le savait?

16

Le ciel s'était couvert de nuages blancs quand ils descendirent de la voiture. Sur un des immeubles entourant la grande place, on apercevait encore d'immenses lettres égrenant un message de propagande dont se souvenait Rybalko :

« Le parti de Lénine est la force populaire qui nous conduit vers le triomphe du communisme. »

Des grappes de touristes photographiaient les bâtiments emblématiques du centre-ville. Ninel scruta la foule, à la recherche du guide qui avait découvert le corps de Léonid Sokolov.

— C'est lui, dit-elle en désignant un homme en face du Palais de la culture Energetik.

Il portait une parka beige et sur son crâne était vissée une chapka grise dont les oreillettes doublées de fourrure étaient relevées. Tout autour de lui, un groupe de touristes japonais écoutait religieusement ses explications, comme s'ils assistaient à une leçon. Certains avaient enfilé une tenue blanche qui les faisait ressembler aux techniciens de scène de crime dans les feuilletons américains.

Ninel fit demi-tour vers son véhicule.

— On se retrouve ici quand vous aurez terminé, lança-t-elle à Rybalko en s'éloignant.

Quand il arriva au niveau du groupe de Japonais, le guide était en train de raconter la vie des habitants avant la catastrophe. Il expliquait qu'au printemps 1986, la veille de l'explosion, les gens vivaient dans l'insouciance. On flânait dans les rues, on pique-niquait en forêt, on sirotait une bière au café Pripiat, sur les berges de la rivière, on se baignait, on faisait l'amour (les Japonais gloussèrent). Le guide ajouta que la moyenne d'âge de la population était de vingt-six ans et que la ville comptait quinze écoles maternelles pour faire face à la natalité galopante. Il y avait aussi un théâtre qui donnait les œuvres classiques du répertoire soviétique, une salle de cinéma moderne, des piscines… Deux grands centres commerciaux devaient être construits, un palais des arts et deux complexes sportifs. L'avenir semblait radieux.

Mais toute chose a un prix, et les villes adossées à un volcan sont mortelles. Il raconta l'éruption du réacteur 4 comme on raconterait un épisode de l'Ancien Testament : les flammes presque noires qui s'échappent du réacteur éventré, l'air qui prend un goût métallique, le sacrifice des pompiers pour éviter que l'incendie ne s'étende, l'exode sans retour des habitants de Pripiat, la ville à tout jamais maudite par l'atome… Absorbés par le récit de la chute de la cité, les touristes japonais observaient en silence les nacelles jaunes de la grande roue qu'on devait inaugurer le 1er mai 1986. À quoi pensaient-ils en la regardant? À la centrale de Fukushima, leur Tchernobyl national, dont trois réacteurs étaient entrés en fusion en 2011 après qu'un tsunami eut mis hors service le système principal de refroidissement?

La voix du guide se départit de son lyrisme et énonça d'un ton professionnel :

— Vous pouvez circuler tout autour de la place, mais ne quittez pas les routes. Tant que vous restez sur le bitume, vous ne risquez rien. En sortir, c'est comme faire du hors-piste dans une zone de montagne. Sauf que l'avalanche vous tue dix ans plus tard.

Les Japonais acquiescèrent sagement, puis commencèrent à se diviser en groupes de trois ou quatre, certains allant vers la grande roue, d'autres vers l'hôtel Polissya. Le guide, lui, sortit un paquet de Marlboro et s'alluma une cigarette en protégeant la flamme avec sa main.

Rybalko s'approcha de lui.

— Vous avez une minute ?

Le guide leva la paume devant lui, l'air contrarié.

— Si vous ne faites pas partie de mon groupe, je ne réponds pas aux questions.

— Je suis né ici, rétorqua Rybalko, j'en sais probablement plus long que vous sur Pripiat.

Le guide fronça les sourcils.

— Qu'est-ce que vous voulez, alors ?

— On m'a dit que vous étiez là quand on a trouvé le corps de Léonid Sokolov.

— Le Russe? Pourquoi ça vous intéresse ?

— La famille du défunt m'a engagé pour tenter d'éclaircir les circonstances de sa mort. Je pense que vous pourriez m'aider. Le guide exhala une bouffée de fumée.

— Je ne vois pas comment.

Rybalko sortit quelques billets.

— Commencez par me dire où vous étiez quand vous avez aperçu le cadavre.

Le guide empocha discrètement l'argent, puis désigna l'endroit où étaient garés les véhicules trimbalant les touristes dans la zone.

— C'était là-bas, à l'angle de l'avenue Lénine et de la rue Kurchatova. On venait juste de sortir du minibus quand un des touristes a poussé un cri. J'ai cru qu'il s'était blessé. Ça arrive qu'un type soit tellement occupé à prendre des photos qu'il se tord la cheville en marchant dans un nid-de-poule. Et puis j'ai remarqué que tout le monde regardait dans la même direction.

Il se tourna vers un des immeubles qui bordaient la place Lénine, celui dont l'emblème rouillé de la République socialiste soviétique d'Ukraine ornait le toit.

— La tour Voskhod, constata Rybalko. Les guides garent toujours leurs véhicules au même endroit ? demanda-t-il.

— La plupart du temps, oui.

Ce détail avait son importance. Avec ses seize étages, le Voskhod était l'un des bâtiments d'habitation les plus élevés de la ville. Il était immanquable depuis l'emplacement où stationnaient les minibus. Le tueur devait savoir qu'en plaçant le corps sur sa façade, des touristes l'apercevraient tôt ou tard. Ça voulait dire qu'il connaissait bien les habitudes des guides. Peut-être même qu'il était l'un d'entre eux…

212

— Vous étiez le seul groupe dans la ville au moment où on a trouvé le corps ?

— Oui.

— D'autres étaient passés avant vous ?

— Non. On était le premier de la journée.

— Après avoir découvert le corps, qu'avez-vous fait ?

— J'ai appelé le garde qui tient le check-point à l'entrée de la ville.

— Il est allé examiner le corps ?

— Non, il a contacté les flics.

— Qu'avez-vous fait en attendant qu'ils arrivent ?

— Bah… on a patienté dans le minibus.

— Personne n'est allé voir si le type était vivant ?

— Tout le monde était mort de trouille. Une de mes clientes a même fait une crise de nerfs, alors j'avais autre chose à faire qu'à aller vérifier. Et puis c'était à la police de s'occuper de ça.

— Qu'est-ce qui s'est passé quand elle est arrivée ?

Un compteur Geiger sonna violemment du côté de la fête foraine. Au pied de la grande roue, des autos tamponneuses décrépites étaient à l'abandon sur une piste rouillée. Le guide mit ses mains en porte-voix et engueula une touriste qui voulait s'asseoir dans l'une d'entre elles.

— Ne montez pas là-dedans, les sièges sont contaminés ! Bon sang, y en a qui ne respectent rien. Vous disiez quoi ?

— Les policiers qui sont venus examiner le corps, vous pouvez m'en parler ?

— C'était deux flics de Tchernobyl. Le premier s'appelait Melnyk. Un type grognon, grosse barbe, grosse tignasse, un look de bûcheron. Ça a dû lui faire tout drôle de tomber sur un truc pareil. L'autre flic, c'était une femme, vachement jeune, le genre tout droit sortie de l'académie de police. Ce Melnyk, il m'a demandé où était le cadavre, puis on est allés jusqu'au pied de l'immeuble. Il est monté le voir et quelques minutes plus tard il est redescendu, l'air pas content du tout. On est retournés au minibus, et là il a appelé ses collègues pour avoir des renforts. Après, on est allés faire notre déposition au commissariat.

Rybalko nota toutes ces informations dans son carnet.

— Est-ce que vous avez remarqué autre chose d'inhabituel ce jour-là?

Le guide leva les yeux, comme pour chercher une réponse dans les nuages qui moutonnaient dans le ciel.

— Il y avait bien des choses inhabituelles, mais pas plus inhabituelles que d'habitude, si vous voyez ce que je veux dire.

— Absolument pas. Soyez plus précis.

Le guide se gratta l'arrière du crâne.

— Ben, il y a toujours des petites choses qui bougent par ici, comme si des fantômes passaient de temps en temps. Quand on visite l'école, par exemple, une semaine il y a une poupée sur un banc, la semaine suivante il y a un livre à la place. Aujourd'hui, j'ai remarqué que les autos tamponneuses avaient bougé. C'est le genre de petits détails qu'on ne distingue pas à moins de venir régulièrement ici.

214

— Quelqu'un rôderait dans Pripiat? s'étonna Rybalko.

Pripiat était pour lui comme une forteresse au sein de la zone d'exclusion. Entourée d'une haute clôture garnie de barbelés, elle n'était accessible que par une route surveillée par un poste de garde. L'enceinte avait été installée trente ans plus tôt, quand des pillards avaient commencé à s'intéresser aux biens abandonnés. Comme les évacués n'avaient pu partir qu'avec une valise et des affaires pour quelques jours, les appartements regorgeaient de téléviseurs, de frigidaires, de radios, de téléphones et de mobilier qui s'étaient rapidement retrouvés sur les marchés de Kiev, exposant les acheteurs peu scrupuleux à des irradiations tragiques.

— Pas quelqu'un en particulier, répondit le guide. Mais il y a parfois des *stalkers*.

Du fin fond de sa mémoire lui revint le souvenir d'un bouquin lu dans sa jeunesse :

— Ce mot, *stalker*, ce ne serait pas une référence au roman des frères Strougatski?

— C'est ça. Vous l'avez lu?

— Il y a longtemps. Vous pensez que l'assassin pourrait être un de ces stalkers?

Le guide fixa longuement la grande roue du parc d'attractions, immobile comme les aiguilles d'une horloge cassée.

— Ça m'étonnerait. Ces types-là sont généralement inoffensifs. Des paumés, des étudiants qui cherchent à se faire peur, des romantiques qui ont l'impression de vivre une expérience unique. À votre place, je parierais plus sur un trafiquant ou un

215

criminel en cavale. Il y en a qui viennent se cacher dans les villages abandonnés, parfois. La police et les militaires ne peuvent pas tout contrôler. La zone est immense et ils ont peu de moyens. Tenez, par exemple : ils ont un hélicoptère pour surveiller l'abattage d'arbres illégal, mais pas de carburant pour le faire voler plus d'une fois dans le mois.

— Mais Pripiat est davantage sécurisée, non? J'ai vu un cabanon au check-point, à l'entrée de la ville : il y a bien un garde qui surveille la route jour et nuit.

Le guide sourit largement, comme si on venait de lui raconter une histoire drôle.

— Le planton, surveiller la route? Une division de chars russes pourrait lui passer sous le nez sans qu'il réagisse!

— D'après vous, le tueur aurait pu arrêter sa voiture, appuyer sur le contrepoids qui ouvre la barrière et pénétrer dans la ville sans que le garde bouge?

Une fois encore, le guide sourit franchement.

— Sur le papier, Pripiat est supposée être aussi sûre que le Kremlin. Mais dans les faits, c'est sans doute plus difficile d'entrer sans ticket à Disneyland que de se balader ici clandestinement. Et il n'y a pas que le check-point qui pose problème : la clôture de barbelés autour de la ville est une véritable passoire.

Rybalko se montra dubitatif.

— Quand bien même : une fois les barbelés franchis, le tueur risquait de se faire surprendre par une patrouille.

Cette fois, le guide lui rit carrément au nez.

— Une patrouille? Elle est bonne celle-là! Vous sortiriez, vous, dans le noir, pour vérifier que personne ne traîne dans ces ruines radioactives, si vous étiez à la place du planton ? Une patrouille… Faut pas rêver : les types qui sont de service ici passent la nuit bien au chaud, à regarder la télé et à dormir.

Quelle poisse… Entre le manque de moyens des forces de sécurité locales et leur laxisme, le tueur avait bénéficié de conditions idéales pour préparer sa mise en scène sordide. À court d'idées, Rybalko tendit discrètement quelques billets supplémentaires au guide et prit son numéro de téléphone, au cas où d'autres questions lui viendraient à l'esprit.

— Bien évidemment, je ne vous ai jamais parlé, lui dit-il en lui serrant la main.

— Parlé de quoi ?

Le guide lui adressa un clin d'œil, puis alla rejoindre ses Japonais.

Rybalko retourna à la voiture de Ninel. L'ornithologue avait enfilé une tenue de protection blanche.

— Tenez, dit-elle en lui tendant une combinaison à sa taille.

— Pas besoin. Ça ne me servira à rien sur la scène de crime : elle a déjà été contaminée.

— Vous êtes supposé être un ornithologue en mission. Alors mettez cette tenue.

Quelle emmerdeuse, songea-t-il en attrapant la combinaison, qu'il enfila de mauvaise grâce avant de s'installer dans le tout-terrain.

— Le corps de Léonid était suspendu au dernier étage de la tour Voskhod, dit-elle tandis qu'ils roulaient vers l'immeuble.

— Je sais. Vektor Sokolov m'a montré des photos. C'est vous qui les avez prises ?

— Non. C'est Sveta qui s'en est chargée.

— Sveta ?

— La cofondatrice de 1986. Vous la rencontrerez bientôt. Elle travaille dans notre permanence de Tchernobyl.

Ils arrivèrent en face de l'immeuble. Elle se rangea sur le bas-côté.

— Je passe vous reprendre dans quarante minutes.

— Vous ne venez pas ?

— Aller là-haut ? Sûrement pas. Je vais faire des relevés, pour donner le change si les gardes nous arrêtent au check-point.

— D'après ce que j'ai entendu dire, ils ne sont pas vraiment du genre pointilleux.

— « Prudence est mère de sûreté. » Et au fait : si jamais un guide ou un flic vous surprend en haut, dites que vous cherchez des nids de rapaces.

Rybalko scruta un instant les fenêtres éborgnées du Voskhod, puis se dirigea vers la cage d'escalier.

L'appartement d'où on avait suspendu le corps de Léonid Sokolov était dans un état de délabrement avancé. Partout les tapisseries se décollaient des murs en lambeaux noirâtres et des moisissures gangrenaient les plafonds. Tout ce qui avait de la valeur avait été volé, y compris les radiateurs. Des traces rectilignes se découpaient sur les cloisons, là où ils se trouvaient autrefois, donnant l'impression qu'ils avaient laissé leur ombre avant de disparaître.

Le plus surprenant était le salon, envahi de bêtes empaillées, des loups, des renards, des lynx, tout ce que les forêts alentour comptaient de prédateurs. Des animaux si bien naturalisés qu'ils semblaient

218

prêts à vous sauter à la gorge si vous vous approchiez trop près. Il les dépassa et examina le mur près de la fenêtre. On y avait planté une sorte de piton à expansion, d'où pendait un mousqueton. Il comprit que le tueur s'en était servi pour hisser le cadavre le long de l'immeuble. Le béton de la façade était encore légèrement rougi là où son dos lacéré avait frotté. Ça expliquait les écorchures relevées pendant l'autopsie.

Rybalko se retourna vers la trentaine de bêtes qui le transperçaient du regard. La minutie de l'ensemble lui fit penser à ces passionnés d'histoire qui reconstituent des champs de bataille en miniature, en prenant soin de peindre chaque galon sur les uniformes de leurs soldats. Il acquit la certitude que celui qui avait assassiné Léonid était un passionné de taxidermie, cet art obscur qui consistait à redonner vie à des dépouilles d'animaux. Ça collait avec les sutures sur le cadavre et l'incision au niveau de l'abdomen. Le tueur était habitué à pratiquer ces gestes, à entailler des épidermes et à les coudre.

Rybalko toucha la fourrure rêche d'un loup, et une poussière grisâtre se colla à sa paume. Il se frappa les mains pour s'en débarrasser, et la poussière s'éleva dans les airs. Il la regarda danser dans un rayon de soleil et songea que c'était sans doute à cause du risque de contamination que les flics ukrainiens n'avaient pas mis sous scellés les animaux naturalisés. Ils avaient dû craindre que des particules radioactives se soient fixées sur leurs poils.

Se souvenant de l'oiseau niché dans le ventre de Léonid Sokolov, il scruta la pièce à la recherche d'un faucon empaillé. Aucun rapace, mais il trouva une hirondelle déposée au sommet d'une armoire délabrée. Étonnamment, la couleur de son plumage était éclatante, tandis que toutes les autres bêtes avaient le pelage terni par les années. En outre, l'oiseau était placé de manière à faire face à l'endroit où le corps de Léonid avait été suspendu. Indubitablement, l'hirondelle avait une signification dans la mise en scène morbide du tueur. Rybalko décida donc de la fourrer dans un sac en plastique afin de pouvoir l'examiner plus tard.

Un bref regard à sa montre lui indiqua qu'il lui restait une vingtaine de minutes avant le retour de Ninel. Il devait se dépêcher pour terminer l'inspection de l'appartement. Il commença par réaliser quelques prélèvements en insistant sur le haut de l'armoire où se trouvait l'hirondelle, puis prit ses propres clichés du salon. Il photographia longuement le sol, même s'il n'avait pas grand espoir d'y détecter les empreintes du tueur. Les flics du coin avaient fait un travail de sanglier : partout il y avait des traces de leurs semelles boueuses.

Il redescendit à l'heure prévue. En bas, Ninel l'attendait au volant de son pick-up.

— Qu'est-ce que c'est ? demanda-t-elle en pointant le sac en plastique.

— Une hirondelle empaillée. Je l'ai trouvée sur la scène de crime.

— Pourquoi vous l'avez prise ?

Rybalko hésita. Fallait-il lui révéler que le faucon dont il lui avait montré la photo se trouvait dans le corps de Léonid Sokolov ? Fallait-il lui dire que le tueur avait une obsession morbide pour les animaux empaillés ?

Il choisit de rester évasif :

— C'est juste une intuition. J'ai l'impression que cet animal pourrait avoir un sens pour le tueur.

Il rangea l'hirondelle dans le coffre, au milieu des affaires de Ninel.

— Refermez bien le sac, lui lança-t-elle depuis son siège. Je n'ai pas envie que cette horreur contamine mes prélèvements.

17

Ils quittèrent Pripiat et roulèrent jusqu'à Tchernobyl. Un peu après l'entrée de la ville, ils passèrent devant le monument dédié à «ceux qui ont sauvé le monde», les centaines de milliers de liquidateurs qui avaient nettoyé la zone et construit le sarcophage de béton pour confiner les particules radioactives au sein du réacteur numéro 4.

— Et maintenant? Où voulez-vous aller? lui demanda Ninel tandis qu'elle progressait vers le centre-ville.

Il hésita. Il lui fallait reconstituer l'emploi du temps de Léonid Sokolov, parler aux personnes qu'il avait croisées, retrouver la scène de crime primitive… La visite de l'appartement aux animaux empaillés lui avait appris que ce n'était pas là que le Russe avait été tué. Il n'y avait pas de sang par terre, ni aucune trace de la table et des sangles qui avaient été utilisées pour le maintenir allongé pendant qu'on le torturait.

— J'aimerais voir l'endroit où a séjourné Léonid Sokolov, décida-t-il finalement.

— Il a dormi à l'hôtel de Slavutich. Je vous ai réservé une chambre là-bas. Je me suis dit que ça vous donnerait l'occasion de discuter avec le gérant si vous avez des questions à lui poser.

Pas bête. Encore une fois, Ninel allait lui faire gagner un temps précieux.

— J'aurais également besoin que vous me trouviez un taxidermiste.

— À cause de votre hirondelle ? Je ne pense pas que ce soit très utile.

— J'aimerais quand même creuser cette piste.

Au bout de la rue Kirova, Ninel tourna à gauche en direction du cœur de Tchernobyl.

— Je connais quelqu'un au musée d'Histoire naturelle de Kiev. Ils ont des collections d'animaux empaillés. Je vais lui demander de me mettre en contact avec la personne chargée de leur conservation.

— Arrangez-vous pour qu'on la rencontre le plus rapidement possible. Chaque jour qui passe diminue les chances de retrouver l'assassin de Léonid Sokolov et…

— Les ordures !

Le cri de Ninel fit siffler ses oreilles. Les joues de l'ornithologue étaient brusquement devenues écarlates et son regard furibond s'était braqué sur la façade d'un local où l'on avait tagué le mot *prostitoutka*. On y avait aussi dessiné une grosse croix gammée entourée des nombres 14 et 88.

— En plein jour… en pleine ville… les salauds !

Il comprit que c'était le local de son ONG, l'association 1986. Avant qu'il ne puisse prononcer un mot, Ninel avait tiré sur le frein à main et s'était précipitée jusqu'au bâtiment. Il lui emboîta le pas et entra avec elle dans le local. À l'intérieur, tout ce qui avait pu se trouver sur les bureaux avait été jeté au sol et l'on avait tagué les murs d'insultes. Des sanglots parvenaient d'une porte au fond de la pièce. Ninel enjamba les objets renversés pour l'atteindre.

— Sveta ? C'est toi ?

Les sanglots derrière la porte cessèrent.

— Ninel ? demanda une voix craintive.

— C'est moi, Sveta. Ouvre.

On entendit le cliquetis d'une serrure qui se déverrouillait, puis une femme d'une trentaine d'années au regard apeuré apparut dans l'embrasure de la porte. Ses cheveux sombres étaient ébouriffés et son mascara, lessivé par les larmes, s'était répandu en coulures charbonneuses sur ses joues pâles.

Ninel la serra dans ses bras.

— Que s'est-il passé, Sveta ? Qui a fait ça ?

— Ce sont ces salauds du Pravyï sektor…

Le Secteur droit… Depuis l'insurrection dans le Donbass, les radios publiques russes avaient produit des tonnes de reportages sur cette organisation d'extrême droite. Au départ, c'était juste un groupe paramilitaire qui luttait contre le président Viktor Ianoukovytch pendant la révolution de Maïdan. Depuis, ils s'étaient constitués en parti politique et cherchaient à conquérir le pouvoir. Ils recrutaient parmi les ultras des clubs de foot, les vétérans de l'armée, les jeunes paumés… Ses membres rêvaient d'établir un « nouvel ordre » ukrainien et de purger le pays de l'influence russe. Mais ce n'était pas leur seule cible : l'année précédente, ils s'étaient invités à la Gay Pride de Kiev et y avaient tabassé une dizaine de manifestants.

— Ils ont débarqué avec leur gros tout-terrain noir, poursuivit Sveta. J'ai juste eu le temps de m'enfermer dans le labo et…

La jeune femme décolla sa tête de l'épaule de Ninel. Elle venait de remarquer qu'elles n'étaient pas seules.

Ninel fit les présentations :

— C'est Alexandre Rybalko, l'ornithologue de Kiev dont je t'ai parlé. Alexandre, je vous présente Sveta, notre spécialiste des rongeurs. Et un bon petit soldat, hein, ajouta-t-elle en lui tapotant amicalement les cheveux.

— Aïe !

Sveta se frotta le crâne, à la lisière entre le front et la chevelure.

— Tu es blessée ? s'inquiéta Ninel.

— Je me suis cognée en me cachant sous une table, dans le labo.

Son amie lui attrapa la tête à deux mains et examina son cuir chevelu.

— C'est enflé, mais pas ouvert. On va mettre quelque chose dessus pour que ça dégonfle.

Ninel disparut un instant dans le laboratoire et en rapporta une trousse à pharmacie. Elle en sortit un tube de pommade et l'appliqua sur le crâne de Sveta après avoir enfilé une paire de gants en nitrile.

— Pas si fort, protesta la jeune femme en reculant un peu sa tête.

— Reste tranquille. Il faut que ça pénètre.

— Vous avez pu voir le visage des types qui vous ont agressée ? demanda Rybalko.

— Non, ils avaient des cagoules.

Ses yeux se remplirent de larmes.

— J'ai cru qu'ils allaient me tuer, sanglota-t-elle.

— Allez, allez, murmura Ninel. Tu te souviens de Maïdan? Quand les flics nous ont tiré dessus? On a vraiment failli y rester ce jour-là. Tu ne vas pas pleurer à cause de deux connards de nazis, hein? Tu es plus forte que ça.

Chaleureuse, Ninel parlait d'une voix douce et calme. Sacré contraste avec la froideur dont elle avait fait preuve avec lui sur le trajet entre Kiev et Pripiat, se dit Rybalko.

— Pourquoi une organisation d'extrême droite en aurait après vous? demanda-t-il.

— Parce qu'ils sont russophobes et que certains de nos soutiens financiers viennent de Russie, répondit Sveta.

— Arrête de bouger, lui intima Ninel, qui s'occupait toujours de sa bosse. Et ne raconte pas n'importe quoi : la vérité, c'est qu'on gêne les petits trafics de pas mal de monde dans la zone. On informe régulièrement les médias de ce qui se passe ici, et ça dérange. C'est pour ça qu'ils nous menacent. Quelqu'un a payé ces pauvres types pour qu'ils descendent de Kiev nous foutre les jetons. Point à la ligne.

Elle massa encore un instant la blessure, puis retira ses gants graisseux avec des gestes secs.

— Qui pourriez-vous gêner en particulier? demanda Rybalko.

— Qui ne gêne-t-on pas, c'est ça la vraie question! s'exclama Ninel. Entre ceux qui organisent des chasses illégales à la frontière biélorusse, ceux qui font pousser des légumes pour les vendre sur les marchés de la capitale, les cueilleurs de champignons qui les récoltent en plein milieu des forêts irradiées… il y a toute une économie noire dans la zone. Et comme on la dénonce, ça fait de nous des cibles.

Elle annonça qu'elle allait appeler la police et que pendant ce temps il fallait prendre des photos du local pour les poster sur Internet afin d'alerter l'opinion. Sveta s'exécuta et commença à mitrailler chaque recoin de la permanence avec l'appareil photo de son téléphone.

Pour ne pas apparaître sur les clichés, Rybalko se retira dans le laboratoire. La pièce aux murs carrelés pouvait sans difficulté accueillir quatre ou cinq chercheurs à la fois. Il y avait des microscopes, une flopée de machines flambant neuves dont il ne devinait pas l'usage, un ordinateur dernier cri, deux frigidaires pour garder les échantillons au frais et tout un tas de fournitures. Les soutiens financiers de l'ONG de Ninel, qu'ils soient russes ou ukrainiens, étaient plutôt généreux.

Sur une paillasse gisait un campagnol couché sur une planche en bois. Une ligne rouge courait sur son ventre et le scalpel tout à côté était ensanglanté. Les agresseurs avaient surpris Sveta en plein travail, songea-t-il. Une chauve-souris sur une planche de polystyrène attira son attention. Les ailes de l'animal étaient percées d'épingles pour être maintenues en place. L'ensemble évoquait une séance de torture médiévale. Le spécimen était accompagné d'une étiquette au nom du Museum of Texas Tech University.

— On travaille avec des chercheurs du monde entier.

Rybalko se retourna vivement en entendant la voix de Sveta et percuta du coude une boîte en plastique qui tomba au sol. Sous le choc, elle s'ouvrit et un peu de terre noirâtre s'en échappa.

— Désolé, dit-il en essayant de remettre l'humus dans la boîte. Je ne vous avais pas entendue entrer. J'espère que je n'ai rien abîmé...

— Ne vous inquiétez pas. Ce sont des crottes de cerf. Ou d'élan. On n'arrive pas à faire la différence sur le terrain.

Rybalko contempla ses paumes mouchetées de merde de cervidé.

— Je peux utiliser un de vos lavabos pour me nettoyer ?

— Bien sûr.

Il fit couler abondamment l'eau et attrapa un gros savon antibactérien. *Quelle idée d'aller ramasser des étrons dans la zone la plus polluée du monde !* se dit-il en se lavant méticuleusement.

— Qu'est-ce que vous faites avec cette... merde ?

— Un écotoxicologue français travaille dessus. Il utilise la biologie moléculaire pour étudier le régime alimentaire des animaux de la zone en vue de mieux comprendre les transferts de radionucléides entre la flore et la faune.

— Un Français... pourquoi ça ne m'étonne pas ?...

Pour lui, les Français passaient la moitié de leur temps à se demander ce qu'ils allaient manger : ça lui paraissait donc assez logique qu'un de leurs scientifiques étudie l'alimentation des élans – ou des

228

cerfs – en examinant leurs déjections. Il s'essuya les mains avec une serviette élimée, tandis que Sveta mettait à l'abri de ses gestes maladroits une collection de crânes de rongeurs stockés dans des alvéoles en plastique récupérées dans un ancien coffret de chocolats. C'était un joli brin de femme, un peu empâtée par l'excès de bonne chère. Elle avait de magnifiques cheveux bouclés, aussi sombres que ceux de Ninel étaient clairs. Il lui donna trente, trente-deux ans.

— Ninel m'a dit que vous étiez ornithologue, lui lança-t-elle.

— C'est exact.

Sveta esquissa un sourire ironique.

— C'est bizarre. Vous ne ressemblez pas beaucoup à un ornithologue.

— Et ça ressemble à quoi, selon vous, un ornithologue ? Le visage de Ninel surgit dans l'embrasure de la porte.

— La police est là.

— Ils ont fait vite, s'étonna Rybalko.

— Le commissariat n'est pas très loin.

Deux flics entrèrent dans la permanence. Le premier était une femme très jeune portant un uniforme à l'américaine, celui de la nouvelle police ukrainienne. Le second était une espèce de bûcheron croisé avec un ours vêtu d'une vieille tenue de la milice. Tignasse épaisse, longue barbe blonde, il considérait le bordel ambiant avec un mélange de résignation blasée et d'agacement.

— Qu'est-ce qui s'est passé ici ? demanda-t-il.

— Le Secteur droit est passé à l'offensive. Qu'est-ce que vous comptez faire ? le questionna

Ninel en posant les mains sur ses hanches, comme si elle le défiait d'agir.

— On va commencer par relever les empreintes, répondit la jeune flic, telle une première de la classe qui récite sa leçon.

— Tu parles, marmonna le bûcheron. Ces gars-là mettent des gants.

Ninel se tourna vers Sveta.

— Ils en avaient ? lui demanda-t-elle.

— Je crois.

La jeune flic examina les tags sur la baie vitrée.

— 88… J'ai déjà vu ces chiffres, à Maïdan, pendant la révolution. Le H est la huitième lettre de l'alphabet latin.

— Et deux H, ça fait *Heil Hitler* ! compléta son collègue. Mais le 14, ça veut dire quoi ?

— Euh…

— C'est une référence à une phrase de quatorze mots d'un suprémaciste blanc américain, intervint Rybalko.

Les deux flics se tournèrent vers lui.

— *We must secure the existence of our people and a future for white children*, récita-t-il. Ça dit que les Blancs doivent préserver l'existence de leur race et l'avenir de leurs enfants.

— Et vous êtes ? demanda le bûcheron.

Il ouvrit la bouche, mais c'est Ninel qui répondit à sa place :

— C'est le professeur Rybalko. Il vient de Kiev pour nous donner un coup de main avec les analyses.

— Rybalko, hein ?

Le bûcheron le détailla de la tête aux pieds.

— Capitaine Melnyk, dit-il en lui tendant la main.

Il lui sembla serrer la patte d'un ours, tant ses paumes étaient calleuses et sa poigne solide.

— Ma collègue, l'officier Novak.

La jeune flic lui adressa un hochement de tête.

— Va chercher la mallette avec les bidules pour les prélèvements et vois ce que tu peux faire, lança Melnyk à sa coéquipière.

Elle acquiesça et quitta la permanence. Melnyk se tourna vers Rybalko :

— Alors, dites-moi, professeur, c'est quoi votre domaine de prédilection ?

— Les faucons, répondit-il du tac au tac.

Le flic haussa les sourcils. Ninel blêmit légèrement.

— Amusant, dit Melnyk sans esquisser le moindre sourire. J'ai eu beaucoup de problèmes à cause d'un faucon récemment.

— Quel genre de problèmes ?

— J'en ai trouvé un mort sur une façade. Il nichait au mauvais endroit.

— Sans doute était-il un peu déboussolé par les radiations.

— Sans doute.

Les deux hommes se jaugèrent un long moment. Puis Melnyk se tourna vers la baie vitrée barbouillée de graffitis.

— Le Secteur droit. Comme si on n'avait pas assez de soucis en ce moment... Je vais consulter la liste des personnes qui sont entrées dans la zone ces derniers jours pour trouver ceux qui ont fait ça. Le temps qu'on les identifie et qu'on les foute au trou, je vous conseille de fermer votre permanence.

— Hors de question, répondit Ninel d'un ton catégorique. On ne va pas se laisser impressionner par des nazis de merde. Je suis ici chez moi.

Novak reparut dans la permanence, l'air penaud.

— La porte du coffre est bloquée.

— Tu ne connais pas le protocole dans ce cas? s'agaça Melnyk.

— Je... non.

— Quand c'est bloqué, on tape dessus.

— Je ne voudrais pas abîmer un véhicule de service...

— Abîmer cette bagnole? C'est toi qu'elle va esquinter. Elle me casse le dos depuis des années, cette vieille guimbarde. Je vais te montrer comment faire...

Melnyk sortit, accompagné de sa jeune collègue. Ninel se tourna vers Sveta :

— Va leur demander combien de temps ça leur prendra de relever les empreintes.

— Si tu veux, répondit Sveta, un peu déconcertée. Mais je ne vois pas...

— Vas-y maintenant.

Sveta s'exécuta. À peine était-elle sortie de la permanence que Rybalko sentit le petit poing rageur de Ninel s'écraser sur son épaule.

— Spécialiste des faucons? pesta-t-elle. Vous êtes complètement idiot ou quoi?

Sacré punch pour un poids plume, songea-t-il en se massant l'épaule.

232

— J'ai improvisé comme j'ai pu. Je me suis dit que s'il me posait une question, je répéterais ce que vous m'avez appris sur les faucons hobereaux.

Elle le fusilla du regard.

— Brillante idée. Maintenant, Melnyk a peut-être des doutes sur vous. Ça va rendre votre travail plus compliqué.

— Pas la peine de s'énerver. Tout va bien se passer.

— Je l'espère. L'association pourrait perdre ses accréditations si on découvrait qui vous êtes vraiment.

Il baissa les yeux. Il n'avait pas réalisé qu'il mettait en danger la pérennité de l'ONG.

— Désolé. J'aurais dû réfléchir.

— En effet, répondit-elle froidement.

Elle lui tendit une liasse de papiers administratifs, ainsi qu'un trousseau de clés.

— Vos autorisations à présenter aux check-points, la clé du local et celle du pick-up de l'association. Il est garé à côté. Vous ne pouvez pas le rater : il y a notre logo dessus. Utilisez-le comme bon vous semble. Sveta et moi, on prendra nos véhicules personnels.

— Vous ne m'accompagnez pas à Slavutich ?

— Non, je vais rester ici pour tout remettre en ordre. Et de toute façon, je ne vous serais d'aucune utilité là-bas.

Elle sortit d'un tiroir un GPS.

— J'ai entré là-dedans quelques repères pour vous aider à circuler dans le coin. Vous y trouverez l'adresse de l'hôtel à Slavutich et celle de mon appartement à Kiev. Appelez-moi si vous avez besoin de quoi que ce soit. Ah, et j'oubliais…

Elle attrapa un gros manuel d'ornithologie posé sur une étagère.

— Potassez ce bouquin, ça vous évitera de dire n'importe quoi si on vous pose des questions sur les rapaces.

18

Sur le trottoir en face du local attendait le véhicule de l'ONG, un pick-up blanc cassé floqué d'un logo représentant un oiseau bleu dont les ailes repliées entouraient le nombre « 1986 ». Une fois à l'intérieur, Rybalko installa le GPS et roula jusqu'à Slavutich.

La ville se trouvait à un peu moins de cinquante kilomètres à l'ouest de Pripiat. Les autorités soviétiques avaient ordonné sa construction juste après l'explosion du réacteur 4, pour remplacer la ville irradiée, devenue inhabitable. Il fallait bien héberger quelque part les employés de la centrale et leurs familles. Aussi fou que cela puisse paraître, on avait continué à faire tourner les autres réacteurs jusqu'en 2000.

Pesanteur dans l'air, impression générale d'ennui, monotonie des paysages : à Slavutich, il trouva des rues presque aussi désertes qu'à Tchernobyl, des barres d'immeubles sans charme, des squares sans vie et un cimetière plein de gens morts avant leur quarantième anniversaire. Un quart des vingt mille habitants avaient moins de dix-huit ans et s'emmerdaient sec. Alors la jeunesse dansait, se droguait, baisait et buvait trop. *No future* : depuis l'arrêt de la centrale, la région s'enfonçait chaque jour un peu plus dans le chômage.

L'unique hôtel de la ville, par une décision audacieuse de son gérant, avait été baptisé Hôtel Slavutich. L'établissement en lui-même était très récent, et si la décoration du hall d'entrée était assez impersonnelle, tout avait l'air propre et bien entretenu. À l'accueil, un homme suant l'ennui attendait le client en faisant des mots croisés. Il avait un teint jaunâtre d'hépatique et son pull usé semblait dater d'une époque où le simple fait d'écouter les Beatles pouvait vous conduire en prison.

— J'ai une réservation au nom de Rybalko, lui lança-t-il.

L'homme consulta mollement son registre.

— Rybalko, vous avez dit? Je n'ai rien à ce nom, désolé.

— Essayez avec Ninel.

— Ninel comment?

— Ninel tout court.

Nouveau regard las vers le registre.

— Ninel… réservation pour une semaine, chambre simple, c'est au premier étage. Si vous voulez bien me suivre…

L'homme se décolla péniblement de son tabouret.

— Attendez, j'aimerais d'abord vous poser quelques questions au sujet d'un de vos clients.

L'employé se rassit à contrecœur.

— Laissez-moi deviner. Vous voulez parler du type qui est mort. Vous êtes flic, c'est ça?

— Détective. Je travaille pour la famille du défunt.

L'homme balaya l'air d'un revers de la main.

— J'ai déjà tout raconté à la police.

Rybalko sortit une liasse de billets et aligna quatre grosses coupures sur le comptoir. Une lueur de convoitise s'alluma dans les yeux jusque-là inexpressifs du réceptionniste.

— Et que leur avez-vous dit exactement ?

— Pas grand-chose, répondit l'homme sans quitter du regard les billets. Le Russe s'est pointé il y a un peu plus d'un mois et a réservé une chambre.

— Il n'était pas accompagné ?

— Bah… il a réservé pour une personne. Après, rien ne l'empêchait de ramener une nana dans sa chambre.

— Et cela a été le cas ?

— J'sais pas… je l'ai vu avec une fille, une fois, sur le parking, quand je prenais mon service du matin.

— Vous pouvez me la décrire ?

— Bah… je dirais jolie.

— Et ? Sa taille, la couleur de ses yeux, ce genre de détails ?

— Une blonde, je crois.

— Rien de plus précis ?

— J'sais pas, j'l'ai vue de loin.

Rybalko retira un des billets posés sur le comptoir.

— Hé ! Qu'est-ce que vous faites ?

— Vous me donnez des infos qui ne me servent à rien. Soyez plus précis si vous voulez que je vous paie. Léonid Sokolov vous a-t-il parlé de la raison de son séjour ?

L'homme se gratta la tête.

— Non. Mais je ne lui ai pas non plus posé la question… Les échanges qu'on a eus se sont généralement résumés à des bonjour-bonsoir.

Rybalko fit mine de reprendre un autre billet.

— Attendez! Un soir, il m'a demandé comment il pouvait aller à Poliske. Il voulait voir quelqu'un là-bas.

— Poliske? Je croyais que tous les villages de la zone avaient été évacués.

— C'est le cas. Mais des gens sont venus se réinstaller dans certains bourgs, comme à Loubianke ou Ilintsakh. On les appelle les *samosely*.

— Et la police laisse faire?

— La plupart sont des vieillards inoffensifs qui sont retournés vivre dans leur maison natale. Au départ, les flics les chassaient, mais comme ils revenaient toujours, ils ont fini par fermer les yeux.

— Et donc Léonid cherchait à aller à Poliske?

— Ouais. Je lui ai dit de réserver une balade chez un tour-opérateur, mais il voulait s'y rendre sans guide officiel. Je lui ai expliqué que c'était pas possible, mais il a insisté, alors je lui ai dit qu'il fallait qu'il se débrouille tout seul pour franchir les barbelés et s'orienter dans la zone, ou bien qu'il trouve un stalker pour le guider.

Rybalko soupira. Des bus de touristes, des stalkers qui sillonnaient la campagne, des habitants qui occupaient des villages supposés évacués, des trafiquants, des néonazis… décidément, la zone était bien plus fréquentée qu'il ne l'aurait imaginé. Voilà qui compliquait sacrément son enquête.

— Et la personne qu'il voulait voir à Poliske, vous avez son nom?

— Euh… Kazimira… Kazimira quelque chose. Il m'a demandé si je la connaissais. Apparemment, elle vivait ici, à Slavutich, avant de repartir dans la zone. J'ai répondu que son nom ne me disait rien, mais qu'il n'aurait pas de mal à la retrouver à Poliske, vu qu'il n'y a qu'une poignée de personnes qui vivent là-bas.

— Vous avez parlé de cette Kazimira à la police ?

— Non, ça vient de me revenir.

— Alors faites en sorte d'oublier de nouveau ce prénom.

Rybalko poussa les billets vers le type, qui s'empressa de les empocher.

— Est-ce que la chambre qu'occupait Léonid Sokolov est libre actuellement ?

— Euh… oui…

— Je vais la prendre, si vous n'y voyez pas d'inconvénient.

L'homme attrapa la clé et la plaqua sur le comptoir. Rybalko la prit d'un geste leste, puis monta jusqu'à la chambre. Par acquit de conscience, il la fouilla sommairement, mais ne trouva rien qui ait pu être oublié par Léonid Sokolov. Il passa ensuite un long moment à observer l'oiseau empaillé qu'il avait rapporté de Pripiat. C'était vraiment du travail d'artiste, pour autant qu'on puisse parler d'art quand il s'agissait de dépouiller un corps mort de sa peau et ses organes pour en faire un objet. L'illusion de la vie était parfaite : il avait l'impression que s'il relâchait la pression de sa main contre le plumage, l'oiseau s'envolerait. Vivant à l'extérieur, mort à l'intérieur… un peu comme lui, en somme. Il songea à Marina et à Tassia. Il était l'heure du déjeuner. Il les imagina autour d'un plat de *pelmeni*, ces raviolis que Marina cuisinait à la perfection.

Dieu que ça lui manquait.

Il dut se contenter de grignoter un sandwich qu'il acheta dans une supérette, un *bouterbrodik* au pâté, puis sortit les dossiers que Sokolov lui avait confiés : se plonger dans le travail était un excellent moyen de ne pas penser à l'avenir. Quand il leva enfin le nez de sa paperasse, le soleil était couché et une nuit épaisse enserrait Slavutich. Sur les façades des immeubles, on ne voyait que quelques rares rectangles lumineux, des fenêtres d'appartements qui bientôt plongèrent dans l'obscurité. À Slavutich, l'électricité était un bien précieux. Ironique quand on pensait que des centaines de ses habitants se levaient chaque jour pour travailler dans une centrale nucléaire. L'Ange blanc, la monumentale statue qu'on avait érigée au cœur de la cité soviétique, était l'un des rares endroits éclairés. Sa silhouette fantomatique se découpait à la lueur des lampadaires anémiques disposés autour de sa base. Rybalko avait entendu dire que pour financer sa construction, la municipalité avait économisé sur les dépenses de gaz et que toute la ville s'était douchée à l'eau froide pendant un mois. Les habitants éprouvaient-ils une certaine fierté en observant la sculpture depuis leurs fenêtres éteintes ?

Il s'écroula finalement dans son lit. Il était épuisé, et pourtant le sommeil ne vint pas. Le sommier grinçait chaque fois qu'il bougeait. Les questions tournaient en rond dans sa tête. Pourquoi Léonid Sokolov était-il prêt à enfreindre la loi pour aller à Poliske ? Qui était cette Kazimira qu'il souhaitait rencontrer là-bas ?

Les yeux grands ouverts dans la pénombre, Rybalko réfléchit longuement à la façon dont le tueur avait mis en scène la mort de sa victime. Mentalement, il visualisa la lente ascension du corps, puis le mouvement de ses bras, dépliés au dernier moment, tendus à l'extrême par les filins métalliques enroulés à ses poignets, comme les ailes d'un oiseau qui s'envole. Tout s'emboîta alors dans son esprit : l'ascension, l'abdomen vidé de ses viscères, leur remplacement par de la bourre, le faucon mort...

Il alluma la lampe de chevet et sortit le carnet où il consignait tout ce qui concernait l'enquête. Il alla à la page où il avait griffonné que la mise en scène du meurtre comportait une crucifixion, barra ce mot et nota dans la marge : « Envol ».

Le tueur n'avait pas mis en scène une crucifixion, mais une ascension. Un envol, bras tendus comme des ailes.

Une sorte de naturalisation grandiose et monstrueuse.

19

Réveil difficile.

Le lendemain matin, Rybalko ausculta longuement son reflet dans le miroir de la salle de bains, en particulier sa jeune barbe qui partait à l'assaut de ses joues et de son cou. Avant d'apprendre qu'il ne lui restait que quelques mois à vivre, il se rasait quotidiennement. C'était un rituel bien établi depuis son service militaire. Une des conséquences de l'imminence de sa mort avait été de rendre inutiles tout un tas de choses qui engloutissaient son temps auparavant. Laver sa voiture ? Futile. Se raser ? Pas nécessaire. Repasser ses vêtements ? Superflu. Les projets ? Inutiles…

Avant de partir pour la zone, il s'arrêta dans un café-restaurant du quartier estonien, le Staryi Tallinn, et commanda un solide petit déjeuner à base de porc, de fromage et de pain frais. Il mangea en silence, écoutant d'une oreille distraite ce que racontaient les clients autour de lui. Les sujets de conversation étaient les mêmes que ceux qu'on pourrait avoir avec son voisin dans un wagon de la *platzkart*, la troisième classe du Transsibérien : les fins de mois difficiles, le prix du gaz, de la vodka, les résultats du dernier match, les magouilles des politiques… Parfois, on parlait aussi de la guerre dans l'Est et les conversations baissaient d'un ton. Il y avait le fils d'untel qui s'était engagé sur le front, la fille d'un autre qui était infirmière bénévole là-bas… Après un silence, on changeait rapidement de sujet.

Une fois rassasié, il roula vers la zone, direction Poliske. Le long de la route alternaient des forêts tranquilles et des champs abandonnés, plantés çà et là de panneaux triangulaires annonçant une zone gravement contaminée, tristes épouvantails qui n'effrayaient pas les gros corbeaux chassant les rongeurs dans les herbes hautes. Il roula deux bonnes heures avant que Poliske n'apparaisse au détour d'une rangée d'arbres. Déserte et silencieuse, la bourgade semblait retenir son souffle. Difficile d'imaginer qu'avant l'accident nucléaire, c'était la deuxième plus grande ville de la région et qu'elle comptait plus de douze mille âmes.

Comme il n'avait aucune idée de l'endroit exact où vivait cette Kazimira que Léonid Sokolov était venu trouver ici, il roula lentement dans les rues désertes à la recherche de traces de vie : de la lumière à la fenêtre borgne d'un immeuble, une cheminée qui fumait, un potager entretenu près d'une vieille isba, un chat ou un chien domestique.

Sur le mur de l'ancien magasin central, un graffiti proclamait que les habitants de Poliske étaient des Judas, qu'on se souvenait toujours de son pays natal, que les fleurs poussaient sans eux et que les tombes de leurs parents ne leur pardonnaient pas d'avoir abandonné la ville. Une chanson d'avant la chute du régime communiste se mit à trotter dans la tête de Rybalko :

Mon adresse, ce n'est pas une maison ni une rue
Mon adresse, c'est l'Union soviétique.

Ici aussi, comme à Pripiat, c'était encore l'URSS, usée, crépusculaire, pourrissante. Le long des rues les maisons effondrées se succédaient. Parfois, certains jardins étaient plantés d'un panneau annonçant que le propriétaire vivait encore là, mais personne ne répondait quand on appelait, les isbas branlantes restaient silencieuses. Dans l'une d'elles, un arbre avait même poussé, crevant de ses branches tordues les fenêtres du rez-de-chaussée. Une sorte de naturalisation inversée, songea Rybalko : l'inanimé redevenait vivant.

Près de l'église, il trouva une vieille femme assise sur un banc. Ce n'était pas Kazimira, mais elle lui indiqua le chemin jusqu'à sa maison. Il roula jusqu'à arriver à une isba en bois aux volets bleus. Dans le jardin, derrière le potager entouré d'une clôture en mauvais état, il remarqua un fil à linge chargé de vêtements de femme.

— Holà, il y a quelqu'un ?

Il attendit un instant, puis fit le tour du potager, et quand il revint vers la porte d'entrée, il aperçut une vieille femme qui remontait péniblement la route en traînant derrière elle un petit chariot plein de bois mort.

— Bonjour, babouchka, lui lança Rybalko.

244

Le visage boucané de la vieille femme s'éclaira d'un sourire aussi édenté que la clôture autour de sa maison.

— Américain? Journaliste? lui demanda-t-elle en articulant exagérément.

— Soviétique. Je suis né dans la région. Vous êtes Kazimira?

— Oui, c'est bien moi.

— J'ai des questions à vous poser sur un homme qui est peut-être venu vous voir. Est-ce que le nom de Léonid Sokolov vous dit quelque chose?

— Le fils d'Olga? Il est passé il y a un mois environ.

— Olga? Vous connaissiez sa mère? s'étonna-t-il.

— Bien sûr. Nous étions collègues. On travaillait toutes les deux dans une école de Pripiat avant la catastrophe.

Elle plissa les yeux pour bien l'observer.

— Mais je sais qui tu es. Tu es le fils de la poétesse! Le petit Pouchkine! s'exclama-t-elle.

L'émotion le saisit à la gorge. Il ne s'attendait pas à ce que quelqu'un ici le reconnaisse. Ni qu'on lui rappelle son enfance et le surnom que lui donnait sa mère. Pouchkine… Elle l'avait baptisé Alexandre en hommage au plus célèbre des romanciers russes, Alexandre Sergueïevitch Pouchkine, qui était métis lui aussi. La mère de Rybalko était la seule femme de couleur de la ville. Une camarade cubaine qui travaillait au Palais de la culture et faisait rimer le russe avec un délicieux accent.

— Viens, entre, lui lança la babouchka. Tu prendras bien du thé?

Bien que pressé, il ne se sentait pas le cœur de dire non. Il proposa de l'aider à porter le bois, mais elle refusa et cahota lentement jusqu'à la maison en traînant son chargement. À l'intérieur, l'isba avait des allures d'épicerie de campagne. Les étagères étaient garnies de bocaux joufflus. Cornichons, tomates séchées, fraises, champignons. Il y avait aussi des boîtes de *touchonka*, des conserves de bœuf. De quoi tenir des semaines. La plupart des produits semblaient venir de son potager ou de la forêt alentour, comme les herbes aromatiques, menthe et sarriette, qui séchaient au plafond tête en bas. Dans la courette derrière la maison, on apercevait un haut tas de bûches incrustées de quelques objets récupérés dans des bâtiments abandonnés, pieds de chaise, tiroirs de commode et autres rampes d'escalier débitées en tranches. Plus personne n'en avait besoin, après tout, autant s'en servir comme bois de chauffage.

— Ça fait longtemps que vous vivez ici? demanda Rybalko.

— Depuis quelques années, répondit-elle, évasive. La vie à Slavutich ne me convenait plus. J'habitais dans un appartement. J'avais du mal à joindre les deux bouts. Ici, j'ai mon potager, et la forêt qui fournit presque tout, de quoi me chauffer en hiver, de quoi améliorer le quotidien des repas aux autres saisons, avec des baies, des herbes et des racines.

L'eau était chaude. Kazimira servit le thé. Au moment de le boire, il aperçut par la fenêtre le puits dans le jardin et réalisa que l'eau qu'il s'apprêtait à ingurgiter venait de là. Il songea au parcours de la pluie à travers les strates polluées du sol, puis au cheminement du liquide irradié descendant dans sa gorge, dans son œsophage, stagnant dans l'estomac, puis rayonnant de là dans tout son corps.

Il éloigna la tasse de ses lèvres.

— Il y a un problème? demanda Kazimira.

Elle sirotait son thé tranquillement, tandis qu'il restait comme paralysé. Le ridicule de la situation lui apparut soudain. De quoi avait-il peur au juste? Il lui restait moins de six mois à vivre. Ne pas boire cette eau alors qu'il avait soif était devenu aussi inutile que de s'inquiéter des bandeaux sur les paquets de cigarettes avertissant que fumer provoque une mort lente et douloureuse.

— Tout va bien, dit-il avant de tremper ses lèvres dans le liquide chaud. Le thé est très bon.

Ils discutèrent pendant près d'une heure de la vie dans la zone. Il apprit qu'il n'y avait pratiquement que des femmes dans les villages abandonnés. La plupart des hommes étaient morts depuis longtemps, à cause de la dépression, de l'alcool et des radiations.

Le regard de la babouchka s'embua et elle se mit à contempler avec nostalgie une étoffe d'environ quarante centimètres de large qui pendait à un mur de la cuisine. D'une blancheur immaculée, le tissu était recouvert de délicates broderies rouges et noires. En détaillant les motifs, il comprit qu'il s'agissait du *rouchnik* que la vieille dame avait confectionné elle-même pour son mariage. Quand il s'était marié avec Marina, on leur avait noué les mains avec une étoffe du même genre pendant la cérémonie à l'église.

Un couple d'oiseaux se faisaient face au bas de la pièce de lin. Or, il savait que chaque dessin du *rouchnik* avait un sens caché. Pris d'une intuition, il demanda à Kazimira :

— Que représentent ces oiseaux ?

— Les colombes ? Elles symbolisent l'harmonie et l'amour entre les nouveaux mariés.

— On brodait parfois des hirondelles sur les *rouchniki* ?

Elle réfléchit un instant.

— Des paons, oui, des coqs, j'en ai vu, mais des hirondelles, ça ne me dit rien.

— Et des faucons ?

— Des faucons… oui, ça arrivait. En fait, je me souviens qu'il fallait juste éviter de broder un rossignol, parce qu'il représente le coureur de jupons qui attire les jeunes filles par ses belles paroles, comme l'oiseau attire ses partenaires par son chant. Et le coucou également, qui symbolise les veuves.

Un faucon, une hirondelle… et si le tueur utilisait une symbolique se référant aux anciens rites slaves ? Rybalko enregistra cette idée dans un coin de son esprit et décida qu'il était temps de questionner la babouchka sur la visite du fils de Vektor Sokolov :

— Pourquoi Léonid est-il venu vous voir ?

— Il voulait parler de sa mère. Nous avons travaillé ensemble pendant des années.

— Qu'est-ce qu'il désirait savoir, en particulier ?

Elle tourna entre ses doigts fripés sa tasse à thé vide.

— Pourquoi t'intéresses-tu à ça, Alexandre ?

— Son père m'a demandé d'enquêter sur lui. Léonid a été assassiné.

Elle hocha tristement la tête.

— Je savais qu'il prenait des risques en revenant ici. Il m'a dit qu'il cherchait la vérité sur la mort de sa mère. Il avait de bonnes raisons de croire que le tueur était toujours en vie et qu'il habitait dans la zone.

— Comment pouvait-il en être aussi sûr ?

— Il avait des preuves. Un médaillon ayant appartenu à Olga. Il y avait sa photo à l'intérieur.

— Il vous l'a montré ?

— Oui. Il m'a dit qu'elle le portait le jour de son assassinat. Il m'a raconté qu'il l'avait fait examiner par un laboratoire et qu'on y avait trouvé des traces de deux ADN : celui de sa mère et celui d'un homme qui n'était pas son père. C'est pour ça qu'il était revenu dans la région. Il voulait retrouver celui à qui appartenait cet ADN.

— Autant chercher une aiguille dans une botte de foin.

— Apparemment, il avait un suspect en tête.

— Qui ?

— Je pense qu'il soupçonnait Piotr Leonski.

— Le mari de la femme assassinée en même temps qu'Olga ?

— C'est ça. Larissa Leonski. Elle travaillait aussi à l'école avec Olga et moi. Et Léonid m'a demandé…

Elle hésitait à poursuivre. Rybalko l'encouragea du regard.

— Il m'a demandé si je pensais qu'elle trompait son mari.

— Est-ce que c'était le cas ?

Kazimira sembla gênée d'évoquer les mœurs de Larissa.

— C'était une femme assez… libérée. Mais je ne sais pas si c'était juste une façade ou si elle avait vraiment des relations avec d'autres hommes que son mari. Il y avait des rumeurs, bien sûr, mais Olga disait que c'était des mensonges. C'était normal qu'Olga prenne sa défense. Leurs filles jouaient ensemble, elles s'invitaient régulièrement à dîner, elles faisaient partie des mêmes clubs…

— Attendez : leurs filles ? Olga et Vektor Sokolov ont eu une fille ? s'étonna Rybalko.

Il n'avait vu que des photos de Léonid chez Sokolov, et s'était dit que le jeune homme était fils unique.

— Bien sûr. Elle passe me voir, parfois, quand elle vient travailler dans le coin. Vous la connaissez peut-être. Elle s'appelle Ninel.

Une demi-heure plus tard, il sortait de chez Kazimira, la tête pleine de questions. Découvrir que Ninel était la fille de Sokolov l'avait estomaqué. Pourquoi n'avait-elle pas mentionné ça dès les premières minutes de leur rencontre? Pourquoi avait-elle caché ses liens avec Léonid?

Dehors, le pick-up de l'association 1986 penchait bizarrement d'un côté. En arrivant à sa hauteur, il constata que les deux pneus étaient dégonflés. Heureusement, sous la bâche qui fermait le plateau à l'arrière du véhicule, il trouva une paire de roues de secours. Les crevaisons devaient être fréquentes dans le coin, songea-t-il en relevant les manches de son pull.

Il était en train de changer le premier pneu quand un tout-terrain noir apparut au carrefour et remonta lentement la rue pour s'arrêter à sa hauteur. La vitre côté passager se baissa et un type au visage sévère le toisa de la tête aux pieds.

— Vous êtes nouveau par ici? lui lança l'inconnu.

Il avait les cheveux coupés très court et quelque chose de martial dans la posture, comme s'il s'agissait d'un ancien militaire.

— Je travaille avec l'association 1986, répondit Rybalko en désignant le logo sur la porte du pick-up.

— Ah ouais, vous bossez pour les deux emmerdeuses.

Le type appuya son coude sur la portière. Sur son avant-bras, il y avait un tatouage d'aigle, façon IIIᵉ Reich. Rybalko se tendit brutalement. Il réalisa qu'il était en face d'un des types qui avaient saccagé le local de Ninel.

— Vous devriez éviter de vous balader comme ça dans la zone, continua le tatoué tout en s'allumant une clope. C'est un endroit dangereux. Elles ne vous ont pas parlé de ça, vos copines ?

L'adrénaline affluait dans les veines de Rybalko. Il était au milieu de nulle part, sans arme et sans moyen d'appeler des secours. Son regard se tourna vers le démonte-pneu qu'il avait laissé sur le plateau arrière du pick-up. Aurait-il le temps de s'en saisir, si ça tournait mal ?

— Il y a les radiations, reprit le tatoué. Mais ça, c'est pas le pire. Il peut arriver des tas de mauvaises choses. T'as entendu parler de ce Russe qu'on a retrouvé mort à Pripiat ? C'était un type comme toi, qui n'avait rien à faire dans le coin et qui n'y connaissait rien. Il a dû tomber sur un os, tu vois ? Alors à ta place, je me barrerais vite fait. C'est pas un endroit pour les Russkoffs ni pour les culs noirs…

La colère gronda en lui, mais il essaya de ne rien laisser paraître.

— Ici, les curieux ne vivent pas vieux. Ils se font descendre, et parfois, on ne retrouve jamais leur corps. On les fout dans une cave et on met le feu à la baraque au-dessus. Et vu que tout est irradié, personne ne viendra jamais voir ce qu'il y a en dessous. Alors un conseil : dégage d'ici, *negro*.

Le tatoué jeta son mégot aux pieds de Rybalko et le tout-terrain démarra en trombe, le laissant seul avec ses pneus crevés. En les examinant de plus près, il constata qu'ils avaient été transpercés d'un coup de poignard.

LA VIE D'UN AUTRE

21

Après sa déconvenue au Pic-vert russe, le capitaine Melnyk décida de se concentrer sur la piste du KGB. Grâce à Oksana, il apprit que les archives des services secrets soviétiques étaient conservées à Kiev, dans un bâtiment appartenant au SBU, le service d'espionnage qui avait remplacé le KGB après l'indépendance du pays. Cerise sur le gâteau : depuis une loi votée après la révolution de Maïdan, les archives étaient accessibles à tous les citoyens ukrainiens, ce qui lui évita de perdre un temps précieux en paperasserie administrative.

Parvenir à la salle de lecture des archives fut presque plus compliqué en comparaison. Comme le bâtiment abritait des services actifs du SBU, l'accès était sévèrement réglementé. À l'accueil, il fallait appeler un archiviste depuis un antique téléphone à cadran rotatif, puis attendre qu'il descende de son bureau pour vous accompagner à un portique de sécurité surveillé par un garde qui filtrait le passage vers les zones sensibles du bâtiment. Après un contrôle d'identité, on pouvait pénétrer dans la salle de lecture, une pièce austère et relativement petite où s'affairaient des historiens ou de simples citoyens avides de savoir ce qui était arrivé aux membres de leur famille pendant la dictature communiste. La salle pouvait accueillir six personnes au maximum, huit en se serrant. Toutes les places étant réservées, on poussa exceptionnellement jusqu'à neuf, au grand désarroi de ceux qui étaient déjà installés sur un bout de table minuscule.

L'archiviste fit patienter Melnyk un instant, puis réapparut avec une boîte en carton grisâtre ainsi qu'une paire de gros écouteurs du genre de ceux que portaient les pilotes d'avion.

— Il y a des cassettes en plus du dossier papier, expliqua le fonctionnaire de la SBU.

— Elles sont encore en état d'être lues après trente ans?

— Ça, c'est vous qui me le direz. Je vous ai trouvé un vieux lecteur dans la réserve.

L'archiviste désigna, sur le coin de table qu'on lui avait attribué, une grosse brique de plastique noire que Melnyk reconnut en souriant. C'était un Légende-404, une authentique pièce de musée. En posséder un au milieu des années 1980 était un véritable privilège.

— Je ne pensais pas qu'on avait encore un de ces vieux bidules de *sovok*. Je ne vous demande pas si vous savez vous en servir, vous avez dû connaître ça dans votre jeunesse, ajouta l'archiviste d'un ton amusé.

Melnyk le toisa silencieusement. En argot russe, le mot *sovok* pouvait se traduire par «pauvre ringard soviétique». On l'utilisait aussi pour désigner les pelles avec lesquelles on ramassait la poussière après un bon coup de balai. L'archiviste avait la vingtaine. Il appartenait à la génération Coca-Cola, iPhone et Internet, qui considérait d'un œil narquois les vestiges du monde d'avant. *Sovok*, les vieilles Lada bringuebalantes. *Sovok*, l'*Homo sovieticus*. Melnyk lui-même devait être un *sovok* aux yeux du jeune Ukrainien.

L'archiviste lui tendit le dossier et les écouteurs, puis désigna le surveillant de la salle :

— Si vous avez besoin de quoi que ce soit, demandez à mon collègue. Vous pouvez faire des photocopies des documents ou même des photos avec votre téléphone, mais il est interdit de sortir les archives de cette salle. On a également un scanner, si nécessaire. Pour les cassettes, je crains que nous n'ayons rien pour les transférer sur un autre support, donc je vous conseille de les retranscrire manuellement.

— Ça risque d'être un peu long.

— Vous avez jusqu'à la fermeture.

D'après ses souvenirs, les cassettes des années 1980 pouvaient contenir entre une et deux heures d'enregistrement. Vu l'heure qu'il était, il était hautement probable qu'il n'aurait pas le temps de tout retranscrire aujourd'hui. Et puis il y avait le dossier à proprement parler, qu'il faudrait photocopier.

— Je suis ici pour une enquête criminelle, pas pour savoir comment Staline a tué mon grand-père. Il n'est pas possible d'emporter les cassettes ?

— Le règlement est le règlement. Toutefois, si vous n'avez pas terminé, on peut vous mettre de côté vos documents pendant quelques jours.

Melnyk n'insista pas. Il s'installa à son coin de table et ouvrit la boîte d'archives. À l'intérieur, il y avait un rapport d'enquête, un gros pavé de trois cents pages. Les feuillets dégageaient l'odeur typique du vieux papier soviétique, un fumet entre la moisissure et le poisson séché. Il les mit de côté et se concentra sur la cassette audio. Il l'inséra dans le lecteur et posa les écouteurs sur ses oreilles. Au moment de presser le bouton Lecture, il pria pour que la bande soit toujours audible.

D'abord, il n'y eut qu'un bruit blanc qui le ramena une trentaine d'années en arrière, quand il écoutait de la musique chez des amis assez riches pour avoir un lecteur de cassettes. Lui devait se contenter de la vieille platine vinyle de ses parents et de disques pirates confectionnés sur des machines à graver Pyral. Jusqu'aux années 1960, comme le régime soviétique censurait largement la musique occidentale, il fallait faire avec les moyens du bord pour se procurer les derniers standards à la mode de l'autre côté du rideau de fer. Jamais à court d'idées, les pirates volaient des radiographies dans les hôpitaux, faisaient un trou au milieu avec une cigarette incandescente, taillaient la radio en une galette bien ronde et gravaient dessus la musique. C'est comme ça qu'adolescent, Melnyk s'était retrouvé à la tête de l'étrange collection de disques de son père, une vingtaine de standards américains enregistrés sur des radios de cages thoraciques.

Sauf que ce ne fut pas du rock américain qui jaillit des écouteurs, mais la voix grave d'un agent du KGB :

— *Interrogatoire de Piotr Leonski, daté du 15 juillet 1986. Camarade, présentez-vous.*

La voix était autoritaire, cassante, une voix qui ordonne, pas qui demande. Celle de Leonski était frêle et hésitante en comparaison :

— *Je m'appelle Piotr Mikhaïlovitch Leonski. J'ai vingt-six ans et je suis né à Kiev. Mon père était ouvrier dans une usine métallurgique et ma mère conductrice de bus. Mais j'ai déjà dit tout ça, est-ce vraiment nécessaire de répéter…*

— *C'est à moi de juger ce qui est nécessaire et ce qui ne l'est pas. Nous répéterons aussi longtemps et autant de fois que je le voudrai, camarade Leonski, est-ce clair ?*

— *Oui, camarade colonel.*

— *Pour commencer, parlez-moi de vous.*

— *De… de moi ? Qu'est-ce que vous voulez savoir ?*

— *Tout.*

— *Je ne comprends pas.*

— *Je veux que vous me racontiez votre vie depuis votre naissance jusqu'à ce jour, camarade.*

— *Mais pourquoi…*

— *Faites ce que je vous dis.*

Suivit un long récit entrecoupé de questions souvent intimes et gênantes : aimait-il plus son père ou sa mère ? Aurait-il rapporté leurs activités antisoviétiques ? Sa première petite amie pratiquait l'orthodoxie en secret, était-il au courant ? Qu'est-ce que ça lui faisait de savoir qu'elle avait été déportée dans un goulag, en Sibérie ?

— *Parliez-vous à votre femme de votre activité à la centrale?*

— *Très peu. Je veux dire, pas du tout.*

— *« Pas du tout » et « très peu » sont deux choses qui n'ont rien à voir, camarade Leonski.*

— *Je voulais dire que je ne lui parlais pas du travail en lui-même, mais de ce qu'il y avait autour. Je lui disais : « On a beaucoup travaillé et je suis fatigué » ou alors : « Aujourd'hui, untel a raconté une histoire à la cantine et on a bien rigolé. »*

— *Racontez-moi cette blague.*

— *P… pardon?*

— *Vous avez entendu. Racontez-moi cette blague.*

— *C'est… c'est un groupe d'ouvriers qui passe devant une école et il y a une fenêtre ouverte… le maître est en train de faire réciter les tables de multiplication à un des élèves et… hem…*

— *Continuez.*

— *Le maître demande : « Combien font six fois six? » et l'élève répond très vite : « Trente-sept. »*

— *Six fois six font trente-six*, répondit la voix glaciale de l'enquêteur.

— *Je sais, mais c'est ça qui est drôle, parce que l'un des ouvriers se tourne vers le reste du groupe et leur dit : « Trente-sept! Décidément, depuis qu'Andreï Gromyko est au pouvoir, tout augmente! »*

Un silence tacheté de grésillements accueillit la chute de l'histoire.

— *Est-ce que vous remettez en question la politique de nos dirigeants, camarade Leonski?*

— *Non, bien sûr que non!*

— *C'est pourtant ce que vous venez de faire.*

— *C'était juste une blague.*

— *Avez-vous pour habitude de faire des blagues antipatriotiques?*

— *Non, non… c'est plutôt mes collègues qui en font.*

— *Pouvez-vous me donner leurs noms?*

— *Je… je ne sais plus.*

— *Allons, camarade, vous vous souvenez certainement du nom de l'auteur de cette blague. À moins que vous ne préfériez que la responsabilité de ses paroles ne retombe sur vous.*

Piotr Leonski retrouva subitement la mémoire :

— *Anton Winograd. C'est lui qui fait des blagues.*

— *Merci, camarade. Nous allons faire une pause, le temps que je transmette ces informations.*

Un silence gênant s'installa. Melnyk regarda autour de lui les autres chercheurs absorbés dans la lecture de leurs dossiers. Avec ses écouteurs sur les oreilles, il avait l'impression d'être un policier de la Stasi en train d'espionner une conversation privée entre deux citoyens est-allemands. Il feuilleta le dossier pour essayer de repérer le nom de l'enquêteur du KGB, mais ne trouva qu'un numéro de matricule qu'il nota sur son carnet.

— *Reprise de l'interrogatoire du camarade Leonski. Ces derniers temps, est-ce que votre femme vous parlait davantage de votre travail à la centrale?*

— *Est-ce qu'Anton va avoir des problèmes?*

— *Vous risquez bien plus que lui dans cette affaire. Répondez à la question.*

— *Non. Elle savait qu'elle ne devait pas poser de questions à ce sujet.*

— *En êtes-vous certain?*

— *Oui, pourquoi?*

— *Pour évacuer de manière formelle une hypothèse qui donne des sueurs froides à mes supérieurs, camarade Leonski. Votre femme avait accès à travers vous à des informations stratégiques sur le fonctionnement de la centrale…*

— *Mais je ne lui en parlais pas…*

— *Ne m'interrompez pas, camarade! Je disais : votre femme avait accès à des données précises sur la centrale à travers vous. La femme du camarade Sokolov, quant à elle, avait également accès à des informations sensibles, via son mari. Vous ne voyez pas où je veux en venir?*

— *Vous pensez que ma femme aurait participé à un genre de… complot?*

L'homme du KGB répondit sur le ton de la récitation :

— *Nous étudions actuellement toutes les hypothèses pouvant expliquer comment le réacteur numéro 4 de la centrale Vladimir Ilitch Lénine a pu exploser. L'une d'elles implique une intervention extérieure. Et par « extérieure », j'entends des pays capitalistes, l'Amérique en particulier. Si les Américains ont causé l'explosion, ils avaient forcément des informations précises permettant de mettre au point leur sabotage. Il leur fallait des contacts, des gens bien placés prêts à leur délivrer nos secrets nucléaires. Or je sais que votre femme avait de la famille à Berlin. Une partie à l'Est, l'autre à l'Ouest.*

— *Elle n'était plus en contact avec eux depuis longtemps. Ceux de l'Ouest, je veux dire.*

— *Saviez-vous qu'elle avait un frère surveillé par la Stasi?*

Leonski sembla tomber des nues en entendant que son beau-frère était dans le collimateur du ministère de la Sécurité d'État est-allemand.

— *Mais pourquoi? Qu'est-ce qui lui est reproché?*

— *Cela ne vous concerne pas. Sachez seulement que nos camarades est-allemands ont de bonnes raisons de croire qu'il se livre à des activités antisoviétiques. Si nous sommes au courant, les Américains le sont aussi. Ils ont peut-être proposé à votre femme de l'exfiltrer de Berlin en échange de renseignements.*

— *Tout cela est fou! Jamais elle n'aurait aidé les ennemis de notre peuple!*

— *En êtes-vous sûr? Vous passiez beaucoup de temps à la centrale. Elle aurait pu faire ça dans votre dos.*

— *Je l'aurais su. Elle n'aurait pas pu me cacher quelque chose d'aussi grave.*

— *Donc, rien dans son comportement ne vous a paru suspect?*

La bande de la cassette déroula un long silence. L'officier du KGB s'impatienta :

— *Alors?*

— *Elle était un peu plus distante, mais c'est tout. Mais je ne comprends pas où vous voulez en venir : si elle avait donné des informations aux Américains en vue de saboter la centrale, pourquoi l'avoir tuée, puisqu'elle les avait servis?*

— *Parce que c'est comme ça que fonctionnent les capitalistes. Une fois le forfait commis, ils se sont débarrassés de leur agent. Le nombre de coups de couteau serait juste un moyen de brouiller les pistes, pour faire croire à un crime passionnel.*

Melnyk songea à sa discussion avec Arseni sur son bateau à Strakholissya. Se pouvait-il vraiment que les deux femmes retrouvées mortes en 1986 aient été impliquées dans l'accident de Tchernobyl?

— *Je n'ai jamais parlé à Larissa de ce que je faisais à la centrale…*

— *Vous lui racontiez bien les bonnes blagues de votre ami Anton.*

— *Mais c'est tout! Je vous le jure.*

— *Bien. Espérons que votre beau-frère confirmera vos certitudes. Des camarades de la Stasi l'interrogent en ce moment même. Si sa sœur lui a parlé d'un marché avec les Américains, ils le sauront. Faites-leur confiance. Ils sont persuasifs.*

Melnyk frissonna malgré lui.

— *Changeons de sujet. Camarade, comment qualifieriez-vous vos relations avec votre femme?*

— *C'était l'amour de ma vie, la prunelle de mes yeux, c'était…*

— *Vous disputiez-vous?*

— *Bien sûr. Comme tous les couples.*

— *Est-ce que vous battiez votre femme?*

Une fois de plus, Leonski mit quelque temps à réagir, comme s'il soupesait la vérité à dire et celle à taire.

— *Alors, camarade?*

— *Non.*

— *Vous semblez indécis. Vous êtes sûr de votre réponse?*

— *Il y a peut-être eu une gifle ou deux, rien de grave.*

266

Melnyk songea qu'en URSS, comme en Ukraine aujourd'hui encore, les autorités avaient une tolérance coupable envers les violences conjugales. Leonski ne risquait pas grand-chose à avouer «secouer» sa femme de temps à autre. C'était malheureusement ancré dans les mœurs.

— *Qui aurait pu vouloir faire disparaître votre femme?*

— *Personne! Tout le monde l'appréciait.*

L'officier lui demanda de répéter ce qu'il faisait au moment où Larissa était assassinée. Leonski expliqua qu'il était à la centrale, dans l'équipe de nuit. Il travaillait sur un autre réacteur que celui qui avait explosé. Il raconta qu'après l'accident, il avait décidé de fuir et était parti chercher sa famille pour la mettre à l'abri. Ses jumelles passaient la nuit chez leurs voisins, pour fêter un anniversaire. Sa femme, quant à elle, était à leur datcha.

— *Votre femme a eu des rapports sexuels avant d'être tuée.*

— *C'est le tueur qui l'a violée.*

— *On a trouvé de l'alcool et deux verres dans l'évier. Votre femme portait des sous-vêtements de luxe. Elle était avec un amant.*

— *Je… Larissa ne fréquentait pas d'autre homme que moi.*

— *Comment pouvez-vous en être si sûr? Vous passiez beaucoup de temps à la centrale. Elle n'était peut-être pas seule à votre datcha. Voici un scénario possible : elle y retrouvait son amant, vous vous en êtes aperçu en venant la chercher et vous l'avez assassinée. Olga Sokolov a entendu du bruit, elle a frappé à la*

267

porte, puis ouvert. Elle vous a vu avec le couteau, vous l'avez tuée à son tour. Un coup net, dans la région du cœur.

— *J'aurais eu du sang partout!*

— *Vous étiez dans votre datcha. Il vous suffisait de vous changer et d'enterrer les vêtements tachés.*

— *C'est complètement fou! Et l'amant, que serait-il devenu?*

— *Vous avez peut-être attendu qu'il parte. Comme un lâche. Ou alors vous ne l'avez pas vu, mais vous avez senti sa présence. Une odeur sur la peau de votre femme. Une bouteille d'alcool et deux verres. La conclusion vous aura sauté aux yeux.*

— *C'est complètement dément!*

Impassible, l'homme du KGB continua sur sa lancée :

— *Si j'écarte le meurtre passionnel et le coup monté des impérialistes, il ne me reste donc qu'une seule autre possibilité. Et je ne suis pas sûr que vous l'apprécierez. Avez-vous entendu parler du tueur des lessopolossa, camarade?*

Lessopolossa… Melnyk nota le mot et le souligna de deux traits nerveux. Les lessopolossa étaient des terrains communaux boisés laissés à la disposition de la population par le pouvoir soviétique du temps de l'URSS. Chacun pouvait aller y puiser des ressources ou s'y balader, même si dans les faits elles servaient souvent de décharge improvisée. Il n'était pas rare qu'on retrouve des corps abandonnés dans ce genre de zones à l'époque. Quant à l'expression «tueur des lessopolossa», elle ne lui était pas inconnue.

— Il y a quatre ans, on a découvert le cadavre d'une fille de treize ans du côté de Donskoï, un bourg modeste près du fleuve Don, en Russie, à une centaine de kilomètres de la frontière ukrainienne. Son corps était caché dans une bande forestière entre un champ de maïs et une route menant à Zaplavskaïa, un petit village où justement une gamine avait disparu quelques jours plus tôt. Ça ne vous dit rien, je suppose ?

Le meurtre évoqué avait eu lieu avant le début de la glasnost, la politique de liberté d'expression mise en place à partir de 1986 en URSS. Avant ça, les journaux parlaient rarement des crimes et étaient largement censurés.

— Le cadavre de cette jeune fille était très abîmé. On était en plein été et les journées étaient chaudes, alors le corps était dans un état de décomposition avancé. Elle était nue, les jambes écartées. Elle avait les mains levées, comme si elle s'était protégée de son agresseur. Le légiste a dénombré vingt-deux coups de couteau, certains au niveau des parties génitales, d'autres au niveau des yeux, qui étaient… arrachés.

Melnyk sentit la nausée monter en lui en se souvenant des paupières couturées de Léonid Sokolov.

— Quelle horreur ! Comment quelqu'un peut-il faire des choses aussi atroces dans notre pays ?

La naïveté de Leonski le fit presque sourire. Au milieu des années 1980, la propagande communiste avait réussi à enfoncer dans le crâne des citoyens que les meurtres en URSS étaient rarissimes, contrairement à ce qui se passait dans les États capitalistes. Mais dans les faits, la police criminelle ne chômait pas. Quant aux viols et aux déviances sexuelles, on faisait comme s'ils n'existaient pas. En fait, on ne parlait de rien ayant trait à la sexualité de manière générale.

— *On a rapidement découvert d'autres cadavres dans des bandes forestières de la région,* continua l'officier du KGB. *Des femmes, encore, avec des traces de coups de couteau au niveau des yeux et des parties génitales. En tout, nous en sommes à l'heure où je vous parle à plus d'une dizaine de meurtres que l'on peut relier entre eux.*

Un tueur en série, songea Melnyk. À l'époque, les pays occidentaux, en particulier les États-Unis, commençaient à comprendre la mécanique particulière de ce genre d'assassins, mais pas les forces de l'ordre soviétiques. Pour la milice, habituée à gérer des crimes crapuleux, des meurtres sous l'emprise de l'alcool ou des homicides conjugaux, être confronté à quelqu'un qui tuait par plaisir en suivant un rituel précis était inimaginable.

Et si l'assassin d'Olga Sokolov et Larissa avait déjà fait d'autres victimes avant elles ? Il y avait des similitudes entre les cadavres laissés par le fameux tueur des lessopolossa et ceux des deux jeunes femmes de Pripiat. Larissa avait été frappée de multiples coups de couteau, certains portés au visage au point de lourdement la défigurer. Elle comme Olga avaient eu les yeux crevés. Le corps de Léonid Sokolov avait les paupières cousues. Peut-être que derrière ses yeux étaient crevés aussi. Ou arrachés, même.

— *Je crois savoir que vous avez de la famille à l'est de l'Ukraine, camarade Leonski. Vous leur rendez souvent visite ?*

— *Deux ou trois fois par an, tout au plus. Vous ne pensez tout de même pas que…*

— *Que vous êtes assez tordu pour avoir tué ces gens dans la région de Rostov ? Je n'en sais rien. Mais je n'hésiterai pas à vous mettre ça sur le dos si vous n'avouez pas le meurtre de votre femme et celui d'Olga Sokolov. Et là, les conséquences ne seront pas les mêmes. Un juge aura peut-être de la clémence pour un type qui tue son épouse sous l'emprise de la colère et qui supprime un témoin. Peut-être que vous n'écoperez que de la prison à vie. Mais pour dix meurtres sordides, c'est la peine de mort qui vous attend.*

Il y eut comme un cri de bête qui agonise, puis des sanglots. Leonski craquait. Après un long moment, sa voix tremblante s'éleva de nouveau :

— *Je suis innocent ! Tout cela n'a aucun sens. Je n'ai pas tué ma femme. Je n'ai pas tué Olga Sokolov. Jamais je ne dirai que je les ai assassinées, car c'est faux.*

— *Comme vous voudrez. Dans ce cas, à la fin de votre interrogatoire, nous allons vous replacer en cellule le temps qu'il faudra pour que la vérité sorte.*

— *Pour quel motif ? Vous n'avez rien contre moi !*

— *Vous avez déserté la centrale pendant un accident nucléaire majeur.*

— *Je l'ai fait pour sauver ma famille !*

— *Pour sauver votre peau,* corrigea l'officier du KGB. *Nous allons faire une pause, le temps que vous réfléchissiez à votre situation. Pendant ce temps, je vais appeler la milice de Rostovsur-le-Don pour leur dire que je tiens peut-être le meurtrier qu'ils cherchent depuis des années.* Fin de l'enregistrement.

22

Melnyk retira son casque et feuilleta le dossier d'enquête, sans apprendre grand-chose de plus. Quand il réalisa qu'il lui restait environ une heure avant la fermeture, il entreprit de photocopier intégralement le dossier afin de pouvoir continuer à y travailler chez lui. C'est là qu'il constata que certaines pages manquaient : elles avaient été découpées avec soin, avec des ciseaux ou une lame aiguisée.

Il demanda au responsable de la salle de lecture d'appeler l'archiviste qui lui avait sorti les documents. Quelques minutes plus tard, ce dernier débarquait.

— J'ai besoin de la liste de tous ceux qui ont consulté ces archives, lui demanda Melnyk à voix basse.

— Pour quelle raison ?

— Il y a une vingtaine de pages qui manquent. Quelqu'un les a découpées.

— Vraiment ?

Incrédule, l'archiviste rouvrit la boîte grise et feuilleta le dossier.

— C'est incroyable… les documents ne sortent pas d'ici et il y a toujours quelqu'un dans la pièce pour surveiller !

Melnyk jeta un regard au responsable de la salle, qui lisait tranquillement le journal.

— On ne peut pas dire que la surveillance soit implacable.

— Il y a aussi une caméra, précisa l'archiviste, comme pour dédouaner son collègue.

— Quoi qu'il en soit, quelqu'un a voulu faire disparaître ces pages.

Il n'y avait pas beaucoup d'intimité dans cette salle : difficile de découper une page sans que son voisin s'en rende compte. Il émit l'hypothèse d'une complicité interne, ce qui déplut à l'archiviste :

— Ici c'est le SBU. Mes collègues et moi-même ne vendons pas des archives comme de vulgaires marchands de tapis.

— Ce n'est pas ce que j'insinuais...

L'archiviste balaya l'air d'un revers de la main.

— Il y aura une enquête interne, soyez-en sûr.

— Et pour la liste des personnes qui ont...

— Je ne suis pas habilité à vous transmettre cette information. Mais je peux notifier votre demande à ma hiérarchie. Ça devrait prendre deux ou trois jours, maximum, avant qu'ils ne répondent.

Melnyk se pencha et lui murmura à l'oreille :

— Dans une affaire de meurtre, deux ou trois jours, c'est une éternité. Ce sont juste quelques noms. Ça vous prendra dix secondes.

— Ce n'est pas la procédure.

— Imaginez que je découvre que l'assassin a bel et bien supprimé une partie de l'archive. Si vos supérieurs apprennent que vous m'avez fait poireauter trois jours avant de me donner le nom des personnes qui ont consulté ce dossier, ça risque de vous retomber dessus, vous ne croyez pas?

Il lut de l'hésitation dans le regard de l'archiviste. Se conformer aux règles, ou bien les enfreindre légèrement pour se couvrir en cas de pépin... le fonctionnaire opta pour la solution la moins dommageable pour sa carrière.

— Je vais faire une demande officielle, qui je l'espère aboutira, répondit-il en haussant le ton.

Melnyk soupira.

— Comme vous voulez. Mais ce sera à vous d'en assumer les conséquences.

L'archiviste partit avec la boîte en carton et disparut un instant de la pièce, puis revint pour raccompagner le capitaine vers la sortie. Dans le couloir, un peu avant le portique gardé qui menait à l'extérieur de l'immeuble, il obliqua vers les toilettes.

— Mieux vaut se laver les mains après avoir consulté ces vieux papiers, dit-il avec un hochement de tête appuyé.

Une fois à l'intérieur, il vérifia qu'il n'y avait personne d'autre qu'eux, puis sortit de sa poche un petit bout de papier qu'il déplia.

— Il y a deux personnes qui ont consulté vos archives. Mémorisez les noms. N'écrivez rien.

Melnyk prit la note que l'archiviste lui tendait.

— C'est vous qui avez découpé les pages?

— Bien sûr que non! s'exclama le fonctionnaire, outré.

Il avait l'air plutôt sincère.

— Si vous proférez des accusations contre moi, prenez garde. Et si vous dites à quelqu'un que je vous ai donné ces informations, je vous promets que vous aurez des soucis.

— Je n'ai aucune raison de le faire. Dernière chose : j'ai remarqué que le nom de l'agent du KGB qui traitait le dossier n'apparaissait pas. À la place, il y avait un numéro d'immatriculation.

— Et vous voulez l'identité de ce type, soupira l'archiviste. Très bien : je vous enverrai un SMS dès que je l'aurai trouvé.

Satisfait, Melnyk examina les deux noms sur le morceau de papier. Le premier lui était plus que familier.

Léonid Sokolov.

Le second, en revanche, le surprit au plus haut point.

Officier Galina Novak.

23

Melnyk fulmina quelques insultes en sortant
des archives. Comment Novak, une gamine mutée
depuis quelques semaines dans son commissariat,
avait-elle pu le doubler en menant une contre-en-
quête dans son dos? Il sauta dans sa voiture et
décida d'aller directement chez elle. Il roulait trop
vite, et à un moment donné il entendit un hurlement
de sirène derrière lui. Dans le rétroviseur, des flashs
bleus striaient la vitre arrière de son véhicule. Un
gyrophare de flic. Appels de phares, clignotant droit.
Le conducteur voulait qu'il s'arrête. Il réalisa alors
que c'était une voiture de la brigade routière.

— *Blyad*, siffla-t-il entre ses dents.

Il se gara sur le bas-côté, bientôt imité par la voiture de patrouille. Un flic en sortit, un type jeune
avec un uniforme à l'américaine, comme Novak. Il
se pencha à sa vitre et lui demanda les papiers de
son véhicule.

Melnyk brandit sa carte de la milice :

— Je suis de la maison.

— Milicien, hein? dit le jeune flic en inspectant
la vieille carte aux coins usés par les frottements. Il

va quand même me falloir les papiers, capitaine. Et l'assurance.

Melnyk soupira et se pencha pour fouiller dans la boîte à gants. Il en sortit les documents demandés. Après les avoir examinés, le type se décala légèrement et regarda la roue avant.

— Dites donc, elle a l'air d'avoir besoin de pneus neufs, cette voiture.

La dernière fois qu'il avait contrôlé ses pneus, ils étaient à la limite de l'usure. Il devait les changer il y a plus d'un mois.

— Dès que l'État m'augmente, je les change, dit Melnyk en s'efforçant de sourire.

Le jeune flic attrapa son carnet de contraventions.

— Désolé, capitaine, je vais devoir vous verbaliser.

— Vous vous foutez de ma gueule ?

C'était sorti plus haut et plus fort qu'il ne l'aurait voulu. Il essaya de tempérer :

— Écoutez, là je reviens des archives de la SBU, je suis en train de mener une enquête sur un meurtre.

— Vous conduisez un véhicule privé, pas une voiture de fonction. Je suis désolé, mais je ne peux rien faire, répondit le flic, l'air pincé. C'est la nouvelle politique. Aucun passe-droit.

Melnyk lorgna à travers le rétroviseur vers le véhicule de patrouille du type. C'était une Toyota Prius flambant neuve, une voiture hybride fonctionnant aussi bien à l'essence qu'à l'électricité. « Des véhicules propres pour des flics propres », avait déclaré un des responsables de la communication gouvernementale. Quelle connerie. Est-ce qu'ils allaient aussi déployer des tanks électriques dans le Donbass ? Il pensa encore à son fils, stationné avec son unité dans les environs de Donetsk, à leurs chars soviétiques rafistolés, à leur manque de moyens. Pendant ce temps, à Kiev, des gamins formés par des cow-boys américains patrouillaient dans de belles voitures japonaises. Et lui, dans la zone, conduisait tous les jours un véhicule tellement usé qu'il était bon pour la casse.

Quelle hypocrisie.

Sur le volant, les jointures de ses mains étaient blanches tant il les serrait pour éviter d'exploser. Il était en colère. Contre sa femme, contre Novak, contre l'État, contre les insurgés du Donbass, contre les policiens, contre ce gamin qui lui mettait une amende qu'il ne méritait pas. Sur le fond, il était d'accord pour qu'on éradique la corruption rampante dans la police et qu'on en finisse avec les régimes d'exception, les arrestations arbitraires et les petits billets glissés dans le permis de conduire pour «remercier» les flics. Mais si ce même gouvernement avait daigné lui procurer un salaire décent et versé dans les temps, si l'armée avait été capable de fournir à son fils un équipement militaire standard, si enfin il n'avait pas été obligé de prendre sa voiture personnelle pour enquêter sur un meurtre parce que tous les autres véhicules de son commissariat étaient réquisitionnés ou bien en panne, jamais il ne se serait retrouvé à rouler avec des pneus lisses. Et ça, ça le foutait en rogne.

— Vous bossez où? demanda le jeune policier, croyant détendre l'atmosphère.

— Dans la zone, marmonna Melnyk entre ses dents.

— Les quartiers nord? Quel commissariat?

— Je bosse à Tchernobyl, pas à Kiev.

— Ah.

L'officier recula d'un pas pour rédiger sa contravention. Sur son visage se peignait l'expression typique du piéton qui vient d'éviter une merde fumante sur un trottoir verglacé. C'était l'humiliation de trop :

— C'est comme ça que vous faites un contrôle routier ? lui balança Melnyk.

— De quoi ? dit le jeune officier en levant la tête.

Il bondit hors de sa voiture.

— Remontez dans le véhicule, capitaine…

— Il faut être plus sérieux que ça. On ne vous a pas appris la procédure dans votre nouvelle école pour superflics ? Il faut faire une fouille complète. Chercher des produits illicites.

Il passa à l'arrière de la voiture et ouvrit le coffre.

— Regardez là-dedans. Allez-y. Je ne m'oppose pas à la fouille.

— Ça ira, capitaine, vous êtes de la milice et…

— Ah, parce que maintenant ça compte ?

Le jeune flic fronça les sourcils, mais ne trouva rien à répondre.

— Et le moteur ? On ne le vérifie pas ?

Melnyk ouvrit le capot.

— Allez-y. Mettez vos mains là-dedans, pour vérifier si tout est en ordre.

Le jeune flic restait pétrifié, incapable de faire un pas en avant.

— Alors ? Qu'est-ce qui vous retient ? Ne vous inquiétez pas. Elle n'est pas si radioactive que ça.

— Ça ne m'amuse pas, capitaine.

— Moi non plus, mon gars, ça ne me fait pas rire. Je n'aime pas les gens qui font leur travail à moitié. Alors tu fais l'inspection de cette bagnole dans les règles, ou j'appelle ton chef pour lui expliquer comment tu bâcles ton boulot.

Le jeune flic hésita.

— Et on se dépêche : mon travail à moi, ce n'est pas juste de faire chier mes collègues, j'ai un meurtre sur les bras.

Lentement, le type rangea son carnet de contraventions.

— C'est bon, circulez. Mais changez-moi ces pneus. Vous vous mettez en danger en roulant avec ça.

L'ironie involontaire de la remarque fit presque sourire Melnyk. Tous les jours, dans la zone, il prenait dix fois plus de risques rien qu'en respirant.

— Je les change dès que l'État m'augmente, répéta-t-il en remontant dans son véhicule.

Il démarra en trombe. Sans doute aurait-il dû se sentir soulagé. Au lieu de quoi il était encore plus agacé. Peut-être parce que le flic de la brigade routière lui faisait penser à Novak, avec son uniforme à la con.

Il arriva devant son immeuble une dizaine de minutes plus tard. Il frappa à la porte. Novak ouvrit.

— Capitaine ? s'étonna la jeune femme.

Son visage exprimait une sincère surprise, qui se transforma en crainte quand Melnyk la poussa en arrière et entra dans l'appartement.

— À quoi tu joues, gamine ? Pourquoi tu enquêtes dans mon dos sur le double meurtre de 86 ?

— Le double meurtre… mais de quoi vous parlez?

— Ne te fous pas de ma gueule. Je suis allé aux archives. Je sais que tu as consulté le dossier du KGB.

Novak était livide. Soudain, une voix s'envola depuis l'autre bout de l'appartement :

— Chérie? C'est quoi ce bruit?

Melnyk se recula. Un instant plus tard, un jeune homme apparut dans le hall. Brun, les yeux noisette, il portait un costume gris et des chaussures impeccablement cirées.

— Il y a un problème? demanda-t-il.

Se ressaisissant, Novak fit les présentations :

— Vassili, voici le capitaine Melnyk. C'est mon supérieur au commissariat. Capitaine, je vous présente mon mari, Vassili.

Pris au dépourvu, Melnyk se contenta de hocher la tête.

— Eh bien, Galina, ne laisse pas le capitaine planté là. Venez, entrez, on allait prendre un café.

— Le capitaine Melnyk est certainement pressé de…

— Un café, ce sera parfait, répondit Melnyk.

Le visage de Novak se décomposa encore un peu plus.

— Super! s'enthousiasma son mari. Je lance trois cafés.

Il disparut dans la cuisine. Melnyk retira sa veste et la colla dans les mains de Galina.

— Vous ne pouvez pas rester, chuchota-t-elle.

— Je vais me gêner.

Un percolateur se mit à bourdonner et l'odeur du café chaud commença à envahir l'appartement.

— Ne parlez pas de Tchernobyl, je vous en supplie, lui souffla la jeune femme tandis qu'ils remontaient le hall.

Le salon de Vassili et Galina Novak montrait que le couple jouissait d'une certaine aisance financière. Ordinateur, grande télévision, meubles neufs… Vu la paye de Galina, c'était très certainement le travail de son mari qui assurait leur train de vie.

Un peu piteuse, elle regarda ses chaussures pendant que Vassili déposait sur la table un plateau en argent avec trois cafés fumants.

— Alors, capitaine, lança-t-il. Quoi de neuf dans votre commissariat ? Est-ce que vous planchez sur des enquêtes palpitantes ? Galina ne me parle jamais de rien.

— C'est une petite cachottière, dit Melnyk d'un ton entendu. Elle se mit à rougir.

— Actuellement, on travaille ensemble sur un meurtre, poursuivit-il d'une voix assez neutre pour que Vassili ne soupçonne pas l'ironie de ses propos. Une affaire qui remonte à 1986.

— Un *cold case* ? Et le meurtre date de l'année de l'explosion de la centrale ? C'est passionnant. Et toi tu ne me dis rien ? lança-t-il à sa femme en lui pinçant le gras de l'épaule.

— C'est juste une vieille histoire sans intérêt, répondit-elle. On enquête là-dessus parce qu'il n'y a rien d'autre de très palpitant à se mettre sous la dent en ce moment.

— Tu devais t'y attendre. Dans une ville comme Ivankiv, il ne doit pas y avoir beaucoup de problèmes à gérer pour la police.

— Ivankiv? s'étonna Melnyk.

Ivankiv était à cinquante kilomètres de Tcherno-byl, en zone sûre. Melnyk se tourna vers Novak. Le regard de la jeune flic semblait l'implorer : *Par pitié, ne dites rien.*

— C'est vrai que je ne m'attendais pas à quelque chose d'aussi calme en étant *mutée là-bas*, dit-elle en articulant exagérément. Chéri, tu pourrais nous apporter du lait ?

— Bien sûr.

Elle suivit son mari des yeux jusqu'à ce qu'il dispa-raisse dans la cuisine. Quand elle entendit une porte de placard grincer, elle se pencha vers son supérieur et dit précipitamment :

— Il ne sait pas que je travaille à Tchernobyl.

— Tu lui as menti ?

— Je ne veux pas qu'il soit au courant. À cause des radiations.

Elle se redressa brusquement. Vassili était de retour dans le salon.

— On fait des messes basses ? dit-il en posant le lait sur la table. Vous ne parliez pas de moi, j'espère, capitaine ?

Galina regarda Melnyk avec un air de chien battu.

— On discutait de notre enquête.

Elle retint un soupir de soulagement.

— Secret professionnel, je vois. Alors, capitaine, ça fait longtemps que vous travaillez à Ivankiv ?

— Appelez-moi Joseph. Ça fait environ sept ans.

— Vous habitez là-bas avec votre famille ?

— Non. Ma femme préfère vivre à Kiev.

Vassili posa sa main sur celle de sa femme.

— Je ne sais pas si elle vous l'a dit : Lina fait la route tous les jours. Mais il faudra très vite qu'elle arrête.

Il se tourna vers elle.

— Tu lui as dit, chérie ?

— Je… non. J'allais lui en parler bientôt. Je préférais qu'on soit sûrs…

— Mais enfin, c'est sûr, chérie…

Melnyk comprit instinctivement :

— Vous attendez un enfant ?

— Je suis enceinte de deux mois, lâcha Galina en baissant les yeux vers sa tasse de café.

— On est très excités. C'est notre premier enfant. Vous en avez, capitaine ?

— Trois, répondit Melnyk, un peu désarçonné. Deux garçons et une fille.

Pourquoi lui avait-elle caché qu'elle était enceinte ? Les radiations étaient relativement légères dans le périmètre du commissariat, mais il n'était pas recommandé pour une femme dans sa condition de travailler dans la zone.

— Et que font-ils ? demanda Vassili.

— Pardon ?

— Vos enfants, que font-ils ?

Énumérer les études et les professions de ses enfants prit un certain temps. Galina évita son regard presque tout du long, jusqu'à ce qu'il parle de Nikolaï et de la guerre dans le Donbass.

— C'est la faute du gouvernement s'il y a la guerre là-bas, dit-elle alors. Il n'aurait pas dû dénigrer la langue russe. Ça a mis le feu aux poudres à l'Est.

Après la révolution de Maïdan, une des premières mesures des pro-Européens au pouvoir avait été de retirer le statut de langue officielle au russe. Dans de nombreuses régions d'Ukraine, en particulier dans l'Est, la population ne parlait quasiment que cette langue. Il s'en était suivi d'énormes manifestations dans certaines villes du pays, comme Donetsk et Kharkiv, et surtout en Crimée.

— Si la Russie ne s'en était pas mêlée, il n'y aurait pas eu la guerre, rétorqua Vassili.

— Bien sûr que si. Les gens de là-bas n'acceptent pas qu'on piétine leur histoire et leur culture.

— Personne ne leur interdit de parler russe, tempéra son mari.

— Ce n'est pas le problème. Ça fait des années, non, des décennies que l'Ouest méprise l'Est. Lui imposer la langue ukrainienne, c'était l'humiliation de trop.

Melnyk les regarda s'écharper un moment, avant que le mari de Novak ne capitule.

— Sa famille est du Donbass, capitaine, lui expliqua Vassili avec un sourire forcé. C'est un sujet délicat. Maintenant, si vous voulez bien m'excuser, je vais devoir retourner au travail.

Il se leva et lui serra la main.

— Ravi de vous avoir rencontré, Joseph. Il faudra que vous veniez dîner chez nous un de ces soirs, avec votre femme.

— Je note l'invitation.

Vassili Novak déposa un baiser sur le front de son épouse, attrapa une sacoche en cuir posée au pied de la table et quitta l'appartement.

— Ça fait longtemps que vous êtes mariés? demanda Melnyk.

— Deux ans. Mais on se fréquente depuis plus de cinq ans.

— Et tu ne lui as pas expliqué que tu travailles à Tchernobyl? Elle baissa encore les yeux.

— Non. Si je le lui avais dit, il aurait pris peur et m'aurait demandé de démissionner.

— Qu'est-ce que tu as bien pu foutre à l'académie pour être mutée à Tchernobyl?

Elle sourit faiblement.

— Vous savez à quelle place j'ai fini dans le classement des élèves de ma promotion?

— Vu que tu as été envoyée dans un des coins les plus merdiques du pays, je dirais que ça ne devait pas être brillant.

— Je suis sortie major.

— Première?

La jeune flic hocha la tête.

— Mon père est du Donbass, vous vous souvenez?

— Ça n'a jamais freiné la carrière de quelqu'un.

— Il était dans les unités antiémeutes qu'on a déployées sur Maïdan. Ça s'est su à l'académie et on m'a saquée à cause de ça.

Melnyk n'était pas étonné. Le Berkout, les forces spéciales antiémeutes qui tiraient leur nom de l'aigle royal en ukrainien, était le fer de lance de la répression contre les manifestants durant la révolution de 2014. Détesté par une partie de la population, il avait été dissous après l'arrivée au pouvoir de l'opposition.

— Comme je ne veux pas rester à Tchernobyl, mon plan c'est de résoudre le meurtre de Léonid

Sokolov pour obtenir une mutation hors de la zone, poursuivit-elle.

Elle se leva et marcha nerveusement dans le salon.

— Je ne veux pas démissionner et je ne veux pas non plus mettre mon enfant en danger en allant dans la zone. J'ai payé un docteur pour qu'il me fournisse des certificats médicaux afin de ne pas avoir à aller travailler certains jours. J'ai utilisé le temps que ça m'a dégagé pour enquêter sur le meurtre de Léonid Sokolov. Je me suis dit que si je résolvais cette affaire, il y aurait des articles dans la presse et qu'on serait obligé de me muter à Kiev.

Elle s'arrêta de faire les cent pas. Elle semblait presque soulagée de s'être confessée.

— Est-ce que je vais avoir des problèmes ? demanda-t-elle.

Melnyk lissa machinalement le bout de son épaisse barbe.

— Tu nous as fait perdre du temps en faisant cavalier seul. Je devrais te coller un rapport pour ça, mais…

Sa colère était retombée. Au fond, Novak cherchait juste à fuir Tchernobyl, tout comme lui. Comment pouvait-il lui en vouloir ?

— Mais je vais passer l'éponge pour cette fois. Parce que je sais ce que tu traverses. Ma femme déteste mon job. Toutes les semaines, elle me demande de le quitter. Elle ne me le dit pas toujours de manière frontale, mais elle me le fait sentir. Alors je peux comprendre ta situation. Mais il va falloir jouer franc jeu, maintenant.

Elle se rassit, soulagée.

— Comment tu as fait le lien avec le KGB ? demanda Melnyk.

— J'ai commencé par consulter le dossier de la milice. Ce qui m'a surprise, c'est que leurs investigations s'arrêtaient au bout de seulement quelques jours. Ce n'était pas logique : une des victimes était mariée à un haut dignitaire du Parti communiste. J'ai fait des recherches pour trouver des articles de presse portant sur l'affaire et j'ai découvert le nom d'un journaliste de Jitomir qui avait travaillé là-dessus pour le compte du *Radianska Jitomirchtchina*. Je suis allée le voir et il m'a raconté que le KGB avait repris l'enquête. La suite, vous la connaissez.

Futée, songea Melnyk.

— Et vous ? Comment vous vous y êtes pris ?

— J'ai retrouvé celui qui dirigeait l'enquête de la milice à l'époque, Arseni Agopian. Il n'avait pas l'air ravi qu'on s'intéresse à cette affaire.

— Pourquoi ?

— Je pense qu'il a peur qu'on lui colle sur le dos la responsabilité de l'échec de l'enquête. Vieux réflexe soviétique : il sait que chez nous on accuse toujours les seconds conteaux, et que les vrais coupables restent à l'abri. Comme pour Tchernobyl.

Une idée en amenant une autre, il demanda :

— Qu'est-ce que tu penses de cette histoire de sabotage du réacteur par la CIA ? Arseni Agopian m'en a parlé et l'enquêteur du KGB y faisait allusion lors de l'interrogatoire de Leonski.

— C'est du vent.

Novak se leva et alla chercher une pile de documents rangés dans un tiroir.

— Il y a eu un procès suite à l'explosion du réacteur. À son issue, le directeur de la centrale, son adjoint, l'ingénieur responsable du réacteur numéro 4, le chef de l'atelier réacteur et le chef de quart ont été condamnés. Mais c'était une mascarade.

Elle brandit une liasse de feuilles agrafées.

— J'ai lu tout ce que j'ai pu trouver sur le sujet. Ça, c'est un rapport officiel qui analyse les problèmes structurels des réacteurs RBMK, du même modèle que celui qui a dysfonctionné à Tchernobyl. Le cœur des RBMK est instable quand on fait tourner le réacteur à faible puissance. Il devient difficile à contrôler et le risque d'accident est démultiplié. C'est ce qui s'est passé le soir de l'explosion. Or, les autorités avaient été prévenues de ces problèmes bien avant la catastrophe. Ajoutez à cela des erreurs humaines commises par un personnel mal formé, et vous avez toutes les conditions réunies pour un cataclysme nucléaire. La thèse du sabotage tient du fantasme.

— Donc pas de sabotage. Olga et Larissa n'ont pas été tuées par les Américains.

— Vous y avez sérieusement cru?

Melnyk haussa les épaules, un peu vexé.

— Pourquoi pas? C'était la guerre froide. Les deux camps étaient prêts à tout pour se déstabiliser mutuellement.

— Faire sauter une centrale nucléaire est plus complexe que faire dérailler un train. La théorie du tueur en série me paraît plus intéressante.

— C'est une fausse piste, rétorqua-t-il avec une certaine satisfaction.

— Comment vous le savez? Dans la cassette, l'officier du KGB dit qu'il crève les yeux de ses victimes et...

— Le tueur des lessopolossa, c'est l'Ogre de Rostov.

La surprise succéda à la déception sur le visage de Novak.

— Le type qui tuait des femmes et mangeait leur...

— Ouais. Ce type-là.

Ça lui était revenu un peu après que le flic de la route l'avait arrêté. L'Ogre de Rostov était un tueur en série cannibale qui avait assassiné vingt et un garçons de huit à seize ans, quatorze fillettes et dix-sept femmes dans la région de Rostov-sur-le-Don. Après son jugement, on l'avait exécuté d'une balle dans la nuque. C'était en 1994. Il était donc impossible qu'il ait supprimé Léonid Sokolov.

— Mais il a pu tuer Olga et Larissa en 1986, objecta Novak.

— Petite, à cette époque, on ne se déplaçait pas aussi facilement qu'aujourd'hui. Et ça m'étonnerait que l'Ogre se soit rendu à Tchernobyl pour tuer deux femmes pile le soir où la centrale explosait.

— Dans ce cas, il ne reste que deux pistes possibles, affirma-t-elle. Soit c'est le mari de Larissa Leonski qui les a assassinées, soit c'est son amant.

— Quelle piste te paraît la plus probable?

— Les deux me semblent crédibles. Mais j'attends de rencontrer l'officier du KGB qui a interrogé Leonski avant de me concentrer sur l'une ou l'autre.

— Celui de la cassette? Il n'y a pas son nom dans le dossier, juste un matricule.

— Je sais. Mais j'ai réussi à l'identifier en faisant des recoupements avec d'autres documents dans les archives.

Elle alla chercher son ordinateur portable. Il était ouvert sur la page VKontakte d'un député du Bloc d'opposition, une formation politique prorusse. La quarantaine, il arborait un sourire carnassier et un front lissé par la magie d'un programme de retouche d'image.

— Il est trop jeune, dit Melnyk en scrutant son visage. Notre homme a plus de cinquante ans.

— Je sais. L'officier du KGB, c'est son chef de la sécurité. Petro Lazarenko. On le voit là, à l'arrière-plan.

Elle désigna un type dans la soixantaine au crâne dégarni. Habillé d'un costume discret, il se fondait dans la masse des gens qui entouraient le député. Il fallait vraiment regarder de très près pour remarquer qu'il portait une oreillette comme le reste des gardes du corps.

— Tu l'as contacté ? demanda Melnyk.

— Non, pas encore. Je comptais l'aborder pendant une des apparitions publiques du député. Il sera très actif cette semaine. Tenez, par exemple…

Novak pointa du doigt le dernier message posté sur la page VKontakte de l'homme politique.

— Ce soir, il doit assister à un vernissage à l'Arsenal. Son chef de la sécurité y sera forcément.

— Et comment tu comptes faire pour entrer dans une soirée privée comme celle-là et approcher Lazarenko ?

— Avec ma carte de flic. Pourquoi ?

Melnyk sourit devant tant de naïveté.

— S'il y a bien un truc que les politiques n'aiment pas, c'est qu'un policier débarque dans une petite sauterie pour leur poser des questions, surtout quand il s'agit d'une affaire de meurtre.

— Je me demande bien comment ils pourraient m'empêcher d'entrer, je suis flic et...

— Et ça ne vaut rien. Le gars que tu veux interroger est un ex-agent du KGB. Ses hommes en sont certainement issus, eux aussi. Tu crois qu'ils vont te laisser faire juste parce que tu exhibes un bout de papier ?

— Ils ne sont pas au-dessus des lois.

— Bien sûr que si. Ne sois pas naïve. Voilà comment ton plan risque fort de se dérouler : tu vas te pointer à l'Arsenal la bouche en cœur, on te fera attendre en te promettant que Lazarenko va arriver, et puis à la place on t'enverra un gars avec un téléphone portable et au bout du fil il y aura un procureur ou un gradé du ministère qui te dira de la façon la plus diplomatique du monde de te coller tes questions au cul et de ne pas ennuyer Lazarenko. Et même si tu réussissais à le rencontrer, tu crois qu'il te dirait quoi ? Tu as écouté la cassette où il interroge Leonski ? Tu crois que tu vas obtenir quoi que ce soit d'un type comme ça ? Il était au KGB. Au K-G-B. C'est un putain de tyrannosaure, ce gars-là. Il te boufferait toute crue.

Vexée, Novak fit la moue.

— Et vous pensez faire mieux ? lui lança-t-elle.

— Lui et moi, on a vécu à une époque que tu n'as pas connue. Je sais comment ce genre de type fonctionne. Ça me donne de meilleures chances de lui soutirer des informations.

— Alors qu'est-ce que je suis supposée faire, pendant que vous l'interrogez?

Elle avait fait preuve d'efficacité dans son travail d'enquête. Autant collaborer.

— Trouve-moi tout ce que tu peux sur Piotr Leonski.

Elle acquiesça, heureuse de ne pas être mise sur la touche.

— Une dernière chose. Est-ce que tu as remarqué un détail étrange dans le dossier?

— Le premier truc qui m'a sauté aux yeux, c'est qu'il manquait des pages.

— Combien?

— Une vingtaine. Mais vous avez dû le voir vous aussi…

Novak comprit où il voulait en venir.

— Vous pensez que c'est moi?

— Il n'y a que deux personnes qui ont consulté ces archives. Toi et Léonid Sokolov.

— Je ne les ai pas arrachées. Pourquoi j'aurais fait ça?

— Pour avoir une longueur d'avance, si jamais quelqu'un avait l'idée de fouiller dans les dossiers du KGB pour arrêter le tueur de Léonid Sokolov.

— Vous avez vraiment une piètre opinion de moi.

— Tu as gardé pour toi des informations qui auraient pu me faire gagner un temps précieux. Alors non, je n'ai pas totalement confiance.

— Je n'ai pas arraché ces pages, répéta-t-elle.

— Si tu me mens encore…

Agacée, elle se leva et alla chercher dans son bureau la copie qu'elle avait faite du dossier du KGB.

— Allez-y, vérifiez, dit-elle en la lui tendant.

Melnyk y jeta un coup d'œil. Il manquait les mêmes pages que dans l'original.

— Tu as eu le temps de lire tout le dossier ?

— Oui.

— À quoi correspondaient ces pages disparues, à ton avis ?

Novak croisa les bras.

— Aucune idée.

Melnyk lui rendit le dossier.

— Laissons ça de côté pour le moment. Le fait de savoir que quelqu'un a suffisamment peur de ce qu'il y a sur ces pages pour les supprimer est déjà un indice en soi. Ça veut dire qu'on cherche à nous cacher la vérité sur ces meurtres.

24

Melnyk passa le reste de l'après-midi dans une bibliothèque publique de Kiev. Il avait décidé de coincer Lazarenko lors du vernissage, alors en attendant il compulsa méthodiquement les photocopies du dossier du KGB, espérant y trouver quelque chose qui pourrait faire avancer son enquête.

Vingt heures. Après avoir englouti un sandwich, il fila à l'Arsenal. Bordé d'églises aux coupoles vert et or, l'ancien bâtiment militaire datant du xixe siècle était devenu un musée d'art contemporain dans les années 2000. Au-dessus de l'entrée, une banderole rouge et or affichait le nom de l'exposition phare du moment, intitulée «Back in USSR» en référence à une célèbre chanson des Beatles. Près des portes, les gardiens filtraient les entrées, vérifiant les invitations. Melnyk se présenta à l'un d'eux avec sa carte de policier.

— Désolé, monsieur, mais c'est une soirée caritative privée.

— J'ai rendez-vous avec Petro Lazarenko, le responsable de la sécurité de M. le député. Dites-lui que je viens de la part d'Olga Sokolov.

Le gardien disparut un moment. Quand il revint, il le laissa entrer en s'excusant :

— M. Lazarenko vous attend dans l'aile ouest. Bonne soirée, monsieur.

— Merci.

L'exposition commençait par une salle obscure pleine d'étagères métalliques surchargées de postes de télévision. Vieux ou neufs, plats ou bombés, ils diffusaient en boucle des images décousues, des discours de Staline, des soldats allemands à l'assaut de la campagne ukrainienne, Fidel Castro fumant un cigare, le module de descente de Vostok-1 qui avait abrité Gagarine, le premier homme à aller dans l'espace, la cacophonie d'un concert de rock soviétique, les défilés millimétrés des forces militaires sur la place Rouge, des ogives nucléaires pointées vers le ciel, un film de Tarkovski et beaucoup d'autres choses encore qui battaient au pouls de l'URSS.

Passé la salle sombre, on pénétrait dans les allées calmes de l'Arsenal, plantées de grosses colonnes blanches qui soutenaient les impressionnantes voûtes du plafond. On aurait pu se croire dans un gigantesque monastère s'il n'y avait eu des tableaux aux murs et des sculptures posées sur des socles transparents. L'artiste qui exposait dans cette aile de l'Arsenal était plutôt irrespectueux de l'histoire du pays. Il avait choisi d'exhiber des bustes de dignitaires soviétiques, certains peinturlurés comme des stars de rock des années 1990, d'autres avec des faux cils et du rouge à lèvres, d'autres encore avec un nez de clown vermillon. Sur une table en plastique transparent gisaient des morceaux de statue de Lénine comme des pièces de viande sur un étal de boucher. Un bras, une jambe, une tête. Y avait-il un message derrière tout ça? Une métaphore de l'éclatement de l'URSS? Un encouragement à détruire les traces du passé communiste? Aucun carton pour expliquer l'œuvre : l'artiste laissait le spectateur décider.

Au détour d'une colonne, Melnyk aperçut le député entouré d'une petite cour de créateurs et de pique-assiettes qui péroraient sur l'art réaliste russe. À distance, Lazarenko observait son employeur.

Un homme s'interposa quand Melnyk essaya de marcher jusqu'à lui :

— Vous passez une bonne soirée, monsieur…?

— Capitaine Melnyk. Je dois parler à…

— Le député est occupé.

— C'est à votre chef que je veux parler.

— Pour quelles raisons, je vous prie?

— Pour des raisons policières.

— Dans ce cas, il faudra contacter les avocats de M. le député.

Le pluriel suggérait un effectif digne d'une armée en campagne.

— Dites à votre patron que c'est moi qui viens de la part d'Olga Sokolov.

— Olga comment?

— Sokolov. La femme de l'ex-ministre de l'Énergie russe, assassinée en 1986. Je sais que votre chef a enquêté sur sa mort il y a trente ans. Transmettez-lui ça.

Le garde du corps lui intima de ne pas bouger et s'éloigna pour contacter discrètement son patron.

Un instant plus tard, Melnyk avait son rendez-vous avec Lazarenko :

— Il vous rejoindra dans cinq minutes devant la fresque des super-héros.

— C'est quoi, ça ?

— Une œuvre exposée là-bas, dit le molosse en désignant une pièce isolée.

La fameuse fresque était en fait la photo à échelle réelle d'une sculpture à la gloire des soldats de l'Armée rouge. Un graffeur bulgare l'avait détournée en peignant les personnages à la manière des super-héros américains. Il y avait un Superman avec un pistolet, un Captain America, le Joker, mais aussi le Père Noël et même Ronald McDonald. Un message à la bombe expliquait dessous qu'il fallait vivre avec son temps.

— Il y a trente ans, on aurait envoyé cet « artiste » au goulag pour moins que ça, grommela une voix aigrie.

Il se retourna. Lazarenko venait de pénétrer dans la petite salle. Malgré son âge avancé, une aura de danger se dégageait de lui. L'arme qui déformait sa veste de costume au niveau de la poitrine n'était pas étrangère à cette impression.

— Vous voulez dire : « *Je* l'aurais envoyé au goulag », corrigea Melnyk.

L'ex-agent secret opina du chef.

— Vous avez raison. Je me serais fait un devoir de l'expédier en Sibérie.

— Votre poulain ne doit pas davantage apprécier ce genre de performance artistique. Pourquoi est-il venu à ce vernissage ?

— Pour montrer que s'il arrive au pouvoir, il ne mettra pas en péril la liberté de créer et toutes les autres conneries qui vont avec : la démocratie, la liberté d'expression, les droits des pédés et des métèques.

Vraiment un homme charmant, songea Melnyk.

— On m'a dit que vous aviez rouvert l'enquête sur le double meurtre de 1986, monsieur…

— Melnyk. Capitaine Melnyk.

— Melnyk, répéta le vieil officier. Vous avez fouiné dans les papiers du KGB, je suppose. Cette loi sur la libre consultation des archives est une vraie plaie. Certaines choses doivent rester dans l'ombre. Ça fait vingt ans que j'ai quitté le KGB et que j'œuvre pour le bien de ce pays. Je n'aurais jamais cru que mes actions passées me reviendraient en pleine figure, comme un boomerang.

— Vous avez des choses à vous reprocher ?

Lazarenko lui jeta un regard méprisant.

— Qui n'en a pas ?

— Dans ce cas, pourquoi vous n'avez pas fait disparaître les dossiers qui vous concernent ? Vous devez encore avoir des contacts aux services secrets, non ?

Lazarenko s'approcha de lui.

— Êtes-vous venu ici pour me faire chanter, capitaine Melnyk ?

— Qu'est-ce qui vous laisse penser que je pourrais le faire ?

— Ne jouez pas les idiots. Je sais que le fils d'Olga Sokolov a été retrouvé mort il y a peu. On va me reprocher de ne pas avoir arrêté son assassin.

— Et alors? L'affaire a plus de trente ans. Vous ne risquez pas grand-chose.

— Moi non. Mais lui, si.

Lazarenko désigna le député d'un mouvement imperceptible de la tête.

— On est en pleine campagne électorale. Si mon nom apparaissait dans une enquête sur un tueur en série que j'aurais soi-disant laissé filer, ça pourrait être désastreux pour lui. Les pro-Européens ne sont pas à un coup bas près. Et de toute manière, je n'ai pas envie qu'on étale mon passé dans l'appareil répressif soviétique, vu le climat anti-russe qui règne à Kiev en ce moment. Donc je vous répète ma question : êtes-vous venu pour me faire chanter? Car si c'est le cas, je vous préviens : si jamais cette information devait fuiter dans la presse, vous iriez au-devant de grands ennuis.

Melnyk avait beau avoir le cuir dur, il sentit les poils de sa nuque se hérisser quand Lazarenko planta son regard dans le sien. Ce n'était pas le genre de type à lancer des menaces en l'air.

— Alors? Qu'attendez-vous de moi, capitaine Melnyk?

— Je suis ici pour obtenir des réponses.

— Juste des réponses? Rien d'autre?

— Rien d'autre.

— Si je vous parle, est-ce que mon nom apparaîtra dans l'enquête?

— Je m'arrangerai pour que ce ne soit pas le cas.

Lazarenko s'abîma un moment dans la contemplation de la fresque.

— Posez vos questions, dit-il finalement.

— J'ai écouté la cassette qui était dans le dossier. Pourquoi avoir focalisé les recherches sur Piotr Leonski?

— Sa désertion de la centrale en faisait le suspect idéal pour ma hiérarchie. Et puis je savais que c'était lui. J'avais déjà croisé pas mal de délinquants ou de tueurs dans ma carrière, à l'époque. Je sentais que ce type avait ça en lui. Le mal. Le meurtre. En interrogeant les amis du couple et leur famille, on s'était aperçus que Piotr Leonski était d'une jalousie maladive. On avait appris qu'il avait presque battu à mort un type qui tournait autour de sa petite amie, quand il était plus jeune. Il y avait aussi les empreintes retrouvées sur place, dans une flaque de sang. Taille 47 : on ne voit pas ce genre de pointure tous les jours.

— Le double meurtre avait eu lieu dans sa datcha. N'importe qui aurait pu prendre une de ses bottes et la tremper dans du sang pour le faire accuser.

— C'était en effet sa ligne de défense. Il a dit qu'une de ses paires de bottes avait disparu.

— Et il n'a pas modifié sa version, même quand vous l'avez torturé.

Lazarenko n'apprécia pas la remarque.

— Pas de fausse pudeur, Melnyk. On sait tous les deux comment ça se passait à l'époque. D'ailleurs, les choses n'ont pas vraiment changé, hein?

— Je ne frappe pas les suspects.

— C'est peut-être pour ça qu'il y a autant de délinquants dans les rues. Ils savent que la police s'est ramollie.

— Donc vous l'avez torturé?

— On a commencé par le priver de sommeil, d'eau et de nourriture. Comme ça ne suffisait pas, on lui a appliqué une pression physique.

Bel euphémisme. Le KGB, tout comme la milice soviétique, avait un certain degré d'expertise dans la manière d'infliger un maximum de douleur en laissant un minimum de traces. En mettant par exemple sur la tête du suspect une pile de dossiers, sur laquelle on tapait avec de lourds haltères, ou bien en frappant ses reins avec des bottes de feutre remplies de cailloux. Le pire, c'est que dans certains commissariats, on procédait encore de la sorte.

— À aucun moment il n'a reconnu les faits, poursuivit Lazarenko. Même quand on l'a fait enfermer à la Lukyanivska, avec des détenus de droit commun. On n'avait pas de quoi l'inculper pour les meurtres, mais il y avait toujours les charges de désertion de la centrale.

Melnyk connaissait les méthodes de la vieille école soviétique. On procédait de la même manière dans la milice, quand il faisait ses classes à Kiev. Après la garde à vue, le procureur qui dirigeait une affaire était face à un choix : soit libérer le suspect, soit l'inculper. Faute de preuves incontestables et d'aveux, il était dans l'obligation de faire relâcher le suspect. Or, pour un milicien, laisser partir un type qu'on avait eu à sa pogne pendant dix jours, c'était admettre qu'on avait fait une erreur. L'erreur étant intolérable en Union soviétique, on trouvait toujours un petit truc pour retenir le suspect en prison et garder ainsi la main sur lui. Généralement, on le mettait dans une cellule avec un *stukatch*, un mouchard rémunéré par la milice, qui devait sympathiser avec lui et l'amener à parler.

— Vous l'avez fait surveiller en cellule ? demanda Melnyk.

— Bien sûr. Mais ça n'a rien donné.

— Et que s'est-il passé ensuite ?

— On l'a mis au régime spécial : pas de sorties, pas de visites. Même après ça, il n'a rien avoué.

L'aveu, l'aveu… c'était une obsession dans la police soviétique, à tous les niveaux. Tout criminel devait avouer son crime, comme Raskolnikov dans *Crime et Châtiment*, comme les accusés dans les grands procès staliniens. C'était le couronnement de toute bonne enquête. Les preuves étaient presque superflues en comparaison. On pouvait les fabriquer par la suite.

— Leonski a continué de nier les faits, même quand la prison est devenue un véritable enfer pour lui. Le bruit s'est propagé qu'il était impliqué dans l'explosion du réacteur. Les informations ne circulaient pas à l'époque aussi facilement qu'aujourd'hui. La presse était muselée et on n'avait ni Internet, ni téléphones portables, ni même le téléphone tout court, bien souvent. Pourtant, certains détenus étaient au courant de la catastrophe. Beaucoup avaient de la famille dans les zones touchées. Alors quand ils ont eu sous la main un ingénieur responsable de la centrale… vous n'imaginez pas ce qu'ils lui ont fait subir. On l'a traité pire qu'une bête.

— Qu'avez-vous fait de Leonski en l'absence de preuves et d'aveux ?

— Quand il a fini de purger sa peine pour la désertion de la centrale, on l'a relâché.

— Alors que c'était votre suspect principal? Pourquoi cette soudaine clémence?

Le vieil espion prit un air ennuyé.

— Il faut se replacer dans la problématique de l'époque. Après le jugement des responsables de la centrale, le Parti voulait clore l'incident de Tchernobyl. Un ingénieur accusé de meurtre, ça faisait tache. Le coupable devait être quelqu'un qui n'avait rien à voir avec la centrale. Comme on ne trouvait personne, on a mis ça sur le dos d'un détraqué qui avait déjà tué trois filles dans la région de Kiev.

— Et vous avez osé présenter ce mensonge aux familles des victimes?

— Non. L'enquête était secrète. Rien n'a été rendu public.

— Sauf que maintenant, les archives du KGB sont en libre consultation. C'est pour ça que des pages ont été arrachées dans le dossier. C'est vous qui avez fait ça. Parce qu'on y indiquait le nom du type que vous avez fait condamner pour un crime dont il était innocent.

— Un triple assassin n'est pas précisément ce que j'appellerais un innocent.

— Soit. Mais pendant ce temps, le vrai tueur était en liberté. Comment vous faisiez pour vous regarder dans une glace après ça?

— C'était une autre époque.

La belle excuse! songea Melnyk.

— Je veux les pages que vous avez arrachées.

— Impossible. Je les ai détruites il y a plus d'un mois.

— Après la mort de Léonid Sokolov?

— Un peu avant.

— Pourquoi?

— Il avait consulté les archives, tout comme vous. Il a retrouvé mon nom et il est venu me voir. C'est à ce moment-là que je me suis dit qu'il valait mieux se débarrasser des parties gênantes du dossier. Je me disais que personne n'y prêterait attention. Qu'on penserait juste qu'un responsable de l'époque les avait censurées.

— De quoi avez-vous parlé avec Léonid Sokolov?

— De l'enquête. Et plus particulièrement de Leonski. Il avait en tête qu'il pouvait être l'assassin de sa mère.

— Et que lui avez-vous dit?

— Qu'il se trompait et que le coupable avait été exécuté.

— Il vous a cru?

— Absolument pas. Au moment de nous séparer, il m'a dit qu'il retrouverait Leonski et prouverait que je m'étais trompé en 1986.

Melnyk songea que Léonid avait dû tirer ses propres conclusions en relevant un élément du dossier. Mais lequel?

— Qu'est devenu Leonski, après sa sortie de prison?

— Je crois qu'il a travaillé un temps encore à la centrale.

— On l'a réintégré malgré sa désertion?

— Les volontaires ne se bousculaient pas pour bosser là-bas, comme vous pouvez vous en douter.

— Vous pensez que Léonid Sokolov l'a retrouvé et que Leonski l'a tué?

306

— Possible.

— Léonid ne serait pas mort si vous aviez fait les bons choix il y a trente ans. Vous en avez conscience?

— Vous ne pouvez pas comprendre. Les ordres venaient d'en haut. Le coupable ne devait pas être lié à la centrale. Si on n'obéissait pas, on risquait gros.

— J'ai grandi dans ce pays, merci, je comprends très bien. Sauf que moi j'étais du côté de ceux qu'on torturait, qu'on emprisonnait. Qu'on humiliait. Mon père a été abattu par un type comme vous, qui ne faisait qu'exécuter des ordres. Des gens comme vous, des salauds qui fuient leurs responsabilités et prétendent n'obéir qu'aux ordres, il y en a toujours eu et il y en aura toujours.

— Je ne vous permets pas de…

— Ça vous a valu quoi de dénier la justice à Olga Sokolov et Larissa Leonski? Une promotion? Une belle médaille? Une boîte de caviar? Une tape sur l'épaule?

— Faites attention à ce que vous dites, siffla Lazarenko entre ses dents. Tout ce que j'ai fait, je l'ai fait dans l'intérêt de mon pays.

— Mais bien sûr, colonel. Mais bien sûr.

Il tourna le dos à Lazarenko et s'en alla sans le saluer.

Vieux fossile rouge. Qu'il crève dans ses certitudes.

NATURE MORTE

25

Rybalko était d'humeur sombre. Ninel était introuvable à Tchernobyl et son téléphone ne répondait pas. À la permanence de l'association 1986, Sveta lui apprit qu'elle était rentrée chez elle, à Kiev. Il se rendit aussitôt à la capitale pour obtenir la réponse à la question qui lui brûlait les lèvres depuis qu'il avait rencontré Kazimira.

Pourquoi lui avoir caché que Léonid Sokolov était son frère ?

L'appartement de Ninel se trouvait dans une sorte de bâtiment Art déco à la sauce soviétique, avec des sculptures d'ouvriers musclés et de paysannes plantureuses autour de la porte d'entrée. Dans le hall, une fresque pleine de gerbes de blé, de faucilles, de marteaux et de mitrailleuses courait jusqu'à un ascenseur qui semblait dater de l'époque de Staline. Sur les boutons en métal, les numéros des étages étaient complètement effacés par la pression de milliers de doigts.

Au troisième, il frappa quatre coups secs à la porte de Ninel. Elle ouvrit sans tarder.

— Alexandre ? Qu'est-ce que vous faites là ?

Elle tenait la porte entrouverte, méfiante.

— Il faut qu'on parle. Je peux entrer?

Elle hésita. Elle savait comme tout le monde qu'une discussion qui commence par «il faut qu'on parle» ne promet jamais d'être très agréable. Pourtant elle s'écarta pour l'inviter à la suivre jusqu'au salon. Une chaîne stéréo jouait en sourdine «*Elektrichka*», un vieux tube des années 1980. Du Kino, encore. Ninel devait particulièrement apprécier le groupe.

Je me suis couché trop tard hier, je n'ai presque pas dormi
J'aurais peut-être dû aller chez le médecin ce matin
Mais maintenant le train de banlieue m'emmène là où je ne veux pas aller
Le train de banlieue m'emmène là où je ne veux pas aller...

Sur les étagères en bouleau de Carélie s'alignaient des boîtes de CD gravés. Sur leurs fines tranches en plastique transparent, on pouvait lire des noms de groupes underground des années 1980 : DDT, Auktyon, Nautilus Pompilius ou encore Zoopark, que des classiques du rock soviétique. Dans le reste du salon, il y avait peu de choses : un bureau avec un ordinateur, un canapé, une table basse. L'ensemble dégageait une sensation de vide, comme s'il manquait des objets. Aux murs, il n'y avait pratiquement que des photos d'animaux encadrées : des oiseaux perchés sur des branches de pin, des chevaux courant dans la neige, un loup, le regard fixé sur l'objectif… seule exception, un cliché de Ninel posant avec Sveta au milieu d'une place encombrée de manifestants. Elles tenaient une banderole proclamant : « Astraviets, crime nucléaire ! » Derrière elles, un prêtre portait l'icône de la Vierge Marie de Tchernobyl.

Ninel remarqua qu'il observait la photo.

— C'était à Minsk, en Biélorussie, lors d'une manif. Tous les 26 avril, il y a une commémoration là-bas en mémoire de la catastrophe de Tchernobyl.

— C'est quoi Astraviets ?

— Une ville de Biélorussie où le gouvernement a décidé de construire la première centrale nucléaire du pays. Comme si le nucléaire n'avait pas assez fait de mal ! Presque un quart des terres biélorusses ont été contaminées par les retombées de Tchernobyl.

Elle soupira, l'air exaspéré, comme après chacun de ses laïus sur l'écologie.

— Un verre ? proposa-t-elle.

Il hocha la tête. Elle sortit deux verres de la machine à laver et chercha une bouteille dans un placard de la cuisine un peu trop haut pour elle. Tandis qu'elle se dressait sur la pointe de ses pieds nus pour attraper une vodka au piment, il ne put s'empêcher de fixer la courbure de ses reins. Il baissa le regard juste avant qu'elle ne se retourne.

— Vous avez avancé dans vos recherches ? demanda-t-elle en remplissant les verres.

— Je sais que Léonid Sokolov était votre frère.

Silence tendu. Elle reboucha la bouteille, le regard baissé sur le plan de travail de la cuisine.

— Comment l'avez-vous découvert ?

— On s'en fout du comment. L'important, c'est que je ne l'ai pas appris de votre bouche.

— Qu'est-ce que ça change?

Elle attrapa un verre de vodka, en but la moitié.

— Ce que ça change? J'enquête sur un meurtre. Je cherche des indices, des témoins. Pourquoi ne m'avez-vous rien dit?

— J'ai déjà raconté tout ce que je savais sur Léonid à Vektor.

Léonid et Ninel. Rybalko comprit soudain le lien entre les deux prénoms. Léonid, c'était celui de Brejnev, le président de l'URSS au moment de la naissance du fils de Vektor. Quant à Ninel…

— Ninel, c'est Lénine à l'envers, marmonna Rybalko.

Elle lui décocha un sourire moqueur.

— Mon père a toujours donné beaucoup d'importance aux prénoms de ses enfants. Il fallait qu'ils soient en accord avec ses hautes aspirations. Et qu'ils flattent le pouvoir en place. S'il avait eu un fils aujourd'hui, il y a fort à parier qu'il l'aurait appelé Vladimir, en hommage à Poutine.

— Pourquoi ne m'avez-vous pas dit dès notre première rencontre que vous étiez la fille de Vektor?

— Ça fait partie du deal que j'ai passé avec lui. Je l'aide pour l'enquête sur la mort de Léo, je me procure des autorisations pour faire entrer dans la zone les hommes qu'il envoie, mais ils ne doivent pas savoir que je suis sa fille.

— *Les* hommes?

— Vous êtes le troisième que mon père embauche. Le premier a eu la trouille des radiations et a annulé

314

le contrat. Le deuxième s'est fait passer à tabac par des types cagoulés. Il est toujours hospitalisé à Kiev, dans le coma.

Voilà pourquoi Sokolov a mis autant d'argent sur la table, songea-t-il.

— Pourquoi tenez-vous à cacher que Vektor est votre père ?

— Parce que c'est une ordure.

Elle avait les lèvres pincées et la voix légèrement tremblante.

— Vektor est un monstre d'arrogance et de brutalité. Et une pourriture corrompue. Et un égoïste. J'ai quitté la maison dès que j'ai eu dix-huit ans, je ne le supportais plus. Depuis, on ne s'est jamais reparlé.

— Mais il finance malgré tout votre ONG.

— Oui. Pour que je continue de rester à l'écart de sa vie de respectable homme d'affaires moscovite. Loin de sa nouvelle femme, qui pourrait être ma sœur. Loin de tous ces gens qui rampent à ses pieds. Il a trop peur que je débarque un jour dans un de ses galas de charité pour tout déballer sur lui. Tout le monde est en admiration devant lui, personne ne veut voir que c'est un salopard.

La haine flambait dans ses yeux bleus comme un feu sur la glace.

— On est arrivés à une sorte d'équilibre. Il finance mon ONG et en échange je le laisse tranquille.

— Donc il vous verse un genre de rente.

Elle le fusilla du regard.

— Je ne garde rien pour moi. Tout va à 1986.

— Et Léonid ? Vous avez continué à le voir, après votre départ de chez votre père ?

Son regard bleu se fit mélancolique.

— Léo était un petit garçon formidable quand on était à Pripiat. Malheureusement, à la mort de notre mère, Vektor est devenu son seul modèle et il a fini par lui ressembler. J'ai aussi coupé les ponts avec lui. Je ne l'avais pas revu depuis dix ans avant que Vektor ne me demande de...

Une larme perla de ses paupières et roula sur sa joue. Elle l'essuya d'un revers de la main.

— C'est moi qui ai dû identifier le corps, dit-elle d'une voix blanche.

Elle ouvrit un tiroir et en sortit une serviette en papier pour se moucher.

— À aucun moment votre frère n'a essayé de vous joindre pendant qu'il était dans le secteur ?

— Non. Il devait savoir que je l'aurais envoyé balader.

— Votre père pense qu'il enquêtait sur la disparition de sa... de votre mère. Vous auriez pu être d'une grande aide pour lui. Vous connaissez bien la zone.

— Je vous l'ai dit : il ne m'a pas contactée. Si j'avais su qu'il menait des investigations sur la mort de notre mère, j'aurais peut-être... j'aurais sûrement...

Son regard s'embua. Elle attrapa l'autre verre de vodka et l'avala d'un trait.

— Peut-être que j'aurais pu l'aider. Mais à quoi bon y penser maintenant. Il est mort. Tout ce qu'on peut faire, c'est retrouver son meurtrier.

— Si l'assassin de Léonid est impliqué dans la disparition de votre mère, vous vous mettez en danger en restant dans la zone. Vous pourriez devenir une cible.

316

— Personne ne sait que Vektor est mon père, à part vous. Si vous tenez votre langue, il ne peut rien m'arriver, non ?

— Ce serait quand même plus prudent de vous éloigner de Tchernobyl un moment. Le temps que je trouve le tueur.

— Je n'ai pas peur de lui.

— Vous devriez. Vous avez vu le cadavre de votre frère. Vous savez ce dont ce type est capable.

Elle pâlit. Il regretta sa brutalité.

— Désolé. Je n'aurais pas dû dire ça.

Sa fierté d'Ukrainienne reprit le dessus.

— Ça va. Je ne suis pas une petite nature. J'ai déjà côtoyé la mort, dit-elle, farouche. J'étais sur la place Maïdan quand les forces spéciales ont chargé. J'ai entendu les balles siffler. J'ai été frappée. J'ai vu des gens mourir autour de moi. Ce type ne me fait pas peur.

Sous ses airs angéliques, Ninel était plus endurcie que la plupart des hommes qu'il connaissait.

— Vous pourriez partir en Russie, insista-t-il.

— Hors de question. Je suis ici chez moi. Je ne vais pas me terrer dans un trou à cause d'un psychopathe.

— J'ai bien compris que vous étiez en froid avec votre père, mais il a une armada de gardes du corps et sa villa est ultra-sécurisée. Ça pourrait être l'occasion pour vous deux d'enterrer la hache de guerre.

— Aller chez Vektor ? Vous plaisantez ? Jamais je ne remettrai les pieds chez lui.

Vektor ceci, Vektor cela… Ninel parlait de son père comme d'une vague connaissance. Rybalko songea qu'il y avait un sacré passif entre eux.

— Qu'est-ce qu'a fait exactement votre père pour que vous le détestiez autant ?

— Cela ne vous regarde pas.

— Au contraire : ça peut avoir un intérêt pour mon enquête.

— Vous avez assez violé ma vie privée pour ce soir. D'ailleurs, si vous n'y voyez pas d'inconvénient, je préférerais que vous partiez maintenant.

Elle croisa les bras sur sa poitrine et planta son regard dans le sien. En colère, elle lui paraissait encore plus belle.

Une pulsion animale le traversa. Il eut envie de lui bondir dessus, de déchirer ses vêtements, de lui faire l'amour sur le plan de travail. De prendre tout ce qu'il pouvait, tant qu'il était vivant. Le désir, comme un puissant carburant, inondait ses veines. Il dut mordre l'intérieur des lèvres pour ne pas franchir la ligne rouge et, dans un suprême effort, il se détourna et marcha vers la porte. Au moment où il mettait la main sur la poignée, elle lui lança :

— Je vous ai trouvé un expert en oiseaux empaillés. Il peut vous voir demain.

— Où habite-t-il ?

— Dans le centre de Kiev, près de la descente Saint-André. Je lui ai donné rendez-vous à dix heures.

— Je passerai vous prendre dans la matinée.

— Je préfère qu'on se rejoigne là-bas.

— Comme vous voulez.

Il hésita un instant, puis se retourna légèrement.

— Toutes mes condoléances pour votre frère.

— Vous pouvez les garder, répondit-elle froidement.

Il ouvrit la porte et s'engouffra dans la cage d'escalier. Cinq minutes plus tard, il était dans sa voiture. Dix de plus et il roulait en direction des quartiers chauds de Kiev. Au détour d'une rue, il repéra une fille. Longue, blonde, des yeux couleur Baïkal. Quelques centaines de roubles la passe. Il promit d'en allonger suffisamment pour qu'elle reste toute la nuit avec lui.

26

Un jour de plus.

Le lendemain matin, il cocha une nouvelle case du
petit calendrier qu'il gardait toujours avec lui. Il pratiquait ce rituel depuis le jour où le docteur lui avait
annoncé sa maladie. Il se disait que ça l'obligerait à
gérer plus efficacement son temps, à lui rappeler que
chaque jour était une course.

La fille qu'il avait ramenée la veille était encore
endormie. Il déposa l'argent sur la table de nuit et
alla dans la salle de bains en espérant qu'elle serait
partie quand il reviendrait dans la chambre. Il n'avait
pas envie de lui parler. Ni de croiser son regard.

Longue douche. Il laissa l'eau glisser sur lui, immobile, les yeux clos, attentif aux sensations qu'enregis-
trait sa peau. Sentir le ruissellement, sentir la chaleur.
Puis baisser la température, jusqu'à ce que ses muscles tressaillent, frissonnent, luttent pour maintenir la
chaleur de son corps sous le jet glacé. Là, grelottant,
il se sentit plus vivant que jamais, comme ces pèlerins
qui pendant la fête de la Théophanie découpent de
grandes croix dans la croûte gelée d'un lac sibérien et
se jettent dans l'eau pour éprouver leur foi.

Retour dans la chambre. La fille était partie en emportant l'argent sur la table de chevet. Elle avait également embarqué le petit sac d'herbe acheté la veille à un dealer. Tant mieux : il ne serait pas tenté d'en reprendre. Il avait besoin de garder les idées claires.

Au milieu du petit déjeuner, il avala les médicaments que lui avait donnés le médecin avant son départ de Moscou. Une poignée de pilules censées booster son organisme. Pour l'instant, les signes de sa maladie étaient plutôt restreints. Un léger mal de tête, parfois des nausées, quelques coups de pompe. Mais ça pouvait tout aussi bien être lié aux radiations qu'à une infection ordinaire. En même temps, depuis qu'il avait été exposé, enfant, il tombait plus facilement malade et se remettait plus longuement que la moyenne du moindre problème de santé, même bénin.

Il y avait aussi les insomnies. Il n'avait dormi que trois heures la nuit dernière, encore moins que la précédente. L'angoisse de laisser filer un jour de plus l'empêchait de fermer les paupières. Il avait toujours autant de mal à réaliser que dans quelques mois, il serait mort. Il ne souffrait pas, ne saignait pas du nez, ne vomissait pas. Mais il savait que ça n'allait pas durer. Le vieux médecin l'avait prévenu : son corps fonctionnerait tout à fait normalement pendant quelque temps, puis la situation se détériorerait rapidement et il se retrouverait cloué dans un lit d'hôpital. D'ici là, il aurait peu de symptômes : la maladie le consumerait silencieusement, à petit feu, centimètre par centimètre, comme une cigarette oubliée au bord d'un cendrier.

Après un copieux petit déjeuner, il mit le cap sur le centre de Kiev. Il roulait vite, sans se soucier des limitations. Sur un boulevard, il croisa un étrange convoi, un semi-remorque transportant une grande statue de Lénine. Comme elle était trop imposante pour voyager debout, on l'avait couchée sur le flanc et ficelée avec des sangles, si bien que le géant de bronze semblait avoir été fait prisonnier par des lilliputiens. Dans tous les villages que Rybalko avait traversés en quittant le Donbass, on avait abattu les Lénine comme de vieux chênes malades. Seules leurs souches en marbre gisaient encore au milieu de places désertes. Le contraste était saisissant entre l'Ouest, pays de géants couchés, vieilles idoles rouillées qu'on déboulonnait, et l'Est, où les statues verticales regardaient toujours vers l'horizon communiste, comme si l'URSS ne s'était jamais effondrée.

Son esprit glissa vers Ninel. Il songea qu'il ne faisait pas bon porter son nom dans une Ukraine qui se débarrassait à tout-va des symboles de l'ex-URSS. Pas étonnant qu'elle et son association soient la cible des néonazis. Puis il pensa à sa bouche, ses seins, ses yeux. Coucher avec une prostituée ramassée dans la rue n'avait pas éteint son désir. Pourtant c'était idiot. Bientôt il serait mort. Ce n'était vraiment pas le moment de se lancer dans un flirt perdu d'avance. Et puis Ninel était une chieuse.

Il l'attendit une demi-heure au point de rendez-vous, dans la descente Saint-André. Elle arriva en retard et de mauvaise humeur.

— J'ai dû prendre un bus. On a crevé les pneus de ma voiture.

— Encore un coup du Secteur droit ?

— Sans doute. Le taxidermiste habite par-là, dit-elle en désignant un bâtiment coquet à la façade jaune et crème. Il s'appelle Lukas Romanenko. Dites-lui que vous venez de la part d'Ernest. C'est le nom de mon ami au musée d'Histoire naturelle de Kiev.

— Vous ne montez pas ?

— Je vous l'ai déjà dit : je ne suis pas fan des oiseaux empaillés. Pendant que vous lui parlerez, j'irai acheter des pneus de rechange avec le pick-up.

Elle tendit la main. À contrecœur, il y déposa la clé de la voiture qu'elle lui avait prêtée. Il aurait aimé qu'elle l'accompagne, pour avoir son avis d'ornithologue.

— N'oubliez pas d'emporter ce truc, dit-elle en désignant une boîte en carton sur la banquette arrière du véhicule.

Il la récupéra avec précaution : dedans se trouvait l'hirondelle empaillée qu'il avait rapportée de Pripiat.

Ninel démarra en trombe, comme pour manifester une fois de plus son mécontentement. Il marcha vers l'immeuble et sonna à l'interphone. Romanenko lui indiqua d'une voix posée qu'il habitait au troisième étage, deuxième appartement sur la droite en sortant de l'ascenseur. Il s'avéra être un élégant sexagénaire aux longs cheveux ivoire qui formaient comme une crinière blanche sur son crâne.

Le trois-pièces étroit où il vivait sentait l'encaustique et le cuir. Le taxidermiste avait préparé un thé qu'ils burent en discutant de sa passion pour les animaux empaillés. Il en avait d'ailleurs quelques-uns dans son appartement : un faisan sur une commode, un furet figé dans un mouvement de course…

— J'ai travaillé dans plusieurs musées, en Russie et en Ukraine. Je restaurais les collections abîmées. Enfin, du temps où on les exposait. Aujourd'hui, on a tendance à reléguer les animaux naturalisés dans les réserves.

Il parlait un russe typique de Kiev, avec davantage de voyelles ouvertes, des g plus doux et, de temps à autre, quelques mots en ukrainien. Retraité, il partageait son temps libre entre sa passion pour la taxidermie et les cours d'histoire de l'art qu'il prodiguait à l'université. Il ne connaissait pas Ninel, mais Ernest, son ami conservateur au musée d'Histoire naturelle, lui avait demandé de lui donner un coup de main, ce qu'il avait accepté avec plaisir.

— Il m'a dit que vous vouliez me montrer une pièce particulière. Une hirondelle, je crois ?

Rybalko sortit l'oiseau empaillé de sa boîte en carton.

— C'est un beau spécimen, commenta le taxidermiste. Où l'avez-vous trouvé ?

— Dans un vieil appartement, répondit Rybalko, évasif.

Il préférait ne pas révéler à Romanenko que le volatile venait de Pripiat, de peur qu'il refuse de l'examiner.

— Qu'attendez-vous de moi exactement, Alexandre ?

Il sortit les clichés qu'il avait pris des animaux de l'appartement d'où Léonid Sokolov avait été pendu.

— Je me suis dit qu'en observant cet oiseau et ces photos, vous pourriez peut-être me donner le nom de celui qui a réalisé tout ça. Vous ne devez pas être des milliers à pratiquer la taxidermie dans la région.

Le vieil homme posa délicatement sa tasse en porcelaine sur la table et chaussa une paire de lunettes.

— Les pièces sur ces photos sont très abîmées, dit-il en les passant en revue. Rien à voir avec l'hirondelle. Le plumage est irréprochable, les coutures extrêmement fines, la posture très réaliste… Du beau travail. Je connais peu de personnes capables d'obtenir un tel résultat dans la région. Peut-être quatre ou cinq passionnés. Mais, au risque de vous décevoir, je ne vais pas pouvoir vous dire exactement qui a effectué cette naturalisation. En taxidermie, il y a certes une question de style, comme dans toute activité artistique, mais de là à retrouver la «patte» de quelqu'un juste en regardant une de ses œuvres…

— Réfléchissez. C'est le seul indice dont je dispose pour arrêter un dangereux meurtrier.

Le taxidermiste fronça les sourcils.

— Ernest ne m'a pas parlé de ça.

Rybalko lui expliqua sommairement qu'un assassin avait laissé cet oiseau sur une scène de crime et qu'il pensait à une sorte de message. Le taxidermiste resta silencieux un long moment, avant de marmonner :

— Ce serait barbare, mais puisqu'il s'agit d'un meurtre… peut-être que… c'est détestable, mais si c'est vraiment important…

Il ramassa délicatement l'hirondelle et se leva.

— Suivez-moi. J'ai un moyen d'en savoir plus sur cet oiseau.

Ils traversèrent le salon jusqu'à une pièce qui ressemblait à une grotte d'ermite. L'air y était sec et les fenêtres étaient occultées par des persiennes. Elles diffusaient une lumière faiblarde qu'étouffaient de lourds rideaux à demi fermés. L'odeur qui se dégageait de la pièce était ambrée et âcre, comme s'ils entraient dans la tanière d'un animal.

— C'est mon atelier, expliqua le vieil homme. J'y conserve mes peaux à l'abri du soleil, pour éviter qu'elles ne se détériorent.

Il alluma le plafonnier. Rybalko sentit son épiderme s'électriser quand la lumière donna vie à un zoo d'animaux sans souffle. Il y en avait partout. Des hiboux, des chouettes et des dizaines d'autres oiseaux perchés sur des étagères. Des serpents momifiés sous des globes de verre. Des écureuils qui semblaient sur le point de s'enfuir. Des têtes de biche et de chevreuil prêtes à être transformées en trophées de chasse. Des peaux d'élan craquelées attendant un lifting. Des papillons mis à mort dans des flacons avec du cyanure pour ne pas abîmer leurs précieuses ailes. Des dépouilles d'oiseaux aux plumages bariolés, d'une beauté à la fois fascinante et cruelle.

Le taxidermiste s'installa sur un tabouret qui faisait face à un large plan de travail en bois. La lumière du plafonnier brillait violemment sur les outils posés dessus : scalpels, pinces, limes, scies, aiguilles et crochets. Au milieu du plan de travail, un perroquet rouge vif gisait sur du papier journal. Sa peau était retournée comme une chaussette, dévoilant l'intimité de ses entrailles.

Le vieil homme écarta l'oiseau tropical et posa l'hirondelle empaillée au centre de la table.

— C'est tout un art, d'animer l'inanimé, commença-t-il d'un ton docte. Naturaliser un animal, c'est faire parler sa peau. Chaque taxidermiste l'interprète à sa manière. La peau de l'animal est un genre de partition. Deux pianistes ne jouent pas Mozart de la même façon. De même, chaque taxidermiste a ses trucs pour donner l'illusion de la vie.

Rybalko frissonna de nouveau. Tout cela était tellement macabre.

— Dans cette hirondelle, il y a beaucoup de dynamisme. On a l'impression que l'auteur a cherché à capturer le moment qui précède le mouvement, vous voyez ce que je veux dire ? Ce moment où tout se joue : le corps ne s'est pas encore propulsé, mais l'énergie est en train de se diffuser.

Une puissante lampe à halogène surplombait le plan de travail. Il l'alluma et inclina sa tête amovible vers l'hirondelle.

— Le style de cet ouvrage m'est familier. Peut-être qu'en jetant un œil à l'intérieur de cette hirondelle, je comprendrai mieux la façon de travailler de celui qui l'a réalisé. Mais ça me fend le cœur de saccager l'œuvre d'un collègue. Elle aurait sa place dans une collection privée. Ou dans un musée.

Surtout pas, songea Rybalko. Il avait mesuré la radioactivité de l'oiseau. La bête empaillée n'était pas dangereuse à manipuler, mais elle était suffisamment contaminée pour qu'une exposition régulière et prolongée affecte la santé de son propriétaire. Après l'enquête, il projetait de l'enterrer quelque part dans la zone.

Le taxidermiste enfila une paire de gants et se saisit d'un petit scalpel pour pratiquer une incision sur l'abdomen. L'hirondelle paraissait tellement vivante que Rybalko fut surpris de voir de la paille surgir de l'entaille, et pas du sang.

— C'est un travail à l'ancienne, commenta le taxidermiste, pas d'âme de polystyrène, bien sûr… bourre en paille et en crin à l'intérieur.

— Une âme ? s'étonna Rybalko.

— C'est une forme qu'on découpe pour servir de support à la peau. Depuis quelques dizaines d'années, on utilise des matériaux légers, comme la mousse de polyuréthane ou le polystyrène. Comme le matériau est facile à sculpter, on peut reproduire très précisément le galbe des muscles.

Il désigna les entrailles de l'animal.

— Mais pour cette hirondelle, on a travaillé en utilisant des techniques traditionnelles. Celui qui a fait ce montage a confectionné une armature métallique pour figer l'oiseau dans la posture désirée.

Il saisit une des ailes et la dénuda.

— Ici, il a glissé le fil de fer le long des ailes pour les maintenir ouvertes. Il y a également du fil au niveau des pattes, pour les rigidifier. C'est un travail très professionnel. La mise en peau a été très soignée, le montage prouve que l'auteur a de bonnes connaissances en anatomie et les coutures sont très minutieuses.

Le vieil homme caressa les plumes avec le dos de son scalpel.

— Ce qui me frappe aussi, c'est le soin apporté au plumage. La naturalisation d'un oiseau exige moins d'étapes que celle d'autres animaux, mais obtenir un bon rendu est difficile. J'ai tendance à dire que tout se joue au niveau des ailes. La tête a aussi son importance, mais les ailes, c'est la partie à ne pas rater.

Il se pencha de nouveau sur l'oiseau.

— Les yeux sont parfaits. Voyez : peu importe où l'on se trouve, on a l'impression que l'hirondelle nous observe. Le travail sur les yeux est essentiel pour le réalisme. On ne doit pas pouvoir échapper au regard de l'animal.

Il se servit d'une petite pince pour retirer un œil, qui s'avéra être une sorte de petite bille de verre montée en épingle.

— Étonnant. Le point de colle entre le verre et l'épingle métallique semble une fois de plus suggérer un travail artisanal. On a découpé le verre, puis on l'a poli jusqu'à obtenir l'effet escompté.

Le taxidermiste plissa les paupières.

— Attendez... ce n'est pas du verre... c'est autre chose...

Il utilisa une grosse loupe pour examiner l'œil de l'animal.

— Fascinant. C'est fascinant. Quelle minutie... Les yeux ont été taillés dans de l'ambre. Ça demande une grande précision, de réaliser un tel travail.

— C'est fréquent qu'on utilise de l'ambre pour les yeux ?

— Pas du tout. Je n'ai vu ça qu'une fois dans ma vie.

Le taxidermiste prit sur une étagère un lourd album photo. Il contenait des clichés d'animaux empaillés et de lui-même recevant des médailles à quelques concours de taxidermie. Il feuilleta les pages en silence. Rybalko se sentit mal à l'aise, épié par les bêtes mortes qui l'observaient de leurs regards noirs, jaunes ou orangés.

— Voilà, dit le taxidermiste en tapotant du bout du doigt la photo d'un long oiseau d'une blancheur immaculée. C'était pendant un concours organisé par une association de chasseurs. Un des concurrents avait gagné haut la main avec cette aigrette. Elle avait des yeux d'un grand réalisme. Je lui ai demandé comment il avait fait pour rendre le regard aussi vivant, mais il ne m'a rien dévoilé, bien sûr. On ne parle pas de ses «trucs», entre experts. C'est comme… comme les tours de magie. Ça doit rester secret, sinon le charme se dissipe.

— Mais vous avez su que c'était de l'ambre, pourtant.

Le vieux taxidermiste sourit.

— Je connaissais l'organisateur du concours. Il m'a laissé examiner l'oiseau, avant de le rendre à son propriétaire. À la loupe, j'ai remarqué qu'il y avait des inclusions typiques prouvant que les yeux étaient faits avec de l'ambre.

— Vous vous souvenez du nom du type?

— Malheureusement, je crains d'avoir oublié ça depuis longtemps.

— Il était de Kiev?

— Aucune idée. Mais j'ai certainement noté la date du cliché. Il retira la photo de la pochette plastique qui la protégeait. Au dos était écrit «1984».

— Avant l'explosion de la centrale, marmonna Rybalko.

— Pardon?

— Rien. Je réfléchissais à voix haute.

Il avait maintenant la confirmation que l'homme qui avait empaillé l'hirondelle était actif dans la région de Kiev dans les années 1980. Peut-être même qu'avec un peu de chance, il retrouverait son nom dans les archives des journaux de la région, vu qu'il avait remporté ce concours.

— Est-ce que vous pouvez me parler du travail de naturalisation sur les oiseaux? Ça m'aidera peut-être à comprendre comment fonctionne le tueur.

Le vieil homme rangea la photo et referma l'album dans un claquement étouffé.

— Bien sûr. Qu'est-ce que vous voulez savoir?

Remarquant que le taxidermiste avait manipulé l'hirondelle avec des gants, Rybalko lui en demanda la raison.

— Pour éviter d'abîmer les peaux ou les plumes avec ma transpiration, mais aussi pour limiter les risques de contamination. On utilise parfois des produits toxiques pour la naturalisation.

— Quel genre de produits?

— Du mercure, de l'amiante... Pour les oiseaux, on emploie fréquemment une espèce de savon qui contient de l'arsenic.

— C'est un poison!

— Les doses utilisées ne sont pas suffisantes pour tuer un humain, il y a juste de quoi empêcher les parasites de dévorer la peau de la bête naturalisée. On choisit souvent l'arsenic ou le borax pour les travaux sur les oiseaux, car on ne peut pas tanner leur peau. On n'a toujours pas fait mieux que ça pour la conservation des volatiles. Mais ne vous en faites pas, je manipule tout ça avec attention. Je ne compte pas finir empoisonné comme madame Bovary.

— C'était une taxidermiste ?

Son hôte rit à gorge déployée.

— Madame Bovary, c'est une héroïne de roman. Gustave Flaubert ? L'auteur français ? Vous ne connaissez pas ?

Vexé, Rybalko éluda :

— Est-ce que vous pouvez me décrire le processus de naturalisation du début à la fin ?

— Sans problème. Mais ça va prendre du temps.

Le taxidermiste ralluma l'halogène et éclaira le perroquet rouge sur lequel il était en train de travailler. D'un ton professoral, il expliqua que le mot « taxidermie » venait du grec *taxis*, « ordre », et *derma*, « peau ». Toute la science de celui qui la pratiquait consistait à arranger au mieux le corps d'une bête pour créer l'effet du réel.

Tandis qu'il commençait à raconter la technique de dépouillage de la peau d'une bête, Rybalko s'imagina le tueur dans un atelier de taxidermiste. Odeurs âcres de peaux traitées et de produits chimiques. Animaux figés pour l'éternité. Carcasses décongelées. L'homme est plongé dans un monde de minutie et de silence. Il s'évertue chaque jour à prolonger la vie sous une forme quasi minérale, essayant de lire dans la peau de l'animal sa vie secrète, pour recréer le mouvement. Est-ce qu'il braconne lui-même ses proies ? Est-ce qu'il prend plaisir à ces mises à mort minuscules ? Les tueurs en série commencent souvent leur carrière criminelle en torturant et tuant de petits animaux. Ses premières émotions de meurtrier viennent-elles de là ? Plonger ses mains dans des entrailles froides, les retirer, éponger le sang noir... La longue fréquentation des dépouilles l'habitue aux chairs inertes, banalise la mort, le désensibilise. Sortir les viscères. Défaire les os. Gratter la peau pour ôter toutes les pellicules de graisse et de tissus. Est-ce que dans sa cuisine mijotent des plats préparés avec la viande des animaux ainsi sacrifiés ? Est-ce qu'il peut les sentir depuis son atelier, entouré de ses animaux-objets ?

Ses gestes sont méticuleux. Ses sutures précises et fines, comme sur les paupières de Léonid Sokolov. Il est délicat quand il doit travailler les plumages. Ce n'est pas quelqu'un d'un naturel orageux, plutôt un calme. Il pose des pièges en forêt pour attraper les animaux. Il a aussi piégé Léonid, d'une certaine manière.

La patience est une de ses qualités. Il travaille avec une lenteur méticuleuse. Il a monté le corps de Léonid en prenant son temps, après avoir trouvé le meilleur emplacement pour exposer son ouvrage : un immeuble donnant sur la place centrale, où passent tous les touristes de la zone.

Il n'y avait plus aucun doute : l'homme qui avait tué Léonid Sokolov était le même qui avait réalisé l'hirondelle empaillée. Mais pourquoi avoir exposé le cadavre de sa victime comme une de ses bêtes naturalisées ?

Soudain, une idée lui traversa l'esprit :

— Est-ce qu'on peut appliquer les techniques de la taxidermie sur un être humain ?

Une expression de dégoût tordit le visage serein du vieil homme.

— Ce serait particulièrement abject ! Mais cela s'est déjà vu. Nous sommes des animaux, après tout : notre peau peut être tannée en cuir. On a parfois utilisé de la peau humaine pour faire des couvertures de livres, des traités de médecine essentiellement. Et puis, bien sûr, il y a les horreurs nazies. Il paraît qu'on a retrouvé dans le camp de Buchenwald un abat-jour fait en peau humaine. Entre autres choses.

— Et des humains empaillés ? Ça s'est déjà vu ?

— À moins de considérer que les momies sont une forme de taxidermie, je n'en ai jamais entendu parler sur le Vieux Continent. Mais les Shuars du Pérou et d'Équateur, que les Espagnols appelaient Jivaros, pratiquaient la réduction de tête et leur technique était proche de celle qu'on utilise en taxidermie.

Rybalko déglutit péniblement tandis que Romanenko lui expliquait en détail comment les Amérindiens naturalisaient la tête de leurs ennemis après les avoir décapités. Écœuré, il préféra lancer le taxidermiste sur un sujet moins morbide :

— C'est compliqué de se fournir en oiseaux ? D'obtenir un faucon, par exemple ?

— Pas vraiment. Il suffit d'avoir des contacts parmi les chasseurs ou les gardes forestiers. Ou de l'abattre soi-même. C'est une espèce qu'on trouve assez facilement dans le coin.

— Et vous, comment faites-vous ? Vous chassez ?

— Moi ? Non. On m'apporte les carcasses, ou bien je me déplace pour faire le travail après la mort d'une bête, au zoo de Kiev par exemple. Et puis… je ne pourrais plus tirer sur un animal.

Il marqua une pause.

— J'ai été chasseur autrefois. Un bon, même. Mais après Tchernobyl…

Sa voix se fit hésitante.

— Après la catastrophe, j'ai été convoqué par le président de l'association des chasseurs et pêcheurs de ma région. Il avait reçu l'ordre de procéder à l'abattage des animaux domestiques de la zone interdite et il cherchait des gars pour faire le sale boulot. Les autorités avaient peur que les bêtes ne propagent des épidémies, ou qu'elles véhiculent des particules radioactives incrustées dans leur pelage. Je n'avais pas envie de participer à ça. J'aimais les animaux. Mais j'aimais aussi ma patrie et elle avait besoin de moi. Et puis on avait une prime de trente roubles. C'était beaucoup d'argent à l'époque. Alors j'ai accepté. On travaillait en brigades. Une vingtaine d'hommes, plus un employé du centre d'épidémiologie et un vétérinaire. On se rendait dans les villages abandonnés avec un tracteur et une benne à ordures, et là, on commençait l'abattage.

Les lèvres du taxidermiste tremblaient légèrement. Son regard était devenu fuyant.

— Les premiers qui mouraient, c'était les chiens. Après des jours passés sans leurs maîtres, ils étaient joyeux de voir des humains. On les tuait à bout portant. Une balle dans la tête. Puis on les transportait jusqu'à notre benne à ordures et on allait les jeter dans une fosse. Quand elle était pleine, on couvrait tout avec de la terre. À ce moment-là, il arrivait que des animaux juste blessés émergent de dessous les cadavres pour essayer de sortir de la fosse. Quand on avait encore des balles, on les achevait. Mais parfois, on n'en avait plus, et on les enterrait vivants. Après notre départ, le sol continuait de bouger pendant des jours, parce que les bêtes blessées essayaient de se frayer un chemin vers la surface.

Le taxidermiste s'arrêta. Rybalko resta silencieux. Il sentait que le vieil homme n'avait pas fini sa confession.

— Le premier chien que j'ai abattu, je m'en souviendrai toute ma vie. C'était un berger allemand qui montait encore la garde dans la datcha de ses propriétaires. La porte avait été défoncée par des voleurs qui avaient presque tout pillé dans la maison. L'animal avait dû défendre les biens de ses maîtres, parce qu'il avait une vilaine blessure à une patte arrière. Quand il est venu vers moi, il boitillait péniblement. Il m'a léché la main. Il était à bout de forces et avait faim. J'ai... j'ai mis dans sa gamelle le déjeuner que m'avait préparé ma femme. Un gros sandwich avec de la viande. Avec la prime, on avait de quoi s'en acheter. Le berger allemand, je l'ai regardé manger. J'avais mon fusil dans les mains, mais je n'arrivais pas à me résoudre à tirer. Pourtant, je savais que je devrais l'abattre, tôt ou tard, ou que quelqu'un le ferait à ma place. La première fois, c'est toujours plus difficile. Après, on faisait ça comme des automates. Avec notre prime, on avait beaucoup d'argent pour acheter de la vodka. Tout devenait plus facile. Une chienne et ses petits qu'elle allaite, six balles. Un caniche terré dans une chambre d'enfant, une balle. Un chat... mieux vaut viser juste. Les chats se cachent sous les meubles. Ils se faufilent partout. Et quand on vise mal, il faut les achever. Un coup de botte ou de crosse, pour ne pas gaspiller de munitions. Mais ce chien-là, c'était mon premier. Je ne savais pas toutes ces choses. Je voulais faire ça bien. J'ai d'abord voulu attendre qu'il finisse de manger. Et puis je me suis dit que si je faisais ça, il faudrait que je le regarde dans les yeux avant de le tuer. J'ai reculé d'un pas, j'ai épaulé mon fusil et je lui ai tiré une balle à l'arrière du crâne. Sa tête a explosé. Le silence après la détonation... horrible. Il y avait des morceaux d'os et de cervelle mélangés à la nourriture dans son écuelle. Et du sang. Tellement de sang. Je n'ai jamais pu remanger de viande depuis ce jour-là.

27

Après avoir quitté l'appartement du taxidermiste, Rybalko retrouva l'animation des rues avec soulagement. Les oiseaux sur les fils électriques piaillaient. Les chiens en laisse tiraient sur leur collier, impatients de renifler les odeurs de la ville. Leur âme était de chair, pas de polystyrène. C'était comme si, après être allé au royaume de la mort, il revenait parmi les vivants.

En attendant le retour de Ninel, il appela Sokolov pour lui faire son rapport.

— Comment avance l'enquête?

— Je progresse. Est-ce que l'autopsie de votre fils a pu se faire?

— Le légiste a terminé de l'examiner. Il va bientôt vous envoyer les résultats par mail.

— Bien. A-t-il pu déterminer la cause de la mort?

— Oui. Il s'agit d'un empoisonnement.

Du poison… La nouvelle était surprenante, vu les dégâts sur le corps de Léonid.

— Quelle substance a été utilisée?

— De l'arsenic.

— Comme pour les oiseaux, marmonna Rybalko.

— Les oiseaux?

— Je sors de chez un taxidermiste. Je lui ai montré un oiseau empaillé qui se trouvait sur la scène de crime. Il m'a expliqué qu'on employait parfois de l'arsenic pour traiter les peaux des animaux à plumes, pour que les parasites ne les attaquent pas.

— Vous pensez que celui qui a tué mon fils est un genre de taxidermiste ?

— Ça me paraît plus que probable.

Sokolov se mura dans un silence horrifié. Viscères retirés, yeux arrachés, abdomen bourré de crin, il réalisait que le cadavre de son fils avait été traité comme un animal que l'on vide avant de le naturaliser.

— Avez-vous une liste de suspects ? balbutia-t-il.

— Pas pour l'instant. Le taxidermiste a reconnu le travail d'un de ses collègues, mais il n'a pas pu me donner son nom. Je sais juste qu'il utilisait de l'ambre pour faire les yeux de ses animaux et qu'il a participé à un concours de taxidermie en 1984.

— Piotr Leonski, cracha soudain Sokolov.

Et il enchaîna d'une voix haineuse :

— C'est forcément lui. La milice l'a soupçonné pendant un moment, mais ces abrutis l'ont relâché. Il avait un atelier à côté de sa datcha. Il y préparait ses saloperies d'oiseaux empaillés, ce dégénéré. C'est lui qui a assassiné Léonid, j'en mettrais ma main au feu. Cette petite ordure ! Après toutes ces années, il a tué mon fils. Mon fils… Pourquoi ?

— Léonid est allé à Poliske rencontrer Kazimira, une des anciennes collègues d'Olga. D'après elle, il soupçonnait Leonski d'être le meurtrier de votre femme. Il se peut que Léonid l'ait retrouvé et que ça ait mal tourné.

Il songea à Kazimira, puis à Ninel.

— Pourquoi vous ne m'avez pas dit pour votre fille ? demanda-t-il.

L'ancien ministre joua les étonnés :

— De quoi parlez-vous ?

— Ninel. Je sais que c'est votre fille.

Sokolov soupira, agacé.

— C'est elle qui a eu l'idée. Elle préférait que je reste discret à ce sujet.

— J'ai l'impression qu'elle ne vous apprécie pas beaucoup.

— Nos rapports sont compliqués depuis la disparition de sa mère. Elle a très mal vécu sa mort. Et puis l'opération de la thyroïde n'a rien arrangé. Elle a souvent des sautes d'humeur. Il paraît que ça viendrait de ça. Adolescente, elle était en colère contre le monde entier. Et surtout contre moi. Je pense qu'elle m'en voulait de continuer ma vie alors qu'Olga était morte. Je me suis lié à d'autres femmes. Léonid l'a accepté. Pas Ninel. Elle a mené une vie d'enfer à toutes mes compagnes.

— Et la mort de Léonid, comment l'a-t-elle vécue ?

— Ils étaient frère et sœur, c'est vrai, mais pas vraiment proches. Enfin, plus après notre installation à Moscou. Elle lui reprochait d'être « dans mon camp ». Mais ce n'est pas ce genre d'information qui va faire avancer votre enquête, n'est-ce pas ?

— Non, en effet. Vous avez une idée de l'endroit où pourrait se trouver Leonski ?

— Absolument pas. Il était en prison quand j'ai quitté l'Ukraine. Il purgeait une peine pour avoir déserté la centrale.

— Il n'a jamais cherché à vous joindre? Un coup de téléphone? Une lettre de menace?

— Rien. Je ne l'ai jamais revu après Pripiat.

Rybalko aperçut le véhicule de l'association 1986 qui débouchait du carrefour au bout de la rue.

— Je vais devoir vous laisser. Je vous recontacte dès que j'ai du neuf.

— Trouvez Leonski, ordonna Sokolov. Et dès que vous l'avez trouvé, descendez-le, comme convenu.

— Le mieux serait quand même de vérifier…

— Descendez-le, c'est forcément lui.

— Mais…

Sokolov se mit à hurler, faisant voler le vernis de civilisation qu'il affectait de se donner :

— Vous êtes idiot ou quoi? Qu'est-ce que vous ne comprenez pas, Rybalko? Je veux qu'il crève. C'est pourtant simple. Alors vous me descendez cet enfoiré, ou vous pouvez vous coller votre fric au cul. Vous voulez passer à côté de cinquante millions de roubles?

De colère, Rybalko serra son téléphone si fort qu'il redouta de le casser. Même s'il le payait grassement, il n'aimait pas du tout le ton sur lequel lui parlait l'ancien ministre.

— Alors? Je peux compter sur vous, oui ou non?

— Vous pouvez, répondit-il froidement.

— Bien. Trouvez Leonski. Tuez-le. Je ne veux pas que ce type s'en sorte une seconde fois.

Sokolov lui raccrocha au nez.

Ninel s'était garée en double file. Rybalko monta à l'avant du pick-up et claqua la porte bruyamment.

— Vous avez appris quelque chose d'intéressant ? lui demanda-t-elle.

— À part que votre père est un trou-du-cul ?

— Ça, ce n'est pas précisément un scoop, dit-elle en souriant presque.

— Votre père est persuadé que c'est le mari de Larissa Leonski le tueur.

— Et vous ? Vous en pensez quoi ?

— Qu'il y a trop de coïncidences pour que ce ne soit pas lui. D'après votre père, Leonski a été soupçonné du meurtre par la milice à l'époque, avant d'être relâché. Il m'a également dit qu'il était passionné de taxidermie et avait un atelier dans sa datcha.

Ça collait aussi avec le traitement macabre infligé au cadavre de Léonid, mais, par respect pour Ninel, il évita d'en parler.

— Il faut que je trouve ce type. J'aurais besoin de quelqu'un qui puisse m'aider à le localiser. Un fonctionnaire de la police ou, encore mieux, des impôts. Y a pas plus fort pour dénicher l'adresse de quelqu'un. Au fait, est-ce que vous avez reçu le colis que mon ami Kachine devait vous envoyer ?

Ninel semblait ne pas l'avoir entendu. Elle regardait fixement la route, l'air absent.

— Ninel ?

Elle se gara sur le bas-côté.

— Il y a un problème ?

— J'ai ouvert le colis. Il y avait un pistolet dedans. Est-ce que mon père vous a demandé de tuer Piotr Leonski ?

Il joua la surprise :

— Pourquoi aurait-il fait ça?

— Parce qu'il règle ses affaires par la violence, l'intimidation ou le chantage. Est-ce qu'il vous a demandé de tuer ce type?

Elle planta son regard Baïkal droit dans le sien. Impossible de lui mentir. Pas à des yeux comme ça.

— Oui. Il veut que je le descende.

Elle hocha la tête.

— Et vous allez le faire?

— Ça vous pose un problème, si je tue l'assassin de votre frère?

— Encore une fois, vous ne répondez pas à la question.

— Vous non plus.

— Je préférerais qu'il aille en prison. La loi du talion, œil pour œil, dent pour dent, c'est ce qui est en train de détruire notre pays. Et maintenant, répondez : vous comptez le tuer?

— Je ferai ce qu'il faudra faire.

— Alors c'est ce que vous êtes : un assassin.

Elle lui lança un regard dégoûté qui l'agaça au plus haut point.

— Si ce que je vous demande vous pose un problème moral, vous n'êtes pas obligée de m'aider, s'emporta-t-il. Appelez votre père et dites-lui de me trouver un autre guide. Par contre, il risque de couper les généreux versements qu'il vous fait. Cet argent-là, vous ne vous demandez pas d'où il vient? Qui vous dit qu'il n'est pas taché de sang, lui aussi?

— Ce n'est pas pour moi, c'est…

— Pour votre association? Ça, c'est sacrément hypocrite. Le fric de votre père paie également votre loyer, non? Vos vêtements? Votre nourriture?

— Moi au moins, je ne m'enrichis pas sur le malheur des autres.

— Ne me jugez pas. Vous ne savez rien de moi. C'est facile pour vous de jouer les héroïnes. Si jamais ça se passe mal pour vous, papa sera toujours là pour vous donner de quoi redémarrer.

— Je ne suis pas un assassin. Je ne tue pas les gens.

— Parce que vous n'avez jamais eu à le faire. Vous avez tout eu dans les mains, à la naissance. Vos études, c'est vous qui vous les êtes payées? Vous avez dû bosser pendant que vous passiez vos diplômes d'ornithologie? Votre père ne vous envoie pas un gros chèque pour votre anniversaire?

Ils se défièrent du regard. Ninel lâcha la première. Elle baissa les yeux vers le levier de vitesse et redémarra avec des gestes raidis par la colère.

— Mon hôtel n'est pas dans cette direction, lui dit Rybalko alors qu'elle opérait un demi-tour sur la route.

— Je sais.

— Où est-ce qu'on va?

— Vous verrez bien.

— Vous êtes en train de me kidnapper?

— Mais fermez votre grande gueule, nom de Dieu!

Elle enfonça le disque de Kino dans le lecteur et la voix de Viktor Tsoï mit fin à la conversation. Ils parcoururent une bonne vingtaine de kilomètres en direction du nord-ouest de Kiev. Une fois dans le quartier de Pouchtcha-Voditsa, Ninel roula jusqu'à une sorte d'hôpital au milieu d'une forêt.

Il y avait un panneau près de l'entrée.

— «Dispensaire ukrainien de protection radiologique de la population», lut Rybalko. Qu'est-ce qu'on vient faire là?

— Vous verrez bien.

Ninel se gara devant l'entrée du dispensaire. Elle bondit hors du véhicule et ses talons martelèrent hargneusement le bitume jusqu'à la porte de l'hôpital. À l'accueil, une infirmière la salua.

— Maria est là? lui demanda Ninel.

— Le docteur est dans son bureau.

Ninel se dirigea vers les escaliers.

— C'est qui cette Maria? demanda Rybalko.

— Elle connaît beaucoup de monde. Elle a de nombreux contacts dans l'administration. Elle trouvera bien quelqu'un qui vous dégotera l'adresse de Leonski.

Ils montèrent à l'étage et elle l'abandonna devant une grande porte décorée de dessins d'enfants.

— Attendez-moi à l'intérieur. Je vous rejoins dans cinq minutes, dit-elle avant de disparaître.

Énervé, Rybalko avait plutôt envie de sortir fumer une cigarette. Il redescendit l'escalier et s'alluma une clope dehors. Pour qui se prenait-elle à la fin? Avec ses grands airs, ses certitudes, ses discours écolos, que connaissait-elle à la vie, au fond? Elle n'avait pas eu à se battre pour survivre, comme lui. À ramasser des coups à la sortie de l'école parce que des petits Russes blancs n'aimaient pas qu'un «cul noir» connaisse mieux qu'eux la langue de Pouchkine. À vendre son intégrité pour boucler ses fins de mois. À courber l'échine face à des supérieurs incompétents, racistes et corrompus.

Un employé du dispensaire balayait les feuilles mortes, en face de l'entrée. Un mec bizarre, dans la cinquantaine, qui le regardait en souriant. Totalement imberbe, il n'avait même pas de sourcils.

— On a eu une sale journée? lui demanda l'employé en ramassant avec son balai et sa pelle le mégot qu'il venait de jeter par terre.

— C'est ça, répondit Rybalko en évitant son regard.

Un chant mélodieux s'échappa d'une des fenêtres du bâtiment.

— Ce sont les enfants, dit le type. La chorale des petits anges de Tchernobyl. Comment Dieu peut-il leur infliger autant de souffrances, alors qu'ils chantent si bien?

L'homme avait un regard illuminé qui faisait froid dans le dos. Rybalko tourna les talons. De retour dans le dispensaire, il se rendit dans la pièce où Ninel lui avait dit de l'attendre. C'était une sorte de salle de jeux où s'ébattaient une quinzaine de gamins. La salle était séparée en deux par un long rideau vert, si bien qu'il n'en voyait pas le fond. Au départ, il ne remarqua rien d'inhabituel. Puis une sensation de malaise s'empara de lui quand il commença à déceler des choses étranges. Un des enfants saignait du nez. Le reste des gosses ne s'en inquiétaient pas. Rybalko l'observa relever la tête en se pinçant les narines. Bientôt, un autre garçon se mit à saigner du nez et rejoignit le premier sur un banc.

Il réalisa qu'aucun enfant ne courait longtemps. Ceux qui jouaient au football s'arrêtaient régulièrement, aspirant l'air comme des vieillards qui viennent de gravir deux étages. Intrigué, il avança dans la salle et dépassa le rideau vert. Derrière, il découvrit des gamins en fauteuil roulant, à demi paralysés, leurs bras et leurs jambes tordus, puis un enfant sans jambes et un autre qui n'avait pour tout membre qu'un unique bras atrophié. Il y avait aussi au fond des enfants qui mangeaient par terre parce qu'ils ne pouvaient pas marcher et d'autres qui s'agitaient, les yeux exorbités, comme si la seule émotion qu'ils pouvaient ressentir était la peur.

Il recula. Fuir. Il ne pouvait pas supporter ça. Voir des cadavres, risquer sa vie, ça, il pouvait le faire. Mais rester là, au milieu de ces gosses mutilés... c'était au-dessus de ses forces. Il voulut faire demi-tour, s'évader de ce cauchemar, mais Ninel était là, lui bloquant le chemin, l'observant de son regard brûlant, lui interdisant toute retraite.

— Vous voyez? C'est à eux que va une partie de l'argent de mon père. Vous trouvez ça inutile? Vous trouvez que c'est un caprice de gamine trop gâtée?

— Laissez-moi sortir.

— Regardez-les, dit-elle en désignant les enfants. Est-ce que ça ne vaut pas la peine d'accepter son argent sale pour les aider? Regardez Oleg, avec ses jambes qui ressemblent à des souches d'arbre. Il n'a quasiment pas de système lymphatique, ce qui veut dire que son corps produit des toxines qu'il ne peut pas éliminer. Regardez Viktor, le petit gamin sans bras. Après l'accident de Tchernobyl, le nombre de malformations chez les enfants a explosé. Les cancers et les leucémies aussi. On a des nouveau-nés diabétiques. Des gosses à qui on doit amputer des membres. Vous voyez? C'est ça, Tchernobyl. C'est ça, l'héritage du nucléaire. Il n'y a pas de monstres mutants ou d'animaux phosphorescents. Juste des bêtes et des gens malades. Regardez-les!

Il la bouscula et s'échappa de la pièce. Dans les escaliers, il sortit une cigarette et l'alluma, ignorant les panneaux interdisant de fumer. Ninel le poursuivit:

— Et vous? À quoi il vous sert, le fric de mon père?

Furieux, il jeta sa cigarette, remonta les marches et s'approcha d'elle jusqu'à ce que leurs visages ne soient qu'à quelques centimètres l'un de l'autre.

— Qu'est-ce que vous allez faire, me frapper? cracha Ninel.

Ses yeux étaient d'une froideur à fendre les pierres.

— J'ai une fille, commença-t-il. Elle ne peut entendre qu'avec des prothèses. Si j'ai accepté l'offre de votre père, c'est pour payer une opération qui lui permettra d'entendre normalement.

— Est-ce qu'elle sait que son père va tuer quelqu'un pour lui payer cette opération?

Là, il eut vraiment envie de la gifler.

— Non. Elle ne sait pas. Tout comme elle ne sait pas que son père va mourir dans moins de six mois.

Il se détourna et descendit rapidement les marches. Dehors, il s'alluma une nouvelle cigarette et arpenta les allées du parc pour se calmer. Quand il revint au dispensaire, Ninel l'attendait sur le perron de l'entrée.

— Je suis désolée. Je n'aurais pas dû vous dire tout ça.

— Ça va, fit-il en desserrant à peine les mâchoires.

— Qu'est-ce que vous... qu'est-ce que vous avez?

— Un genre de cancer. À cause de Tchernobyl, sans doute.

— Je n'aurais pas dû me servir des enfants pour vous culpabiliser. Je ne sais pas pourquoi j'ai fait ça. Ce n'est pas moi, c'est...

Ses yeux s'embuèrent.

— Laissez tomber, lui dit-il.

Une femme en blouse de médecin sortit du dispensaire et marcha vers eux. Ninel s'essuya rapidement les yeux.

— Voici Maria. Elle est membre d'honneur de 1986.

C'était une femme grande et mince, avec un teint anémié et des yeux fatigués. Elle n'était pas maquillée et ses cheveux blonds étaient attachés en un chignon négligé.

— Ninel vous a fait visiter le dispensaire? demanda-t-elle à Rybalko après lui avoir serré la main.

Elle avait une voix douce et posée qui devait certainement rassurer ses petits patients au moment de les examiner.

— Rapidement, répondit-il. J'ai vu la salle de jeux et j'ai entendu un peu la chorale répéter. Je... je n'imaginais pas qu'il y avait toujours autant de problèmes à cause des radiations.

Maria acquiesça tristement.

— Et encore, ce n'est qu'une infime partie des enfants victimes du nucléaire, déplora-t-elle. Les gens veulent croire que c'est du passé, Tchernobyl. Mais toutes les victimes de la catastrophe ne sont pas nées.

Elle lui expliqua que depuis quelques années, l'État essayait de faire croire le contraire à la population, en affirmant que l'augmentation des pathologies graves dans les régions touchées par la catastrophe était causée par la «radiophobie». D'après certains experts, les gens tomberaient malades à cause du stress engendré par les informations qui circulaient sur l'irradiation. Ça entraînait selon eux des vieillissements précoces, des cancers et même des leucémies.

— Je ne sais pas s'il faut en rire ou en pleurer, conclut Maria. Mais vous n'êtes pas venu ici pour parler de ça, si j'ai bien compris. Vous cherchez à trouver l'adresse de quelqu'un.

— Oui. Un type qui bossait à la centrale de Tchernobyl au moment de l'explosion.

— Ça peut faciliter les recherches. S'il est encore en vie, bien sûr. Certains employés de la centrale ont reçu une pension de l'État ou ont été pris en charge d'un point de vue médical après l'accident. Je connais pas mal de gens qui travaillent au ministère de la Santé. Je pourrai facilement trouver où il habite, s'il a bénéficié d'une aide quelconque.

— Et si c'est le cas, combien de temps vous faudra-t-il pour obtenir son adresse?

— J'aurai très certainement l'information dans l'après-midi ou dans la soirée.

— Parfait, répondit Rybalko.

Ça signifiait que demain au plus tard, Piotr Leonski serait mort et que sa mission serait accomplie.

28

Le lendemain matin, Rybalko se réveilla seul dans un lit froid. La veille, il avait pris une poignée de somnifères et plongé dans une nuit chimique perturbée par des visions horribles de corps sans yeux et d'oiseaux mutilés. À un moment donné de ses cauchemars, il s'était retrouvé à Pripiat, en 1986. Un soleil orange brûlait à l'horizon. L'air était chaud. C'était le printemps. Dans les rues flottaient des drapeaux rouge sang. Les enfants mangeaient des glaces qui leur coulaient sur le menton. Les ouvriers travaillaient torse nu. Au lieu des discours habituels, les haut-parleurs jouaient «Space Oddity» de David Bowie et un cosmonaute marchait à ses côtés. Derrière sa visière bleu nuit, on n'apercevait pas son visage. Bizarrement, les gens ne lui prêtaient pas attention, tout occupés qu'ils étaient à profiter de cette belle journée d'avril. Il suivait le cosmonaute jusqu'à la rivière. Le voyageur de l'espace pointait l'horizon de sa main gantée. Au loin, on apercevait la cheminée rouge et blanc de la centrale de Tchernobyl. Soudainement, le réacteur se mettait à cracher vers le ciel une langue de feu atomique. Il essayait de fuir, mais le cosmonaute l'empoignait très fort. Derrière sa visière, il n'y avait pas de visage. Juste un crâne grimaçant aux orbites vides.

Saloperie de somnifères.

Après avoir pris une douche et s'être un peu arrangé les cheveux, il régla le trépied de la petite caméra qu'il avait achetée la veille et s'assit sur le matelas. Il inspira, puis lança l'enregistrement à l'aide d'une minuscule télécommande.

— Bonjour, Tassia, c'est ton père, Alexandre. J'ai demandé à ta mère de te donner cet enregistrement quand tu aurais dix-huit ans, pour que tu saches... pour que tu saches...

Il s'interrompit, incapable de continuer. Déjà, le soir précédent, il n'avait pas réussi à trouver les bons mots. Plus qu'une explication, il voulait laisser à sa fille un souvenir, quelque chose qu'elle pourrait garder de lui bien après sa mort. Lui n'avait rien pu conserver de son père. On avait jeté toutes les affaires qu'il portait quand on l'avait transféré à l'hôpital de Moscou pour le traiter contre le mal des radiations. Ses vêtements. Sa montre. Son alliance. Tout le reste, ou presque, avait été laissé dans leur appartement de Pripiat. Même les photos de lui, Rybalko n'avait pas pu les récupérer. C'était comme si son père n'avait jamais existé. Et il ne voulait pas que ce soit pareil pour Tassia.

Il relança la caméra.

— Chérie, c'est papa. J'ai demandé à ta mère de te donner cette vidéo pour tes dix-huit ans.

Il se tut un moment. Il sentait sa gorge se serrer en imaginant sa fille regarder la vidéo.

— J'ai fait pas mal de choses que je regrette dans ma vie. J'ai pris de mauvaises décisions en toute connaissance de cause. J'ai plus souvent choisi de faire le mal que le bien. J'ai fait passer mes désirs avant le reste. J'ai été égoïste.

Il était satisfait. C'était bien de commencer par une confession. Ça sonnait juste.

— J'ai toujours pensé que je mourrais jeune. Alors je n'ai rien voulu rater. J'ai profité de tout ce qui était autorisé et abusé de tout ce qui était interdit. J'ai cru que ça suffirait à me rendre heureux. Et que je ne regretterais rien au moment de mourir, parce que j'aurais croqué tous les fruits que la vie me proposait.

Il marqua une pause, volontairement. Il avait un peu répété cette partie-là la veille, et il espérait simplement que ça ne faisait pas trop artificiel.

— Mais maintenant que ce moment est venu, que je dois regarder la mort en face, c'est ce que je n'ai pas fait qui me manque vraiment. Ce ne sont pas les verres que je n'ai pas bus, les femmes que je n'ai pas embrassées, les drogues que je n'ai pas essayées. Tout ça n'était qu'une perte de temps, au final. Ce que je regrette, c'est de ne pas avoir passé plus de moments avec toi et ta mère. Et de vous avoir fait souffrir. Je sais que je n'ai pas été un bon père et que je ne pourrai pas rattraper tout ça. Mais sache que les derniers jours de mon existence, je te les ai entièrement dédiés.

Il sentit ses yeux le picoter. L'émotion le submergeait. C'était comme si des vagues s'écrasaient sur sa poitrine. Il essaya de calmer sa respiration et de reprendre le contrôle. Il devait être fort, jusqu'au bout.

— J'espère pouvoir revenir d'Ukraine avant d'être trop malade pour profiter de mes derniers moments avec toi. Mais si jamais je devais mourir ici…

Il songea à lui-même, enfant, se reprochant bêtement d'être vivant alors que son père était mort. Comme s'il avait pu y faire quoi que ce soit.

— Ne te sens pas coupable, surtout. Si j'ai choisi de mener cette dernière enquête, c'est pour assurer ton avenir. Je veux que tu puisses avoir une vie normale… non : une belle vie. Et je veux aussi faire quelque chose de bien, au moins une fois dans ma vie. Mon père, ton grand-père, s'est sacrifié pour que tous les Ukrainiens, tous les Russes, tous les Européens continuent à vivre normalement. Sans son sacrifice, je ne serais pas là et toi non plus. C'était un vrai héros.

Sa gorge était tellement nouée qu'il peinait à respirer. Il fallait qu'il en finisse.

— Je t'aime, Tassia. Tu es ce que j'ai fait de mieux dans ma vie.

Il coupa l'enregistrement et se leva. Dans la salle de bains, il enfouit sa tête sous le jet d'eau glacé du robinet. Le choc thermique électrisa tout son corps. Les tensions dans sa gorge et son ventre disparurent. Il se frictionna le crâne avec une serviette, puis récupéra dans le coffre-fort le pistolet que Sokolov lui avait fait parvenir par le biais de Kachine. Les trois chargeurs fournis avec étaient remplis de balles à tête creuse. Une fois dans le corps de Leonski, elles s'ouvriraient comme des fleurs, s'étirant pour infliger le plus de dégâts possible aux tissus. L'ex-ministre voulait être sûr de ne laisser aucune chance à l'assassin de son fils.

Grâce au contact de Maria dans l'administration, il avait désormais l'adresse de Piotr Leonski. Il vivait dans la banlieue de Kiev, dans un de ces quartiers où l'on avait relogé les habitants des villages évacués de la zone. Lui-même avait vécu là-bas avec sa mère à la fin des années 1980. Il n'en gardait quasiment que de mauvais souvenirs : sa mère qui déclinait de jour en jour, les corbillards qui passaient toutes les semaines, les copains qui ne venaient plus jouer au ballon parce qu'ils n'en avaient plus la force, qui crevaient parce qu'on ne pouvait pas leur payer de traitement... Ils paraissaient si chétifs sur leur lit de mort, dans leurs vêtements devenus beaucoup trop grands pour eux. Ils avaient tellement maigri avant de s'éteindre comme des bougies soufflées dans la nuit.

Il y avait tant de malades parmi les déplacés que l'ensemble de tours où ils vivaient avait été surnommé le Pavillon des cancéreux par les habitants de la cité voisine, qui évitaient soigneusement de se mêler à eux. Le taux de suicides crevait le plafond. Les hommes, surtout, se tuaient à petit feu en se noyant dans l'alcool ou bien décidaient brutalement d'en finir en sautant par la fenêtre. Seules les femmes restaient. Il faut croire qu'elles sont plus fortes dans ce genre de situation.

À son arrivée, Rybalko constata que le quartier n'avait pas beaucoup changé. Il était toujours aussi usé et gris. La banlieue était plantée de bâtiments soviétiques uniformes, les mêmes qu'à Moscou, Saint-Pétersbourg ou Vladivostok, vieilles tours lépreuses qui donnaient l'impression aux enfants de l'URSS d'avoir tourné en rond toute leur vie.

Une camionnette à l'arrêt polarisait un petit attroupement de toxicomanes décharnés, le regard perdu dans le brouillard blanc de la drogue. À l'intérieur, des bénévoles du programme Snijenie Vreda (Réduction des risques) distribuaient des préservatifs et des seringues neuves pour limiter la propagation du sida chez les camés. Dans le hall d'entrée délabré de l'immeuble de Leonski, une de leurs brochures collées au mur promettait d'échanger aiguilles et seringues usagées contre des neuves. Juste au-dessus, on avait épinglé la liste des habitants qui n'avaient pas payé l'eau ou l'électricité. Un peu plus loin, une autre affiche étalait en lettres noires une annonce d'une cruelle banalité : «Achat de cheveux naturels, non colorés, quarante centimètres minimum», suivie de l'adresse d'un salon de coiffure. On en trouvait un peu partout, sur les murs et les poteaux électriques des banlieues fauchées de Kiev. Rybalko se demanda si le type qui achetait les cheveux savait que des gens gravement touchés par les radiations vivaient ici. Et si l'Américaine ou la Française qui se ferait poser des extensions capillaires aurait des problèmes de santé à cause de ces mèches achetées au rabais.

De façon peu surprenante, l'ascenseur ne fonctionnait pas. C'était un vieux Mogilev biélorusse, comme dans presque toutes les barres d'immeubles de l'ex-URSS. Contraint de monter les étages à pied, Rybalko se trouva en nage sur le palier du sixième. Il fut étonné d'y découvrir une file d'attente composée d'hommes et de femmes se grattant les avant-bras ou reniflant bruyamment. Les mêmes ombres humaines qu'il avait vues traîner autour du camion du programme sanitaire. En arrivant à la hauteur de la file de toxicos, il réalisa que la porte en métal renforcé devant laquelle ils patientaient était celle de Leonski. Intrigué, il s'inséra dans la file pour observer ce qui se tramait. Très vite, un homme ouvrit la porte. Muscles à l'étroit dans un T-shirt serré, l'air pas commode, il avait tout du videur de boîte de nuit. Il poussa hors de l'appartement une femme entre deux âges aux cheveux filasse qui remonta le couloir la tête basse, assommée qu'elle était par la drogue. Le videur jeta un regard au premier camé devant la porte et, sans dire un mot, ce dernier lui tendit une poignée de billets sales, humides et froissés comme s'ils avaient été récupérés dans un vieux pantalon après un lavage intensif. L'homme empocha l'argent et fit signe au type d'entrer d'un geste de la tête. Puis il referma la porte.

Troublant. C'était un ancien ingénieur nucléaire qui devait vivre ici, pas un dealer de drogue. Se pouvait-il qu'il se soit trompé ? Rybalko dépassa les squelettes ambulants – « Fais la queue, mec ! », « Chacun son tour, enculé ! », il leur décocha un regard noir, les junkies baissèrent les yeux – et alla frapper à la porte.

Le videur ouvrit et croisa les bras.

— Y a plus de place. Attends ton tour.

— Je dois parler à Piotr.

Une ride fissura le front du vigile, massif comme une falaise de calcaire.

— Piotr qui ?

— Piotr Leonski. Le propriétaire.

— Y a pas de Leonski ici. T'es qui d'abord ?

Rybalko sortit de sa poche une liasse de roubles.

— Un gros acheteur. On m'a dit d'aller chez Piotr Leonski. C'est pas ici ?

Le videur le toisa.

— Je t'ai jamais vu dans le coin. Je fais pas confiance aux gens que je connais pas.

— Je suis du Pavillon des cancéreux.

Le videur parut déstabilisé.

— Quel village ?

— Pripiat.

Le type hocha la tête.

— J't'ai quand même jamais vu. Et un mec avec ta gueule… on s'en souvient.

— Mes parents sont morts dans les années 90. J'ai dû déménager du côté d'Ivankiv. Là-bas, je fais du business dans la zone, improvisa-t-il.

— Quel genre de business ?

— Import-export. Avec la Biélorussie. Bon, alors, Leonski, il vit bien ici ou je dois trouver quelqu'un d'autre pour la came ?

Le type jeta un coup d'œil à la file de junkies, le temps de réfléchir.

— File-moi cinq mille roubles, finit-il par dire.

— Pourquoi ?

Un sachet contenant de la poudre blanche apparut dans les mains du videur. Dans le dos de Rybalko, les regards des junkies s'allumèrent. C'était de la cocaïne, ils le savaient tous sans que le mot soit prononcé. Une drogue de riche, pas une de ces saloperies bas de gamme qu'eux devaient s'enfiler dans les veines.

— Je ne suis pas venu pour me défoncer, je suis ici pour du business sérieux…

— Tu rentres pas si tu sniffes pas ça. Les flics prennent pas de came. Je veux être sûr que t'en es pas un.

Rybalko partit d'un grand rire :

— T'as pas dû en côtoyer beaucoup, des poulets. Allez, vas-y, file-moi ta merde.

Il lui tendit une poignée de billets. Le type encaissa le fric et lui donna le sachet.

— T'as un truc pour que je fasse un rail ?

Le videur s'éclipsa un instant et revint avec un miroir et une carte à jouer en plastique. Rybalko déposa la poudre sur le miroir et forma une petite ligne à l'aide de la carte – un valet de pique, remarqua-t-il. La cocaïne était fine comme de la farine. Elle laissa dans son nez une odeur de kérosène et dans sa gorge un goût amer.

— Une vraie saloperie. J'espère que Piotr a mieux que ça en stock. Alors, il est où ?

— Attends là. Je vais voir.

Le videur ferma la porte et disparut quelques minutes, le laissant seul avec les junkies. La drogue commençait à faire effet. Il se sentit plus lucide et concentré. La suite des opérations lui apparut très clairement. Le type allait le faire entrer, puis le fouillerait. Lui, il lui donnerait son flingue, irait parler à

Leonski, négocierait un faux deal, puis récupérerait son arme. À ce moment-là, il descendrait le videur, puis abattrait Leonski. Grâce à la coke, il se sentait de taille à le faire.

Le type réapparut à la porte.

— C'est bon. Entre.

Il pénétra dans l'appartement. De manière surprenante, le videur ne le fouilla pas et se contenta de le guider à travers un salon transformé en piste d'envol pour toxicomanes. Sur le tarmac en moquette synthétique s'étalaient une douzaine de matelas sales, occupés par des junkies aux bras constellés de cicatrices bleues, jaunes ou rouges. Sur le plancher traînaient des seringues vides, moteurs de fusée abandonnés une fois leur réservoir à sec.

Rybalko songea que les zombies ne poseraient pas de problème : après la fusillade, les plus en forme détaleraient, les autres resteraient vautrés par terre. Et le temps que la police les fasse parler, il serait déjà dans un avion, direction Moscou.

Il se sentait confiant.

Le videur le fit entrer dans une autre pièce et referma derrière lui. Rybalko se retrouva dans une petite chambre où régnait une odeur mortifère de viande avariée, de nicotine et de sueur. Elle semblait provenir du dealer allongé dans un lit étroit. C'était un homme dans la cinquantaine, avec ce teint cireux et légèrement jaunâtre qui trahit les malades du foie. Ses traits étaient creusés par la drogue, ses pommettes saillantes. Il portait un T-shirt noir qui tranchait avec sa peau pâle. Le bas de son corps était caché par un drap épais.

Le dealer fumait une Marlboro, qu'il déposa sur le rebord d'un cendrier traînant sur sa table de chevet. Le plateau du petit meuble était criblé de brûlures de cigarette, groupées comme un shoot de pistolet sur un carton de champ de tir.

— Mon gars m'a dit que tu étais du Pavillon des cancéreux et que tu faisais du business dans la zone, énonça le dealer d'un ton lassé.

— Piotr Leonski? se contenta de répondre Rybalko.

— Lui-même. En chair et en os.

C'est comme si un signal avait retenti. Rybalko passa la main dans son dos pour saisir son pistolet et le pointa sur Leonski. Malgré l'adrénaline, un instant avant de tirer, il hésita. Leonski n'avait esquissé aucun geste de recul. Il ne semblait pas avoir peur. Ses yeux de lézard fixaient le canon de l'arme avec détachement. Déstabilisé, Rybalko regarda plus attentivement le vieil homme, et il réalisa que quelque chose clochait. Les draps trempés de sueur moulaient son corps, mais là où aurait dû se trouver sa jambe gauche, il y avait un creux. Près du lit, une paire de béquilles était appuyée contre le mur.

— Qu'est-ce que tu attends? fit le dealer d'un ton détaché.

Rybalko avala difficilement sa salive. Sa gorge était comme anesthésiée. La cocaïne avait dû être coupée avec de la lidocaïne ou un médicament de ce genre.

— Tu es bien Piotr Leonski?

— C'est moi j'te dis!

Il sentit la paume de ses mains s'huiler de sueur. Rien ne collait. Ce type ne pouvait pas être l'assassin de Léonid. Comment aurait-il pu hisser son corps en haut de l'immeuble avec une jambe en moins ?

Il se passa la langue sur les lèvres et demanda :

— Est-ce que le nom de Sokolov te dit quelque chose ?

— Je ne connais pas cet oiseau-là. C'est lui qui t'a payé pour me descendre ? Tu le remercieras de ma part. Allez, tire !

— Comment s'appelait ta femme ?

— Depuis quand les tueurs posent des questions ? Fais ton putain de boulot ! s'énerva le dealer.

— Dis-moi le nom de ta femme !

— Nadejda, mais qu'est-ce que ça peut te foutre ?

— Je veux celui de ta première femme. Celle qui a été assassinée dans la région de Pripiat.

Il lut dans le regard du dealer de l'incompréhension et réalisa qu'il s'était bel et bien trompé de cible.

— Tu n'es pas Piotr Leonski, affirma-t-il en baissant légèrement son arme.

Soudain, le vieil homme se jeta sur le côté et essaya d'ouvrir le tiroir de sa table de chevet. Rybalko ajusta aussitôt son pistolet et visa la tête. Le dealer sortit du tiroir un objet métallique qu'il pointa dans sa direction. Rybalko faillit presser sur la détente, avant de réaliser qu'il s'agissait d'un étui à lunettes.

Il baissa de nouveau son arme.

— Bordel ! jura le vieil homme. T'es qu'un tocard ! Si ça avait été un flingue, je t'aurais descendu.

Dans un geste de dépit, il jeta l'étui contre le mur. Le choc fit tomber d'une étagère une figurine de porcelaine qui se brisa au sol. Le bruit attira le videur, qui tambourina à la porte.

— Ça va, chef ?

— Ça va, répondit le vieil homme. Laisse-nous tranquilles.

Il s'alluma une nouvelle cigarette, l'autre étant tombée sur le plancher pendant qu'il ouvrait le tiroir de la table de chevet.

— Pourquoi tu ne lui as pas dit que je te menaçais avec une arme ? demanda Rybalko.

— À quoi ça aurait servi ? Tu n'as plus l'air décidé à me descendre.

L'homme exhala une bouffée de tabac avant de reprendre :

— Je suis tombé sur le plus crétin des porte-flingues. Quel genre de tueur à gages de merde tu es pour refuser de buter un type qui te le demande, hein ?

— Tu n'es pas celui que je cherche. Pourquoi tu veux mourir ?

Le vieil homme tira le drap qui cachait sa jambe. Elle était amputée au niveau de la cuisse. Il arracha le pansement sur sa plaie. Récente, elle était purulente et suintait. Rybalko détourna les yeux.

— C'est ça, ne regarde pas la mort en face, espèce de lopette.

Rybalko sentit la colère lui chatouiller l'estomac, mais il n'était pas dupe : le type cherchait simplement à le provoquer, pour qu'il le tue.

— J'ai un genre de gangrène. Je suis en train de pourrir de l'intérieur, à petit feu. Tout ce que je voudrais, c'est partir en un claquement de doigts. Mais Pavel, mon garde du corps, refuse de me tirer une balle. Il a peur que ma femme le fasse buter si jamais elle découvre qu'il m'a aidé à en finir. Elle veut croire qu'on réussira à me guérir. Elle veut que j'accepte qu'on me charcute l'autre jambe. Elle pense que je serai tiré d'affaire après ça. Elle croit aux miracles, cette imbécile. Mais moi, je sais ce qui se passe dans mon corps. Je vais crever. C'est une certitude. Et toi, pourquoi tu t'intéresses à Leonski?

— Parce qu'il a assassiné quelqu'un.

— Et on te paie pour le tuer lui. Ce Sokolov, je parie?

Il éluda :

— L'appartement est au nom de Leonski. Tu as usurpé son identité, c'est ça?

Le malade sourit, dévoilant des dents brunâtres rongées par le tabac.

— Réponds : tu te fais passer pour lui depuis longtemps?

— Et si je ne réponds pas, gros dur? Tu vas faire quoi?

— Me donner ces informations ne te coûte rien.

— Mais ça ne me rapporte rien non plus. Si tu veux que je parle, il faut que tu me files un truc en échange.

Le malade posa sa cigarette dans le cendrier et se redressa dans son lit.

— Je te balance tout ce que je sais, mais à une condition : que tu me descendes quand je t'aurai donné ce que tu veux.

Le deal était ignoble. Et pourtant, Rybalko s'entendit répondre d'une voix désincarnée :

— C'est d'accord.

Le faux Leonski sourit.

365

— Très bien. Je n'aurais jamais cru être heureux qu'un type vienne me buter. Allez, qu'est-ce que tu veux savoir, Blanche-Neige?

— Ton nom d'abord.

— Appelle-moi Fiodor.

— Comment tu as récupéré l'appartement de Leonski, Fiodor?

Le malade grimaça.

— Ça remonte à une vingtaine d'années, à un moment où ça allait mal pour moi. Enfin, moins qu'aujourd'hui, mais j'étais quand même dans une sacrée merde. Bon, par où commencer...

Fiodor parla longuement, comme pour profiter au maximum de ses derniers instants. Il se perdait beaucoup en digressions. Sa carrière sportive, l'alcool, consommé jusqu'à l'évanouissement, la prohibition sous Gorbatchev, la soif qui l'avait jeté dans les bras de la drogue... Il expliqua aussi les sordides grandeurs de son business. Les junkies venaient se piquer chez lui parce que les seringues étaient propres et la dope relativement clean. Ici, les camés savaient qu'ils trouveraient toutes sortes de matériel, comme ces seringues grande taille de dix millilitres très prisées par les types habitués aux doses de cheval qui n'avaient pas envie de se piquer deux ou trois fois, ou encore ces fines aiguilles utilisées par les diabétiques pour leurs injections d'insuline qui permettaient aux toxicos qui n'avaient plus de veines saines et visibles d'aller chercher des vaisseaux minuscules loin sous la peau. C'était le cas de beaucoup de ceux qui venaient dans sa taule. Cerise sur le gâteau, Pavel leur faisait l'injection, s'il le fallait, et sans laisser passer d'air dans la seringue, sans essuyer l'aiguille avec ses doigts, sans rater la veine à cause de tremblements des mains.

— Comment tu t'es retrouvé dans cet appartement? lui demanda Rybalko pour le recadrer.

— À l'époque où j'ai trouvé l'appart, j'étais *fartsovchtchik* – je faisais l'intermédiaire entre les gens qui voulaient se payer des vêtements occidentaux et les «fournisseurs». Parfois, j'achetais directement. Je traînais dans les bars des hôtels supervisés par l'Intourist, l'organisme d'État qui s'occupait des touristes étrangers. J'achetais aux Occidentaux des jeans pour trente ou quarante roubles et je les revendais en doublant ou en triplant le prix. Je rachetais aussi des vêtements haute couture et des chaussures de luxe à des femmes de diplomates. Ça, ça payait encore plus. Mais c'était un business dangereux. Pour moi, les ennuis ont commencé quand un flic du BKhSS s'est intéressé d'un peu trop près à mon petit commerce.

Rybalko connaissait bien le BKhSS, le service de lutte contre les atteintes à la propriété socialiste. Certains flics avec qui il avait travaillé à Moscou avaient fait partie de cette branche de la milice, avant qu'elle ne soit dissoute dans les années 1990. C'était de loin les policiers les plus corrompus qu'il ait croisés dans sa carrière.

— Ce flic a débarqué chez moi. Heureusement, j'étais pas là. Après, j'ai habité un temps chez des copains, pour éviter de me faire attraper. Mais ça ne pouvait pas aller bien loin. Un jour, l'un d'eux m'a parlé d'apparts qui étaient inoccupés dans le Petit

Tchernobyl, comme on appelait ce quartier entre nous. Il avait entendu dire que certains vieux abandonnaient leurs appartements pour retourner vivre dans leurs isbas pourries, en campagne. En glissant un billet au concierge, j'ai su que celui-ci était inoccupé depuis six mois.

— L'appartement est toujours au nom de Leonski. Tu as également usurpé son identité.

— Il y avait des chèques dans la boîte aux lettres. Des indemnités de liquidateur. Ce n'était pas grand-chose, mais je n'allais pas cracher dessus. Ça permettait d'améliorer l'ordinaire. Avant de vendre de la came, j'en consommais beaucoup. Au départ, c'était facile de s'en procurer. Y avait pas énormément de toxicos en URSS et on ne se méfiait pas des drogues. Les médecins anesthésiaient leurs patients à la cocaïne, tu le crois, ça ? Putain, c'était le bon temps.

Dealer, menteur, voleur de pension d'invalidité : Fiodor avait un beau CV de crapule. Personne, à part sa femme, n'allait le regretter, songea Rybalko.

— Leonski n'est jamais revenu ?

— Une fois seulement. Et c'est ça qui est vraiment dingue : il s'est pointé ici et a dit qu'il voulait récupérer des affaires à lui. Moi j'ai sorti un couteau et je lui ai gueulé de se casser. Là, le mec m'a allongé une droite et je me suis étalé de tout mon long. Je pensais qu'il allait me balancer dehors, mais il a dit qu'il allait prendre deux ou trois trucs et puis qu'il ne reviendrait jamais, que je pouvais continuer de squatter l'appart ! Putain, j'en revenais pas. L'État lui avait filé un appart après Tchernobyl et lui il l'abandonnait, comme ça !

— Il t'a expliqué pourquoi?

— Il a dit qu'il repartait vivre chez lui.

— Leonski n'a pas été plus précis?

— Non. Il a pris ses affaires et il s'est cassé. Je ne l'ai plus jamais revu.

— Qu'est-ce qu'il a emporté exactement?

— Des trucs personnels. Des photos, des vêtements... rien de particulier.

— Des oiseaux empaillés?

Fiodor cligna rapidement des paupières.

— Non, mais il y en avait beaucoup dans l'appartement quand j'ai emménagé. J'ai tout de suite bazardé ces saloperies. Ces machins me filaient le bourdon. J'avais l'impression qu'ils m'observaient.

La mauvaise conscience du toxico, songea Rybalko. Le regard des animaux morts le renvoyait à sa honte de se droguer.

— Le plus ironique, continua Fiodor, c'est que j'ai cru que cet appart était un don du ciel. C'était le super plan. Comme des irradiés vivent dans le coin, les flics ne viennent jamais. Ils ont peur de choper des maladies. Les junkies, eux, ils s'en foutent, du moment que la dope est disponible et pas chère. Mais c'était un putain de cadeau empoisonné.

Il gratta le bout de sa jambe morte.

— C'est à cause de ces foutus irradiés que je suis tombé malade. Ils suent la radioactivité. Ils l'exhalent. C'est à cause d'eux que j'ai cette maudite infection qui me bouffe. C'est obligé. C'est le sida de Tchernobyl.

Ironique : ce type avait usurpé l'identité d'une des victimes de Tchernobyl, et aujourd'hui il était comme elles, malade. Rybalko voyait là-dedans une forme de justice qui lui convenait bien.

— C'est tout? Pas d'autre question? On peut en finir? demanda le dealer.

Il se crispa. En effet, il n'avait plus de questions en réserve. Il se concentra pour essayer de trouver quelque chose, pour se dérober encore, même quelques instants, à la sombre besogne qu'il avait acceptée.

— Tu es sûr que c'est ce que tu veux?

— Certain.

— Tu pourrais prendre des médicaments pour partir tranquillement. Ou de la drogue.

— Pavel ne me laisserait pas faire. Il me réanimerait et appellerait les secours. Je n'ai pas envie de me réveiller à l'hôpital dans un état encore pire que celui-là. Je veux crever vite et proprement.

Rybalko songea à sa propre situation. Dans six mois, c'est lui qui se trouverait à la place de ce quasi-inconnu qui pourrissait lentement dans son lit. Et il serait seul. Sauf que lui aurait un flingue pour en finir. Mais aurait-il le courage d'appuyer sur la détente?

C'était le moment de le savoir. Il saisit un oreiller et s'approcha du dealer. Sans un mot, il plaqua l'oreiller sur son visage. Fiodor ne résista pas. Son souffle rauque, bloqué par le tissu, s'emballa. Rybalko appuya le pistolet là où se trouvait le front du dealer. Le marteau du flingue grinça alors qu'il le ramenait en arrière. Des secondes, longues comme des minutes, s'écoulèrent. Fiodor s'étouffait, mais ne repoussait pas l'oreiller, déterminé à mourir.

Rybalko, lui, n'arrivait pas à le tuer. Il relâcha la pression sur l'oreiller.

— Abruti... pourquoi... tu... arrêtes? protesta Fiodor en reprenant son souffle.

Sans un mot, Rybalko quitta la chambre et traversa la pièce pleine de junkies affalés sur le sol. Le dealer hurla :

— Espèce de salopard de cul noir! Pédale!

Pavel, l'homme de main, surgit dans le salon. Rybalko pointa son arme sur lui.

— Les mains sur le mur, ordonna-t-il.

Le type obéit. Il le frappa à l'arrière du crâne avec la crosse de son pistolet. Pavel s'écroula au sol.

Les cris du dealer reprirent, plus proches et plus aigus. Rybalko se retourna. Le malade s'était levé de son lit et titubait vers lui avec ses béquilles. De la bave coulait sur son menton tandis qu'il crachait des insultes. Saisi d'effroi, Rybalko s'enfuit dans le couloir, tandis que les ultimes malédictions du dealer résonnaient dans l'appartement :

— J'espère que tu crèveras comme une merde, enfoiré!

29

La rue. Il grimpa dans sa voiture et s'éloigna aussi rapidement que possible de l'immeuble. Des sentiments contraires l'agitaient. La cocaïne continuait d'agir, aiguisant ses sens, mais sa confiance en lui en avait pris un sale coup. Pour essayer de remonter la pente, il s'arrêta sur le bas-côté et s'envoya le reste du sachet de poudre. Une euphorie passagère le traversa, qui retomba rapidement comme un soufflé. Non seulement Fiodor était un salaud, mais sa drogue était merdique.

Persistait quand même la joie honteuse d'être en vie, même temporairement, même à crédit. Il prit son portefeuille et en sortit une vieille photo de son ex-femme et de sa fille. Il espérait que ça le reboosterait. Ce fut tout l'inverse. Il songea aux heures perdues. À la fuite dans le travail. Aux plaisirs futiles qui l'avaient détourné de l'essentiel. Au départ, il avait refusé d'avoir un enfant. Il avait peur que Marina donne naissance à un monstre. Il avait entendu tant d'histoire de gamins difformes ou mort-nés quand il vivait au Pavillon des cancéreux. Et surtout, il avait peur d'en faire un orphelin.

Il n'avait pas envie que l'enfant grandisse sans père, comme lui.

Et puis Tassia était née. Une merveilleuse parenthèse dans sa vie. Il prend de bonnes résolutions : plus de drogues, plus de filles, plus de magouilles. Pendant trois ans, ça fonctionne. Mais ses vieux démons reviennent. La violence. L'argent gagné rapidement. Les plaisirs faciles. Son couple vacille. Il se jette à fond dans le boulot, pour ne pas penser. Son ambition est de laisser à Tassia un monde plus propre. Nettoyer les rues de ses criminels les plus dangereux. Une croisade dérisoire, qui lui aura donné un semblant de but dans la vie. Maintenant qu'il regardait dans le rétroviseur, quel bilan pouvait-il en tirer ?

Son mariage ? Un échec. Sa carrière ? Au point mort. Ses rêves ? Morts, mais en avait-il seulement eu ? La trace qu'il laissait derrière lui ? Insignifiante.

Heureusement, il y avait Tassia. Il fallait qu'il continue, pour elle.

Il essaya de faire le point sur ses découvertes. Leonski avait dit au dealer qu'il retournait vivre « chez lui ». Ça pouvait vouloir dire des tas de choses, mais le plus probable, c'était qu'il était reparti dans la zone. Il devait vérifier cette piste. Il emprunta la route en direction de Tchernobyl et arriva au premier check-point en moins de deux heures. Là, il tomba sur une file anormalement longue de véhicules à l'arrêt. Les chauffeurs et les guides, rassemblés près du poste de garde contrôlant l'accès à la zone, avaient l'air maussades.

— Qu'est-ce qui se passe? demanda-t-il à un des types qui attendaient.

— Aucune idée. Le garde refuse de nous laisser entrer. On poireaute depuis au moins une demi-heure.

Rybalko attendit avec lui une dizaine de minutes, jusqu'à ce que le fonctionnaire sorte leur annoncer la mauvaise nouvelle :

— La zone est fermée, les gars. Rentrez chez vous.

— Pour combien de temps? lança un chauffeur.

— Jusqu'à nouvel ordre.

— Mais pourquoi?

— Pour les besoins d'une enquête. La police de Tchernobyl vient de m'appeler : il y a eu un nouvel assassinat à Pripiat.

TOMBÉE DU NID

30

Pripiat était silencieuse, comme si elle prenait le deuil. Le gyrophare d'un véhicule de police tournait dans la pénombre de la rue Sportivnaya, jetant des éclats bleus sur les murs en béton pelés de la piscine Lazurny. Seule la voix du capitaine Melnyk résonnait dans l'air tandis qu'il téléphonait au procureur en charge de l'affaire du tueur à l'hirondelle.

— Comment ça, un nouveau meurtre, capitaine ? s'exclama le procureur, contrarié.

Melnyk resta factuel :

— On a retrouvé un corps dans la piscine Lazurny.

— La victime est ukrainienne ?

— Je ne sais pas pour l'instant.

— Bon Dieu… ça va trop loin : je vais appeler Kiev et leur demander d'envoyer la brigade criminelle en renfort.

— Vous me retirez l'enquête ?

— Écoutez, Melnyk, je vous ai laissé travailler sur le meurtre du Russe parce que personne n'en avait rien à faire de la mort de ce type. Le procureur général d'Ukraine a fait la guerre dans le Donbass, vous savez. Il ne porte pas les Russes dans son cœur. Mais là on est dans autre chose. Si la nouvelle victime est ukrainienne, ça va faire du bruit.

— Vous ne pouvez pas me mettre sur la touche. Je suis sur le point d'aboutir. J'ai un suspect.

— Qui?

— Un dénommé Piotr Leonski. Sa femme a été assassinée en 1986, en même temps qu'Olga Sokolov, la mère de notre première victime. Je pense qu'il les a tuées toutes les deux.

— C'est du solide, cette piste, vous êtes sûr?

— Certain. Mes hommes sont en train de chercher où habite Leonski.

Le procureur ne se montra guère enthousiaste, mais accepta malgré tout de le maintenir sur l'enquête :

— Pour l'instant, vous restez aux commandes. Mais je vous envoie quand même des renforts depuis Kiev. La situation nécessite qu'on mette tous les moyens de notre côté. J'ai le pressentiment que cette affaire va faire beaucoup de bruit.

Le procureur avait raison. Pripiat était connue dans le monde entier à cause de Tchernobyl. Le premier meurtre était passé inaperçu, mais avec le deuxième et la confirmation qu'un tueur en série sévissait dans la zone, il y avait de fortes chances de voir débarquer des équipes de télévision du monde entier. C'était une des raisons pour lesquelles Melnyk avait fait boucler les check-points, afin de garder au maximum les curieux à l'écart, et éventuellement confiner le tueur dans les environs.

— Ne me décevez pas, ordonna le procureur. On peut perdre beaucoup sur ce coup-là, vous comme moi.

— Ne vous inquiétez pas. Je n'ai pas l'intention d'échouer.

— Bien. Et tâchez de ne pas descendre ce type en l'arrêtant. Je veux un procès. C'est entendu ? Je sais que vous voulez une mutation à Kiev. Si vous me coffrez proprement ce tueur, j'appuierai votre demande. Mais il ne faut pas perdre de temps. Je reçois beaucoup de pression. Mes supérieurs vont vouloir des résultats très vite. C'est donnant-donnant, capitaine : vous bouclez rapidement cette affaire, et moi je m'engage à vous trouver un poste à Kiev, près de votre famille.

— J'ai compris.

Il raccrocha. L'entrée de la piscine municipale était surveillée par un garde. Melnyk le salua et passa sous le bandeau rouge et blanc qui interdisait l'accès à la scène de crime. Bien sûr, aucun curieux ne risquait de se faufiler à l'intérieur, mais Melnyk avait anticipé le fait que le procureur ferait appel à des renforts extérieurs. Les mesures de sécurité, inutiles, servaient juste à montrer aux flics de Kiev, qui arriveraient dans moins d'une heure, que la police de Tchernobyl respectait la procédure à la lettre.

La piscine Lazurny avait été majestueuse en son temps. Grande et moderne, elle accueillait aussi bien des championnats régionaux que des cours de natation pour les écoliers de la ville. À l'époque, le bassin ne devait pas désemplir de la journée. Maintenant, il était vide, envahi de gravats, et les gigantesques baies vitrées qui le bordaient étaient brisées depuis longtemps.

Novak attendait au bord de la piscine. Elle portait un masque de protection qui couvrait sa bouche et son nez. Dans sa main gauche, elle tenait une petite lanterne à gaz qui créait autour d'elle une bulle de lumière dont l'éclat se réfléchissait faiblement sur les carreaux blancs du bassin asséché. Elle était de service quand un guide touristique avait appelé pour signaler la découverte du cadavre dans la piscine. Bien que Melnyk l'ait dispensée de sortir du commissariat pour patrouiller dans des zones irradiées, elle avait rejoint l'équipe dépêchée sur place et avait gelé la scène de crime en attendant que son supérieur arrive.

— Où est le corps ? demanda Melnyk.

— Au fond, dit-elle en désignant d'un geste vague les deux grands plongeoirs qui surmontaient la partie la plus basse de la piscine, gouffre obscur que n'éclairait pas le faible éclat de sa lanterne.

Melnyk remarqua une corde aux pieds de Novak.

— On en aura besoin pour accéder au cadavre, expliqua-t-elle. Les échelles ne vont pas au fond et il y a un gros dénivelé au milieu du bassin.

— Tu n'es pas allée voir le corps ?

— Non, j'ai juste jeté un œil depuis le bord. J'ai préféré attendre que vous soyez là, dit-elle en poussant du bout du pied la corde pour qu'elle tombe dans le bassin.

Novak s'accroupit et posa sa lanterne. De ce côté, le bassin ne faisait qu'un peu plus d'un mètre de profondeur. Elle sauta dedans et souleva un petit nuage de poussière en atterrissant sur le sol carrelé. Melnyk la rejoignit et alluma sa lampe torche pour balayer la surface du bassin. Il était encombré de débris tombés du toit et de morceaux de faïence cassés. Sur le sol poussiéreux, on apercevait nettement des empreintes de pas. Certaines descendaient vers le fond de la piscine, tandis que d'autres en revenaient. Melnyk éclaira l'une de ses propres empreintes. La marque que laissaient ses semelles paraissait minuscule à côté de celles du Neil Armstrong qui les avait précédés dans cette étendue lunaire.

— Ce sont les empreintes de Leonski, affirma-t-il.

En prenant soin d'éviter les traces de pas, ils arpentèrent les anciens couloirs de nage délimités par des alignements de carreaux noirs. Melnyk se demanda si on avait siphonné l'eau en 1986, au moment de l'évacuation, ou si elle avait fini par s'évaporer.

— Qui a vu le corps en premier ? interrogea Melnyk.

— Un guide.

— Le même que la dernière fois ?

— Non, un autre. Je l'ai envoyé au commissariat avec son groupe de touristes pour qu'ils fassent leur déposition.

Novak s'en sortait plutôt bien. Ça le changeait de ses autres subordonnés, plus aguerris, mais plus bordéliques et tire-au-flanc. Moins sobres aussi : il lui était arrivé plus d'une fois d'en tirer un du lit et de lui coller la tête sous l'eau froide pour qu'il dessoûle avant d'aller travailler.

— Et la victime ? demanda-t-il. C'est un homme ?

— Non. Une jeune femme.

À la moitié des couloirs de nage, le fond de la piscine formait une pente régulière. Novak attacha aux barreaux d'une échelle en métal la corde qu'elle avait apportée et ils descendirent lentement jusqu'au point le plus bas. Là, sur le sol carrelé, gisait une jeune femme. Ses yeux bleu azur étaient braqués sur le plafond, elle portait une robe blanche et ses pieds étaient nus. Sur son front orné de mèches blondes, on avait déposé une couronne de fleurs des champs. Melnyk s'accroupit au-dessus du corps et saisit un pétale. Il l'écrasa entre ses doigts et une odeur légère lui monta au nez.

— Elles sont fraîches, commenta-t-il.

Novak hocha la tête avec gravité.

— Il faudra passer en revue les disparitions récentes dans la région, répondit-elle.

Le torse de la jeune femme était parcouru de profondes entailles. Melnyk enfila une paire de gants et promena son doigt sur l'une d'elles.

— On dirait des coups de couteau. Comme pour le meurtre d'Olga et de Larissa.

Il remarqua qu'il y avait peu de sang sur la robe, malgré les lacérations. Comme si la victime était déjà morte au moment où on l'avait frappée.

— Qu'est-ce qui a motivé le choix de cette victime, d'après vous ? demanda Novak.

Il était bien en peine de le dire avec certitude. Il tenta malgré tout une explication :

— Larissa avait vingt-six ans quand Leonski l'a tuée. Cette fille doit avoir à peu près dans ces eaux-là. Peut-être qu'il l'a choisie à cause de ça.

— Pourquoi tuer une femme maintenant, après autant d'années d'inactivité ?

— Peut-être qu'assassiner Léonid Sokolov lui a redonné le goût du meurtre.

Novak ne fut guère convaincue par l'argument. Melnyk non plus n'y croyait pas vraiment. Un tueur reste un tueur. Un type qui assassine pour le plaisir ne peut pas rester aussi longtemps sans recommencer.

— La véritable question, c'est de savoir pourquoi il exhibe les cadavres comme ça, enchaîna-t-il.

— Il n'a pas caché les corps de sa femme et d'Olga Sokolov il y a trente ans, répondit Novak.

— Oui, mais c'était différent. Il a agi dans l'urgence à l'époque. La centrale était en éruption et il voulait quitter la zone au plus vite.

— Peut-être que dans sa logique de malade, il voit ça comme des sortes de trophées qu'il expose ?

Melnyk remarqua que Novak fixait les jambes de la jeune femme, l'air ennuyé.

— Quelque chose ne va pas ?

— Vous croyez qu'il l'a… enfin… vous comprenez ce que je veux dire ?

Il pouvait presque lire ses pensées : un homme qui aime donner vie aux animaux morts… qui prend plaisir à les manipuler… quelle émotion pouvait lui procurer une femme morte ? Est-ce que ça l'excitait ? Est-ce qu'il avait utilisé le corps de sa victime pour assouvir des besoins sexuels monstrueux ? Ou bien est-ce qu'il l'avait tuée après avoir abusé d'elle ?

— On verra bien à l'autopsie, trancha Melnyk.

Il balaya le fond de la piscine avec sa torche.

— Il y a un truc qui ne colle pas. Où est l'hirondelle ?

Novak regarda autour d'elle.

— Il a peut-être changé de procédure ? La victime n'a pas non plus les yeux crevés, comme Olga et Larissa.

Melnyk remarqua soudain un détail. Penché au-dessus de la jeune femme, il avait l'impression de sentir une odeur d'amande. Il demanda à Novak si elle la percevait aussi. Elle retira son masque et huma l'air.

— De l'amande amère, oui… c'est l'odeur du cyanure, souffla la jeune flic.

Elle se recula en se couvrant le nez.

— Comment tu sais ça ? demanda Melnyk.

— On avait des formateurs américains à l'académie. De vrais puits de science. L'un d'eux nous a fait un cours de toxicologie.

Melnyk songea qu'à son époque, on n'apprenait pas ce genre de choses à l'école de la milice.

— Si Leonski naturalise des animaux, reprit Novak, il peut avoir du cyanure dans son atelier. Si je me souviens bien, ça sert à tuer les papillons sans abîmer leurs ailes.

— C'est l'Américain qui vous a aussi enseigné ça ?

— Non. J'ai potassé des livres de taxidermie après que vous m'avez parlé de l'hirondelle empaillée. Je me suis dit que ça pourrait aider.

C'est vraiment une première de la classe, songea-t-il.

— En tout cas, si on en doutait, maintenant on peut être à peu près sûrs que le tueur est bien Leonski. On a des empreintes de bottes de grande taille, tout le folklore autour de la taxidermie et les coups de couteau.

— Il y a aussi des éléments nouveaux par rapport aux meurtres de 1986. La couronne de fleurs, par exemple.

— Encore une fois, en 1986, Leonski a agi dans l'urgence. Il n'est peut-être pas allé jusqu'au bout de son fantasme.

Alors qu'il scrutait la couronne, Melnyk remarqua que l'oreille gauche de la victime était étrange. En la rabattant, il aperçut de nombreuses cicatrices très anciennes.

— On lui a recousu l'oreille? demanda Novak.

Melnyk était dubitatif. La texture de l'oreille était inhabituelle.

— Je miserais plutôt sur de la chirurgie reconstructrice. J'ai déjà vu des enfants naître sans oreilles, après Tchernobyl.

— Elle serait donc de la région?

— Possible.

Novak pointa du doigt les yeux de la victime :

— Pourquoi ne lui a-t-il pas crevé les yeux?

— Aucune idée.

Il scruta les yeux de poupée de la morte, ses iris bleu azur et le blanc tout autour pareil à de la porcelaine... blanc comme de la porcelaine... azur et porcelaine... porcelaine...

Pris d'une soudaine nausée, il mit sa main devant sa bouche et se releva en titubant.

— Ça ne va pas? s'inquiéta Novak.

Melnyk s'appuya contre le mur. Penché en avant, il lutta contre les spasmes nauséeux qui soulevaient son estomac.

— Capitaine?

— Un instant… j'ai besoin d'un instant…

Il inspira et expira profondément quatre ou cinq fois, puis s'accroupit de nouveau près du corps.

— Qu'est-ce qui ne va pas?

— Les yeux… je pense que ce ne sont pas les siens.

Novak blêmit. Melnyk sortit un crayon de sa poche et l'approcha d'un œil. Quelques millimètres avant de toucher l'organe, il hésita puis, rassemblant son courage, il tapota la surface de la cornée. Un léger bruit sec s'éleva, semblable au cliquetis d'un ongle pointu pianotant sur une vitre.

— Un œil de verre, fulmina-t-il.

Glacé par le regard fixe qui n'était pas celui de la jeune femme, Melnyk essaya de lui fermer les yeux. Mais son doigt glissa et il érafla suffisamment les prothèses pour les faire tourner de manière horrible, créant un regard impossible et dérangeant, comme si la morte voulait regarder l'intérieur de son crâne. Dégoûté, il ferma à la hâte les paupières de la jeune femme.

— C'est un malade, murmura Novak d'une voix blanche. Il va recommencer. Si on ne l'arrête pas, il va recommencer. Comme l'Ogre de Rostov.

Sa voix devint tremblante.

— C'est ma faute. Si je n'avais pas voulu faire cavalier seul, on aurait peut-être réussi à éviter ça. Peut-être que…

— Ça n'aurait rien changé, trancha Melnyk. Inutile de ressasser tout ça. C'est ce que tu fais maintenant qui est important. Alors concentre-toi sur la scène de crime. Dans une demi-heure, les gars de Kiev et le procureur seront là. Si on veut garder l'affaire, il faut leur montrer qu'on est capables d'arrêter ce type, OK ?

Novak déglutit péniblement.

— Vous avez raison. Je… je vais me ressaisir.

— Bien. Approche la lampe, je dois vérifier quelque chose. Éclaire le corps au niveau de l'abdomen.

Novak tendit sa lampe à gaz au-dessus du cadavre. La lumière dansait légèrement au gré des tremblements nerveux de sa main.

— Qu'est-ce que vous faites ? lui demanda-t-elle tandis qu'il passait ses doigts sur la robe blanche de la fille, comme s'il cherchait à en lisser les plis.

— Là !

Melnyk arrêta sa main au niveau du nombril de la jeune femme. Il avait senti à travers l'étoffe une rugosité. En plaquant le tissu contre la peau, il devina à travers une cicatrice cousue de fil noir.

— Léonid Sokolov avait la même cicatrice sur le ventre. Comme il n'y a pas eu d'autopsie, on n'a pas pu savoir ce que ça signifiait. Mais cette fois-ci, radiations ou pas, ils ont intérêt à faire le job, à la morgue de Kiev.

Il se redressa et ses genoux émirent un craquement désagréable.

— Reste plus qu'à trouver l'hirondelle, dit-il en ressortant sa lampe torche de sa poche.

Il promena son halo sur le sol. Aucune trace d'oiseau empaillé. Pourquoi n'y avait-il pas d'hirondelle cette fois-ci ?

— Les plongeoirs ! s'exclama-t-il.

Le plus haut, à plusieurs mètres au-dessus d'eux, était perdu dans la pénombre. Melnyk leva sa lampe torche et remarqua quelque chose qui dépassait du rebord en béton.

— On dirait… une aile d'oiseau? s'étonna Novak.

— Allons voir ça.

Ils remontèrent péniblement la pente qui séparait le petit bassin du grand. Le carrelage était glissant, mais heureusement il y avait de nombreux carreaux descellés et le ciment affleurant dessous fournissait des appuis sûrs.

De l'autre côté de la piscine, il y avait deux plongeoirs. Le plus petit était haut d'environ deux mètres, deux mètres cinquante, tandis que le plus grand culminait à presque cinq mètres au-dessus de la ligne d'eau du bassin. C'est de ce dernier que dépassait l'aile d'oiseau.

Melnyk remarqua un détail pratique auquel il n'avait pas prêté attention en entrant dans la piscine. S'il y avait bien un escalier métallique entre les deux plateformes des plongeoirs, il n'y en avait pas entre le petit plongeoir et le sol. Des années plus tôt, par mesure de précaution, on l'avait démonté afin d'éviter que des hurluberlus ne grimpent là-haut pour prendre des photos.

— On pourrait demander une échelle aux pompiers de la centrale, proposa Novak.

— Pas le temps, répondit Melnyk.

Son timing était serré. Il préférait récupérer l'oiseau avant l'arrivée des flics de Kiev. Qui sait si le procureur n'allait pas changer d'avis et leur retirer la direction de l'enquête? Tout comme pour Novak, c'était son ticket de sortie de la zone. Sa seule chance de la quitter.

Les plateformes reposaient sur des bras en béton armé qui se rejoignaient au niveau du sol pour former une espèce de V sur lequel Melnyk se hissa. De là, il put atteindre le petit plongeoir en s'aidant de la rambarde métallique qui le ceinturait.

Novak leva sa lanterne à gaz au-dessus de sa tête, l'air inquiet.

— Faites attention, lança-t-elle. Tout ça a plus de trente ans, ça pourrait céder sous votre poids.

Comme pour lui donner raison, la structure métallique de l'escalier qui menait au deuxième plongeoir vacilla légèrement quand le capitaine posa un pied dessus pour tester sa solidité. Il hésita. Dans la poussière grasse qui recouvrait les marches, on distinguait des traces de pas : quelqu'un était déjà passé par là avant lui, alors de quoi avait-il peur ?

Il monta une marche, puis une deuxième.

— Allez, mon vieux, c'est rien du tout, marmonna-t-il.

Nouveau pas, nouveau grincement.

— Vous devriez faire demi-tour, lui cria Novak.

Ses jambes se mirent à trembler. Les vibrations se transmirent instantanément à l'escalier, qui commença à tinter légèrement dans le silence inquiétant de la piscine abandonnée. Melnyk ferma les yeux et essaya de se raisonner. *Tu as déjà fait la moitié du chemin*, se répétait-il.

— Ça va ? demanda Novak, plusieurs mètres en contrebas.

Il ne répondit rien, comme si prononcer le moindre mot risquait de rompre son fragile appui. Il était à quelques pas de la seconde plateforme. Il leva un pied, le reposa sur une marche. Le métal protesta bruyamment.

— On enverra des pompiers plus tard. Faites demi-tour !

Sourd aux conseils de Novak, il gravit une marche de plus. Était-ce de la détermination ? De la fierté mal placée ? Du machisme ? Quoi qu'il en soit, il refusait de reculer devant sa subordonnée. Une marche de plus et il put voir l'oiseau posé au milieu de la plateforme du plongeoir. Une hirondelle.

Craquement net.

Gémissement du métal qui se tord.

Une des attaches de l'escalier au sommet de la plateforme était en train de céder. Melnyk se sentit partir sur le côté. Le vide sous ses pieds se rapprocha lentement, comme dans un rêve.

Puis tout se stabilisa.

Novak, en bas, restait muette, comme paralysée. Privé d'une partie de son ancrage, l'escalier était en train de vriller sur la droite. Melnyk reporta son poids sur le côté gauche, lentement. Pas d'à-coups, surtout pas. Sinon la deuxième attache risquait de lâcher. Rapidement, il évalua la situation. Il était presque arrivé au sommet de l'escalier. Soit il tentait de terminer l'ascension, soit il reculait.

Descendre. C'était plus logique. La base de l'escalier tenait bon. Quelques pas en arrière et il serait en sécurité.

Sa lampe torche, qu'il tenait toujours d'une main, éclairait le vide. Une partie de la poussière accumulée sur les marches s'était envolée au moment où l'escalier avait brutalement chaviré, et l'air était saturé de particules en suspension. Melnyk transféra lentement son poids sur sa jambe gauche et étira sa jambe droite vers l'arrière. L'escalier oscilla dangereusement. Son pied tâtonna dans le vide, puis entra en contact avec la marche du dessous, sur laquelle il prit appui. Tout son corps était en extension.

Crac!

L'escalier s'effondra brusquement. Dans un réflexe, il poussa sur ses jambes, en espérant se projeter suffisamment pour tomber sur la première plateforme, et pas sur le sol trois mètres plus bas.

La chute sembla durer une éternité.

Claquement sonore, impact lourd de son dos sur le béton.

Un fourmillement traversa tout son corps. Il ne put ni remuer les lèvres ni bouger les jambes ou les bras. Ses yeux papillotèrent.

Puis ce fut le noir.

31

La lumière.

Était-ce ça, le fameux tunnel qu'on voyait quand on passait de l'autre côté? À moins qu'il y ait une ampoule au plafonnier du paradis…

Melnyk se réveilla dans un lit d'hôpital. Il avait une migraine terrible. Il palpa l'arrière de sa tête et constata qu'elle était bandée. Il se souvint de la chute, d'un bruit de sirène et de visages penchés sur lui. Étrangement, il se rappela aussi avoir flotté dans l'air. On avait dû utiliser une sorte de nacelle pour le redescendre.

— Vous nous avez fait une belle frayeur, capitaine.

La voix venait d'un coin de la pièce. Il se tourna dans sa direction.

— Novak?

La jeune flic était assise dans un fauteuil. Elle avait les yeux cernés.

— Bien dormi? demanda-t-elle.

Melnyk se redressa péniblement. Ses fesses et son dos étaient douloureux. Son bras le chatouillait désagréablement. Il réalisa qu'il était raccordé à une perfusion. Il voulut passer une main dans ses cheveux au-dessus du bandage et toucha directement son crâne.

Il était chauve.

— *Blyad…*

— On a dû vous raser les cheveux et la barbe.

— *Blyad!* répéta-t-il en se tâtant le menton.

— C'est à cause des particules radioactives. Elles s'accrochent parfois aux cheveux. Comme vous étiez recouvert de poussière après votre chute, ils ont préféré tout couper quand vous êtes arrivé aux urgences. Vous êtes tombé de l'escalier sur le petit plongeoir, vous vous souvenez?

Melnyk regarda à travers la fenêtre. Le ciel était couvert. Impossible de dire si c'était le matin ou l'après-midi. Il leva machinalement son poignet pour y chercher l'heure, mais on lui avait retiré sa montre.

— Où sont mes affaires?

— Ils ont tout jeté après la douche. Vous ne vous en souvenez pas?

Elle lui expliqua que les pompiers de la centrale avaient installé à la hâte une douche de décontamination près de la piscine, avaient découpé ses vêtements puis l'avaient déshabillé avant de le doucher.

— Quelle heure il est? demanda-t-il.

— Neuf heures.

Il réalisa qu'il avait été inconscient plus d'une dizaine d'heures. La chute l'avait sacrément secoué.

— Le corps? Il a été autopsié?

— C'est en cours. Ils ont préparé un bloc spécialement pour l'occasion.

Melnyk saisit l'aiguille enfoncée dans son avant-bras et l'arracha. Novak en fut bouche bée.

— Qu'est-ce que vous faites?

— Je ne vais pas rester là à me tourner les pouces pendant que d'autres résolvent mon affaire.

Quand il se leva, une vive douleur traversa son dos et l'arrière de son crâne, le faisant grogner.

— Le médecin a dit que vous deviez passer toute la semaine au lit pour vous remettre, s'inquiéta Novak.

— Je vais très bien.

— Ils veulent vous garder en observation au moins quarante-huit heures…

— Je vais bien, répéta Melnyk.

Dans la penderie, il trouva des affaires qui lui appartenaient.

— C'est vous qui avez apporté ça?

— Je suis passée prendre des vêtements chez vous.

— À Tchernobyl ou à Kiev?

— À Tchernobyl.

— Vous avez appelé ma femme?

— Oui. Je l'ai rassurée. Je lui ai dit que votre vie n'était pas en danger et que les contrôles de radio-métrie étaient positifs. Enfin, négatifs. Enfin, que vous n'aviez rien, quoi.

Melnyk pesta. Tatiana n'était pas près de le laisser dormir à la maison, après un truc pareil. Peut-être même qu'elle allait le quitter pour de bon, cette fois-ci.

Il enleva sa blouse, sans pudeur, et enfila à la hâte les vêtements propres.

— Vous devriez rester au lit, insista Novak. Vous avez failli vous fracturer le crâne.

— On n'a pas de temps à perdre, Novak. Vous voulez quitter la zone, oui ou non ? Si les flics de Kiev arrêtent le coupable avant nous, on est bloqués ici pour les dix prochaines années, vous comme moi.

Il fouilla le placard à la recherche d'une paire de chaussures.

— Vous n'avez pas apporté mes bottes de rechange ?

— Non. Je ne les ai pas trouvées.

— Et comment je suis censé sortir ? Pieds nus, comme un hippie à la con ?

La jeune flic laissa percer son exaspération :

— Vous n'étiez pas supposé quitter le lit avant une semaine. Et vous pourriez être plus aimable. J'ai passé la nuit entre la scène de crime et l'hôpital. Je n'ai pas dormi depuis avant-hier soir. Si vous n'en avez rien à faire de votre santé, pourquoi vous ne sortiriez pas pieds nus, après tout ?

— On n'a qu'à faire ça.

Melnyk quitta la chambre, suivi par Novak.

— Mon téléphone, ils l'ont jeté aussi ?

— Sûrement.

— *Blyad*... Il faut que j'appelle ma femme.

— Je peux vous prêter mon portable, dit-elle froidement.

— Non, ça ira. Je ferai ça plus tard.

Ils descendirent jusqu'au parking. Vu qu'il n'avait pas de chaussures, il laissa Novak conduire.

— On a identifié la victime ?

— Non.

— L'hirondelle, ça a donné quelque chose ?

— Rien pour l'instant. Le laboratoire est en train de l'examiner.

— Et Leonski? Vous avez découvert où il habite?

— Oui. Il vit à Kiev. On a appelé les collègues de la capitale pour qu'ils aillent chez lui.

— Enfin une bonne nouvelle. Même si je doute qu'ils le trouvent.

— Pourquoi?

— Il signe ses crimes. Il doit bien s'attendre à ce qu'un jour ou l'autre on finisse par débarquer chez lui. Ma main à couper qu'il a déjà filé.

Ils roulèrent jusqu'à l'immeuble de Tchernobyl où logeaient les policiers de la ville quand ils étaient en service. Elle l'accompagna jusqu'à la porte de son appartement.

— Retourne au commissariat et focalise-toi sur l'identification de la victime.

— Qu'est-ce que vous allez faire maintenant?

— Aller à Kiev, parler au légiste.

Et à ma femme, songea-t-il.

— On a déjà quelqu'un là-bas…

— Je préfère voir par moi-même.

Novak n'insista pas. Elle redémarra, direction le commissariat, tandis que lui filait vers sa salle de bains. Il se frotta longuement pour essayer de chasser les odeurs de produits chimiques que la douche de décontamination avait laissées sur sa peau. Il trouva ses bottes de rechange cachées sous son lit (pourquoi diable les avait-il rangées là?), les enfila et sortit chercher sa Lada Riva sur le parking.

Un tout-terrain noir était garé juste à côté. Le conducteur avait ouvert la vitre fumée et laissait pendre le long de la carrosserie son bras tatoué d'un aigle.

32

Pommettes hautes jetant des ombres sur ses joues maigres, regard noir, barbe de trois jours poivre et sel, impossible de se tromper : le visage du conducteur ne lui était que trop familier.

— Sergueï Kamenev, dit Melnyk en posant les mains sur ses hanches, à portée de ses menottes et de son flingue.

Kamenev était le bras droit d'un type insaisissable impliqué dans tous les trafics de la zone. On disait que son patron était un «voleur dans la loi», un de ces vieux bandits tatoués qui régnaient sur les arrière-cours du monde carcéral au temps de l'URSS. Mais personne ne l'avait jamais vu dans les parages : il préférait sans doute rester à Kiev, loin de son fief radioactif.

— J'ai failli pas vous reconnaître, cap'taine. Qu'est-ce qui est arrivé à vos cheveux et votre barbe ?

— Il les a peut-être vendus, plaisanta le type assis à côté de lui.

Bomber kaki à doublure orange, cheveux rasés sur les tempes, le passager de Kamenev portait sur le haut du crâne une longue mèche peignée vers l'avant à la façon des anciens Cosaques.

— Je vois que tu as ramené un de tes petits copains du Secteur droit, commenta Melnyk. C'est un de ceux qui ont saccagé les locaux de la permanence de 1986?

— Pas entendu parler, répondit Kamenev.

Il se retourna vers son passager :

— T'as fait quelque chose d'illégal à Tchernobyl?

Le type, hilare, jura que non. Melnyk les foudroya du regard.

— Je ne veux pas du Secteur droit dans ma zone, Kamenev. Si tes nazillons continuent à emmerder les gens de 1986, je devrai les coffrer. Il n'y aura pas d'autre avertissement.

— Pour qui tu te prends, vieux débris! lança le Cosaque.

Kamenev le fit taire d'un geste de la main.

— Tout doux, Melnyk. Ces gars sont juste de bons patriotes. Ils combattent les troupes de Moscou. Comme ton fils.

Il y avait pas mal de types du Secteur droit parmi les volontaires sur le front de l'Est. Ça rendait Melnyk malade de savoir que Nikolaï devait côtoyer régulièrement ce genre d'individus.

— J'ai entendu dire qu'il était dans le Donbass, du côté de Donetsk, poursuivit Kamenev.

Melnyk tiqua.

— Comment tu le sais?

— C'est un petit monde, la zone, dit le truand avec un sourire mauvais. Y a combien d'habitants à Tchernobyl, quelques centaines? Les nouvelles circulent vite.

Il sortit son téléphone portable et lui montra le cliché d'un groupe de types en uniforme posant devant un vieux tank datant de la guerre froide. Pas un n'avait le même équipement.

— Mon fils aussi s'est engagé. Il m'a envoyé des photos de son unité. Tu verrais le bordel. Une armée de paysans. L'État ne leur file presque rien, un peu de bouffe, quelques munitions et basta. Heureusement que je suis là pour l'aider.

Kamenev se pencha pour ouvrir la boîte à gants. Melnyk y devina la crosse d'un revolver. Il songea un instant à l'arrêter pour détention d'arme prohibée, mais à quoi bon. Kamenev avait de solides appuis dans la police et il serait sans doute libéré avant tout jugement. Il circulait déjà comme bon lui semblait dans la zone, alors qu'elle était supposée être bouclée. La plupart des gardes recevaient de lui un confortable *vziatka*, un pot-de-vin, pour le laisser se déplacer à sa guise.

Le trafiquant sortit un magazine écorné de la boîte à gants.

— Je lui ai acheté ce flingue, dit-il en montrant à Melnyk un fusil de sniper hors de prix. Et une lunette avec un gros agrandissement, comme ça je suis sûr qu'on ne l'enverra pas en première ligne, ajouta-t-il avec un clin d'œil. Et ton gosse, il est bien équipé ?

Melnyk songea à la bague que sa femme avait vendue pour réunir quelques fonds.

— Qu'est-ce que ça peut te faire, Kamenev ?

— J'ai entendu dire qu'il n'avait pas de gilet pare-balles. Je pourrais peut-être te dégoter du matériel de bonne qualité pour l'équiper.

On y est. La tentative de corruption commençait.

— En échange de quoi ?

Le trafiquant sourit.

— Tout ce bordel dans la zone est mauvais pour le business... Les flics de Kiev, les journalistes... des ornithologues... Y a trop de monde dans le coin ces derniers temps. Mais le pire, c'est le bouclage des check-points. Il faut que ça s'arrête rapidement. C'est pas bon pour les affaires, tu comprends.

— Quelles affaires, Kamenev?

— Des affaires qui nécessitent de la sérénité. Y a trop d'étrangers dans le coin ces derniers temps, répéta le trafiquant.

— Comme Léonid Sokolov?

— Je n'ai pas tué le Russe, si c'est ça que tu insinues.

— Je n'insinue rien. Je préfère les questions directes. Est-ce que tu es impliqué dans la mort de Léonid Sokolov?

— Tu crois que je te le dirais si c'était le cas?

— Je pense que tu me mentirais en me regardant droit dans les yeux.

— Je n'ai pas assassiné ce type.

— Est-ce que tu l'as fait tuer par un de tes gars?

— Pourquoi j'aurais demandé de buter ce pauvre gosse de riche?

— Parce qu'il fouinait un peu partout.

— Je ne l'ai pas descendu et je ne suis impliqué en rien dans sa mort.

— Tu viendrais au commissariat mettre ça sur le papier?

— Tu ferais quoi là-bas, le vieux, lança le Cosaque. Nous cuisiner à coups de ceinturon?

— Ça ne te ferait pas de mal, petit connard, répondit Melnyk.

— Tu vas voir, sale flic...

Piqué au vif, le type commença à ouvrir la portière pour descendre. Kamenev lui saisit le bras.

— Tu restes là, imbécile. Et toi, Melnyk, tu sais que je ne mettrai pas les pieds dans ton commissariat.

— Je pourrais t'arrêter.

— Pour quel motif ?

— Je trouverai bien.

— Laisse tomber, soupira le trafiquant. Si jamais tu réussissais à me coller quelque chose sur le dos, un autre gars me remplacerait dans la semaine. On est pareils, toi et moi, juste des pièces interchangeables qui appartiennent à quelque chose de plus gros. Alors ne perdons pas de temps à nous affronter. Et puis je n'ai pas buté le gosse. Je ne suis pas un barbare, juste un businessman. Je ne couds pas les yeux et les lèvres des mecs que je tue.

— Comment tu sais ça ?

Kamenev lui tendit la brochure publicitaire du magazine d'armes.

— Le deal est sur la table, Melnyk. Lève la fermeture de la zone. Et fais le ménage. Y a trop d'étrangers qui fourrent leur nez là où ils ne devraient pas. En particulier ce nègre qui s'est pointé récemment.

— L'ornithologue ?

— Ouais, ce type-là. Arrange-toi pour l'éloigner, lui et les autres curieux. Rouvre aussi les checkpoints. Et ton gosse recevra tout le matériel qu'il lui faudra au front.

Kamenev tourna la clé et le moteur du tout-terrain noir vrombit puissamment. Il allait passer la première quand Melnyk posa sa main sur la portière.

— Comment tu sais pour les sutures des paupières?

Kamenev fit rugir le moteur.

— Tu ferais bien de t'écarter, Melnyk. Un accident est vite arrivé.

— Comment tu sais?

Kamenev passa la première et le véhicule bondit en avant, obligeant Melnyk à reculer. Le tout-terrain roula jusqu'au bout du chemin, puis disparut.

Sur le sol gisait la brochure publicitaire. Toujours ouverte à la page des gilets pare-balles.

33

À l'entrée de Kiev, Melnyk tomba sur des bouchons monstrueux qui lui ôtèrent tout espoir d'arriver avant la fin de l'autopsie de l'inconnue de la piscine. Il téléphona à la morgue et demanda à parler au légiste.

— On vient juste de terminer. Vous n'aurez pas le rapport avant demain, énonça ce dernier.

— Tout ce que je veux, ce sont vos premières impressions. Est-ce que vous avez pu identifier la cause de la mort ?

— Il s'agit probablement d'un empoisonnement. Le corps sentait l'amande et j'ai détecté des brûlures alcalines du tractus gastro-intestinal typiques de l'ingestion de sels de cyanure. Bien sûr, il faudra attendre une confirmation du laboratoire.

Comme l'avait prédit Novak, songea Melnyk.

— Qu'est-ce que vous pouvez me dire d'autre ?

— Eh bien, c'est une jeune femme qui a subi des interventions de chirurgie plastique. Elle avait une aplasie importante qui a nécessité de reconstruire l'oreille externe gauche, sans doute avec du cartilage issu de ses côtes.

— C'est courant comme opération?

— C'est rare. Même si on en voit beaucoup plus depuis Tchernobyl.

Il en prit note mentalement : ce serait utile pour l'identification.

— J'ai remarqué des sutures au niveau du ventre, poursuivit Melnyk.

— Ah, ça…, fit le légiste d'un ton dégoûté. En trente ans de carrière, je n'ai jamais été confronté à un truc aussi écœurant. Les viscères ont été retirés par le tueur. À la place, il a fourré un oiseau mort. Votre type est un sacré malade.

— Quelle race d'oiseau il a utilisée? Une hirondelle.

— Non, un oiseau de proie. Je me prononcerais pour un faucon, mais je ne suis pas un expert.

— *Sokol*, marmonna Melnyk.

— Pardon?

— Ma première victime s'appelait Sokolov.

— Un *sokol* dans un Sokolov… On dirait que votre assassin a un humour très particulier.

— Qu'est-ce que vous avez remarqué d'autre?

— J'ai détecté des fractures post mortem, causées par un choc très violent. Comme si on avait jeté le corps. L'assassin l'a certainement balancé depuis le bord de la piscine pour éviter de le traîner jusqu'au fond du bassin.

Melnyk se demanda si Leonski avait agi ainsi par facilité ou s'il y avait une autre explication à son geste. La chute avait abîmé le corps et il était persuadé que dans l'esprit du tueur, les cadavres qu'il abandonnait étaient un peu comme des œuvres d'art. Or, traîner cette fille qui pesait cinquante kilos toute mouillée n'était pas un défi insurmontable pour un homme dans la cinquantaine. Est-ce que ça voulait dire qu'il était malade ou blessé ?

— Et les yeux ? demanda Melnyk.

— Des prothèses. Il y avait des kopecks derrière.

— Des pièces de monnaie ?

— C'est bien ce que j'ai dit. L'une date de 1960 et l'autre de 1986.

1986... Larissa et Olga étaient mortes cette année-là, la centrale avait explosé, Leonski avait été emprisonné... tout un tas d'événements pouvaient correspondre à cette date. En revanche, pour 1960, l'explication lui échappait. Il songea qu'il y avait peut-être les mêmes pièces derrière les yeux de Léonid Sokolov. Dommage que l'autopsie n'ait pu se faire.

Il prit congé du légiste et continua de rouler au pas dans la mélasse des bouchons de l'après-midi. Il songea à sa femme. Quelle tête allait-elle faire en le voyant arriver comme ça, tondu et imberbe ? Il répéta un peu ce qu'il allait lui dire. *Ils ont tout vérifié, je n'ai rien. Les cheveux et la barbe, c'est par mesure de prudence.* Allait-elle exiger de lui qu'il se rase tous les jours, maintenant ? Quelle poisse...

À son appartement, il trouva la porte close et ne put l'ouvrir, car la clé était restée dans la serrure de l'autre côté.

— Chérie, c'est moi, dit-il en tambourinant.

— Joseph ? fit Tatiana d'une voix blanche. Tu n'es pas à l'hôpital ?

— Ils m'ont laissé sortir. Je vais bien.

Son dos et l'arrière de son crâne disaient le contraire, surtout après les trois heures qu'il avait passées sur la route, mais la douleur n'était pas forte au point de le handicaper trop sérieusement.

— Tu peux m'ouvrir?

Silence.

— Chérie?

— Déshabille-toi avant d'entrer.

— Enfin, je ne vais pas me foutre à poil sur le palier...

Il chuchotait : les murs de l'immeuble étaient si fins qu'on pouvait entendre les voisins ronfler. Il les imagina, collés à l'œilleton, en train de pouffer de rire parce que le flic du quatrième devait se déshabiller avant de rentrer chez lui. Il n'était pas spécialement pudique, mais là, c'était une humiliation qu'il ne pouvait accepter.

— Ouvre. Mes habits sont propres. On m'a passé à la décontamination.

— Je ne te laisse pas entrer avec ces vêtements. Et qu'est-ce qui est arrivé à tes cheveux?

— Ils les ont rasés par mesure de sécurité.

— Pourquoi?

— C'est le protocole. Écoute, c'est ridicule qu'on se parle à travers une porte, ouvre-moi et je vais tout t'expliquer...

— Il paraît que tu es tombé dans un tas de poussière radioactive. C'est pour ça qu'ils t'ont rasé?

Il maudit intérieurement Novak. Pourquoi avait-elle parlé de ça?

— Oui, c'est ça. Mais ça veut dire que je ne peux plus rapporter de machins irradiés, tu vois?

— Je... je ne sais pas, Joseph. Peut-être que tu ne devrais pas rentrer.

Il resta muet. Est-ce qu'il avait bien compris ?

— Tu ne veux pas de moi à l'appartement ?

— J'aimerais que tu te tiennes éloigné le temps qu'on soit sûrs.

— Mais sûrs de quoi, nom de Dieu ? s'emporta-t-il.

— Ne prononce pas ce genre de mots devant moi, Joseph !

— Je ne suis pas devant toi, il y a cette porte entre nous et c'est précisément ce qui m'agace. Mais enfin, merde, je ne suis pas radioactif !

Tant pis pour les voisins. Il avait besoin de vider son sac :

— Tu te rends compte de ce que tu me fais subir depuis que je travaille à Tchernobyl ? Me changer sur le paillasson, me savonner pendant une demi-heure, ne pas pouvoir te toucher parce que tu as peur que je te contamine, tu réalises ce que j'endure ?

— Et toi, Joseph, tu penses que c'est facile pour moi ? Tu te rends compte de ce que je sacrifie ? Je passe toute la semaine sans toi. Et nos amis, on ne les voit plus. Quand je les invite à dîner, ils demandent si tu seras là. Ils ont peur de toi. Que tu les contamines.

— Et toi, tu as peur de moi ?

Silence.

— Je ne suis pas un foutu déchet nucléaire.

Il crut entendre des sanglots derrière la porte.

— Ouvre-moi, Tatiana.

Toujours pas de réponse. Il attendit deux bonnes minutes.

— Très bien. J'étais passé pour te rassurer et te serrer dans mes bras. Voilà, tu es au courant que je suis en vie. Puisque tu ne veux pas m'ouvrir, je vais rentrer à Tchernobyl.

Il se détourna. La voix de Tatiana s'éleva depuis l'appartement :

— Tu sais que je t'aime, Joseph, mais on ne peut plus continuer comme ça. *Je* ne peux plus continuer comme ça.

Il soupira.

— Je sais. Il faudra qu'on en parle, quand j'en aurai terminé avec mon enquête. En attendant, tu as raison, le mieux c'est que je ne rentre pas pendant quelque temps.

Nouveau silence. Il fit un petit signe de la main. Il savait qu'elle le regardait par le judas, mais ça lui fit malgré tout bizarre de saluer une porte.

— Je t'aime, lança-t-il avant de partir.

— Sois prudent, répondit la porte.

34

La journée du lendemain commença par un mal de crâne à fendre des bûches. Melnyk avala quelques cachets antidouleur et fit l'impasse sur le petit déjeuner. Il se sentait barbouillé. La veille, pour s'endormir et oublier la dispute avec sa femme, il avait bu quelques verres dans son bureau, tout en compulsant jusque très tard les avis de recherche et les signalements de personnes disparues dans la région. L'alcool et les médicaments ne faisant pas bon ménage, il s'était réveillé vaseux dans la pièce du commissariat où il avait installé un lit de camp.

Un peu avant dix heures, tandis qu'il était en train d'éplucher une montagne de messages que lui avait envoyés la police biélorusse, Novak entra dans son bureau, une feuille à la main.

— Je l'ai ! J'ai le nom de la victime !

La jeune flic lui donna la feuille puis croisa les bras, satisfaite. C'était une photocopie couleur d'une pièce d'identité. Melnyk chaussa ses lunettes et reconnut le visage de la fille de la piscine. Il éprouva un certain malaise en remarquant que ses yeux étaient marron, et non pas bleus comme les prothèses oculaires que le tueur avait placées dans ses orbites.

— Natalia Winograd, née à Kiev en 1987, lut-il. C'est bien une gosse de l'après-Tchernobyl. Ça explique l'oreille reconstruite. Est-ce qu'elle a de la famille ?

— Une sœur, à Kiev. Sa mère est décédée dans les années 1990. Seul son père est encore en vie. Et devinez où il vivait il y a trente ans ?

— À Pripiat ?

— Exact. Maintenant il habite à Slavutich.

— Tu l'as contacté ?

— Non. Je préférais vous en parler avant.

— Comment tu t'es débrouillée pour trouver l'identité de la fille ?

Novak expliqua qu'elle avait appelé un à un tous les commissariats de la région pour demander s'ils avaient des signalements de disparition suspecte. Elle avait fait mouche avec celui de Slavutich : le père de Natalia Winograd y avait rapporté la disparition de sa fille la veille.

Melnyk se leva et attrapa son manteau. Dehors, le ciel avait viré au gris. Quand il était sorti un peu plus tôt pour fumer, le froid l'avait saisi.

— On va aller voir ce monsieur pour lui annoncer la mort de sa fille, décréta-t-il. Va nous chercher une voiture, il faut que je passe un coup de fil.

Il composa le numéro du procureur tandis que Novak quittait le bureau. À peine en ligne, l'homme de loi lui braila dans les oreilles que les informations qu'il lui avait données sur Leonski étaient des tuyaux percés.

— Comment ça, des tuyaux percés ? s'indigna Melnyk.

410

— Votre suspect, Leonski. Il est mort avant-hier.

— Mais… comment…

— Suicide. Il s'est ouvert les veines avec une lame de rasoir, dans son appartement qui servait de repaire à une bande de junkies. Et devinez quoi ? Votre Leonski était impotent. Il avait une jambe en moins et était cloué au lit depuis des semaines.

— Impossible, murmura Melnyk.

Il n'en croyait pas ses oreilles. Tout collait, pourtant. Leonski avait été suspecté des meurtres de Larissa et Olga… Il y avait une hirondelle empaillée dans sa datcha…

— Le légiste est catégorique, insista le procureur. Vu son état, il était dans l'incapacité de hisser un cadavre sur une façade.

— Il y a forcément une erreur…

— L'erreur, c'est de vous avoir confié cette enquête. Je n'aurais pas dû vous écouter !

— J'ai la situation en main…

— Vraiment ? Je n'arrête pas de recevoir des appels de personnes haut placées qui me demandent de déboucler la zone que *vous* avez fait fermer.

— Pour l'instant, mieux vaut qu'on la maintienne close. Si le tueur est à l'intérieur, il est bloqué.

— Mais la zone est un gruyère, vous le savez aussi bien que moi ! Les seuls que vous bloquez, ce sont les touristes, et c'est le poumon économique de la région. Il faut rouvrir les barrages.

— Je refuse. On est en train de progresser. Si on lève le blocus maintenant, on donne l'occasion au tueur de quitter la zone sans risque.

— Dois-je vous rappeler, capitaine, que votre position, en tant qu'ex-milicien, est des plus précaires ? Vous êtes toujours «membre temporaire de la police», que je sache. Avez-vous effectué les stages de requalification ? A-t-on validé votre passage dans la nouvelle police d'Ukraine ?

Il serra les poings. Le procureur savait très bien que ce n'était pas le cas.

— Ce ne sont que des formalités politiques, répondit Melnyk, glacial.

— Je sais. Mais je prends un énorme risque en vous laissant la direction de l'enquête. S'il y a un autre meurtre, Kiev me demandera des comptes. Si c'est le cas, vous sauterez comme un fusible. Vous avez bien compris ça, j'espère ?

— Et il se passera quoi ? On me mutera dans un endroit pire que Tchernobyl ?

Le procureur resta muet : il ne s'attendait pas à ça.

— J'ai juste besoin d'un peu de temps, insista Melnyk. Je sens que je touche au but.

— Soit, soupira le procureur. Je vous donne jusqu'à la fin de la semaine. Si d'ici là les barrages ne sont pas rouverts et l'enquête sur l'assassin bien avancée, on arrête tout et la brigade criminelle reprend l'affaire. Et si vous échouez, je m'en lave les mains. Vous porterez seul la responsabilité d'un nouveau meurtre. C'est bien entendu ?

— Parfaitement.

— Bien. Parlez-moi de la victime maintenant.

Melnyk rapporta tout ce qu'il venait d'apprendre sur elle.

— Vous avez contacté le père ? demanda le procureur.

— Pas encore. Je vais y aller moi-même. Je pense qu'il est plus correct qu'on lui annonce de vive voix la mort de sa fille.

Lui, en tout cas, préférerait que quelqu'un vienne lui parler si Nikolaï se faisait tuer au front.

— Comme vous voulez. Appelez-moi dès que vous avez du nouveau. À n'importe quelle heure.

— Bien sûr, répondit Melnyk avant de raccrocher, un sourire désabusé au coin des lèvres.

Le procureur voulait sans doute donner une impression de disponibilité et de compétence, mais Melnyk n'était pas dupe : s'il désirait être informé en temps réel de l'avancée de l'enquête, c'était pour pouvoir le lâcher au plus vite en cas de problème.

En allant au garage, il croisa Novak qui en revenait.

— Il ne reste qu'une voiture et elle est en panne.

Melnyk jeta un œil à la vieille Lada. C'était un de ces modèles avec une trappe au niveau du plancher côté passager qui servait à pêcher sur les lacs gelés l'hiver sans sortir de son véhicule. Autant dire une antiquité presque aussi vénérable que le mur de Berlin.

— *Blyad* de *blyad*, pesta-t-il. Qu'est-ce qu'elle a, encore ?

— La boîte de vitesses est cassée.

— Dans ce cas, on va aller prendre le train à la centrale, décréta-t-il.

Ils montèrent dans sa voiture. Au carrefour, il ne tourna pas dans la rue Kirova, qui menait à Tchernobyl et Pripiat. Novak s'en étonna.

— Je passe d'abord demander un coup de main, lui répondit Melnyk.

— À qui?

— À celui qui dirige tout dans la zone.

Les rues de Tchernobyl étaient encore plus léthargiques que d'habitude, à cause du blocus qui les avait vidées de leurs touristes. Peu d'employés de la centrale vivaient ici : la ville était trop contaminée pour qu'on s'y installe à l'année. Ils dépassèrent les locaux déserts d'une agence de voyages, puis le parc commémoratif avec son allée plantée de panneaux indicateurs portant les noms de villages disparus.

— Je me demandais : c'est quoi, cette statue? dit Novak alors qu'ils passaient devant une sculpture géante réalisée avec de longues barres métalliques.

L'ensemble représentait un personnage ailé en train de souffler dans une trompette.

— C'est le troisième ange de l'Apocalypse, celui qui annonce l'arrivée de l'étoile Absinthe.

Novak manifesta un vif étonnement : en ukrainien, *tchernobyl* était le nom d'une variété d'absinthe.

— «Et il tomba du ciel une grande étoile ardente comme un flambeau; et elle tomba sur le tiers des fleuves et sur les sources des eaux», récita Melnyk. La centrale était juste à côté de la rivière. Sacrée coïncidence, hein?

Ils arrivèrent à une petite église colorée de bleu, de blanc et d'or. Melnyk se gara devant la grille et descendit de la voiture.

— Celui qui dirige tout dans la zone, répéta Novak. Vous êtes croyant?

— Non, je vais juste acheter des cigarettes. Vous venez?

414

— Non merci. Si Dieu existe vraiment, comment il aurait pu accepter ça? fit Novak en ouvrant les bras pour désigner tout ce qui les entourait.

Melnyk marcha jusqu'à l'église Saint-Élie. À l'intérieur, il fit une rapide prière pour son fils, pour sa femme et pour que Dieu lui donne l'avantage sur le diable qu'il traquait. Ils reprirent ensuite la route en direction de la centrale. Ils y furent accueillis par une meute de chiens errants qui filait vers la cantine des ouvriers. C'était bientôt l'heure du repas et ils venaient mendier des restes. La plupart de ces chiens étaient malades. Leur espérance de vie dépassait rarement cinq ou six ans.

L'anxiété de Novak monta d'un cran quand ils arpentèrent le bitume en face du réacteur numéro 4. Juste à côté, il y avait un gigantesque dôme en voie d'achèvement. À terme, il devait recouvrir le vieux sarcophage en béton construit dans l'urgence en 1986 pour piéger les éléments radioactifs encore contenus dans le réacteur. Le dôme était censé offrir un répit de cent ans aux Ukrainiens pour démanteler les déchets lourdement irradiés gisant dessous. Une vraie gageure, quand on savait ce qui se trouvait à l'intérieur : une coulure de lave infiniment radioactive formée lors de la fusion du réacteur. On l'appelait la Patte d'éléphant, à cause de sa forme. D'après les spécialistes, il suffisait de rester deux minutes à côté d'elle pour que vos cellules commencent à se décomposer. Et ce n'était pas le pire : la Patte d'éléphant étant toujours active, rien n'excluait qu'elle ait le potentiel de créer une nouvelle catastrophe nucléaire. Quant à ce qui se passait si elle atteignait les eaux souterraines, il suffisait de se reporter au passage de la Bible sur l'étoile Absinthe.

Il évita de raconter tout ça à Novak.

À la gare, il fallait passer par une rangée de cabines bleues munies de détecteurs de radiations avant d'atteindre les wagons. Blanche comme un linge, Novak posa ses pieds et ses mains sur les plaques métalliques abritant les senseurs de la machine, qui délivra une lumière verte, signe que tout allait bien. Elle poussa un soupir de soulagement et Melnyk passa à son tour dans la cabine. Nouvelle lumière verte. Dans la file derrière lui, un ouvrier s'installa placidement dans l'engin. Encore une lumière verte. Melnyk se demanda si la machine disposait d'un voyant rouge pour indiquer une irradiation trop importante, ou si tout cela n'était que de la poudre aux yeux destinée à rassurer la population. Connaissant la propension des États à mentir sur le sujet, il se dit que même un type transportant une bombe nucléaire dans son sac ne ferait pas sonner le portique.

Ils n'eurent guère de difficulté à trouver deux places face à face dans le wagon. Seuls quelques ingénieurs de l'équipe de nuit occupaient les banquettes. Il planait dans la rame l'ambiance morose des trains de banlieue ensommeillés. Certains passagers piquaient du nez, le menton appuyé sur la poitrine, les bras croisés. D'autres parlaient à voix basse. Jamais personne ne regardait le paysage. Qu'y avait-il à voir de l'autre côté de la fenêtre, que ces hommes blasés ne connaissent déjà par cœur? Des forêts sombres, des fermes désertes, des villages vides. Un panorama aussi déprimant que le ciel plombé de nuages gris.

Melnyk ressentit tout le poids de la fatigue accumulée ces dernières semaines et le roulis du wagon le berça si bien qu'il s'endormit sans s'en rendre compte. Il émergea au moment où le train freina en crissant désagréablement. À la gare de Slavutich, les quais étaient déserts. Melnyk et Novak marchèrent jusqu'à la rue Chernihivska, toute proche, où se trouvait l'immeuble du père de Natalia Winograd. Quand l'homme découvrit deux policiers sur son palier, il comprit instantanément la raison de leur visite.

Melnyk lui présenta ses condoléances et demanda s'il se sentait capable de répondre à leurs questions. L'homme accepta.

Le père de Natalia Winograd s'appelait Anton. Il avait un visage lourd, entaillé de rides profondes. Sa peau était grise et parsemée de taches de vieillesse. Il pesait vingt bons kilos de trop et respirait difficilement. Son appartement avait l'odeur des intérieurs mal aimés par leurs habitants. Ça sentait le linge négligé, les plaques de cuisson graisseuses et la tuyauterie mal entretenue.

Anton Winograd s'assit au fond d'un fauteuil en tissu orné de motifs floraux défraîchis. Sur la table basse, le cendrier débordait de mégots écrasés. Un téléphone traînait à côté, englué dans une tache d'alcool brun. Le père de Natalia avait sans doute veillé toute la nuit, attendant le retour de sa fille ou un coup de fil du commissariat de Slavutich.

— Comment est-elle morte ? demanda-t-il.

Melnyk s'installa sur une chaise grinçante. Novak préféra rester debout.

— Il s'agit d'un meurtre, répondit Melnyk.

— Un meurtre ici, à Slavutich?

Les crimes de sang étaient rarissimes dans cette ville : la vie y était trop courte pour qu'on la gaspille à s'entretuer.

— Le corps de votre fille a été retrouvé à Pripiat, pas à Slavutich.

— Pripiat, murmura l'homme.

Un voile de tristesse semblait couvrir ses yeux.

— Votre fille vivait à Kiev, n'est-ce pas?

— C'est exact.

— Elle avait un mari? Un petit ami?

— Ma fille est née sans organes génitaux, à cause des radiations. Difficile dans ces conditions d'avoir une vie amoureuse.

Novak décida de s'asseoir, finalement. Elle avait les jambes qui flageolaient.

— Pourquoi est-ce que vous avez contacté le commissariat de Slavutich, hier?

— Natalia devait passer me voir dans la soirée. On devait aller au restaurant, pour mon anniversaire.

— Comment elle venait habituellement?

— En *marchroutka*. Elle n'avait pas de voiture.

Melnyk se tourna vers son adjointe.

— Il faudra qu'on interroge tous ceux qui font la navette entre Kiev et Slavutich.

Novak sortit son carnet et nota «Questionner les chauffeurs de taxis collectifs».

— Quand avez-vous vu votre fille pour la dernière fois? reprit Melnyk.

— Il y a trois mois, à Kiev. On ne se voyait pas souvent, mais on s'appelait régulièrement. La dernière fois que je l'ai eue au téléphone, c'était avant-hier.

418

— Est-ce qu'elle vous semblait inquiète ? Stressée ?

La voix de fumeur d'Anton Winograd grésilla, comme si ses poumons étaient deux vieilles enceintes usées :

— Non. Elle était comme d'habitude. Joyeuse. C'était une battante, vous savez. Elle n'aurait pas dû naître. Le médecin voulait que ma femme avorte. Mais elle a porté Natalia jusqu'au bout, malgré tout. C'était une enfant prématurée. Elle était minuscule. Mais elle a survécu. Elle s'est battue toute sa vie. Chaque jour était comme une victoire pour elle.

Le vieil homme serra les poings.

— Il faut que vous arrêtiez le salaud qui a fait ça. Il faut qu'il crève en prison pour ce qu'il a fait à ma fille.

— On le mettra derrière les barreaux, jura Novak.

Melnyk fronça les sourcils. Il ne fallait jamais faire ce genre de promesse aux proches des victimes. C'était une erreur typique des jeunes flics.

— Est-ce que votre fille faisait des expéditions dans la zone interdite ? demanda-t-il. Je sais que beaucoup de gens font des randonnées dans le coin, malgré les risques.

— Elle était d'une petite santé. Elle fatiguait vite. Je ne l'imagine pas faire ça. Où a-t-on retrouvé son corps, à Pripiat ?

— Dans la piscine Lazurny.

Anton Winograd enfouit un instant son visage dans ses mains. Melnyk s'attendait à le voir pleurer, mais quand il redressa la tête, son regard était simplement triste, comme égaré.

— C'est là que sa grande sœur a appris à nager. C'est là qu'elle aurait appris, elle aussi, si cette foutue explosion ne nous avait pas volé notre avenir.

Les deux policiers échangèrent un regard.

— Où viviez-vous à Pripiat, monsieur Winograd?

— Dans la tour Voskhod.

Melnyk frissonna : c'était sur cette tour qu'on avait pendu Léonid Sokolov.

— Est-ce que vous avez connu un certain Piotr Leonski?

La question provoqua un trouble chez le vieil homme.

— Leonski... oui... je... c'était mon voisin de palier.

Soudain, tout s'éclaira pour Melnyk. Anton Winograd, c'était sûrement l'employé qui faisait des blagues à la cantine de la centrale, celui que Leonski avait dénoncé au KGB.

— Vous avez eu des soucis avec le KGB dans les années 1986-1987?

— Heu... qu'est-ce que ça a à voir avec la mort de ma fille?

— Répondez, s'il vous plaît.

— Oui, c'est vrai, j'ai eu des problèmes avec le KGB. D'abord ils ont menacé de m'arrêter pour propagande antisoviétique ou quelque chose de ce genre. À cause de blagues que j'aurais soi-disant racontées. Mais c'était Piotr qui racontait de bonnes histoires, pas moi!

Ses protestations étaient sincères, tout du moins en apparence. Est-ce que Leonski l'avait balancé pour se couvrir?

420

— Et ensuite ?

— Ils m'ont posé des questions sur Piotr. À cause du meurtre de sa femme. Ils pensaient que c'était lui qui l'avait tuée. Je leur ai répété ce que j'avais dit à la milice.

— Attendez : la milice vous a interrogé ?

Ce n'était pas dans le dossier d'enquête que Melnyk avait consulté aux archives.

— Bien sûr. Ma femme et moi on habitait l'appartement juste à côté de celui des Leonski et on gardait leurs filles le soir du meurtre, alors forcément ils nous ont posé des questions. J'ai raconté ce que j'avais remarqué ce soir-là : l'arrivée de Piotr à son appartement un peu après l'explosion, ses vêtements tachés de sang… Moi je n'étais pas de service cette nuit-là. J'ai tenté d'appeler la centrale, mais les lignes étaient coupées. J'étais dans la cuisine en train d'essayer de capter des informations à la radio, quand j'ai entendu du bruit chez Leonski. Les cloisons étaient très fines entre les appartements, vous savez. C'était comme si les voisins vivaient avec nous, et réciproquement. On entendait tout. Je me suis inquiété et je suis allé frapper chez lui. Il m'a ouvert. Je ne me rappelle plus exactement ce qu'on s'est dit, mais je me souviens qu'il avait du sang sur la manche de sa chemise. Je suis retourné à mon appartement. On a réveillé ses filles. Il voulait qu'elles partent avec lui à Kiev. Plus tard, j'ai appris qu'il avait déserté la centrale pendant son service. C'était une tête, Piotr. Même si le gouvernement cachait les risques du nucléaire, lui avait compris que toute la zone allait être gravement irradiée et qu'il ne fallait pas traîner sur place.

— Est-ce qu'il vous en a voulu d'avoir témoigné contre lui?

— Je ne sais pas… Je ne sais même pas s'il était au courant de mon témoignage.

— Est-ce qu'il a pu l'apprendre d'une façon quelconque?

— Peut-être. Vous pensez que c'est lui l'assassin de ma fille?

— C'est ce que je croyais, jusqu'à ce qu'on m'annonce sa mort. Il s'est suicidé.

— Leonski, se suicider? Ça m'étonnerait!

Anton Winograd semblait catégorique.

— Il était gravement malade, intervint Novak.

— Comme la plupart d'entre nous, dit le vieil homme en montrant la cicatrice sur son cou, consécutive à l'ablation de sa thyroïde. Mais jamais Piotr ne se serait suicidé, ça, vous pouvez me croire.

— Qu'est-ce qui vous en rend si sûr?

Anton Winograd désigna une icône sainte posée sur une étagère poussiéreuse.

— C'était un orthodoxe pratiquant. Jamais il n'aurait mis fin à ses jours volontairement. Il prenait ce genre de chose très au sérieux.

Melnyk se dit que tout cela méritait d'être vérifié au plus vite. Il se leva vivement de sa chaise, ce qui surprit son adjointe.

— On va devoir vous laisser, monsieur Winograd, mais nous aurons besoin que vous passiez au commissariat pour qu'on prenne votre déposition. Il faudra également procéder à une identification du corps de votre fille, pour être sûr qu'il n'y a pas d'erreur.

Anton Winograd acquiesça, blême.

— Nous allons devoir faire une perquisition chez elle, à Kiev. Est-ce que vous auriez un double des clés?

— Non. Mais sa sœur vit là-bas, elle aussi. Elle doit en avoir un.

— Il faudra l'appeler pour lui dire de passer à Tchernobyl pour sa déposition.

— Est-ce que ça pourrait se faire ailleurs? Elle a une peur terrible des radiations. Elle ne vient jamais à Slavutich à cause de ça.

— Ça devrait pouvoir s'arranger, répondit Melnyk.

Il lui laissa son numéro de téléphone, puis entraîna Novak hors de l'appartement.

— Qu'est-ce qui se passe? demanda-t-elle tandis qu'ils remontaient le couloir vers les escaliers.

— Winograd a dit que Leonski ne se serait jamais suicidé.

— Et alors?

— S'il a raison et que les flics de Kiev ont commis une erreur d'identification, dans ce cas on doit prévenir tous ceux qui ont été impliqués dans l'arrestation de Leonski.

— Pourquoi?

— Parce qu'il s'agit d'une vengeance. Tu ne le vois pas? D'abord, il a tué le fils Sokolov, puis la fille de Winograd, dont le témoignage avait renforcé les certitudes du KGB sur sa culpabilité. Si j'ai raison, il doit être en train de préparer le meurtre du fils ou de la fille d'une autre personne qui lui a fait du tort, selon lui.

— Pourquoi les enfants? Ils sont innocents de ce qu'ont pu faire leurs parents.

La réflexion de Novak lui donna soudain une idée. Il appela le commissariat de Tchernobyl.

— Ivan? Va dans mon bureau… Oui, tout de suite, pas demain… Tu vois la chemise bleue? Tu l'ouvres et tu cherches une feuille avec le nom de Leonski surligné… Tu l'as? Il est écrit dessus que sa fille est décédée en 1987, c'est ça? Ah, c'est vrai, il avait deux filles… des jumelles? OK, tu peux me dire de quoi elle est morte?… Parfait, merci.

Il raccrocha.

— Leonski avait des jumelles. L'une d'elles est morte en 1987 des suites d'une leucémie. Elle avait neuf ans.

— Et donc Leonski tuerait les enfants de ces gens à cause de ça? C'est fou!

— À nos yeux, oui. Mais peut-être qu'il voit ça comme une vengeance légitime. Je crois comprendre son raisonnement. Souviens-toi, le soir de l'explosion de la centrale, il avait prévu de quitter Pripiat avec ses filles. Mais il a été stoppé par un barrage de miliciens, qui l'ont arrêté en découvrant qu'il avait déserté de son travail. Qu'est-ce qu'ils ont fait de ses gamines, à ton avis?

— Leur mère était morte. Elles ont certainement été ramenées à Pripiat.

— Exactement. Pile au moment où la ville était le plus touchée par les radiations. C'est sans doute pour ça que Leonski tue les descendants des gens qu'il tient pour responsables de son arrestation. Les violences en prison, le décès de sa fille, sa déchéance sociale, il veut faire payer tout ça à ceux qui l'ont fait emprisonner. En leur prenant leurs enfants.

424

— Mais pourquoi maintenant? Pourquoi trente ans plus tard?

— Aucune idée. On a plus urgent : il faut qu'on l'empêche de tuer à nouveau. Donc qu'on identifie ses prochaines cibles.

— Arseni! s'exclama Novak. Le flic qui dirigeait l'enquête de la milice à l'époque, il faut le prévenir.

— Il n'a pas de portable. Contacte-le à sa boutique.

Ils sortirent tous les deux leur téléphone. Melnyk composa le numéro de Vektor Sokolov. C'était le premier nom qui lui était venu à l'esprit. Il avait déjà perdu un enfant, mais rien n'indiquait que Leonski n'allait pas frapper de nouveau sa famille.

Il tomba sur une secrétaire :

— Capitaine Melnyk. Je dois parler à Vektor Sokolov.

— M. Sokolov est en réunion, il ne peut pas vous répondre.

— Dites-lui que j'ai des nouvelles sur le meurtrier de son fils et que sa famille est en danger.

— Je... je transmets. Il vous rappellera.

Il raccrocha. Novak avait terminé son appel, elle aussi.

— Ça donne quoi du côté d'Arseni Agopian?

— J'ai eu son fils, je lui ai dit d'aller prévenir son père et le reste de sa famille. Et vous?

— J'ai laissé un message pour Vektor Sokolov à...

Le téléphone vibra dans sa main. Il décrocha tout de suite.

— Capitaine Melnyk? demanda une voix autoritaire.

Il n'avait parlé qu'une seule fois à Vektor Sokolov durant l'enquête, mais le timbre de sa voix était assez reconnaissable pour qu'il l'identifie immédiatement.

— Ma secrétaire m'a dit que ma famille était menacée. Qu'est-ce que ça veut dire ? Qu'est-ce qui se passe ?

— Monsieur Sokolov, les récentes avancées de l'enquête me laissent penser que l'assassin de votre fils est peut-être Piotr Leonski. Vous savez certainement qu'il a été soupçonné d'avoir tué votre femme, en 1986 ?

— Effectivement. J'ai toujours pensé que c'était lui le meurtrier, mais il a été relâché. Les imbéciles qui menaient l'enquête en ce temps-là étaient encore moins efficaces que vous.

Melnyk sentit son sang s'échauffer, mais s'efforça de rester courtois.

— En 1986, qu'est-ce qui vous faisait penser que Leonski avait pu tuer votre femme ?

— Sa datcha était juste à un jet de pierre de la mienne et il a déserté la centrale le soir du meurtre, que voulez-vous de plus comme preuve ?

— Est-ce que vous avez essayé d'interférer dans l'enquête à l'époque ?

— Je n'aime pas la tournure de cette question, capitaine.

— Alors permettez-moi de la reformuler de manière plus explicite : est-ce que vous avez essayé de nuire à Piotr Leonski d'une manière ou d'une autre en 1986 ?

Sokolov se tut un instant.

— Je suis à deux doigts de raccrocher et d'appeler vos supérieurs pour me plaindre de vous, capitaine. Ces insinuations sont scandaleuses.

Melnyk ne se laissa guère impressionner.

— Je sors de chez Anton Winograd, poursuivit-il. Ce nom vous dit quelque chose ?

— Absolument pas. C'est un complice de Leonski ?

— Non. Hier, sa fille a été retrouvée morte. Mutilée de la même façon que Léonid.

— Je comprends mieux. Il a fallu qu'une Ukrainienne meure pour que vous preniez enfin cette affaire au sérieux !

Il choisit d'ignorer la réflexion fielleuse.

— Il y a trente ans, Anton Winograd a témoigné contre Leonski, expliqua-t-il. Je pense que c'est pour ça qu'il a tué sa fille. Je répète donc ma question : avez-vous essayé de nuire d'une quelconque manière à Piotr Leonski ?

Sokolov hésita.

— Tout ce que vous avez pu faire est prescrit depuis longtemps, l'encouragea Melnyk. Et même si ce n'était pas le cas, on ne risque pas de vous extrader de Russie, n'est-ce pas ?

L'ex-ministre lâcha finalement du bout des lèvres :

— Oui.

— Oui quoi ?

— Oui, j'ai essayé de m'occuper de Leonski il y a trente ans. Je ne suis pas le genre de personne à rester les bras croisés quand on s'en prend à ma famille, capitaine. J'ai payé des délinquants emprisonnés avec Leonski pour qu'ils lui rendent la vie particulièrement difficile en prison. Je voulais qu'il souffre. Et qu'il avoue, surtout.

Ça confirmait sa théorie : Leonski était bel et bien en train de se venger.

— Est-ce qu'il a pu le savoir?

— Je n'en sais rien… j'imagine que oui. Peut-être que ceux que j'ai payés lui ont glissé pourquoi ils s'en prenaient à lui.

— C'était idiot de votre part de faire ça. Vous auriez pu faire brutaliser un innocent.

— Mais ce n'est pas le cas, non? C'est Leonski qui a tué ma femme, Léonid et cette fille, n'est-ce pas?

Il n'a pas de remords, le vieux bougre, songea Melnyk.

— Avez-vous d'autres enfants que Léonid, monsieur Sokolov?

— Je n'ai qu'un seul fils. Et j'attends toujours que vous arrêtiez son assassin.

— J'y travaille.

— J'espère bien. Appelez-moi dès que vous l'aurez coincé.

— Pour que vous puissiez le faire tabasser en prison?

Sokolov étouffa un juron.

— Vous avez de la chance d'être flic en Ukraine et pas en Russie, persifla l'ancien ministre.

LE TERRITOIRE DES LOUPS

35

Une cigarette. Puis une autre. Et encore une autre.

Rybalko faisait les cent pas dans la chambre qu'il avait louée dans le centre de Kiev. Il aurait pu retourner à son hôtel de Slavutich, mais pour quoi faire ? Ninel, qui avait des informateurs sûrs à Tchernobyl, savait que la zone était toujours fermée et que le bouclage risquait de durer quelques jours encore. Autant dire une foutue éternité quand le temps qui vous reste à vivre se compte en mois, voire en semaines.

Son enquête était à l'arrêt. Il avait lu et relu tous les documents et toutes ses notes. Tout convergeait vers un seul et unique suspect : Leonski. Il avait utilisé à fond son réseau, celui de Ninel et de Sokolov, pour essayer de le localiser. En vain. Leonski était introuvable. Au point où il en était, Rybalko ne pouvait même pas dire avec certitude s'il était en Ukraine ou s'il avait quitté le pays. Son suspect parlait parfaitement russe. Il pouvait être allé en Russie, à la chute du régime communiste, quand les frontières étaient devenues poreuses et vaguement contrôlées par des flics corruptibles. Il pouvait même avoir changé d'identité. Les fonctionnaires de l'état civil aussi étaient à vendre dans les années 1990. Le seul espoir auquel il pouvait se raccrocher, c'était que Leonski soit retourné vivre dans la zone. Au moins, avec le bouclage des check-points, il y resterait coincé pour une période indéterminée.

Il s'allongea sur le lit et feuilleta la brochure publicitaire qu'il avait retirée dans une agence de voyages du centre de Kiev la veille. Il y était entré pour se changer les idées, après avoir ressassé une énième fois les éléments de l'enquête, comme on passe en revue les pièces d'un puzzle incomplet. Il avait demandé à l'employée de lui présenter les différents circuits tout compris pour Cuba. Il s'imaginait partir à La Havane, se prélasser sur les plages, danser toute la nuit le merengue et la salsa. Ça faisait presque vingt ans qu'il se promettait d'aller un jour sur la terre de l'autre moitié de ses ancêtres, celle à la peau sombre. Il pourrait retrouver la maison où vivait son arrière-grand-père. Rencontrer ses cousins éloignés qui seraient surpris de voir débarquer de Moscou un métis à l'accent russe. Ils boiraient du rhum et danseraient. Boire et danser. Danser et boire. Pour oublier. Et mourir, dans la chaleur ambrée d'un pays inconnu.

Il referma la brochure. C'était idiot. Il n'était pas de là-bas. Il était aussi russe qu'une bouteille de vodka, qu'un canon de kalachnikov. Et il crèverait au milieu de l'hiver, dans sa patrie aux yeux bleus. Aller à Cuba était un fantasme qu'il ne réaliserait jamais.

Ou peut-être que si. Mais pas seul. Avec Ninel?

432

Malgré leurs disputes, elle ne quittait pas son esprit. Il avait rendez-vous avec elle à dix heures rue Saint-André. Ils devaient faire le point sur l'avancée de l'enquête.

Il la retrouva à la terrasse chauffée d'un café. Elle fumait une cigarette légère, abîmée dans la contemplation d'un oiseau moucheté de blanc, de brun et de jaune. Il picorait des miettes de pain coincées dans les interstices entre les pierres qui pavaient la rue.

— C'est un serin, lui dit-elle. *Serinus serinus*, pour être précise. Normalement, il devrait déjà être parti pour l'Afrique.

— Il ne sait peut-être pas que l'été est terminé.

— Il est plus probable qu'il soit malade. Ces oiseaux peuvent vivre en solitaire, mais à l'automne, ils retrouvent leur instinct grégaire et se rassemblent pour migrer vers le sud du continent, en Méditerranée, ou jusqu'en Afrique.

— Et s'il ne part pas, il meurt ?

— C'est possible. Mais il finira par partir. C'est dans ses gènes.

Elle écrasa sa cigarette dans le cendrier.

— Vous avez avancé sur Leonski ?

— Non. Je suis persuadé qu'il faut que j'aille à son ancienne datcha, celle où il a tué sa femme, pour avoir une chance de le retrouver.

— Mais la zone est fermée et personne ne sait jusqu'à quand.

— C'est pour ça que j'avais besoin de vous voir. Il faut que je trouve un autre moyen de pénétrer à l'intérieur.

— Vous voulez vous introduire illégalement dans la zone?

Il acquiesça. Il avait retourné ça dans tous les sens : c'était la meilleure solution.

— C'est de la folie, répondit-elle.

— C'est ce qu'a fait Léonid.

— Et il en est mort. C'est une mauvaise idée de s'introduire seul là-bas. Il y a des endroits très radioactifs. La plupart ne sont pas indiqués. Quand on ne s'y connaît pas, ça peut être très dangereux. Mortel, même.

— C'est pour ça qu'il me faut un guide.

— Aucun guide officiel ne risquerait sa licence en emmenant illégalement quelqu'un à travers champs.

— À vrai dire, je pensais à autre chose.

Il sortit son téléphone et lui montra un article d'un magazine en ligne qui faisait le portrait d'un stalker.

— Il y a des types qui entrent régulièrement dans la zone. Celui-ci a déjà fait plus de quinze voyages là-bas, en toute illégalité. C'est quelqu'un comme ça qu'il me faut.

— C'est dangereux. Si vous vous faites prendre…

— Je ne peux pas me permettre de perdre une semaine à attendre une réouverture hypothétique de la zone, l'interrompit Rybalko. Est-ce que vous pouvez me trouver un stalker?

Ninel réfléchit un moment avant de répondre :

— Je n'en connais pas. Mais Maria pourra certainement nous aider. Elle connaît beaucoup de monde dans la région. Je vais passer un coup de fil à son dispensaire.

Elle se leva et alla téléphoner un peu à l'écart de la terrasse. Il la regarda un moment, puis remarqua qu'elle avait laissé son sac ouvert. À l'intérieur, il aperçut une plume bleue. Par curiosité, il l'attrapa discrètement pendant qu'elle lui tournait le dos. L'extrémité de la plume était en fait une pointe de crayon.

— Qu'est-ce que vous faites ? lui demanda Ninel en revenant à la terrasse.

Pris la main dans le sac.

— J'ai vu que vous aviez un stylo. Je voulais noter quelque chose, improvisa-t-il en sortant son carnet.

— Je n'aime pas qu'on fouille dans mes affaires.

— Je ne fouillais pas, j'avais juste besoin d'un crayon.

Elle n'en croyait pas un mot, mais laissa tomber.

— J'ai eu Maria. Elle connaît en effet un stalker. Il se fait appeler Tomik. Il travaille en ce moment dans un restaurant près de la place Maïdan. Il a accepté de nous rencontrer.

— Quand ?

— Aujourd'hui, à la fin de son service de midi. Le mieux, c'est qu'on déjeune là-bas en attendant qu'il termine.

— Bonne idée.

Ils prirent la voiture pour rejoindre le centre-ville. Le restaurant où travaillait Tomik se dénommait Veterano Pizza. En franchissant la porte, de bonnes odeurs de pâte en train de cuire, de fromage fondu et de sauce tomate les accueillirent. L'air chaud était traversé par le bourdonnement des discussions. La plupart des tables étaient occupées. Apparemment, le Veterano était une adresse courue.

Rybalko s'étonna de voir un fusil-mitrailleur factice accroché au mur, encadré d'écussons militaires d'unités ukrainiennes.

— Les patrons sont deux anciens vétérans de la guerre du Donbass, expliqua Ninel.

Elle désigna un pan de mur au fond de la salle, près de la caisse enregistreuse. Il était complètement envahi d'écussons et de dessins d'enfants. Sur une étagère juste en dessous, il y avait aussi quelques gris-gris : des bracelets bleu et jaune, des poupées en tissu, des pères Noël en pâte à modeler, des origamis, des croix orthodoxes et une grenade désamorcée. *Des porte-bonheur*, songea Rybalko. Il avait connu beaucoup de soldats qui en avaient avec eux, au front.

Dans un recoin discret, une affiche aux couleurs du drapeau national annonçait la tenue d'un atelier pour apprendre à faire des pizzas, destiné aux enfants de soldats morts au combat. Un serveur les installa à une table juste à côté. Le centre du plateau en bois était évidé et recouvert d'un cadre en verre épais. À travers, on pouvait voir des douilles de balles de fusil-mitrailleur disposées en cercle.

— Alors vous êtes déjà venue ici ? lança Rybalko.

Ninel hocha la tête et se plongea dans la lecture de la carte, coupant court à l'embryon de conversation qu'il tentait d'animer. Ça l'agaçait vraiment, cette façon de le fuir perpétuellement.

— Pourquoi parlez-vous si peu de vous ?

Elle le regarda avec étonnement.

— Qu'est-ce que vous voudriez savoir ?

— Quels sont vos amis, vos hobbys…

— Et qu'est-ce que ça apporterait à votre enquête ?

— Rien, j'imagine.

— Alors pourquoi discuterait-on de ça ?

— C'est ce que font les gens normaux, non ?

— On peut toujours parler de votre vie à vous, si vous voulez. Vous m'avez dit que vous étiez divorcé. C'est elle ou c'est vous qui êtes parti ?

— C'est elle.

— Pour quelle raison ?

Il réfléchit.

— À cause du temps que je passais au boulot, de mes conneries et parce que je traîne pas mal de casseroles.

— Du genre ?

— J'ai fait la Tchétchénie. Et une partie de ma famille est morte à cause de Tchernobyl. Mon père et ma mère. Ça vous change, ce genre de trucs. Et pas en bien.

— Je comprends, dit Ninel. Je sais ce que c'est de perdre quelqu'un qu'on aime.

Une ombre passa dans ses grands yeux bleus. Elle les enfouit derrière le menu. Elle lui conseilla de choisir la même pizza qu'elle, une Provence. C'était le best-seller de chez Veterano. Base crème, mozzarella et gorgonzola, morceaux de poulet, pâte fine façon napolitaine. Et bien sûr, juste avant de servir, on arrosait le tout d'une bonne dose de moutarde. Rybalko doutait qu'on mette à la carte ce genre de pizza en France ou en Italie, mais suivit malgré tout ses conseils. Ninel héla un serveur et passa la commande.

— Vous mettrez aussi deux pizzas suspendues. Et deux eaux gazeuses.

Le serveur la remercia et partit vers le comptoir.

— Quatre pizzas? Vous avez un sacré appétit, s'amusa Rybalko.

— Les deux autres ne sont pas pour nous. Quand on achète une pizza suspendue, elle est envoyée à un soldat blessé qui est soigné dans un des hôpitaux de la ville. Parfois ils les expédient aussi à la gare centrale, pour les militaires qui attendent de repartir au front. Les propriétaires du restaurant sont très engagés dans l'assistance aux soldats. Tous ceux qui travaillent ici ont servi dans l'armée. Ça les aide à se réinsérer.

Ninel précisa qu'il y avait dans les cuisines des anciens des troupes de marine, de la garde nationale, des membres des forces spéciales… Rybalko songea que c'était sans doute le pire endroit de Kiev où déclencher une bagarre.

— Ils restent juste quelques mois, le temps de construire un projet de réinsertion et de commencer une thérapie avec un psychologue.

— Un psy? Ils vont tous voir un psy? s'étonna Rybalko.

En Ukraine comme en Russie, parler à un psy était généralement considéré comme une honte. Un exercice réservé aux « pédales » et aux « tarés », comme lui avait dit un responsable de l'armée russe quand il s'était plaint que rien ne soit prévu pour accompagner les anciens combattants à leur retour de Tchétchénie.

— Beaucoup des gars envoyés là-bas ont du mal à trouver leur place dans la société à la fin de leur engagement. Ils n'ont plus goût à rien. Ils ont vu beaucoup de choses qui les empêchent de dormir. Beaucoup d'horreurs. La plupart des jeunes qui sont partis étaient pleins de fierté et sont revenus brisés.

— J'ai connu ça, répondit Rybalko.

Le serveur réapparut avec leur commande et glissa l'addition sous une des bouteilles. Rybalko observa l'homme avec attention. La vingtaine, un regard de vieillard. Combien de fois avait-il vu ces yeux-là ? Beaucoup de ses anciens frères d'armes n'avaient jamais su se réadapter à la vie normale après la Tchétchénie. Avalés par cette putain de guerre, ils n'avaient survécu que pour être recrachés dans un monde où il n'y avait plus personne pour surveiller leurs arrières. Pour la plupart, revenir du front, ça voulait dire vivre dans un immeuble minable, sans boulot, parce que les anciens combattants font peur. C'était aussi l'alcool ou la drogue, voire les deux. Complètement paumés, beaucoup finissaient toxicos ou suicidés. Combien en avait-il retrouvés, noyés au fond de la Moskova ou dans une congère fondue au printemps quand le soleil dissipait la neige ?

Et soudain il se dit : *Et moi ? Où est-ce qu'on retrouvera mon corps ?* Une fois de plus, la perspective de sa mort prochaine lui noua les tripes.

— Bon appétit, lui lança Ninel en attaquant sa pizza.

Il mangea lentement, comme un condamné à mort qui déguste son dernier repas, tout en ruminant ses sombres pensées. Et si on l'avait prévenu un mois plus tôt ? Et s'il y avait quand même une chance de guérir ? Les mêmes doutes tournaient encore et encore dans sa tête. Il avait lu quelque part qu'on passait par environ six ou sept étapes au moment d'un deuil. D'abord il y avait le choc et la sidération. Ça, ça avait duré quelques heures après sa visite chez le médecin. Puis le déni : il avait voulu refaire les examens, pour vérifier qu'il n'y avait pas eu d'erreur. Puis la colère avait suivi, accompagnée de la peur, de la dépression et de la tristesse. Maintenant, il était dans la phase d'acceptation. Il ne luttait plus contre l'inévitable. Il allait mourir, le savait, l'avait intégré. Il avait même trouvé un sens à ses derniers jours, en menant une ultime enquête pour assurer l'avenir de sa fille.

D'après les psychologues, l'étape finale du deuil était la sérénité. Il songea qu'il en était bien loin. Il avait toujours cette insatisfaction en lui et, pour tout dire, encore de la colère. Peut-être qu'il serait enfin en paix quand il abattrait l'assassin de Léonid Sokolov. Peut-être qu'il aurait enfin le sentiment d'avoir mis ses affaires en ordre.

Le serveur débarrassa leurs assiettes. Celle de Ninel était vide, la sienne à moitié pleine. Ils commandèrent des cafés. Au moment de les boire, un type dans la cinquantaine s'approcha de leur table. Il avait une barbe grise et portait sur le crâne un calot noir avec des têtes de mort. Son tablier reprenait le camouflage brun et vert des treillis militaires.

— Tomik, dit-il en guise de présentation. Vous êtes l'amie de Maria ?

Elle se leva et lui serra la main.

— Je m'appelle Ninel. Et voici Alexandre.

— Celui qui veut aller dans la zone, marmonna le vétéran.

Tomik s'assit face à lui et le fixa longuement. Rybalko n'aimait pas son regard. Il y avait quelque chose d'insondable dans ses yeux gris-bleu. Comme s'ils donnaient sur un puits sans fond.

— Tomik connaît très bien la zone, précisa Ninel. D'après Maria, il y est allé des dizaines de fois.

Elle se tourna vers le stalker et attendit qu'il parle, mais il resta silencieux, défiant toujours Rybalko du regard. Le vétéran était en train de le jauger.

— *Afghanets?* demanda Rybalko.

C'était le surnom qu'on donnait aux anciens de l'Armée rouge qui avaient fait l'Afghanistan. Tomik hocha lentement la tête, puis il plongea la main dans le col de son T-shirt et en extirpa une petite médaille dorée. Il la tourna dans ses doigts tout en prononçant une phrase incompréhensible aux accents orientaux.

— Avec les remerciements du peuple afghan, traduisit-il aussitôt, la mâchoire crispée.

Rybalko avait déjà vu des décorations comme celle-là. Le message était écrit en russe d'un côté et en afghan de l'autre. À l'époque, la propagande officielle martelait qu'on envoyait des troupes là-bas pour aider un peuple frère contre des forces contre-révolutionnaires. À la fin de la guerre, les médailles avaient été données aux soldats de l'Armée rouge en «cadeau de remerciement».

— Tu as fait l'armée? demanda Tomik.

— J'ai fait la Tchétchénie.

— Paraît que c'était moche.

— Pas pire que l'Afghanistan, j'imagine.

— Pourquoi tu veux aller à la Zapovednik ?

Ce mot russe signifiait littéralement «interdit». Ninel lui avait expliqué que c'était le terme qu'utilisaient généralement les habitants de la frontière pour désigner la réserve radioécologique d'État de Polésie, située en Biélorussie, et la zone d'exclusion de Tchernobyl, côté ukrainien.

— J'ai besoin de me rendre à Zalissya, répondit Rybalko.

— Je connais. Niveau de radioactivité tolérable. Proximité d'un pont. Pas bon, ça. Pourquoi là ?

Tomik s'exprimait par phrases courtes, comme s'il parlait à une unité de reconnaissance par talkie-walkie.

— Je suis à la recherche d'une datcha où a vécu quelqu'un avant l'explosion.

Tomik le scruta avec une acuité renouvelée. Ses yeux avaient l'éclat dur et sombre de la pierre de lazurite qu'on extrayait de la vallée du Pandjchir.

— Pourquoi cette maison en particulier ? Qu'est-ce que tu cherches ?

Rybalko resta évasif :

— Je mène une enquête.

— Détective ?

— En quelque sorte. Je travaille sur un double meurtre qui remonte à 1986. Deux femmes tuées le soir de l'explosion.

Tomik hocha la tête.

— Traverser la zone, c'est dangereux. Tu sais ce que tu risques ?

— Une bonne dose de radiations, je suis au courant. Mais ce n'est pas un problème.

442

— Les radiations ? s'esclaffa Tomik. Ce n'est rien : pour ça on a la vodka !

Son rire résonna brièvement, comme le staccato d'un fusil-mitrailleur, puis son regard redevint dur et sérieux.

— C'est plus comme dans les années 2000. Avant, la zone était une passoire. La milice n'était pas trop regardante. Maintenant, les visites sont un business. Les contrôles sont plus nombreux. Et on peut rencontrer des hostiles. Certains villages sont vides. D'autres sont squattés. Des clochards, des bandits… Dans les maisons, les planchers sont pourris. On peut tomber dans une cave et y crever, parce que personne ne passe jamais par là. Et il y a les bêtes. Les loups, les sangliers. Les serpents.

— Je suis prêt à y faire face. Et toi ?

— Ça dépendra du tarif.

Rybalko sortit son carnet, griffonna un chiffre, le lui tendit. La somme était rondelette : Tomik haussa les sourcils.

— Date du départ ? demanda le vétéran.

— Le plus vite possible. Demain ?

— Tu es du genre pressé.

— Exactement.

Tomik se gratta la nuque.

— Ça peut se faire. Rendez-vous place Maïdan à dix heures. Un ami nous déposera à proximité des barbelés. Loin du poste de contrôle. Ce sera plus discret. On aura une vingtaine de kilomètres à faire en milieu difficile. Zalissya est tout à côté de Tchernobyl. Et proche d'un pont où il y a souvent des contrôles. On devra y aller de nuit pour minimiser les risques. Ça te va ?

Rybalko acquiesça. Le vétéran détailla ensuite l'équipement à emporter. Il conseilla à Rybalko de partir léger et de prendre de bonnes chaussures.

— Il y a toutes sortes de prédateurs dans la zone, dit-il au moment de se séparer. Et les plus dangereux se tiennent rarement sur quatre pattes.

Et il ajouta, après un rire féroce :

— Mais tu seras en sécurité avec le vieux Tomik, camarade. Pas d'inquiétude. Tu seras en sécurité…

36

Dehors, Ninel lui demanda ce qu'il pensait de Tomik.

— Il a l'air de s'y connaître.

— Moi je le trouve lugubre, rétorqua-t-elle.

— Beaucoup d'anciens combattants sont comme ça.

Il se voulait rassurant, mais il y avait indéniablement quelque chose de cassé chez Tomik. Néanmoins, dans sa situation, Rybalko ne pouvait pas se permettre de faire la fine bouche.

— Qu'est-ce que vous comptez faire maintenant?

— Acheter du matériel. Un sac à dos, de bonnes chaussures de marche… et ce soir, j'aimerais sortir.

— Vous feriez mieux de vous reposer. La journée de demain risque d'être épuisante.

— Elle pourrait aussi être la dernière pour moi, si je tombe sur Leonski et qu'il est plus rapide que moi.

Elle lui jeta un regard étrange.

— Comment vous… comment vous gérez le fait que vous allez bientôt…

— Bientôt mourir? Je ne gère rien. Je me concentre sur le présent. Et ma mission. Mais là, j'ai envie de faire un break et de me détendre avant de partir dans la zone.

Rybalko sentit qu'elle était troublée.

— Qu'est-ce que vous faites habituellement pour vous changer les idées? demanda-t-elle.

— Tout un tas de choses. Je fume. Je baise. Je bois. Je danse.

— Dans cet ordre?

Il rit.

— Pas vraiment.

— Quel genre de danse? demanda Ninel.

— Si je vous dis de la country, vous me croyez?

Elle sourit presque.

— Je vous imagine mal avec un chapeau de cowboy.

— Ça me va très bien pourtant. Mais je préfère les danses latines.

— Tango?

— Plutôt salsa.

— Je connais un bar qui devrait vous plaire. Le Buena Vista Social Bar. J'y vais parfois avec des amies. On y passe de la musique latino. Les cocktails sont bons, la musique aussi. Il y a souvent des groupes.

— Si ça vous dit, on pourrait y aller ensemble, tenta-t-il.

Elle le dévisagea de son regard bleu impénétrable.

— Ce n'est pas raisonnable. Demain il faudra que vous soyez en pleine forme.

— Vous ne faites que des choses raisonnables? Pas moi.

Elle tapota du bout des doigts sur le volant.

446

— Je vais y réfléchir, dit-elle finalement.

C'était déjà ça. Il sortit une cigarette.

— Pas dans la voiture, lui rappela-t-elle.

Il garda la cigarette entre ses lèvres, pour ne pas donner l'impression de capituler, mais rangea son briquet.

— Ça fait longtemps que vous vivez à Kiev ?

— Quatre ans.

— Seulement ? Vous faisiez quoi avant ?

— Je bossais à Moscou, pour une université. Puis un jour, j'ai rencontré Sveta à une manifestation. Elle m'a parlé de Tchernobyl et m'a proposé d'y monter une association.

— Et vous avez tout plaqué à Moscou pour ça ?

— Sveta est très persuasive.

— Ça ne vous a pas rebutée de venir travailler ici ?

— Si on respecte les protocoles de sécurité, ce n'est pas plus dangereux que d'être flic à Moscou. La radioactivité n'est quand même pas aussi élevée qu'il y a trente ans.

— À vrai dire, je pensais davantage aux souvenirs liés à votre mère.

Ninel s'ouvrit un peu plus qu'à son habitude :

— Au départ, c'était dur. Mais j'avais fini par m'y faire, avant la mort de Léo.

Elle marqua un silence. Il la relança :

— Vous n'avez jamais été tentée de faire comme lui ? D'enquêter sur la disparition de votre mère ?

— J'ai toujours pensé que c'était inutile. Mon père était le président du Gorkom de Pripiat. Il a dû user de toute son influence pour qu'on retrouve le tueur de ma mère. Alors qu'est-ce que j'aurais pu

447

faire, moi? Et puis c'était il y a trente ans. J'ai eu le temps de me faire à l'idée que le coupable ne serait jamais arrêté. Ou qu'il était mort. C'est ce que je croyais, jusqu'à ce qu'il frappe de nouveau.

Elle passa les vitesses plus nerveusement, faisant craquer la vieille boîte manuelle. Un quart d'heure plus tard, elle le déposait en face de son hôtel. Au loin, un arc-en-ciel s'était formé dans la pluie fine qui arrosait l'ouest de la ville.

— Je passe vous prendre à quelle heure? lui demanda-t-il avant qu'elle ne reparte.

Elle sembla ne pas comprendre.

— La salsa, vous avez oublié? Vous avez dit que vous y réfléchiriez.

Elle hésita un long moment.

— Rendez-vous à neuf heures au Buena Vista, dit-elle en remontant sa vitre. Soyez ponctuel : je ne compte pas rentrer tard.

37

Vivant.

Tandis qu'il se rasait, domestiquait ses cheveux sombres, se parfumait et enfilait une chemise, il se sentait vivant. Pour la première fois depuis qu'on lui avait diagnostiqué sa maladie, quelque chose l'enthousiasmait. Et même si la promesse de la mort le guettait dans le moindre miroir, aux aiguilles des horloges, dans la chute inexorable du soleil vers l'horizon, il se sentait bien, invincible et conquérant.

Son téléphone vibra.

Expéditeur : Ninel.

Aurai du retard. On dit 9 h 30 là-bas ?

Il tiqua. Elle ne voulait pas finir tard. Est-ce qu'elle allait se défiler ?

OK, répondit-il malgré tout.

Il roula jusqu'au Buena Vista Social Bar. Pour tuer le temps, il décida de prendre un verre dehors. L'air était frais, mais ça n'empêchait pas les fêtards accros à la nicotine de squatter les chaises. Il commanda un Black Russian. Vodka et liqueur de café : le Russe noir était exactement ce qu'il lui fallait pour se donner un coup de fouet. Il commençait à payer le manque de sommeil. Pour l'instant, le prix était modique : problèmes de concentration, courtes absences, réflexes ralentis. Si ça s'aggravait, il lui faudrait recourir de nouveau aux somnifères. Il fallait qu'il garde un minimum les idées claires. L'autre solution était de se gaver d'amphétamines ou de coke. Mais il était trop tôt pour en venir à ce genre d'expédient. Mieux valait conserver ça pour le sprint final. Quand il lui resterait si peu de temps à vivre que le sommeil deviendrait un luxe qu'il ne pourrait plus s'offrir.

Une demi-heure passa. Le téléphone sonna dans sa poche. Il s'attendit à un appel de Ninel annulant la soirée. Mais le nom qui s'affichait au-dessus du numéro était celui de Marina.

— Alexandre ? Comment tu vas ?

Il perçut tout de suite le trouble dans sa voix.

— Ça va. Qu'est-ce qui se passe ?

— J'ai… j'ai reçu ton courrier. La lettre du médecin…

Merde. Ils l'ont envoyée à mon ancienne adresse, ces imbéciles…

— Marina, écoute, je…

— Pourquoi tu ne m'as rien dit ?

Sous le reproche perçait l'inquiétude.

— Je ne voulais pas t'affoler.

— M'affoler ? Mais tu vas mourir ! Il y a de quoi s'affoler, non ? Quand est-ce que tu comptais m'en parler ?

— À mon retour d'Ukraine.

— Et qu'est-ce que tu fais là-bas exactement ?

— J'enquête.

— Les flics russes n'enquêtent pas hors de Russie.

— C'est un job pour un particulier.

— Un travail de détective? Qu'est-ce que tu fais…

Elle se ravisa :

— Non, je ne veux pas savoir dans quelle magouille tu t'es fourré. Tout ce qui m'intéresse, c'est de savoir quand tu reviens. Il faut que tu rentres. Pour qu'on s'occupe de toi, Tassia et m…

— Tu lui as dit? l'interrompit Rybalko.

— Non. Pas encore.

— C'est bien… il ne faut pas lui en parler… pas maintenant.

— Mais quand, Alex? D'après ce que j'ai lu, on te donne trois à six mois d'espérance de vie. Encore moins maintenant…

— Je vais régler cette affaire rapidement.

— Mais…

— Marina, écoute-moi : ce que je suis en train de faire en Ukraine, c'est assurer l'avenir de notre fille. C'est un travail extrêmement bien payé. Si je réussis, on pourra offrir à Tassia l'opération dont elle a besoin…

— Et si tu meurs là-bas sans qu'elle ait pu te dire adieu? Tu y as pensé? Tu ne peux pas lui infliger ça!

Son cœur se serra. Il n'avait jamais pu dire adieu à son père. Il savait ce que Tassia ressentirait si ça devait mal se passer pour lui.

— Ce sera à toi de lui expliquer. Tu lui diras ce que j'ai fait pour elle.

— Ah oui! Il va falloir que je fasse de toi un héros, hein? C'est mieux que de lui raconter tes soirées de picole, les filles ramassées dans les bars, la drogue, les bagarres, les points de suture faits à la lumière du plafonnier de la cuisine…

— Marina…

— C'est ça, Alex? Tu es en train de t'acheter ta place au paradis? Tu es en train de te construire une carrière de père sur le tard? Ça fait près de dix ans que tu négliges ta fille, que tu me négliges moi, et là, tu vas crever en héros à des centaines de kilomètres de nous? Tu vas te donner le beau rôle, et moi je vais devoir cautionner ça?

— Je ne te demande pas de mentir à Tassia. Je n'ai pas été un bon père, c'est vrai. Et encore moins un bon mari. J'ai vécu ma vie comme je l'ai voulu. J'ai été égoïste. Je ne t'ai pas été fidèle. Je t'ai traitée comme jamais je n'aurais dû le faire.

Marina se tut, étonnée qu'il ne se dérobe pas et accepte ses responsabilités. Surprise peut-être d'entendre ces mots qu'elle attendait depuis des années.

— J'ai raté plein de choses avec toi et Tassia, continua-t-il. Je ne peux pas rattraper ça. Mais pour une fois dans ma vie, je peux faire quelque chose qui peut… pas tout effacer, non, mais au moins vous montrer que je vous aimais. Que je vous aime.

Dieu que c'était dur à dire. Il en avait presque honte. Des sanglots résonnèrent au bout du fil et il se sentit minable de ne pas pleurer lui aussi.

— Tu es un salaud, Alex.

— Je sais, Marina. Je sais.

Il l'écouta pleurer un long moment, jusqu'à ce qu'elle arrête subitement.

452

— Fais ce que tu as à faire, dit-elle sèchement. Mais vite. Tu ne peux pas mourir sans dire adieu à ta fille.

Elle raccrocha, sans attendre de réponse. Il retourna à la terrasse. L'heure du rendez-vous était passée. Peut-être que Ninel avait changé d'avis. Tant pis : il restait le Russe noir et la musique. Il entra dans le bar et commanda un autre verre.

C'est là qu'elle apparut. C'était ça, oui : une apparition. Ses yeux bleus ourlés de noir. Sa bouche boudeuse rouge coquelicot. Ses cheveux dorés dans la lumière des spots. Elle le repéra et s'avança vers lui. Elle portait une robe de soirée et de hauts escarpins : il eut l'impression qu'elle défilait sur un podium.

— Je ne vous ai pas trop fait attendre, j'espère ?

Que pouvait-il répondre ? Rien, sinon lui offrir un verre. Ils parlèrent peu. Elle avait envie de danser, lui aussi. L'orchestre jouait une salsa. Ils rejoignirent les couples d'un soir qui occupaient la piste.

Il saisit délicatement sa main et commença à la diriger. Quelques pas de base, puis très vite, il enchaîna des passes plus complexes. Ninel ondulait avec grâce. Il la guidait, mais elle résistait, se rebellait, se cabrait, s'éloignait, se rapprochait. C'était une lutte autant qu'une danse. Longue, épuisante, hypnotique. Une parade amoureuse. Leurs regards ne se détachaient plus. Le monde se rétrécit à une bulle autour d'eux, délimité par leurs bras qui se tendaient et leurs pas sur la piste. Leurs corps se collèrent, leurs souffles se mêlèrent.

— Tu ne m'as pas dit que tu savais danser, lui dit-il.

— Tu ne me l'as pas demandé, répondit-elle, frôlant son oreille de ses lèvres.

La musique s'apaisa. Les battements de leurs cœurs retombèrent légèrement. Pas la chaleur. Ils se rapprochèrent davantage. Le rythme ralentit, contraignant le désir à la patience. On avançait à pas lents. Chaloupés. Leurs peaux électriques frissonnaient au moindre contact. Autour d'eux, les couples n'existaient plus. L'orchestre jouait pour eux seuls. Les mains de Rybalko s'aventurèrent dans des territoires qu'il croyait interdits. Ninel planta son grand regard bleu dans le sien. Il la serra un peu plus contre lui. Elle ne chercha plus à s'envoler. Elle était sa captive volontaire.

Ils échangèrent un long baiser.

Puis, sans que cela ait de sens, elle posa ses mains sur sa poitrine et le fit reculer. Elle se retourna, quitta la piste et partit vers leur table. Il la suivit.

— Ça ne va pas ?

Elle sortit une cigarette légère et l'alluma. Un videur la réprimanda. Interdiction de fumer à l'intérieur. Elle l'écrasa en maugréant.

— Qu'est-ce qu'il y a ? insista Rybalko.

— Rien. Je suis fatiguée. Je vais rentrer.

Elle prit son sac. Désarçonné, il la regarda s'éloigner, puis la rejoignit.

— Est-ce que j'ai fait quelque chose qui…

— Non, c'est moi.

Dehors, le froid était mordant. Sa robe rouge avait disparu sous l'imper. Ses talons hauts cliquetèrent sur le bitume.

— Attends…

Il l'attrapa par le poignet. Elle se déroba, lui fit lâcher prise d'un geste sec.

— C'était une mauvaise idée, OK ? Maintenant je vais rentrer.

Il resta là, planté sur le trottoir comme un con. Elle s'éclipsa au détour de la rue et il ne courut pas pour la rattraper. L'oiseau s'était envolé. Il retourna à son hôtel, frustré. Dans la rue en contrebas, des prostituées faisaient le pied de grue. L'une d'elles était blonde et menue.

— J'aime les métis aux yeux clairs, lui susurra-t-elle quand il passa à sa hauteur. Pour toi je ferai un prix.

— Va chier, connasse, lui lança-t-il, à elle et toutes les Ninel du monde.

Blessée dans sa fierté, la fille lui décocha un doigt d'honneur tandis qu'il s'engouffrait dans le hall d'entrée de l'hôtel. Il ne le remarqua pas, tout comme il ne vit pas le gros tout-terrain noir garé un peu plus loin. Dans sa chambre, il ouvrit la baie vitrée et s'adossa à la balustrade du balcon pour fumer une puis deux cigarettes. Après la troisième, il décida de se coucher et repensa à l'enquête.

Il essaya de s'imaginer le tueur en train de travailler sur un de ses oiseaux. Les odeurs de colle, de paille et de crin qui flottent dans son antre. Les morceaux de nature en pièces détachées qui l'entourent, peaux épinglées sur de petites planches en bois de pin, viscères arrachés macérant dans un seau en plastique, crânes et squelettes blanchis. La matière morte prend vie sous ses doigts. Ou se donne l'illusion de la vie, à tout le moins.

À un moment, son esprit se mit à divaguer. Les somnifères commençaient à agir.

Il est dans une datcha. Il y a du vin et deux verres. De la musique latine. Il monte à l'étage la rejoindre. Sur la rampe, ses doigts entrent en contact avec un liquide poisseux. Du sang. Dans la chambre il y en a aussi. Partout. Le matelas est lardé de coups de couteau. Il appelle Ninel. Elle ne répond pas. Il descend à la cave. Il y a des cages, et dans les cages, des femmes-oiseaux. Il s'approche de l'une d'elles. Elle semble vouloir crier, mais ses yeux et sa bouche sont cousus. Il touche sa peau. Elle est froide, tannée. Ce ne sont plus des femmes, mais des pièces de musée. Le tueur a fait comme avec les oiseaux. Il a tué ces femmes pour les garder près de lui pour toujours. Naturalisées.

Un bruit de verre qui se brise, un cri aigu... Il n'était plus dans son rêve, mais bien éveillé : le fracas était proche, urgent, menaçant.

Il roula sur le lit par réflexe et se retrouva accroupi au sol, son arme à la main. La vitre de la chambre était crevée, son verre répandu sur la moquette beige en minuscules échardes étincelantes. Un peu plus loin, le projectile responsable de l'explosion de la vitre avait atterri contre le pied d'une chaise. C'était une brique grossièrement enroulée dans du papier. Elle s'était brisée en tombant et des éclats d'argile rouge s'étaient dispersés un peu partout.

Il alla à la fenêtre. Au carrefour, un tout-terrain noir braqua brusquement vers une ruelle où il s'engouffra dans un crissement de pneus surchauffés. Rybalko rangea son arme et alluma le plafonnier, ramassa le projectile, déroula le morceau de papier qui l'enveloppait. Il s'était en partie déchiré à l'impact, mais on pouvait clairement lire le message écrit dessus : « Casse-toi de la zone, sale nègre. »

38

Il décida de louer une chambre dans un autre hôtel, sans prévenir le gérant au sujet de la vitre cassée. Pas envie de s'encombrer de paperasserie, ni de terminer la soirée au poste. Il passa une nuit des plus merdiques et se leva aussi épuisé qu'il s'était couché. Après un grand bol de café qui dissipa un peu la fatigue, il rejoignit Tomik sur un parking proche de la place Maïdan. Le vétéran portait un treillis et des rangers au cuir craquelé par l'usure. Il était accompagné d'un type taiseux, un Biélorusse qui devait les déposer près des barbelés ceinturant la zone. C'était un vieil ami de Tomik : il ne risquait pas de les balancer à la police, comme le faisaient parfois les conducteurs de bus ou de taxi collectif.

Pendant tout le trajet, Rybalko pensa à Ninel. Pourquoi l'avait-elle repoussé la veille ? À cause de quelque chose qu'il avait fait ? Qu'il avait dit ? Ninel était un mystère pour lui. Un mystère qui l'attirait autant qu'il le frustrait.

Après deux heures de route dans un quasi-silence, le Biélorusse les déposa près d'une portion de barbelés à l'écart des routes trop fréquentées. Rybalko huma l'air goulûment. Le vent frais charriait l'odeur résineuse des pins. Il ressentait un étrange mélange d'euphorie et de nausée, comme un gamin qui s'apprête à rentrer de nuit dans un cimetière pour épater ses copains. Tomik, lui, traversa la route sans s'attarder et marcha vers la sinistre effilochure des barbelés. Il jeta son sac par-dessus et se mit à ramper sur le sol.

— Qu'est-ce que tu attends ? fit-il en voyant qu'il ne le suivait pas.

Rybalko s'accroupit. D'un geste de la main, il balaya la fine pellicule de neige qui recouvrait la terre, comme s'il flattait l'encolure d'un animal en colère.

— Ça ne craint rien ici, lui affirma Tomik. Dépêche.

Il défit son sac à dos et le lança à son tour par-dessus les barbelés, puis s'allongea et se mit à ramper. Parvenu de l'autre côté, il se redressa, épousseta la neige collée sur sa parka et renfila son sac en se dandinant légèrement pour mieux répartir le poids. Sans l'attendre, Tomik se dirigea d'emblée vers la forêt, comme empressé de retrouver une maîtresse trop longtemps délaissée.

— Suis-moi. Ne parle pas. Ne fume pas, ordonna-t-il.

Le temps que Rybalko boucle la sangle de son sac, le vétéran avait disparu dans la forêt blanche et il fallut suivre le sillage de ses pas dans la neige peu épaisse. Pendant une bonne heure, ils marchèrent à une allure telle qu'il avait l'impression de poursuivre Tomik. L'ancien militaire avait toujours une vingtaine de mètres d'avance sur lui et il ne voyait souvent que son sac kaki et le béret de parachutiste qu'il avait enfilé une fois les barbelés franchis. Parfois, Tomik disparaissait dans l'épaisseur d'un bosquet et il se demandait s'il allait le perdre, mais invariablement, il retrouvait l'ancien militaire dressé près d'un bouleau, humant l'air comme s'il se guidait à l'odorat, ou regardant vers la ligne bleue de l'horizon pour suivre la course du soleil déclinant.

Au bout de deux heures, ils firent leur première pause.

— Tu vois le bâtiment, là-bas? On va s'y arrêter un peu, décréta Tomik.

Il pointait du doigt la carcasse d'une ancienne ferme d'État. L'édifice soviétique, avec son toit à demi effondré, lui parut peu engageant, mais Rybalko avait bien besoin de souffler un peu. Tomik trouva un vieux tabouret qui avait dû servir en son temps à la traite des vaches, et s'assit dessus. Il sortit de son sac une poche en plastique qui contenait un briquet et des cigarettes.

— On peut fumer tranquille. Les gardes ne passent jamais par là. Et le vent ne porte pas loin.

Il attrapa une cigarette roulée et se l'alluma. Une forte odeur de haschich envahit l'atmosphère.

— De l'afghane. T'en veux?

Rybalko regarda le joint avec circonspection.

— Pas maintenant. Il faut que je garde les idées claires.

— C'est toi qui vois.

Tomik inspira goulûment une grande bouffée, puis expira lentement par les narines des volutes bleutées. Il répéta l'opération jusqu'à ce que le joint ne soit plus qu'un mégot ardent qui menaçait de lui brûler les doigts.

— Si j'avais pas eu ça en Afghanistan, j'y serais resté, dit-il en se débarrassant du mégot inutile. Et toi, qu'est-ce qui te faisait tenir en Tchétchénie ?

— Les camarades. La vodka. La foi aussi. Je croyais à ce qu'on faisait là-bas. Au début en tout cas.

Tomik partit d'un grand éclat de rire. Rybalko regarda avec inquiétude par les fenêtres crevées. On devait l'entendre à cent mètres à la ronde. Qui sait si une patrouille ne sillonnait pas la zone à la recherche de Leonski. Et il y avait aussi les types qui avaient cassé la vitre de sa chambre d'hôtel la veille. Il ne voulait tomber ni sur les uns ni sur les autres. Était-ce l'afghane qui faisait perdre à Tomik tout sens du risque ?

— Les mensonges de la mère patrie, cracha le vétéran. Que ce soit l'URSS, la Russie, l'Ukraine, ce sont toujours les mêmes. *Soyez des hommes. Défendez votre patrie. Soyez des héros. Tuez les fascistes. Tuez les terroristes. Tuez les fascistes* encore. Quelle connerie.

Depuis qu'il le connaissait, il lui semblait que jamais Tomik n'avait enchaîné autant de mots à la suite. Sa diction même avait changé. Il avait une sorte de fièvre dans le regard.

— Pourquoi tu traînes dans la zone ? lui demanda Rybalko. Tomik lui adressa un sourire entendu :

— J'étais paumé, après la guerre. T'as peut-être connu ça ? Du jour au lendemain tu retournes à la vie

461

civile et tu es en décalage. On te dit de te raser, de traverser en utilisant les passages piétons, de porter une cravate alors que toi, quelques semaines plus tôt, tu faisais sauter à la roquette la baraque d'une famille afghane. J'ai pas mal bourlingué après l'Afghanistan. Je ne me sentais plus chez moi nulle part. Je suis tombé dans la drogue. Je traînais avec d'autres anciens Afghans à Kiev, du côté de Victory Park. Je ne foutais rien de mes journées. Et puis un jour, j'ai voulu venir ici. Je ne saurais pas dire pourquoi. C'est comme si la zone m'avait appelé. Quand je suis monté la première fois en haut d'un des immeubles de Pripiat, j'ai su que c'était là le seul endroit où je serais libre.

L'ancien militaire le regarda avec intensité.

— Venir dans la zone, c'est assister à l'avant-première de l'apocalypse. À ce que sera le monde sans nous, un jour. Et puis c'est le seul endroit qui soit bon pour des gens comme nous. Ici on est libre, répéta-t-il. Totalement libre.

L'éclat de ses yeux bleus se ternit légèrement, comme si son âme avait quitté un instant son corps pour planer quelque part au-dessus de Kaboul. Rybalko n'osa pas le questionner sur ce qu'il voulait dire par « des gens comme nous », ni ce qu'il entendait par « être libre ». Pour lui, la zone n'était qu'un immense champ de ruines, une désolation qu'il traversait par accident, avec une mission et un objectif précis : trouver Leonski. Moins il passerait de temps ici, mieux ce serait. Pour Tomik, c'était autre chose. Un espace de liberté infinie. Mais la liberté de faire quoi ?

462

Le vétéran n'en dit pas plus. Il se leva de son tabouret et sonna l'heure du départ.

Il était nettement plus bavard, maintenant qu'il avait fumé. Il semblait tout savoir sur la zone. L'oiseau sur la branche? Une mésange huppée. Les marques de sabots imprimées dans la terre boueuse près d'une mare? Un sanglier. Certains faisaient plus de trois cents kilos, pas à cause des radiations, seulement parce que les hommes les laissaient relativement tranquilles, hormis quelques braconniers kamikazes. Les hautes piles de bois coupé qu'ils croisaient régulièrement? Le labeur de forestiers clandestins. Ils avaient tronçonné les arbres éloignés de la route pour mieux échapper aux patrouilles. Une fois sorti de la zone, le bois de Tchernobyl était revendu sans indication de provenance. On l'utilisait ensuite pour fabriquer des tables ou des chaises qui pouvaient se retrouver en vente aussi bien à Kiev que dans un magasin de meubles suédois en France. Tomik affirmait qu'on ne risquait rien tant que le bois ne prenait pas feu. Mais l'été, à Tchernobyl, quand le mercure grimpait, des feux de forêt se déclaraient de temps en temps et les arbres, gavés de césium, relâchaient des radionucléides qui s'envolaient dans l'air et se baladaient au gré des vents entre la Russie et l'Europe.

Suivant ses pensées désordonnées, Tomik enchaîna sur les centrales nucléaires ukrainiennes. Il expliqua qu'à cause de la guerre dans le Donbass, on manquait de charbon pour alimenter les centrales thermiques et qu'en conséquence, l'État avait décidé de pousser à fond toutes les centrales encore en activité pour éviter des pénuries d'électricité. Or, elles avaient toutes été construites du temps de l'URSS. La moitié avaient déjà dépassé la date limite d'exploitation qu'on avait fixée au moment de leur mise en route.

— Et tout le monde ferme les yeux. Ou plutôt tout le monde détourne le regard. Tu sais pourquoi ? Parce que les problèmes du quotidien sont toujours les plus importants. La hausse du prix de l'essence ou du pain. Les pénuries. La guerre. Et parce qu'on ne peut plus vivre sans cette énergie. L'URSS nous a drogués à l'atome et nous sommes encore accros. Deux tiers de notre énergie sont d'origine nucléaire. Pas mal pour un pays dont la superficie est gravement contaminée par des éléments hautement radioactifs. Tout ça à cause des politiciens... les mêmes que ceux qui nous ont sacrifiés en Afghanistan. Les présidents de l'URSS... Léonid Brejnev, Iouri Andropov, Konstantin Tchernenko... des bouchers, oui ! J'espère qu'ils brûlent tous en enfer.

Après cette dernière envolée, Tomik retomba dans son mutisme. La pénombre commençait à envahir le sous-bois et l'Afghan devint un craquement de branche, une touffe d'herbe écrasée, une tige couchée. Au moment où Rybalko crut que son guide l'avait semé, une lumière rougeâtre s'alluma. Tomik avait déclenché sa lampe frontale. Il avait retrouvé sa concision toute militaire :

— On arrive au pont sur la rivière Ouj. Derrière, c'est Tcherevatch. Les flics y tendent souvent des embuscades. Il va falloir faire sans les lampes. Le ciel est dégagé. La lune est presque pleine. Ça devrait suffire pour qu'on se repère.

L'Afghan releva sa manche et consulta sa montre. Les aiguilles luisaient légèrement d'un éclat verdâtre. Il désigna une rangée de bouleaux :

— Après les arbres là-bas, c'est la route qui mène à Tchernobyl. Il faudra la remonter sur six ou sept kilomètres. Ensuite, ce sera Zalissya. On y arrivera dans moins de deux heures, si les flics ne surveillent pas le pont.

Il éteignit sa lampe et resta un moment immobile, le temps que ses yeux s'habituent au faible éclat de la lune. Puis ils repartirent. Comme l'avait prédit Tomik, une langue de bitume craquelé bordait les bouleaux. Ils suivirent la route jusqu'au pont, qu'ils traversèrent rapidement. Une fois au village désert de Tcherevatch, Tomik ordonna à son compagnon de rester une dizaine de mètres en retrait derrière lui, tandis qu'il ouvrait le chemin. Le vétéran se mit à progresser par à-coups, s'arrêtant pour scruter la pénombre avec une attention de loup, guettant le rougeoiement d'une cigarette dans l'épaisseur des sous-bois, le reflet de la lune sur le métal d'une carrosserie, le moindre signe de présence d'une voiture de patrouille en embuscade.

Soudain, alors qu'ils arrivaient à la forêt bordant le village, Tomik se figea. Presque aussitôt, une puissante lumière l'éclaira comme un artiste sur scène. Rybalko, hors du faisceau, se jeta à terre et rampa rapidement se mettre à l'abri derrière un arbre. L'Afghan fit un pas en arrière. Un coup de feu retentit et une balle souleva une motte de terre à quelques mètres de lui. Il s'immobilisa de nouveau, puis leva les mains. Un policier obèse apparut dans le halo des phares. Il obligea Tomik à se mettre à genoux, puis à s'étendre face contre terre.

— Où t'allais comme ça, mon gars ? lui cria le flic.

De là où il était caché, Rybalko pouvait voir le visage de son guide. Un instant avant que le policier ne le menotte, Tomik lui adressa un clin d'œil rapide, comme pour lui faire comprendre qu'il ne dirait rien.

— Je vais voir ta femme, répondit l'Afghan.

Le flic boursouflé lui flanqua un coup de poing dans les reins et Tomik émit un grognement sourd.

— Ne fais pas le malin. Tu es seul ? T'es venu avec quelqu'un ?

— Ta femme m'a dit de passer avec trois potes, mais...

Nouveau coup dans les reins, plus violents cette fois-ci. Tomik grimaça de douleur.

— Debout, lui ordonna le flic avant de tirer sur les chaînes des menottes pour l'obliger à se redresser plus vite et à marcher vers la voiture de patrouille garée en retrait de la rue.

Ils disparurent de son champ de vision. Un instant plus tard, un moteur se mit à ronronner, puis des pneus patinèrent sur le bitume et les phares balayèrent l'endroit où Rybalko se cachait. Son cœur se mit à battre à se rompre, mais le flic était juste en train de manœuvrer, et bientôt le véhicule s'élança en direction de Tchernobyl.

Rybalko se redressa et regarda la voiture s'éloigner au bout de la route forestière. Quand ses phares rouges eurent disparu, il ressentit à la fois un grand soulagement et une vive impression de solitude. Tomik lui avait sauvé la mise en jouant son numéro de forte tête, mais il ne pouvait plus compter sur son guide pour rejoindre Zalissya. Il longea la route, guettant anxieusement la lueur de phares dans le lointain, craignant que le vétéran, passé à tabac par les flics, n'ait fini par leur dire qu'il voyageait accompagné. À chaque carrefour, il perdait un temps précieux à examiner les alentours en quête d'indices annonçant l'entrée de Zalissya. Pendant un long moment, il ne trouva que des hangars et des habitations abandonnés, jusqu'à ce qu'enfin un panneau indique une route qui menait au village où Piotr Leonski avait sa datcha.

Zalissya était assez éloigné de la route principale pour qu'il puisse s'éclairer sans qu'on le repère. Il alluma sa lampe torche et une ville végétalisée surgit dans son faisceau tremblotant. Les arbres ceinturaient les maisons, griffant les murs de leurs branches, tandis que des plantes grimpantes se lançaient à l'assaut de toitures effondrées. De vieux barbelés rouillés traînaient dans les herbes, semblables à de grosses ronces. Des carcasses de voitures pourrissaient sur place. Toutes avaient été désossées. Les revendeurs de métaux avaient pris tout ce qui pouvait être pris, ne laissant que le squelette de la carrosserie – et encore : on avait commencé à découper au chalumeau les ailes et le toit de certaines d'entre elles.

Il fouilla plusieurs datchas, tristement vides. Tout ce qui pouvait être volé avait disparu. Ne restaient que les souvenirs invendables. Des photos de famille. Des lettres. Un vieux journal daté de la veille de l'accident nucléaire. Vers quatre heures du matin, harassé, Rybalko tomba sur quelque chose de tout à fait étrange. Il était dans le jardin d'une maison quand sa lampe accrocha les contours d'un objet métallique étincelant. C'était un cadenas flambant neuf condamnant la porte d'une espèce de cabane. Ses fenêtres étaient fermées par des volets. Intrigué, il allait essayer d'enfoncer la porte de la cabane quand une lumière s'alluma soudain dans la maison.

39

Il coupa instinctivement sa lampe torche. Tapi derrière la cabane, il scruta la maison tout en fouillant son sac à la recherche de son arme. Il vérifia qu'elle était chargée, puis la pointa vers le bâtiment, guettant silencieusement le moindre mouvement.

Une minute passa, puis deux.

Il décida de bouger. À pas lents, le regard braqué sur la fenêtre, il traversa le jardin et contourna la datcha. La porte était ouverte sur le couloir d'entrée. Un sac poubelle gisait par terre. Le plastique légèrement transparent laissait deviner la dépouille d'un grand oiseau mort à l'intérieur.

Le cœur de Rybalko se mit à mitrailler sa poitrine. Leonski était là.

Il se faufila dans le couloir. Un tapis poussiéreux recouvrait le sol, étouffant les grincements du vieux plancher. En face de lui se trouvait l'escalier. Une lumière crue dégringolait des plafonniers de l'étage. Quand il posa le pied sur la première marche, elle gémit légèrement sous son poids. Assez pour qu'on l'entende là-haut. Il cessa de respirer. Pas un bruit. Il avança un peu plus et...

Choc sur le crâne. Explosion d'étoiles devant les yeux. Il tomba en avant et se cogna le front contre le rebord d'une marche. La douleur fusa de sa boîte crânienne jusqu'à l'extrémité de tous ses nerfs. Au prix d'un effort surhumain, il se retourna et aperçut une silhouette qui jaillissait hors de la datcha par la porte d'entrée. Il tendit son arme.

Bam! Bam!

Deux balles déchirèrent le silence de la nuit et se fichèrent dans l'encadrement de la porte. Péniblement, il se redressa et essaya de s'élancer dehors à son tour. À moitié sonné, il s'emmêla les pieds dans le tapis, partit de travers et heurta violemment le mur. Son épaule enfonça un vieux cadre photo qui vola en éclats et il sentit des échardes de verre lui griffer la peau. Il serra les dents et se projeta à l'extérieur de la maison. Balayant l'obscurité avec sa torche, il aperçut à trente mètres devant lui l'étrange silhouette qui avait échappé à ses tirs. Elle portait une tenue intégralement verte, une sorte de scaphandre antiradiation.

La distance qui le séparait de sa proie se réduisit comme peau de chagrin. Une joie féroce s'empara de lui : si Leonski l'avait épargné, c'était sans doute qu'il n'avait pas d'arme. Rybalko redoubla d'efforts pour gagner encore quelques mètres. Comprenant qu'il ne pourrait pas le distancer, Leonski piqua vers un grand bâtiment en pierre et s'engouffra à l'intérieur. Rybalko freina sa course et franchit la porte en prenant garde que le vieux tueur ne lui tende pas une embuscade comme dans sa datcha.

Il se retrouva dans une grande salle vide avec des moulures au plafond. Au fond de la pièce, il aperçut une estrade surplombée de slogans à la gloire du communisme et comprit qu'il était dans un Palais de la culture. À travers une fenêtre, il repéra Leonski qui se faufilait dans une pièce attenante à celle où il se trouvait. Rybalko s'élança, fit trois pas et...

Le plancher s'effondra brusquement. Sa chute dura une demi-seconde. Entre le plancher et les fondations du bâtiment, il n'y avait qu'un mètre de vide. Il se retrouva coincé entre les planches au niveau de la taille, crachant et toussant tout ce que la table de Mendeleïev comptait de métaux lourds radioactifs à cause du nuage de poussière soulevé par sa chute. Sa torche avait roulé au sol et lui éclairait le visage. Il réalisa avec horreur qu'il avait également lâché son pistolet. Coincé par les planches pourries, il tâtonna autour de lui pour le retrouver. La lumière de la torche s'éleva soudain dans les airs : Leonski l'avait récupérée. Plissant les yeux, Rybalko aperçut le pistolet sur le plancher, puis la main gantée du tueur en train de le ramasser. Leonski leva l'arme et la pointa dans sa direction. Son souffle était lourd. Ébloui par la torche, Rybalko ne pouvait voir son visage, mais il devina que son bourreau portait une espèce de masque avec un filtre qui gênait sa respiration.

C'était fini. Il ferma les yeux. D'une certaine manière, il se sentit soulagé. Il n'aurait pas à se tirer une balle dans le crâne. Quelqu'un allait le faire à sa place. Et Tassia recevrait un quart de la somme promise par Sokolov. C'était mieux que rien.

Il eut l'impression d'attendre une éternité. Mais rien ne vint. Il ouvrit les yeux. L'arme était toujours braquée sur lui. La lampe aussi.

— Qu'est-ce que tu fous, salopard? lança-t-il au tueur.

Pas de réponse. Et puis Leonski leva sa jambe droite et lui décocha un violent coup de talon dans la mâchoire. Sonné, Rybalko cracha un peu de sang. Un deuxième coup l'atteignit à la tempe. Il n'eut pas le temps de se demander à quoi jouait le tueur qu'un troisième coup de pied le touchait au menton, l'expédiant dans les ténèbres.

AU MILIEU DU SILENCE BLANC

40

Le néon blafard du plafonnier grésilla et une porte claqua bruyamment dans la clinique de la centrale nucléaire de Tchernobyl.

— Eh bien, on ne vous a pas raté, professeur Rybalko, s'exclama une voix rocailleuse.

Rybalko se redressa dans son lit. L'homme qui venait d'entrer lui était familier : c'était le capitaine Melnyk, le flic qui était intervenu au local de 1986 après l'attaque des néonazis. L'Ukrainien était méconnaissable : son crâne et ses joues étaient rasés, alors qu'à leur première rencontre il arborait une barbe de bûcheron et une épaisse tignasse blonde.

Melnyk attrapa une chaise et la planta près de lui, du côté où il n'était pas attaché. On l'avait menotté au montant du lit, histoire qu'il ne se fasse pas la belle avant son interrogatoire.

— J'ai parlé à mes collègues, ceux qui vous ont retrouvé à Zalissya. D'après eux, vous seriez tombé sur un type qui pillait les ruines et il vous aurait attaqué ?

Rybalko acquiesça. L'Ukrainien sortit de la poche intérieure de son blouson un tas de feuilles pliées en quatre.

— Est-ce que cet individu pourrait être votre agresseur ? Melnyk lui montra une photocopie du passeport de Tomik.

— Je ne le reconnais pas.

— Vous êtes sûr ? On l'a arrêté un peu avant qu'on vous retrouve.

— Absolument. Mon agresseur avait une tenue antiradiation. Je n'ai pas vu son visage.

Le flic soupira. Son haleine sentait le café, le tabac froid et les nuits trop courtes. Dehors, le soleil n'était pas encore levé. Il devait être cinq ou six heures du matin.

— Quelle explication pouvez-vous me fournir, professeur, pour justifier votre présence à Zalissya alors que tout le secteur est bouclé ?

Rybalko se passa la main sur le crâne, comme s'il essayait de mettre de l'ordre dans ses souvenirs. Peu après avoir été roué de coups par Leonski, il s'était réveillé dans le Palais de la culture et avait à peine eu le temps de sortir de son trou dans le plancher qu'une patrouille de police lui était tombée dessus. Il avait joué les amnésiques, prétendant qu'on l'avait frappé et qu'il ne se souvenait plus de rien. Maintenant qu'un médecin l'avait examiné et n'avait détecté aucune lésion grave au crâne, il pouvait difficilement se permettre de maintenir cette ligne de défense.

— Je voulais observer les animaux nocturnes, expliqua-t-il. À cause du couvre-feu, c'est compliqué de voir en action les oiseaux qui chassent la nuit.

— On ne se balade pas dans la zone d'aliénation de la centrale nucléaire de Tchernobyl, professeur Rybalko. C'est illégal et dangereux. La nuit, on peut

y croiser tout un tas de personnes peu recomman-
dables.

— J'ai été imprudent, je vous l'accorde. J'espère
que ça ne va pas me coûter mon accréditation ?

— Ça ne dépend que de vous, *professeur*.

Le flic déplia une autre des feuilles qu'il avait
apportées et la tourna vers lui. C'était une photocopie d'une page d'illustration d'un manuel d'ornithologie. On y voyait une sorte de moineau avec une
strie jaune sur la tête.

— Vous pouvez me dire de quel oiseau il s'agit ?

— Pourquoi ?

— Répondez à la question : à quelle espèce appartient cet oiseau ?

Son estomac se noua. Melnyk avait-il des doutes
sur son identité, ou bien avait-il simplement découvert chez Leonski un oiseau empaillé qu'il désirait
identifier ? Dans un cas comme dans l'autre, s'il ne
trouvait pas le nom de l'espèce, sa couverture serait
grillée. Il se concentra sur l'animal et essaya de se
rappeler s'il l'avait vu dans le livre d'ornithologie de
Ninel.

— Alors ? insista Melnyk.

— On dirait un passereau.

— En effet, il appartient à l'ordre des passéri-
formes, mais les passereaux représentent la moitié
des espèces d'oiseaux, d'après ce que j'ai pu lire.
Pourriez-vous être plus précis : quel est le nom de
cet oiseau ?

Rybalko se mordit l'intérieur des lèvres. Son coup
de bluff n'avait pas fonctionné.

— Je suis désolé, ça ne me revient pas.

— C'est un bruant à sourcils jaunes. Vous n'avez pas étudié cette espèce à la faculté?

— Ça doit être les coups que j'ai reçus sur la tête, j'ai du mal à me concentrer.

— Dans ce cas, essayons quelque chose de plus facile.

Melnyk lui montra un autre volatile :

— Qu'est-ce que c'est?

Un oiseau gris avec des zébrures au niveau du ventre et sous les ailes, c'est tout ce que Rybalko pouvait en dire.

— Vous donnez votre langue au chat? Il s'agit d'un coucou commun. Vous savez, ce sont ces oiseaux qui parasitent les nids des autres espèces. La femelle coucou y dépose un de ses œufs et ce sont les autres qui font le boulot à sa place. Il paraît que les jeunes coucous poussent ensuite les autres œufs hors du nid, pour être mieux nourris. Une belle saloperie, ces oiseaux. Mais en ce moment, ce n'est pas l'espèce la plus nuisible qui fréquente Tchernobyl, loin de là.

Melnyk lui montra une dernière image. Elle représentait une hirondelle. Rybalko resta silencieux.

— Alors? Pas besoin d'avoir un diplôme pour reconnaître ce piaf, non?

— C'est une hirondelle, dit Rybalko à contrecœur.

— C'est ça. Une hirondelle.

Melnyk rempocha les photocopies, puis croisa les bras.

— Vous n'êtes pas ornithologue. Et vous ne vous êtes pas baladé de nuit dans la zone pour observer les hiboux et les chouettes. Qui êtes-vous vraiment et qu'est-ce que vous venez foutre à Tchernobyl, Rybalko?

Il réfléchit aussi rapidement que son cerveau endolori pouvait le permettre. Melnyk avait certainement compris qu'il enquêtait sur la mort de Léonid Sokolov. Le nier ne le mènerait pas bien loin. Certes, l'Ukrainien ne pouvait pas lui coller grand-chose sur le dos : au pire, il l'expédierait au tribunal d'Ivankiv, où il écoperait de quelques semaines de prison. Mais dans son état, quelques semaines, c'était une éternité.

— Ça fait plusieurs fois que votre ami Tomik s'introduit illégalement dans la zone. Mes hommes sont en train de lui mettre la pression et je suis sûr qu'il finira par nous dire toute la vérité. Alors il vaut mieux que vous arrêtiez tout de suite de me mentir.

— J'ai été embauché pour faire la lumière sur la mort de Léonid Sokolov, avoua Rybalko.

Melnyk sembla se détendre.

— Par qui? demanda-t-il d'une voix radoucie.

— Son père.

— Vektor Sokolov! Quelle surprise, fit l'Ukrainien d'un ton amer.

Il sortit son téléphone et le débloqua de quelques tapotements secs sur l'écran.

— Regardez ça, dit-il en lui tendant l'appareil.

L'écran affichait un cliché de la cabane en bois qui se trouvait dans le jardin de Leonski.

— Faites défiler les photos, allez-y, l'encouragea Melnyk.

D'un geste du pouce, Rybalko passa à la photo suivante, un parquet jonché de poussière et de sciure.

Des dizaines d'empreintes de pas s'y mélangeaient. L'une d'elles se découpait clairement au milieu du cliché : une gigantesque trace de semelle, taille 47 très certainement. Il balaya encore l'écran et une étagère chargée de bobines de fil, de ciseaux, de scalpels et de pots translucides apparut. Produits chimiques, paille de bois, globes oculaires en verre, leur contenu rappelait ce qu'il avait vu chez le taxidermiste de Kiev. Il y avait même un vaporisateur d'eau, qui servait à maintenir l'élasticité des peaux au moment du dépeçage.

Il réalisa qu'il s'agissait de l'atelier de Piotr Leonski.

— Pourquoi vous me montrez ça ?

— Continuez, ordonna Melnyk.

Le cliché suivant lui arracha un frisson. Sur une grande planche posée sur des tréteaux, deux hirondelles mortes gisaient sur le dos, les ailes déployées. Un morceau de coton obstruait leur bec, pour éviter que les fluides corporels ne coulent sur leurs plumes.

Les autres photos étaient plus anodines. Un tas de branches qui attendaient qu'on les transforme en perchoirs. Des étagères avec quelques livres sur les oiseaux d'Europe de l'Est. Des montages ostéologiques, squelettes sans chair et sans peau d'une blancheur inquiétante. Et puis soudain…

L'horreur.

L'image d'un cadavre livide et décharné agressa ses rétines. Le corps était allongé sur une table en inox, tachée de sang noir écaillé. Le visage… le visage était figé sur un cri muet qui déformait les lèvres bleuies, et à la place des yeux, deux cratères sombres fixaient l'objectif.

Avalant difficilement sa salive, Rybalko rendit à Melnyk son téléphone.

— Il s'agit de Rouslan Agopian. C'est le fils du flic qui dirigeait l'enquête sur l'assassinat d'Olga Sokolov et Larissa Leonski en 1986.

— Nom de Dieu...

Melnyk sortit un paquet de cigarettes et s'en alluma une, indifférent au pictogramme sur le mur interdisant formellement de fumer dans la clinique.

— Maintenant que les choses sont posées, dit-il en exhalant un peu de fumée, je veux que vous me parliez de votre enquête.

On y est. C'était maintenant que tout se décidait, la liberté ou la prison. Il allait falloir négocier sec.

— Qu'est-ce que je gagne à vous donner ce que je sais?

— Je n'aurai qu'à claquer des doigts pour vous mettre en taule si vous ne coopérez pas. On vous a trouvé à quelques dizaines de mètres du lieu d'un meurtre.

— Et après? Ça vous aidera à arrêter votre tueur?

Melnyk fronça les sourcils.

— En me cachant des informations, vous soutenez indirectement un criminel. S'il fait une nouvelle victime vous serez responsable.

— Moi, je peux vivre avec ça. Et vous? Est-ce que saint Joseph vous pardonnera d'avoir laissé échapper une chance de vous rapprocher du tueur?

Agacé, Melnyk remonta la fermeture éclair de son blouson, de manière à cacher sa médaille à l'effigie du saint.

— Qu'est-ce que vous voulez en échange de ce que vous savez ?

— D'abord, je veux parler en homme libre.

Il tira sur ses poignets pour faire tinter les menottes qui le retenaient prisonnier de son lit. À contrecœur, Melnyk sortit une petite clé de sa poche et lui retira ses entraves.

— Et ensuite ?

— Je veux que vous passiez l'éponge pour ce que j'ai fait ce soir.

— Rien que ça ? s'agaça Melnyk.

— Non. Je veux aussi avoir accès à ce que vous avez découvert de votre côté.

— Je n'ai pas l'intention de vous donner quoi que ce soit.

— Alors je ne dirai rien.

— Ne poussez pas le bouchon trop loin, Rybalko. Je pourrais décider de vous envoyer sur-le-champ à la prison de Lukyanivska. On n'aime pas trop les gens comme vous, là-bas.

— Les gens comme moi ? Qu'est-ce que je dois comprendre ?

— Qu'il faut être lucide : un Russe noir a une espérance de vie qui se compte en heures dans une prison ukrainienne.

— Ce n'est pas en me foutant derrière des barreaux que vous allez arrêter Leonski. C'est bien votre principal suspect, non ?

Melnyk le sonda longuement.

— OK, finit par lâcher le flic ukranien. On échange nos informations. Commencez.

— Qu'est-ce qui me prouve que vous n'allez pas me foutre en taule quand j'aurai dit ce que je sais ?

— Vous avez ma parole.

Rybalko ne put s'empêcher de rire :

— La parole d'un flic ? Il va me falloir mieux que ça.

— Soit vous me faites confiance, soit cette conversation s'arrête là.

Il jaugea l'Ukrainien en silence. Il avait connu plus de policiers menteurs, tricheurs et voleurs que de flics honnêtes. Pourtant, quelque chose lui faisait penser que Melnyk était un homme fiable. Et puis de toute façon, il n'avait pas beaucoup d'autres solutions.

— Comme je vous l'ai dit, Vektor Sokolov m'a embauché pour retrouver l'assassin de son fils…

Il lui raconta comment l'ancien ministre l'avait recruté, puis embraya sur l'autopsie réalisée à Donetsk.

— Attendez : le cadavre de Léonid Sokolov était hautement radioactif. Je croyais qu'il avait été enterré dans un cimetière de Kiev, sous une chape de béton et de plomb ?

— Vektor est richissime. Il s'est arrangé pour récupérer le corps avant l'inhumation, moyennant finance.

Rybalko passa en revue les informations qu'il avait glanées suite à l'autopsie. Melnyk l'écouta attentivement tout en prenant des notes dans un petit carnet. Quand il parla du faucon qu'il avait découvert dans le cadavre de Léonid, le vieux flic lui donna un élément dont il ne disposait pas :

— La deuxième victime de Leonski s'appelle Natalia Winograd. On l'a retrouvée morte dans une piscine de Pripiat. Elle aussi avait un faucon à l'intérieur du ventre. Il y avait également un autre oiseau sur la scène de crime…

— Une hirondelle? l'interrompit Rybalko.

Melnyk confirma. C'était donc le fil rouge des meurtres : à chaque fois que Leonski tuait, il y avait une hirondelle. Melnyk lui expliqua que l'assassin en avait même fait livrer une à son bureau, comme pour le narguer. Songeur, Rybalko se demanda si l'oiseau était comme un fétiche que l'assassin utilisait pour décupler son plaisir sadique. Est-ce qu'il pensait à ses futures victimes quand il dépeçait une hirondelle pour la naturaliser?

— Pourquoi déposer systématiquement cet oiseau près des corps? interrogea-t-il.

— Pour le savoir, il faudrait qu'on soit dans la tête de ce malade et ça ne me tente pas du tout. Mais j'ai une collègue qui pense que ça a un lien avec son premier crime. Il y avait une hirondelle empaillée dans la chambre des époux Leonski.

Melnyk lui demanda si le légiste avait pu déterminer les causes de la mort de Léonid Sokolov.

— Il a été empoisonné, confia Rybalko.

— Avec du cyanure?

— Non, de l'arsenic. J'en déduis que pour Natalia, on a employé du cyanure?

— C'est exact. Et le point commun entre ces deux poisons…

— C'est qu'ils sont utilisés en taxidermie. Ce qui confirme que le tueur est Leonski. Le rituel des meurtres tourne autour de sa fascination pour les animaux empaillés. C'est d'ailleurs comme ça que j'ai compris que c'était lui l'assassin de Léonid.

Il expliqua à Melnyk son cheminement personnel : l'hirondelle qu'il avait trouvée sur la scène de crime, la discussion avec le taxidermiste, puis avec Sokolov, qui se souvenait que Leonski avait une passion pour la naturalisation d'animaux.

— Tout cela m'a donné envie d'aller jeter un œil à sa maison de campagne, dans la zone. C'est pour ça que vos hommes m'ont retrouvé là-bas.

Il lui raconta sa mésaventure à la datcha de Leonski.

— Vous avez vu son visage ? demanda Melnyk d'une voix pleine d'espoir.

— Comme je vous l'ai dit, il portait un genre de tenue antiradiation et j'avais une lampe braquée sur le visage.

— Il vous a parlé ?

— Non. Il a simplement pointé l'arme sur moi. Mais il n'a pas tiré. Je ne sais pas pourquoi. Mais vous, comment avez-vous compris que c'était lui l'assassin de Léonid ?

Melnyk lui parla des archives qu'il avait consultées sur le double meurtre de 1986.

— J'ai pu parler au type du KGB qui a mené les investigations. Il était encore convaincu après toutes ces années que Leonski était l'assassin.

— Dans ce cas, pourquoi il ne l'a pas arrêté à l'époque ?

— Pour des raisons politiques. Le pouvoir soviétique ne voulait plus qu'il y ait de vagues autour de la centrale ou de ses employés. On lui a demandé d'enterrer l'affaire en chargeant un type déjà condamné à mort. Et Leonski s'est retrouvé libre.

— Je vois. Et les trois victimes ? Est-ce que vous avez trouvé un lien entre elles ?

— J'ai ma théorie, commença l'Ukrainien. Arseni Agopian, le père de la troisième victime, dirigeait l'enquête sur le double meurtre de 1986. Anton Winograd, le père de la deuxième, était un voisin de Leonski. Son témoignage a renforcé les soupçons de la milice sur ce dernier et a conduit à son emprisonnement. Quant à Vektor Sokolov, il a payé des détenus pour qu'ils «s'occupent» de Leonski en prison. Mon sentiment est que notre type se venge de ceux qu'il estime responsables de la mort d'une de ses filles. Il y a trente ans, il a été arrêté à un barrage de la milice alors qu'il s'enfuyait de la zone avec ses jumelles. Toutes deux ont été ramenées à Pripiat. L'une d'elles est décédée d'une leucémie peu après.

— Et donc, l'hirondelle près du cadavre, ce serait un moyen pour lui de signer ses crimes, si je suis votre raisonnement.

— En effet. Je pense qu'il veut faire comprendre aux pères de ses victimes que c'est à cause de ce qu'ils lui ont fait par le passé qu'il tue leurs enfants.

L'explication tenait la route. Pourtant, quelque chose gênait Rybalko dans tout ça. En signant ses crimes, Leonski donnait à la police l'occasion de l'arrêter. Il agissait comme s'il se moquait de se faire prendre. Une méthode suicidaire, qui avait failli le perdre au moment où ils s'étaient fait face à Zalissya. Une méthode suicidaire... Rybalko repensa au dealer qui avait usurpé l'identité de Piotr Leonski. Bouffé par la gangrène, le type voulait mourir. Mais pas de ses propres mains. Il voulait qu'on l'achève.

Qu'on l'achève…

— Il est malade, marmonna Rybalko.

— C'est le moins qu'on puisse dire, s'amusa Melnyk. Un gars qui fourre des oiseaux dans le corps de ses victimes…

— Non, je parle au sens propre. Leonski travaillait à la centrale quand le réacteur 4 a explosé. J'ai découvert qu'il touchait une pension en tant que victime de la catastrophe. Il a peut-être une maladie grave qui le condamne à plus ou moins long terme.

— Il serait en fin de vie ? Ça expliquerait pourquoi il sème les cadavres sans se soucier des conséquences.

Melnyk porta sa main à son visage, comme pour se caresser la barbe, et, ne trouvant rien sous ses doigts, il se gratta le menton.

— Donc nous sommes face à une espèce de taré qui se venge et qui a peu de temps pour le faire. Ça simplifie les choses, en un sens. Il ne frappera pas au hasard. Il a certainement une liste de cibles précises.

— Les enfants… Ninel, marmonna Rybalko.

Il se souvint d'une des photos que Melnyk lui avait montrées. Dans son atelier au milieu de la zone, Leonski avait préparé deux hirondelles. Ça voulait dire qu'en plus du fils d'Arseni Agopian, il visait une autre personne. Et si c'était Ninel ?…

— Donnez-moi votre téléphone, demanda-t-il à Melnyk.

— Pour quoi faire ?

— Il faut que je vérifie quelque chose. C'est très important. Le flic lui tendit à contrecœur son portable. Rybalko composa le numéro de Ninel et tomba immédiatement sur son répondeur.

— Allez, décroche…

— Qui est-ce que vous appelez?

Il hésita. Ninel lui avait fait jurer de ne pas révéler son secret et elle avait affirmé que personne n'était au courant de son lien avec Vektor Sokolov. Mais si elle s'était trompée… et si Leonski l'avait reconnue… elle ressemblait à sa mère, après tout… Il mesura subitement à quel point il avait été négligent : même trente ans après l'avoir tuée, Leonski ne pouvait pas avoir oublié le visage d'Olga Sokolov.

— Je crois que j'ai commis une terrible erreur, dit-il d'une voix blanche.

Second appel. De nouveau, le répondeur. Il laissa un message.

— Ninel, c'est Alexandre. Dès que tu as ce message, contacte-moi. Immédiatement.

Il se dit avec terreur qu'il s'adressait peut-être à une morte. Oscillant entre espoir et incrédulité, il décida d'appeler Sveta. La jeune femme décrocha au bout d'une dizaine de sonneries.

— Alexandre? Vous avez vu l'heure? se plaignit-elle d'une voix ensommeillée.

— C'est urgent. Est-ce que vous savez où se trouve Ninel?

— Vu l'heure, je dirais chez elle!

— Elle ne décroche pas et je tombe directement sur sa messagerie.

— Son téléphone ne doit plus avoir de batterie…
Mais qu'est-ce qui se passe, Alexandre?

— Je peux juste vous dire qu'elle est en danger.

— C'est encore le Secteur droit?

Les néonazis… il les avait presque oubliés, ceux-là.

— Je ne sais pas… c'est peut-être plus grave…
Quand est-ce que vous l'avez vue pour la dernière
fois?

— Je ne l'ai pas vue depuis que la zone a été bouclée. Mais elle m'a appelée hier matin.

— Vers quelle heure?

— Dix heures.

— De quoi vous avez parlé?

— Du bouclage de la zone, essentiellement. Elle
m'a demandé si mes démarches pour rétablir nos
autorisations d'entrer avaient abouti ou non… Vous
me faites vraiment peur, Alexandre. Qu'est-ce qui se
passe?

— Je… je vous rappellerai plus tard.

— Attendez, dites-moi pourquoi…

Il raccrocha brutalement.

— Il faut envoyer une patrouille chez Ninel, dit-il
à Melnyk en lui rendant son téléphone. Tout de suite.

— Quel est le rapport avec Leonski?

— Ninel… Ninel est la fille de Sokolov.

L'Ukrainien n'en crut pas ses oreilles.

— Sa fille? tonna-t-il. Mais Sokolov m'a dit qu'il
n'avait pas d'autres enfants!

— Elle lui a fait jurer de ne pas révéler ses origines.
Elle est en conflit avec son père depuis des années.

— *Blyad!*

Melnyk décrocha son téléphone.

— Novak? Tu es à Kiev? Parfait. Tu vas te rendre chez Ninel… Oui, c'est ça, l'écolo… Non, ce n'est pas pour une perquisition, c'est pour s'assurer qu'elle va bien. Son adresse…

Il se tourna vers Rybalko, qui lui donna la rue et le numéro de l'appartement. Melnyk transmit à son interlocutrice.

— J'appelle le commissariat le plus proche pour que tu aies des renforts. Surtout, tu n'y vas pas seule : s'ils ne sont pas là quand tu arrives, contente-toi de surveiller l'entrée. C'est peut-être une des cibles de Leonski. Oui… Non… Je t'expliquerai.

Il raccrocha.

— Ninel n'aurait pas dû me cacher ça. Et vous non plus, le sermonna Melnyk. Vous auriez dû nous dire qu'elle était une Sokolov. On aurait pu la protéger.

— Comme le fils d'Agopian? rétorqua Rybalko, acide.

Melnyk prit la mouche :

— Vous êtes mal placé pour faire ce genre de reproche. Et pour votre information, Arseni Agopian a refusé qu'on mette son fils sous surveillance le temps qu'on arrête Leonski, malgré nos avertissements. Allez, on va au commissariat, dit-il en se levant.

Rybalko ayant été dépouillé de ses affaires par crainte d'une éventuelle contamination radioactive, Melnyk quitta la salle d'examen pour aller lui chercher des vêtements de rechange. Rybalko se leva aussitôt et examina la fenêtre. Elle était scellée, mais on était au rez-de-chaussée : il pouvait balancer la chaise à travers la vitre et s'enfuir. Mais pour quoi faire? Voler une voiture et filer directement à Kiev? Inutile : on l'arrêterait à un des check-points qui verrouillaient la zone. Il n'avait d'autre choix que d'attendre et d'obéir. C'était Melnyk qui menait la danse maintenant.

L'Ukrainien reparut dans la salle d'examen.

— Enfilez ça, dit-il en lui tendant une de ces combinaisons bleu-gris rehaussées d'orange que portaient les ouvriers travaillant sur le chantier de l'arche de Tchernobyl.

Il y avait aussi une paire de chaussures de sécurité un peu trop grandes pour lui. Il s'habilla sans protester, puis ils quittèrent la clinique.

Ils étaient presque arrivés au commissariat quand le téléphone de Melnyk se mit à sonner. C'était Novak. Elle avait outrepassé ses ordres et s'était rendue directement chez Ninel. Le vieux flic la réprimanda, puis écouta son rapport sans que son visage plissé par l'inquiétude se détende un instant.

— Alors? demanda Rybalko, pressentant le pire.

— Elle n'est pas chez elle et il y a des traces de lutte dans l'appartement.

Puis le policier ajouta d'une voix blanche :

— Ce n'est pas tout. Leonski a laissé un message.

41

Le temps filait à une vitesse dingue. Pendant deux bonnes heures, on interrogea Rybalko sur son enquête. Les questions tournaient en boucle, toujours les mêmes, pour vérifier la cohérence de son histoire. Ça le rendait fou. Il n'avait pas de temps à perdre. Ninel n'avait pas de temps à perdre.

— Je serais plus utile dehors qu'enfermé ici! s'emporta-t-il quand on lui demanda encore de raconter la course-poursuite avec Leonski dans les ruines de Zalissya.

— C'est la procédure, rétorqua le flic qui l'interrogeait.

— Où est le capitaine Melnyk? Je veux lui parler.

— Il est occupé.

— Qu'est-ce qu'ils ont trouvé chez Ninel? C'était quoi le message de Leonski?

— Je ne suis pas autorisé à vous le dire. Et de toute manière, je ne sais rien. Maintenant, répondez à ma question : comment savez-vous que c'est Leonski qui vous a frappé dans le Palais de la culture de Zalissya?

Il soupira :

— Qui d'autre voulez-vous que ce soit? Ce foutu malade a réemménagé dans son ancienne datcha. Il a dû installer un groupe électrogène pour avoir de l'électricité. Il se sert de son abri de jardin pour préparer le corps de ses victimes. Nom de Dieu, vous savez déjà tout ça!

Il se massa les tempes. Les médicaments qu'on lui avait donnés à la clinique de la centrale commençaient à ne plus faire effet. La peau de son visage le brûlait et des douleurs aiguës traversaient de temps à autre son cerveau.

— Je ne dirai plus rien. Je veux voir Melnyk. Allez le chercher.

— Il est en réunion. Je ne peux pas…

— Allez le chercher!

Le flic essaya de lui faire entendre raison, mais Rybalko se mura dans le silence. À bout d'arguments, le policier décrocha son téléphone et demanda à un de ses collègues de prévenir le capitaine Melnyk de l'attitude de son témoin.

— Vous ne devriez pas jouer au plus malin, dit le flic en raccrochant. Vous risquez gros : entrave à la justice, rébellion, violation des lois concernant la circulation dans la zone de confinement…

— Je t'emmerde. Ajoute ça à la liste : insulte à agent.

Le policier piqua un fard. Heureusement, Melnyk débarqua dans le bureau.

— Je m'occupe de lui, Sacha, lança-t-il à son subordonné dont les joues avaient viré au pourpre sous le coup de la colère. Rybalko, suivez-moi.

Melnyk l'emmena dans une petite salle de réunion à la peinture défraîchie. Elle était encombrée de chaises pliantes assemblées en demi-cercle devant un chariot métallique qui supportait une très ancienne télévision, un modèle des années 1990 à tube cathodique. À côté ronronnait un magnétoscope. Rybalko n'en avait pas vu un depuis presque dix ans.

— Le message de Leonski a été enregistré sur une cassette vidéo, expliqua Melnyk. On a dû sortir ces vieilleries de la cave pour pouvoir la visionner.

Il désigna le gros rectangle de plastique noir posé au sommet du magnétoscope. Rybalko s'en saisit avec précaution et examina l'étiquette collée dessus.

— «Pour le capitaine Melnyk et le lieutenant Alexandre Rybalko», lut-il.

— Alors comme ça, on est collègues? commenta Melnyk.

— Ouais. Police de Moscou.

— Vous n'avez pas d'accent.

— C'est normal. Je suis né ici. À Pripiat.

— Un flic qui parle ukrainien et qui connaît bien le coin… je comprends mieux pourquoi Vektor Sokolov vous a engagé.

— Sauf que je n'ai pas arrêté Leonski et que je ne sais pas où est sa fille. D'ailleurs, vous l'avez contacté pour le prévenir?

— Oui.

— Comment a-t-il réagi en apprenant que Leonski avait enlevé sa fille?

— Il a fracassé son portable. On a dû le rappeler sur son téléphone fixe.

Melnyk inséra la cassette dans le magnétoscope. Une neige de points gris et blancs envahit l'écran, puis très vite l'image se stabilisa et une hirondelle empaillée aux plumes tachées de sang apparut. L'image dura dix longues secondes, avant de disparaître brutalement. Des parasites de nouveau, et puis subitement, écran noir.

Rybalko crut l'enregistrement terminé, mais on entendait quelque chose. Des cliquetis, un souffle, le bruissement d'une main frôlant un micro. La tension monta d'un cran tandis que l'antique bande magnétique se déroulait. On retira brusquement le cache qui obturait la caméra. Rybalko s'attendit à voir l'horreur. Ninel morte, les yeux crevés, une longue cicatrice courant sur son ventre. Au lieu de quoi une cave sordide aux murs de béton rongés de moisissure apparut. Au milieu, sur une chaise en métal, une femme était attachée.

Ninel.

Sa tête était penchée en avant et ses cheveux défaits pendaient vers le sol en béton. Était-elle morte, ou simplement endormie ?

— Lève les yeux, souffla Rybalko.

Comme si elle l'avait entendu, Ninel releva la nuque et regarda vers la caméra. Elle plissa les yeux, puis ses pupilles se mirent à aller de droite à gauche.

Il comprit qu'elle était en train de lire quelque chose.

— *Ce… ce message s'adresse à Vektor Sokolov… mon…*

Ses lèvres se tordirent, l'espace d'une demi-seconde.

— *Mon père.*

Dans le silence qui suivit, Melnyk se retourna vers Rybalko. Son visage était un masque angoissé. La voix de Ninel, fantomatique et étrangement grave, s'éleva de nouveau :

— *S'il veut que sa fille… s'il veut que je vive, il va devoir venir ici, à Tchernobyl, et…*

Elle marqua une pause. Rybalko imagina Leonski derrière la caméra en train de dévoiler progressivement des panneaux avec le texte qu'elle devait lire.

— *Et être prêt à payer pour qu'elle ait… que j'aie la vie sauve. Qu'il prépare cent millions de roubles…*

Le visage de Ninel s'empourpra.

— *Alors c'est juste ça, au final? Une foutue demande de rançon?*

Elle défia du regard la personne derrière la caméra. L'écran s'obscurcit brutalement. On entendit un cri, puis des claquements secs. L'image revint. Ninel avait les cheveux en bataille et le nez qui saignait.

— L'ordure, siffla Rybalko entre ses dents.

Ninel récita, d'une voix désincarnée :

— *Vektor Sokolov a vingt-quatre heures pour venir en Ukraine avec l'argent. Il devra être à midi place Lénine, à Pripiat. S'il n'est pas au rendez-vous à l'heure exacte, il…*

Elle avala sa salive avec difficulté.

— *Il me tuera.*

L'image se figea sur le visage de la jeune femme. Melnyk appuya sur un bouton et une lumière crue jaillit violemment des plafonniers.

— Qu'est-ce que vous en pensez? demanda-t-il.

— C'est absurde. Pourquoi exiger une rançon maintenant? Il a déjà assassiné trois personnes sans jamais demander d'argent.

496

— C'est exactement ce que je me suis dit. Je ne crois pas que Leonski soit prêt à échanger Ninel contre du fric. À mon avis il cherche juste à faire souffrir Sokolov un peu plus.

Melnyk éjecta la cassette du magnétoscope et la glissa dans un sac transparent.

— Et maintenant? Qu'est-ce qu'on fait? s'enquit Rybalko. Vous allez encore me poser des questions pendant des heures?

— Non. J'ai besoin de vous pour convaincre Sokolov de venir demain au rendez-vous fixé. Il m'a dit qu'il voulait vous parler avant de décider quoi que ce soit.

— Donc je suis libre?

— Oui. Tant que vous nous aidez à arrêter Leonski.

Melnyk le raccompagna jusqu'à l'entrée. Sur le parking, Rybalko eut la surprise d'apercevoir Sveta. Elle fumait nerveusement une cigarette devant le pick-up de l'association 1986.

— On a convoqué la collègue de Ninel pour qu'elle fasse sa déposition, expliqua Melnyk. Elle a accepté de vous attendre et de vous ramener à Kiev. Quand vous aurez Sokolov au téléphone, dites-lui bien que venir au rendez-vous de Leonski est une manière de gagner du temps pour sa fille. On est toujours en train d'analyser ce qu'on a retrouvé dans la datcha de ce malade. Peut-être qu'il y a laissé quelque chose qui nous permettra de trouver sa nouvelle planque avant qu'il ne la tue.

Rybalko en doutait. La cave où était enfermée Ninel était semblable à des milliers d'autres bâties sous l'ère communiste. Le bâtiment où Leonski la retenait prisonnière pouvait être n'importe où en Ukraine. Ou même en Biélorussie.

L'Ukrainien lui serra la main et retourna au commissariat. Rybalko rejoignit Sveta.

— C'est un cauchemar, lui dit-elle. Ninel, enlevée par ce fou... comment c'est possible?

Elle jeta sa cigarette par terre et l'écrasa nerveusement. Ils grimpèrent dans la voiture et quittèrent le parking.

— Je peux vous emprunter votre téléphone? Il faut que je contacte le père de Ninel.

— Bien sûr, répondit-elle en sortant de sa poche un portable protégé par une coque aux couleurs du drapeau ukrainien.

Sitôt en ligne, l'ancien ministre agressa Rybalko:

— Espèce d'abruti! Comment Leonski a-t-il pu enlever ma fille alors qu'elle était sous votre garde?

— Elle n'était pas sous ma surveillance, je ne faisais qu'enquêter sur...

— C'est une Sokolov, Leonski a tué ma femme et mon fils, ça ne vous a pas effleuré l'esprit qu'il allait s'en prendre à elle?

— Ninel m'a dit que personne ne savait qu'elle était votre fille et...

— Personne? Et Piotr Leonski? Et Kazimira? Et tous ceux à qui Léonid a pu dire que Ninel était sa sœur? C'est ça que vous appelez «personne»?

— Vous êtes tout autant responsable que moi de ce qui lui est arrivé, protesta Rybalko. J'ai discuté avec le capitaine Melnyk. Il vous a demandé si vous aviez d'autres enfants et vous n'avez pas parlé de

Ninel. Si vous l'aviez fait, il l'aurait mise sous protection.

Sokolov encaissa en silence, puis reprit d'un ton plus calme :

— Bon… ce n'est pas vraiment le moment de chercher des coupables… L'important, c'est Ninel. Leonski a déposé une demande de rançon. Vous allez lui remettre l'argent.

— Il veut que vous veniez en personne à Pripiat.

— C'est hors de question, trancha l'exministre.

— Mais…

— Ce n'est pas négociable. Je vais vous faire parvenir les fonds par le biais de votre ami Kachine, je viendrai en Ukraine, mais je ne jouerai pas les porteurs de valise pour Leonski.

— Il a dit qu'il tuerait Ninel si…

— Il la tuera quand même.

Choqué, Rybalko resta muet. Comment le père de Ninel pouvait-il envisager aussi froidement la mort de sa fille ?

— Il la tuera quoi que je fasse, reprit Sokolov. Ne soyez pas naïf, Alexandre. Leonski ne cherche pas un dédommagement financier pour ce que je lui ai fait. Il veut se venger. Me faire courir dans tous les sens. Que je garde l'espoir pour me le retirer brutalement. Je refuse de rentrer dans son jeu.

— Mais s'il n'y a qu'une petite chance de sauver Ninel, il faut la tenter !

— C'est ce qu'on va faire. Vous lui apporterez l'argent. On verra bien si ça fonctionne.

— Ça ne marchera pas ! C'est vous qu'il veut pour l'échange.

— Vous avez mis le doigt dessus, Alexandre : c'est moi qu'il veut. Et pourquoi, à votre avis ?

— Vous croyez qu'il cherche à vous tuer ?

— Exactement. Ça ne vous paraît pas logique ?

Il aurait aimé prétendre le contraire. Mais Sokolov avait raison d'être méfiant. La demande de rançon ne tenait pas la route. C'était sans doute un moyen de l'attirer dans un endroit où Leonski pouvait l'atteindre. À Moscou, la villa de l'ancien ministre était aussi bien gardée qu'un camp militaire.

— Quand bien même, reprit Rybalko, c'est votre fille. À votre place, je tenterais tout pour la sauver. Quitte à me mettre en danger.

— Ma décision est irrévocable. C'est vous qui irez donner la rançon. Soyez au café de Tchernobyl demain à midi. Kachine vous y retrouvera avec l'argent.

— Attendez...

Sokolov raccrocha.

— Fait chier, maugréa Rybalko en rendant à Sveta son téléphone.

— Ça ne s'est pas bien passé, je suppose...

— Le kidnappeur a demandé que le père de Ninel remette la rançon en personne, mais il refuse de le faire.

— Ça veut dire que ce monstre va la tuer...

Il essaya de se montrer rassurant :

— Pas nécessairement. Et puis on a encore un peu de temps pour la retrouver.

Ils traversèrent Tchernobyl sans encombre. Quelques transports de troupes de l'armée sillonnaient les rues. La police avait demandé des renforts pour ratisser le plus de terrain possible à la recherche de Leonski et de son otage. Une fois quittée la ville, la route se fit déserte. La zone était toujours en quarantaine : aucun véhicule en dehors de ceux des forces de l'ordre n'était autorisé à y circuler, sauf rares exceptions.

— Alors, le père de Ninel est le patron de PetroRus, marmonna Sveta tandis qu'ils filaient en direction de Dytyatki par une voie secondaire. Je comprends pourquoi elle évitait de parler de lui. Elle participait à toutes les luttes contre les lobbys du pétrole et du nucléaire. Ça aurait décrédibilisé son combat. Et notre association.

— Vous n'avez jamais vu son nom complet, sur un document quelconque ?

— Si. Mais ils étaient au nom de Ninel Ivanovna Balakirev.

— Balakirev ? Vous êtes sûre ?

— Oui. Pourquoi ?

— C'est le nom de jeune fille de sa mère. Olga Ivanovna Balakirev.

Ninel n'avait donc pas fait que couper les ponts avec son père, elle avait aussi rejeté l'héritage de son nom. Sa détestation de son géniteur semblait sans bornes.

— Est-ce qu'elle vous a déjà parlé de son père, sans le nommer ? demanda Rybalko.

Sveta lui lança un regard gêné.

— Oui. C'est arrivé. Je… je savais qu'elle avait eu des problèmes avec lui.

Elle chercha un moment ses mots, avant de poursuivre :

— Elle m'a expliqué qu'il l'avait quasiment abandonnée lorsqu'elle avait dix ou onze ans. Il ne s'occupait plus d'elle, lui parlait à peine. Et surtout, quand il revenait du travail…

Elle inspira longuement.

— Il la frappait. Je lui ai répondu que chez moi aussi il arrivait que mon père ait la main lourde quand je faisais des bêtises, petite. Mais ce qu'elle m'a raconté… ça n'avait rien à voir. Chaque fois qu'il avait trop bu, il passait ses nerfs sur elle.

Une voiture apparut dans le rétroviseur, filant sur l'asphalte derrière eux. Un gros tout-terrain noir. Sveta se rabattit prudemment sur la droite pour le laisser passer.

— Et puis, quand elle a eu douze ans, il l'a envoyée en pension et a cessé complètement de la voir. Même quand elle revenait pour les vacances, il l'expédiait dans des camps d'été ou des stages à l'étranger. Elle a grandi toute seule en quelque sorte. J'ai trouvé ça très triste. Mais…

Sa bouche resta figée sur ce dernier mot. Le tout-terrain noir était en train de les doubler. La vitre côté passager était ouverte. Un homme encagoulé pointait un fusil de chasse à canon scié dans leur direction.

Rybalko réagit en un instant. Tentant le tout pour le tout, il attrapa le volant et le tourna vivement vers la gauche. Leur véhicule se cabra violemment et heurta la carrosserie du tout-terrain. Un coup de feu retentit. Le rétroviseur central explosa, projetant sur eux des éclats de plastique et de verre. Tétanisée, Sveta avait lâché le volant. Rybalko continua à le tenir braqué fermement à gauche, pressant les flancs du véhicule des agresseurs pour l'obliger à quitter la route. Le bas-côté se rapprocha à toute vitesse, puis les arbres. Il contre-braqua, et les deux véhicules se séparèrent. Leur voiture partit dans un violent tête-à-queue et le monde se mit à tourbillonner. Quand le pick-up s'arrêta enfin, Rybalko réalisa que l'autre véhicule avait fini sa course dans un arbre.

Sveta, choquée, essaya de redémarrer. Le moteur toussota, mais ne repartit pas. Au bout de trois tentatives frénétiques, Rybalko sortit de la voiture et courut vers le tout-terrain noir. L'adrénaline inondait son corps. L'air tout autour du véhicule était saturé d'une odeur d'huile et d'essence. La porte passager s'ouvrit et l'homme encagoulé s'extirpa difficilement de l'habitacle. Avant qu'il n'ait le temps de lever son arme vers lui, Rybalko lui décochait un violent coup de poing à la mâchoire. Il enchaîna avec une prise de judo pour le mettre au sol et exerça une pression sur son bras jusqu'à ce qu'il se brise dans un craquement sinistre. L'homme hurla, réveillant le conducteur, assommé par le déclenchement de son airbag. Dans son regard, Rybalko lut la surprise, puis, en un éclair, le type bougea la main vers le holster accroché contre son flanc pour en sortir son pistolet. Rybalko plongea. Des balles traversèrent l'air en sifflant, perçant les portières, soulevant des mottes de terre au moment où elles touchaient le sol. Dans l'herbe à côté de lui gisait le fusil de celui à qui il avait cassé le bras. Il le ramassa et tira au jugé à l'intérieur du véhicule. Dans le silence au goût de poudre qui suivit, il tendit l'oreille. Pas de bruit de respiration dans l'habitacle. Juste un fourragement dans l'herbe, les pas de l'autre homme qui s'enfuyait vers la forêt en tenant contre lui son bras inerte. Rybalko se redressa et regarda à l'intérieur de la voiture. La cartouche de chevrotine tirée presque à bout portant avait emporté une partie de la mâchoire et du cou du conducteur. Le sang avait giclé sur le pare-brise et la vitre, les teintant de rouge sombre.

Des cartouches de fusil avaient glissé au sol. Rybalko en ramassa une poignée, rechargea l'arme, puis regarda autour de lui. Le second agresseur avait disparu. Il retourna au pick-up de Sveta. Elle avait réussi à redémarrer et serrait fermement le volant.

Il se pencha vers elle :

— Vous êtes blessée ?

Elle fit non de la tête.

— Attendez-moi là.

— Mais… il faut qu'on parte d'ici !

— Non. Il faut que je règle ça. Définitivement.

Dans le coffre, il trouva une poignée de gros colliers de serrage en plastique que Sveta et Ninel utilisaient pour sceller les sacs contenant leurs prélèvements. Il se dirigea ensuite vers l'endroit où le type avait pénétré dans la forêt. Il n'était pas difficile à suivre : dans sa fuite, il avait couché au sol les herbes hautes. Il remonta ses traces jusqu'à arriver à des espèces de tumulus sur lesquels on avait piqué les habituels panneaux triangulaires annonçant une zone hautement radioactive.

L'encagoulé filait entre deux tumulus. Rybalko tira un coup en l'air et l'homme se figea.

— Ne bouge plus, lui ordonna-t-il. Enlève ta cagoule.

Le type obéit à l'aide de sa main valide, ébouriffant ses cheveux coupés à la cosaque.

— C'est quoi ton nom ?

L'homme cracha par terre et l'insulta. Ses dents étaient rougies de sang et il zézayait légèrement. Il avait dû se mordre la langue pendant l'accident.

Rybalko pointa le canon de son arme sur son genou.

— Dis-moi qui t'a payé pour me buter, ou je te fais sauter la rotule.

Le type le toisa d'un regard brûlant.

— Eh ben vas-y. Tire. Qu'est-ce que t'attends ? Si je te parle, mon patron me tuera. À côté de ce qu'il me fera, une balle dans le genou, c'est rien. Alors vas-y, le cul noir. Tire !

Rybalko réprima l'envie de lui vaporiser le crâne et avança vers lui. Arrivé à sa hauteur, il lui décocha un coup de crosse qui le fit tomber au sol. Il en profita pour lui faire une clé de bras, puis il le releva et le fit marcher jusqu'à un tumulus.

— Qu'est-ce que tu fous ? protesta le type.

Sans ménagement, il l'attacha à un des panneaux triangulaires à l'aide de colliers de serrage.

— Qui est ton employeur ?

— Va te faire mettre !

L'homme de main le maudit entre ses dents, puis se mura dans un silence farouche. Quelques minutes passèrent. Le type commença à se dandiner nerveusement d'un pied sur l'autre.

— Alors ? Tu parles ?

— Que dalle.

— Comme tu voudras. Si tu préfères crever irradié, c'est toi que ça regarde.

— Toi aussi tu bouffes des radiations.

— Moi, je suis déjà condamné. Dans quelques mois je serai mort. Alors je vais rester ici jusqu'à ce que tu répondes à mes questions ou que tu pisses le sang par les yeux.

Le type soutint son regard un long moment, puis cracha dans sa direction.

— Enfoiré. Mes potes vont te retrouver. Ils vont te faire la peau. Et il se replia de nouveau dans le silence. Rybalko pointa du doigt les autres tumulus autour d'eux.

— Je me souviens qu'avant l'explosion, il y avait un village ici. Comme tout était très contaminé, ils ont décidé de tout enterrer. Chacun des panneaux désigne l'emplacement d'une fosse. Les liquidateurs en creusaient près des maisons, puis les poussaient dedans avec une pelleteuse. Parfois, on y jetait aussi les carcasses des animaux et les engins trop irradiés pour qu'on les décontamine.

Il marqua un temps d'arrêt. Le type ne baissait toujours pas les yeux, mais la haine était en train de se diluer en peur dans son regard.

— Quand j'étais gamin, on avait un voisin qui avait fait ce boulot-là. Il disait qu'au bout de quelques jours à enterrer les maisons, il avait fini par perdre l'appétit. Tout lui paraissait fade. Et tu sais pourquoi? Parce que les radiations avaient bousillé ses sens. Ce qu'il mangeait n'avait plus de goût. Certains avaient aussi perdu l'odorat. Est-ce que tu sens le parfum des pins?

Machinalement, l'homme huma l'air, mais ne répondit rien.

— Tu n'auras pas de séquelles. Mais si tu restes plus longtemps, les vrais problèmes vont commencer. Je sais ce que c'est. Mon père est mort à cause des radiations. C'était un des pompiers de Pripiat. Il a reçu une telle dose de radiations en essayant d'éteindre l'incendie que sa peau était comme bronzée. On l'a envoyé à Moscou dans un hôpital spécialisé. Ils ont tenté de lui faire des greffes de moelle osseuse pour le sauver, mais ça ne servait à rien. Sa peau fondait. Elle restait collée aux draps quand il essayait de bouger. À la fin, il vomissait ses organes internes. C'est comme ça que tu veux finir ?

Pendant un instant, il sentit le type vaciller et guetta sur son visage les prémices de sa capitulation. Mais l'homme de main ne décrochait toujours pas un mot. Rybalko lui tourna le dos et marcha en direction de la route.

— Où tu vas ? lui lança le gars.

Il ne répondit pas. Sveta était toujours assise au volant. Le moteur de la voiture tournait au ralenti.

— Vous l'avez tué ? demanda-t-elle.

— Pas encore. Vous avez un dosimètre ?

— Dans la boîte à gants.

Il l'attrapa et retourna au tumulus. Grimaçant de douleur à cause de son bras cassé, le Cosaque était en train d'agiter ses poignets de haut en bas dans l'espoir que le frottement du métal contre le poteau finirait par cisailler ses liens en plastique.

— Le problème avec les radiations, c'est qu'on ne les voit pas, on ne les sent pas et on ne les entend pas. Heureusement, il y a ces petits engins pour les mesurer.

Il alluma le dosimètre et le jeta aux pieds du néonazi. L'appareil se mit à lancer des crépitements furieux.

Cette fois, le type craqua :

— Et puis merde, je ne veux pas crever comme ça. Détache-moi et je balance tout ce que tu veux.

— Parle d'abord.

— Mon patron, c'est Arseni Agopian.

— Agopian ? L'ex-flic ?

— Ouais, c'est lui qui dirige tout par ici. Détache-moi, bordel !

— Quand tu auras répondu à mes questions. Pourquoi ton chef t'a payé pour persécuter le personnel de 1986 ?

— Parce que ces connasses gênaient ses affaires.

Fébrile, l'homme de main lui expliqua qu'Arseni Agopian était à la tête d'un vaste réseau de trafic de métal irradié. Rybalko savait que pour beaucoup de gens du coin, Tchernobyl était une sorte de carrière ou de casse où l'on venait se servir. Moteurs, pièces de voiture, briques, portes, vitres, on volait tout ce qui pouvait s'emporter. Mais ce que lui révéla le Cosaque lui fit froid dans le dos : au plus fort du trafic, c'était dix à quinze tonnes de métal que les équipes d'Agopian faisaient sortir chaque nuit de la zone, avec la complicité des flics qui surveillaient les check-points. L'« or noir de Tchernobyl » était ensuite expédié dans l'est du pays, où il était refondu dans les forges du Donbass, puis envoyé en Chine ou en Inde pour y être transformé en capots de voitures, en escabeaux ou en trottinettes qui se revendaient ensuite sur le marché européen.

Toujours d'après le type, les revendeurs de métal touchaient une misère pour leur labeur dans la zone, neuf euros pour cent kilos de marchandise. Et ils portaient le métal irradié sur leur dos, après l'avoir extrait à mains nues, sans aucune protection. Pourtant, recruter des types pour faire le sale boulot n'était pas une affaire très compliquée ; dans les villages autour de la zone, c'était l'Afrique blanche : pas de travail, pas d'avenir, pas d'espoir. Ils pillaient la zone comme on braconne les derniers rhinocéros et ils se foutaient des conséquences. Est-ce que quiconque en avait quelque chose à faire d'eux ? Non. Alors tant pis pour les gosses qui choperaient une leucémie à cause de leur trottinette radioactive.

— Les deux nanas de l'association commençaient à être un peu trop emmerdantes. Il y a un mois, elles ont balancé des photos d'un camion passant un check-point de nuit malgré le couvre-feu. Une enquête a été ouverte à cause de ça. Du coup, trois flics à nous ont été virés. Alors Arseni nous a dit de leur faire comprendre que si elles continuaient de jouer les héroïnes, ça allait mal se passer. Il nous a aussi demandé de mettre la pression sur tous ceux qui bossent avec 1986.

— Où je peux trouver Agopian ?

— À Strakholissya. Il a un business légal là-bas, un truc de pêche. Sa maison est juste à côté.

Rybalko se détourna et commença à se diriger vers la route. Il en savait assez.

— Hé ! Qu'est-ce que tu fous ! Détache-moi ! hurla l'homme de main.

Rybalko lui lança un doigt d'honneur sans se retourner. Ce type avait fait sortir de la zone du métal irradié qui avait certainement filé des cancers à tout un tas de gens innocents. Il était temps qu'il goûte un peu à sa propre médecine.

Avec Sveta, ils roulèrent jusqu'au check-point de Dytyatki. Les gardes regardèrent d'un air curieux les flancs enfoncés de leur véhicule, mais comme Melnyk les avait prévenus de leur arrivée, ils les laissèrent passer sans souci. À Strakholissya, Rybalko demanda à Sveta de se garer à une cinquantaine de mètres de la propriété d'Arseni Agopian et sortit du coffre le fusil à canon scié qu'il avait caché sous une bâche.

— Si jamais vous entendez des coups de feu et que je ne suis pas revenu dans une demi-heure, appelez le capitaine Melnyk et racontez-lui ce qui s'est passé.

La propriété d'Agopian était une grande villa qui donnait sur la mer de Kiev. Le trafiquant s'était constitué un beau pactole sur fond de misère humaine. Combien de morts pouvait-il avoir sur la conscience? Équipé de son arme, Rybalko frappa à la porte. Pas de réponse, juste le grincement des volets poussés par une brise fraîche venant du lac artificiel. Il posa la main sur la poignée et constata que la porte n'était pas fermée à clé. Derrière, un large hall débouchait sur un salon richement décoré. Arme au poing, il progressa à travers les nombreuses pièces vides du rez-de-chaussée.

C'est au bout du jardin qu'il trouva Arseni Agopian, là où l'herbe cédait la place à une petite plage de sable fin qui donnait sur le lac. L'ex-milicien était assis sur une chaise pliante et regardait la surface calme de l'eau. Légèrement enfoncée dans le sable, une bouteille de vodka à moitié vide se trouvait à portée de sa main, ainsi qu'un vieux revolver posé sur une glacière.

— Ne bougez pas, lança Rybalko en pointant devant lui la gueule de son fusil.

Agopian se tourna vers lui, son visage n'affichant ni surprise ni inquiétude, juste une infinie tristesse teintée de fatigue.

— L'ornithologue… qu'est-ce que vous faites ici ?

— J'ai fait parler un de vos hommes. Il m'a tout dit sur vos trafics.

Le regard d'Agopian courut sur le canon de son fusil.

— J'ai toujours su que vous n'étiez pas un simple scientifique. C'est vous qui bossez pour Vektor, c'est ça ?

— Comment…

Agopian tendit la main vers sa bouteille. Rybalko leva son arme.

— Du calme, dit l'ex-flic en saisissant sa vodka. Je n'ai pas l'intention de vous nuire de quelque manière que ce soit.

— Deux de vos hommes ont essayé de me descendre.

— Tout ça n'est qu'un malentendu. Je leur avais simplement demandé de vous faire peur. Jamais il n'a été question de vous tuer. Les meurtres sont mauvais pour les affaires. Que sont-ils devenus, au fait ?

— L'un est mort et l'autre est attaché à un panneau au-dessus d'une fosse radioactive.

Arseni hocha gravement la tête.

— J'imagine qu'ils ont eu ce qu'ils méritaient.

Il avala une rasade de vodka. De toute évidence, il était déjà ivre.

— J'ai eu Vektor au téléphone, reprit Arseni.

— Il vous a contacté ? Pourquoi ?

— Sa fille a été enlevée par Leonski. Il m'a demandé de lui trouver des armes et des gars pour l'assister sur place, et j'ai accepté. Maintenant, nous sommes dans le même camp, vous et moi, ajouta-t-il avec un sourire amer.

— Vous avez tenté de vous débarrasser de Ninel, objecta Rybalko. Pourquoi aideriez-vous Sokolov à retrouver sa fille ?

— J'ai essayé de lui faire peur pour qu'elle arrête de se mêler de mes affaires, mais jamais je n'aurais pris le risque de m'attirer les foudres de Vektor. Je sais ce dont il est capable quand on s'en prend à sa famille.

— Comment saviez-vous que c'était sa fille ? Elle ne porte plus le nom de son père.

— Elle a beau avoir une trentaine d'années de plus, je me souviens très bien du visage de la gamine à qui j'ai dû annoncer que sa mère était morte, le jour de l'explosion du réacteur de la centrale.

— Ce n'est pas Vektor qui le lui a dit ?

— Non. Il était à Pripiat pour superviser l'évacuation de la ville. Et toutes les lignes téléphoniques étaient coupées, impossible de passer le moindre coup de fil. Ninel était dans la datcha de ses parents le soir du meurtre. Elle dormait toujours quand on a commencé à fouiller à la recherche d'indices.

— Qui d'autre sait que Ninel est la fille de Sokolov ?

— Aucune idée. Il y a encore quelques anciens habitants de Pripiat dans la région, mais la plupart vivent à Kiev aujourd'hui ou sont morts depuis longtemps.

Agopian but une nouvelle gorgée de vodka.

— L'alcool et les armes ne font pas bon ménage, dit Rybalko en désignant d'un geste de la tête le revolver posé sur la glacière.

— Tout ce que j'attends, c'est que ce salopard vienne pour moi. Ses yeux se mirent à flamboyer de haine un bref instant, avant de redevenir ternes.

— J'aurais dû écouter Vektor en 1986, dit Agopian après avoir bu une autre lampée de vodka. J'aurais dû faire tuer cette raclure de Leonski.

— Vektor vous a demandé de le tuer à l'époque ?

— Je vous l'ai dit, Vektor est impitoyable quand il s'agit de sa famille. Il y a trente ans, quand je lui ai annoncé que Leonski était mon principal suspect, il m'a dit qu'il ne voulait pas que ce type s'en sorte avec juste de la prison. Il voulait qu'il meure. Mais moi j'ai refusé. Je ne suis pas quelqu'un d'honnête, mais j'ai mes limites. Je corromps, je menace, s'il le faut, j'envoie des gars pour passer à tabac ceux qui dérangent mon business, mais je ne tue pas des gens de sang-froid. Je ne suis pas comme Vektor ou Leonski.

Rybalko songea à Ninel. Il perdait son temps ici. Il fallait qu'il se concentre sur elle.

— Si j'apprends que vous m'avez menti...

— Oui, oui, les menaces habituelles, dit Arseni en levant sa bouteille. La mort, la souffrance, je sais tout ça.

Il liquida la vodka et ferma les yeux. Rybalko se détourna. Tandis qu'il remontait vers la villa, il entendit l'ex-flic sangloter.

42

Tic-tac. Tic-tac. Tic-tac.

Tchernobyl, le lendemain après-midi. L'horloge suspendue au mur de l'unique café de la ville égrenait les secondes avec une précision atomique. S'il avait pu, Rybalko aurait sorti son flingue et lui aurait tiré dessus. Elle lui rappelait trop l'imminence de la mort. La sienne, et surtout celle de Ninel.

L'établissement tenait plus de la cabane que du dernier bar à la mode. Le mobilier était rustique, les alcools peu diversifiés, les murs couverts de lambris et la décoration se limitait à une guirlande électrique clignotante et quelques reproductions de tableaux. L'un d'eux représentait des Cosaques en train d'écrire une lettre au sultan ottoman. Ce dernier leur avait demandé un beau jour de 1676 de se soumettre à son autorité. Les Cosaques lui avaient répondu d'aller se faire voir en le traitant de «truie d'Arménie», de «brasseur de bière de Jérusalem», de «fouetteur de chèvres d'Alexandrie» et en le mettant au défi d'écraser un hérisson avec son auguste postérieur.

Sacrés bonshommes, ces Cosaques, songea Rybalko en buvant son verre.

Dans le bar, il y avait peu de monde, principalement des ouvriers de la centrale en treillis militaire. La plupart regardaient les informations régionales sur une télé fixée au mur. Quand le présentateur évoqua une disparition suspecte liée au tueur à l'hirondelle, Rybalko se tassa sur sa chaise.

Dehors, la neige tombait en flocons pelucheux, s'agglutinant sur le toit des voitures, creusant les bâches des camions militaires jusqu'à faire saillir les arceaux de métal dessous, comme des côtes sous une peau verdâtre et maigre. Il était là, à regarder le néant, quand un énorme tout-terrain allemand débarqua sur le parking. Nikita Kachine en sortit. Il portait une veste longue qui lui donnait des allures de général en campagne et une chapka doublée de peau de renard argenté. Un homme l'accompagnait. Rybalko le reconnut immédiatement : c'était le type qui lui avait crevé les pneus à Poliske, celui avec le tatouage d'aigle sur le bras.

— Qu'est-ce que tu fais avec cet enfoiré de néonazi, Kita ? demanda-t-il alors qu'ils s'installaient sur la banquette en face de lui.

Kachine leva les mains en signe d'apaisement.

— Du calme, Alex. Il s'appelle Sergueï Kamenev. C'est un des hommes d'Arseni Agopian. Il est de notre côté.

— C'est un néonazi. Je suis métis. Y a pas un foutu détail qui t'aurait échappé ?

— Relax, fit Kamenev. On est tous dans le même camp. Arseni veut la mort de Leonski, et ton patron aussi. Et au fond, on n'a rien contre les Noirs, tu sais. Ni contre les Russkoffs. On veut juste pas qu'ils restent chez nous.

516

— L'important, c'est qu'on a tous le même objectif, ajouta Kachine. «L'ennemi de mon ennemi est mon ami. »

— Connerie, murmura Rybalko entre ses dents. Dis-lui de se casser.

— Impossible. Sokolov a insisté pour qu'il t'accompagne.

Sous la table, Rybalko serra les poings. Il avait envie de les coller dans la gueule de Kamenev. Les Cosaques du tableau auraient approuvé. Mais pour sauver Ninel et récupérer son fric, il devait se taire et composer avec ce que Sokolov décidait. Même s'il ne doutait pas une seconde que Kamenev lui planterait un couteau dans le dos s'il en avait l'occasion, surtout après ce qu'il avait fait à deux de ses comparses.

— Et il est où, Sokolov ? demanda Rybalko.

— En sécurité, loin d'ici.

— Il n'a pas changé d'avis ? Il ne viendra pas ?

— Non. Il est persuadé que Leonski veut l'attirer à Pripiat pour le descendre. Tu as la copie de l'enregistrement ?

Rybalko sortit une petite carte mémoire qu'il donna à Kachine.

— J'ai l'impression que Ninel se trouve dans une cave, mais c'est tout ce que je peux dire. Si jamais la remise de rançon échoue, il faudra qu'on localise cet endroit avant qu'il ne la tue.

— Le bâtiment est dans la zone ?

— Possible. Les murs ont de la moisissure et la peinture est écaillée. Mais ça ne veut pas dire grand-chose. Il y a des tonnes de sous-sols comme ça en Ukraine et en Biélorussie. L'armée a été mobilisée pour ratisser la zone, mais elle fait plus de deux mille kilomètres carrés. Ils pourraient la fouiller un mois sans rien trouver.

Kachine empocha la carte mémoire.

— Je vais envoyer ça à des types que je connais à Moscou. Ils pourront peut-être trouver quelque chose d'intéressant. Est-ce que Leonski apparaît sur la vidéo ?

— Non. On ne voit que Ninel. Je pense qu'il ne veut pas qu'on sache à quoi il ressemble. La photo de lui la plus récente que j'ai pu avoir date des années 1980. Il est possible qu'il ait énormément changé. En fait, il pourrait passer devant nous sans qu'on le reconnaisse.

— Voilà qui est encourageant, maugréa Kachine. Comment les flics comptent l'arrêter après l'échange ?

— Des équipes sont planquées à des endroits stratégiques autour de Pripiat, répondit Rybalko. Dès que Leonski aura récupéré la rançon, elles boucleront le périmètre et il sera fait comme un rat.

— Il peut toujours se cacher dans Pripiat, objecta Kamenev. Une ville de cinquante mille habitants à l'abandon, ça en fait, des planques, pour un fugitif.

— Il faudra tout passer au peigne fin, concéda Rybalko. Mais au final, il ne pourra pas s'échapper.

Kamenev ne semblait pas aussi optimiste que lui :

— Ça fait trente ans que cette ville est supposée être inaccessible, et pourtant, nous on y entre comme on veut. Et puis Leonski a eu le temps de se préparer. S'il vous a donné rendez-vous dans Pripiat, c'est qu'il a un plan pour en sortir.

Bien que ça ne l'enchante guère, Rybalko devait admettre que le néonazi avait raison.

— Est-ce que le plan est infaillible? Je ne crois pas. Est-ce qu'on en a un meilleur? Non. Alors on va jouer notre partition et voir si ça fonctionne.

Kamenev lui décocha un sourire moqueur.

— En tout cas, j'aimerais pas être à ta place, *Pouchkine*. Leonski n'a pas choisi le lieu de l'échange au hasard. Tout autour de la place Lénine, y a des immeubles en surplomb. Avec un bon fusil, même un gosse pourrait te descendre.

— Je ne suis pas une cible pour lui.

Rybalko se voulait convaincant, mais sa voix manquait de fermeté. La rançon n'était très vraisemblablement qu'un moyen pour Leonski de forcer Sokolov à se rendre dans sa tanière pour l'abattre. Frustré de ne pas voir sa proie, il pouvait toujours décider de se venger sur son émissaire. Mais Rybalko n'avait pas le choix, encore une fois. Il devait prendre ce risque.

Ils se levèrent. Il était l'heure de se rendre à Pripiat. Dehors, il souffla à Kachine :

— Kita, si ça tourne mal pour moi, je compte sur toi pour que Sokolov paie ce qu'il me doit. L'argent est pour Tassia, tu comprends.

— Ne t'en fais pas pour ça, lui assura son ancien frère d'armes.

Rassuré, Rybalko monta dans le tout-terrain. La banquette arrière était en cuir et la climatisation diffusait une agréable chaleur.

Il y avait pire comme corbillard.

43

Les oiseaux avaient disparu du ciel. Les chevaux de Przewalski s'abritaient sous les pins. Les flocons de neige dansaient longuement avant de tomber sur les calmes forêts de Polésie. Au loin, sous l'averse blanche, Pripiat ressemblait à ces villes miniatures qu'on emprisonne dans une boule où virevolte de la neige synthétique.

Bizarrement, Rybalko songea à Lénine. Peut-être à cause de Ninel, peut-être à cause de la rue qu'ils remontaient et qui portait le nom du leader communiste, tout comme la place où devait se dérouler l'échange. Toutes les villes d'URSS ou presque avaient une rue Lénine, souvent la principale artère de l'agglomération. Sauf qu'à Pripiat, la rue et la place Lénine garderaient leur nom pour l'éternité. Aucun risque qu'on les débaptise un jour : Pripiat n'abritait plus que des fantômes.

Le tout-terrain s'arrêta devant la place centrale. Avant que Rybalko ne sorte, Kachine lui glissa un pistolet dans la main.

— N'oublie pas : Sokolov veut que Leonski soit descendu.

Le mafieux était tendu. Si la remise de rançon se déroulait mal, il pouvait faire une croix sur la proposition de Sokolov de collaborer à ses business en Crimée.

— La priorité c'est Ninel, non? répondit Rybalko en rangeant l'arme à l'intérieur de son manteau.

— Bien sûr, répondit Kachine. Bien sûr.

Un vent froid balayait la place Lénine. Rybalko récupéra dans le coffre la mallette contenant l'argent, puis le véhicule repartit, le laissant seul au milieu de la ville déserte.

— *Poïekhali!* s'exclama-t-il en inspirant un grand coup

« C'est parti! » C'étaient les mots qu'avait prononcés Youri Gagarine juste avant la mise à feu de la fusée qui devait faire de lui le premier homme dans l'espace.

Sous son manteau de neige, la place Lénine avait quelque chose de lunaire. Rybalko attendit, une, deux, cinq, dix minutes, en jetant de temps en temps un coup d'œil nerveux à sa montre. Rien à l'horizon, à part des bâtiments blanc et gris pareils à des fossiles. Pas un bruit, hormis le léger grincement des nacelles de la grande roue que bousculait par moments une bourrasque de vent chargée de neige fondue. Jamais, de toute sa vie, il ne s'était senti aussi seul. C'était comme s'il était l'unique être humain à des centaines de kilomètres à la ronde.

Soudain, une sonnerie retentit. Il regarda autour de lui, mais ne vit rien. En s'approchant de la source sonore, il buta contre une boîte en plastique cachée sous la neige. À l'intérieur, il trouva un téléphone. Une voix trafiquée assaillit ses oreilles dès qu'il décrocha :

— Où est Vektor ?

— Il ne viendra pas. Mais j'ai la rançon.

Aussi loin que portait son regard, il n'y avait aucune trace de Leonski. Rybalko brandit la mallette à bout de bras, puis l'ouvrit pour en montrer le contenu. Il fit un tour complet sur lui-même pour que le ravisseur, où qu'il se trouve, puisse voir l'argent.

— Vous voyez ? Tout est là.

— Tout n'est pas là. Sokolov n'est pas là. Il n'aime pas sa fille au point de risquer sa vie pour elle ?

— Écoutez, c'est l'argent l'important, pas le porteur, et…

— Appelez-le. Dites-lui que je tue sa fille s'il n'est pas là dans cinq minutes.

— Attendez !

Leonski raccrocha. Fébrile, Rybalko contacta Sokolov avec le téléphone satellite.

— Alexandre ? Qu'est-ce qui se passe ? Vous avez Ninel ?

— Non. Il dit qu'il va l'exécuter dans cinq minutes si vous n'êtes pas là.

— Il bluffe.

— Il est sérieux. Il l'a montré en tuant Léonid.

— C'est un piège grossier. Il nous manipule. C'est ma peau qu'il veut. Dites-lui que je ne viendrai pas.

La colère inonda le flic :

— Mais nom de Dieu, à votre place, je ferais tout ce qu'il me demande pour sauver ma fille ! Vous allez pouvoir vivre, avec la mort de vos deux enfants sur la conscience ?

— Faites votre boulot, au lieu de me donner des leçons de morale. Négociez. Trouvez un moyen de le convaincre de me rendre Ninel.

Sokolov raccrocha. Rybalko serra le téléphone dans son poing. À cet instant, il aurait volontiers échangé les quelques mois qu'il lui restait contre la vie de Ninel. Mais lui ne valait rien aux yeux de Leonski. Il l'avait fait comprendre en l'épargnant lorsqu'il le tenait en joue dans le Palais de la culture au plancher défoncé. À ce moment-là, il aurait pu simplement appuyer sur la gâchette.

Le téléphone vibra.

— Passez-moi Vektor, ordonna la voix.

— Il… il ne viendra pas.

Un rire de machine s'éleva dans l'écouteur.

— Ce vieux lâche. Je ne suis pas surpris. Il a toujours fait faire le sale boulot par les autres. Appelez-le. Dites-lui que son dernier enfant est mort.

— Attendez ! hurla-t-il. Ninel n'est pour rien dans la mort de votre fille !

Leonski ne répondit pas, mais il n'avait pas raccroché.

— Je sais qu'une leucémie l'a emportée, reprit rapidement Rybalko. Je sais que vous voulez vous venger de Sokolov, d'Arseni Agopian et de tous les autres à cause de ça. Mais Ninel n'est pas son père. Elle est même tout le contraire. Elle le déteste de tout son cœur. Elle a changé son nom. Elle l'a renié. Prenez l'argent de Sokolov et libérez-la.

Il entendait toujours le souffle rauque du tueur au bout du fil. Est-ce qu'il avait réussi à le faire hésiter? Il se raccrocha à ce minuscule espoir durant l'éternité que mit Leonski à répondre.

— Rendez-vous à l'école élémentaire numéro 3. Vous avez cinq minutes.

— C'est trop juste, avec cette neige…

— Cinq minutes. Le compte à rebours a commencé.

Rybalko rangea le téléphone dans la poche de son manteau et se mit à courir. L'école numéro 3 se trouvait derrière les immeubles de la rue Kurchatova, à plusieurs centaines de mètres de l'endroit où il se tenait actuellement. La mallette serrée contre lui, il galopa aussi vite qu'il le pouvait pour ne pas se tordre une cheville dans un nid-de-poule caché par la neige. Après avoir franchi la rue Kurchatova, il s'insinua entre les buildings délabrés et traversa un stade à l'abandon.

Le portable vrombit dans sa poche. Il décrocha tout en courant.

— Vous y êtes?

— Presque… Je vois… la façade…, haleta-t-il.

— Dans le hall, vous trouverez un téléphone. Prenez-le et jetez celui-ci.

Il arriva enfin devant l'école. Les piliers en métal qui soutenaient le préau étaient dévorés par la rouille. La laine de verre qui isolait le plafond était tombée. Elle formait au sol des masses brunâtres qui masquaient de dangereux trous dans le sol.

Une chaise avait été posée au milieu du hall d'entrée, bien en évidence. Dessus, un vieux téléphone portable sonnait. Il décrocha et Leonski lui donna de nouvelles instructions :

— Montez au deuxième étage. Il y a une fresque bleu et jaune avec quatre personnages. Trouvez-la.

Il traversa des couloirs aux peintures écaillées pour aller jusqu'à l'escalier. Dans les classes qu'il apercevait en passant, les tables d'écolier étaient encore alignées. Des cahiers rouges étaient entassés dessus, ouverts à des pages couvertes de calligraphies appliquées d'enfants. Le sol était jonché de feuilles de papier et de manuels scolaires qui gisaient dans la poussière. Sur le bureau du professeur, Rybalko aperçut un montage de tiges de fer et de boules colorées qu'on utilisait pour les cours de chimie. Celui-là représentait peut-être un atome d'uranium…

Au deuxième étage traînaient des drapeaux rouges et des banderoles avec des slogans communistes. Le tableau que Leonski lui avait demandé de trouver était pendu au détour d'un couloir. Bizarrement, il était à peine abîmé, alors que la peinture des murs se détachait en grosses écailles vertes.

Il contacta Leonski.

— Appelez Sokolov. Mettez-nous en conférence, qu'on puisse parler tous les trois, lui dit le tueur.

Rybalko composa le numéro de l'ancien ministre, qui ne répondit pas. Il rédigea un texto pour lui dire qu'il avait changé de portable. Dans la seconde qui suivit, Sokolov le rappelait :

— Qu'est-ce qui se passe, Alexandre ? C'est quoi cette histoire de téléphone ?

— Bonjour, Vektor, lança la voix de robot.

Sokolov sembla horrifié.

— Leonski… vous ?

— Mais oui, c'est moi. J'aurais dû me douter que vous n'auriez jamais assez de cran pour venir remettre la rançon vous-même.

— Je n'obéis pas aux ordres de salopards dans votre genre, Leonski !

— Ne perdez pas de vue les enjeux de notre petite discussion, Vektor. N'oubliez pas ce que je peux faire.

Sokolov se tint silencieux. Leonski poursuivit :

— Ça fait trente ans que j'attends ce moment, Vektor. Celui où l'on sera face à face. Mais je me doutais bien que vous vous dégonfleriez. Vous avez toujours été un lâche.

Connaissant les accès de colère de Sokolov, Rybalko redouta que la situation s'envenime :

— Où est-ce que je dois déposer l'argent ? demanda-t-il.

— Ne soyez pas si pressé. Décrivez à Vektor ce que vous voyez.

Rybalko se tourna vers le tableau. Il représentait quatre personnages : une cosmonaute, une jeune fille avec un épi de blé, un homme dessinant les plans d'une fusée et une femme, les mains jointes, paumes vers le ciel, donnant à manger à un oiseau. Tandis qu'il décrivait cette dernière à Sokolov, l'évidence lui sauta brutalement aux yeux :

— La femme avec l'oiseau… c'est Larissa ?

La voix métallique grésilla, froide et désincarnée :

— C'est elle. Ma femme travaillait ici. Allez dans la pièce à côté.

Rybalko repéra une porte entourée d'une espèce de coffrage en bois. Derrière se trouvait une salle de classe avec de grandes baies vitrées cassées. Sur les murs, on avait placardé des portraits de personnages historiques que la moisissure avait rendus quasi méconnaissables. Il dut enjamber une vieille carte de l'URSS pour arriver au niveau du bureau de l'enseignant.

— C'est ici que travaillait Larissa. C'était sa classe. Décrivez-la à Vektor…

Sokolov s'impatienta :

— Je sais à quoi ressemble cette foutue salle de classe, Leonski. Où voulez-vous en venir ?

— De quoi vous plaignez-vous, Vektor ? Chaque minute que nous prenons pour discuter est une minute gagnée pour votre fille, non ? Mais bon, puisque vous êtes si pressé, passons à la suite. Je veux que votre ami aille à l'immeuble numéro 8. Il est à côté de la piscine Lazurny. Il y a un téléphone dans la boîte aux lettres de l'appartement 15. Vous avez dix minutes.

— Le 15 ? s'étrangla Sokolov.

Rybalko avait déjà jeté le portable et s'élançait hors de l'école. Au pas de course, il remonta toute la rue Serzhanta Lazareva et arriva hors d'haleine devant le hall de l'immeuble 8. Dans la boîte aux lettres de l'appartement 15, un téléphone sonnait.

— Je suis là, souffla-t-il.

Ses poumons étaient au bord de l'explosion. Leonski lui demanda à nouveau de les mettre en conférence avec Sokolov.

— Alors, Vektor, vous pouvez dire à notre ami pourquoi nous sommes ici ?

— C'est l'immeuble où nous vivions avant la catastrophe, répondit Sokolov d'une voix vibrante. Quand allez-vous arrêter ces petits jeux, espèce de malade ?

— Bientôt. Montez jusqu'à l'appartement 15, Alexandre.

Rybalko tiqua. Comment Leonski connaissait-il son prénom ? Pas le temps d'essayer de comprendre : il grimpa jusqu'à l'appartement indiqué. Comme la majorité des logements de la ville, il avait été pillé et vandalisé. Dans le salon, il ne restait qu'un téléviseur Elektron 714 à l'écran crevé et quelques meubles lourds et anguleux. Un vieux fanion du FK Stroïtel Pripiat traînait par terre. Le club visait la deuxième ligue soviétique avant l'accident. On avait même construit un stade plus grand en périphérie de la ville, en anticipant les futures victoires de l'équipe. Il devait être prêt pour le 1er Mai 1986, tout comme le parc d'attractions. L'explosion du réacteur l'avait rendu inutilisable, lui aussi. Et la plupart des joueurs avaient servi comme liquidateurs dans les mois qui avaient suivi. Autant dire qu'ils ne pouvaient plus taper dans un ballon après ça.

— Qu'est-ce que je fais maintenant ? demanda Rybalko.

— Allez dans la première pièce sur votre droite.

Il remonta le couloir et entra dans ce qui s'avéra être une ancienne chambre à coucher. Ici aussi on avait pris tout ce qui pouvait l'être : le matelas, les petits meubles, les ampoules, les fils électriques. Des jouets d'enfant jonchaient le sol : une mascotte Micha des Jeux olympiques de 1980, avec sa ceinture aux couleurs passées ornée de cinq anneaux dorés, le petit ours Tchebourachka aux grosses oreilles, son complice Guéna, le crocodile… C'était troublant de les voir traîner dans la poussière, comme s'ils attendaient qu'on revienne jouer avec eux. Il aperçut un pull d'enfant rose avec deux moufles en laine qui pendaient au bout des manches. Son cœur se serra. Ninel avait dû le porter, petite. C'était sans doute sa mère qui l'avait tricoté. Comme toutes les mamans ukrainiennes le faisaient pour que leurs gosses ne les oublient pas en jouant dehors, elle avait cousu à l'intérieur du col un ruban élastique qui reliait les moufles entre elles.

— Vous voyez le mannequin ? demanda Leonski.

Près de la fenêtre brisée, il y avait un de ces vieux mannequins qu'on trouvait dans les magasins de vêtements soviétiques. On avait enfilé dessus une robe usée. Leonski lui ordonna de la décrire.

— Elle est blanche, avec une rangée de fleurs cousue tout en bas…

Rybalko s'arrêta, comprenant avec horreur que c'était le même type de robe que portait la mère de Ninel le soir de sa mort. Vektor Sokolov le réalisa aussi.

— Vous êtes un malade, marmonna l'ex-ministre.

— Alexandre, allez dans la cuisine, ordonna Leonski. Regardez sous l'évier, il y a quelque chose pour vous.

Il traversa l'appartement. Conserves vides, bouteilles brisées, livres de cuisine soviétiques déchirés. La cuisine était dans le même état de désolation que le reste des pièces. Dans le placard sous l'évier, il trouva une grosse glacière blanche constellée de taches roussâtres.

— Qu'est-ce que c'est ? s'inquiéta-t-il.

Pas de réponse.

— Leonski ?

— Qu'est-ce qui se passe ? demanda Sokolov.

— Leonski a raccroché. Il y a une glacière sous l'évier.

— Ouvrez-la, ordonna Sokolov.

La glacière était humide et froide au toucher. Elle était entourée d'un gros scotch brun qui scellait le couvercle. Rybalko le découpa avec une vieille fourchette usée qui traînait par terre. Il souleva légèrement le couvercle et une odeur de pourriture et de laque à cheveux s'insinua dans sa gorge. Il retint son souffle.

— Qu'est-ce qu'il y a dans la glacière ? le pressa Sokolov.

Rybalko ôta le couvercle lentement, comme s'il redoutait que le contenu lui bondisse au visage.

— Qu'y a-t-il là-dedans, nom de Dieu ? insista Sokolov.

Il avait envie de lui dire d'aller se faire foutre, mais les mots moururent dans sa gorge. Le couvercle gisait par terre. Il lui avait glissé des doigts. Dans la glacière, il y avait une masse de cheveux ébouriffés. Pas une perruque : de vrais cheveux sur une vraie tête. Il apercevait la peau du crâne sous les racines blondes. Il avança les mains. Son estomac gronda, puis la nausée le submergea. Il eut juste le temps de se lever pour vomir dans l'évier.

— Alexandre ? Qu'est-ce qui se passe ? haleta Sokolov.

Rybalko s'accroupit de nouveau, plongea ses doigts dans la masse fibreuse de cheveux blonds, puis souleva la tête. Elle était étonnamment légère. Il la tourna avec précaution et découvrit des yeux bleu Baïkal froids et ternes.

CEUX QUI VONT MOURIR

44

Dehors, Rybalko déneigea un banc et s'installa dessus, insensible au froid mordant du béton. Un peu plus tard, une voiture de police arriva. Melnyk en descendit.

— Je suis désolé, murmura l'Ukrainien.

Rybalko leva les yeux. Melnyk avait l'air sincère. Il avait vraiment de la peine pour lui.

— C'est moi… c'est moi qui suis désolé. Je…

Il chercha ses mots. Comment lui dire?

— Ce n'est pas Ninel. La tête dans la glacière, ce n'est pas la sienne. Leonski lui a retiré les yeux, comme aux autres victimes. Et il lui a mis des prothèses de la même couleur que ceux de Ninel. Mais ce n'est pas elle.

Il sentit des frissons lui picoter la nuque. Le regard dans la glacière… jamais il ne pourrait l'oublier.

— Qui est la victime alors?

— C'est… Novak… C'est votre collègue… C'est sa tête qui est là-dedans…

Le vieux flic resta un long moment pétrifié, incapable de faire autre chose que de fixer la boîte en plastique aussi blanche que la neige qui floconnait. Puis il tendit la main vers elle.

— N'ouvrez pas, ordonna Rybalko alors que Melnyk posait ses doigts dessus.

Mais l'Ukrainien ne l'écoutait plus. Il balaya la fine couche de neige sur le couvercle d'un geste tout en retenue, comme s'il époussetait une pierre tombale, puis le souleva. Un juron mourut dans sa gorge. Melnyk laissa tomber le couvercle, qui glissa sans bruit sur le sol immaculé. Pris de vertige, il s'assit sur le banc. Son souffle irrégulier formait de petits nuages de vapeur devant sa bouche. Malgré le froid, il avait ouvert sa veste et triturait nerveusement sa médaille de saint Joseph.

— Elle était enceinte…, dit-il au bout d'un long moment glacé.

Rybalko trembla d'horreur. Le crime de Leonski était encore plus odieux qu'il l'imaginait. Melnyk ramassa le couvercle et referma la glacière. Il la posa devant le coffre de sa Lada, qu'il ne parvint pas à déverrouiller. Il entra alors dans une fureur silencieuse, frappant la voiture à coups de botte, jusqu'à ce que le hayon s'ouvre enfin. Vidé de toute sa rage, Melnyk s'appuya contre l'aile bosselée du tout-terrain et s'alluma une cigarette. D'autres voitures de police apparurent au bout de la rue. Maintenant qu'il était clair que Leonski ne se montrerait plus, les flics cachés aux alentours de la cité vide convergeaient vers la place centrale. Melnyk les envoya examiner les bâtiments que Rybalko avait traversés au gré du jeu de piste macabre du tueur.

— Je vais aller à Kiev déposer le… la… je vais aller à la morgue moi-même. Il faut aussi que j'annonce la nouvelle à son mari… Elle était supposée rester en retrait. Dans son état…

Il se mordit l'intérieur des lèvres.

— Elle était inexpérimentée, mais ça aurait été un bon flic. Un très bon flic, surenchérit-il en hochant la tête.

Puis il sembla frappé par une révélation :

— Elle a forcément trouvé quelque chose. Elle n'avait aucun lien avec Pripiat. Elle n'avait jamais mis les pieds dans la zone avant d'y être mutée. Leonski n'a tué personne en dehors des enfants de ceux qu'il juge responsables de ses malheurs. C'est ça : elle a découvert quelque chose. Elle devait rester à Kiev pour ne pas s'exposer aux radiations. Mais elle travaillait avec nous sur l'enquête… Je lui avais envoyé une copie de la vidéo de la demande de rançon. Elle a dû y trouver quelque chose.

— Pourquoi elle ne vous a pas appelé dans ce cas ?

— Pendant des semaines, elle m'a caché qu'elle menait une enquête parallèle sur Leonski. Elle pensait que si elle le démasquait, on lui accorderait plus vite une mutation hors de la zone. Peut-être qu'elle a découvert où il se terrait et qu'elle a essayé de l'arrêter seule.

Rybalko sortit de sa poche le téléphone que le tueur lui avait laissé dans la boîte aux lettres de l'ancien appartement de Sokolov.

— Leonski m'a envoyé un SMS, dit-il en lui tendant l'appareil. Il nous fixe un nouvel ultimatum.

Le flic ukrainien lut le message à voix haute :

— Vektor Sokolov a jusqu'à demain midi pour mettre fin à ses jours, sinon sa fille mourra… Quelle pourriture, c'est ignoble… Mais on va le coffrer, ce salaud. Il a commis une erreur en tuant Galina… On va le coffrer grâce à elle, martela Melnyk comme pour s'en convaincre.

45

Melnyk le déposa à Tchernobyl et Rybalko récupéra le pick-up de 1986. Il passa un bref coup de fil
à Sokolov. L'ex-ministre refusa catégoriquement le
marché de Leonski. Manifestement, sa fille ne méritait pas qu'il se sacrifie pour elle.

Rybalko se rendit ensuite chez Ninel, à Kiev.
Après avoir sommairement fouillé l'appartement, il
alluma l'ordinateur portable qu'il avait emprunté à
Sveta et le raccorda au vidéoprojecteur installé dans
le salon. Il lança le film de la demande de rançon et
l'étudia pendant deux heures, fumant cigarette sur
cigarette, scrutant inlassablement les images une par
une, sans que rien lui paraisse suspect. Jusqu'à ce
qu'une idée lui traverse l'esprit, tandis qu'il buvait
un café en regardant pour la énième fois l'enregistrement.

— Ce… ce message s'adresse à Vektor Sokolov…
mon… mon père.

Il arrêta la vidéo. Le visage de Ninel ne révélait
pas de la peur, plutôt une sorte de dégoût. « Mon
père » : elle n'utilisait jamais ce mot pour désigner
Sokolov. C'était Vektor ceci, Vektor cela. Elle

détestait vraiment celui qu'elle appelait «père» sous la menace de son geôlier. Une menace silencieuse : à aucun moment on n'entendait Leonski. Sans doute voulait-il dissimuler sa voix. Ninel semblait lire un texte écrit sur quelque chose à gauche de la caméra. Peut-être un écran d'ordinateur ou de tablette.

Et si la clé c'était le son et pas l'image? Peut-être que Novak s'était penchée sur les bruits. Il trouva près de la chaîne hi-fi un casque audio et le brancha à l'ordinateur. Il écouta les yeux fermés l'enregistrement. Très vite, il remarqua quelque chose qui lui avait échappé jusque-là, un bruit régulier qui ressemblait à un chant étouffé. Il monta le volume à fond. La mélodie lui était familière. Où l'avait-il entendue?... Il réécouta plusieurs fois la mélopée, en vain. Décidant de faire une pause pour réfléchir, il enleva le casque et laissa filer la vidéo.

Il sortit sur le balcon et s'alluma une cigarette. Il avait de nouveaux éléments à étudier, mais sans savoir comment les combiner entre eux. La mélodie, le fait que Leonski ne se montrait pas et ne parlait pas, l'expression de dégoût sur le visage de Ninel, son calme... Ninel n'était pas du genre à se liquéfier de peur, mais elle semblait tout de même trop sereine. Comme si elle savait qu'elle allait s'en sortir...

Non.

Pas ça.

Ce n'était pas possible. La fatigue lui jouait des tours. Il avait à peine dormi. Son corps était encore raidi par sa randonnée improvisée dans la zone et les coups qu'il avait reçus. Il avait un mal de crâne que les antidouleurs peinaient à atténuer. Il était forcément en train de délirer…

Et pourtant… On ne voyait pas Leonski… Personne ne l'avait jamais vu…

Il jeta son mégot rougeoyant et retourna dans le salon pour appeler Melnyk. Le flic ne répondit pas. Il était peut-être en train de présenter ses condoléances à la famille de Novak. Rybalko lui envoya un SMS.

Est-ce que vous avez trouvé des empreintes de pas pointure 47 sur le plancher à travers lequel je suis passé en poursuivant Leonski ?

Un message arriva au bout de cinq minutes.

Pas de 47. Pourquoi ?

Il ne répondit pas et bloqua l'appel quand Melnyk essaya de le contacter un peu plus tard. Il fallait qu'il se concentre. Qu'il aille au bout de l'idée folle qui courait sous son crâne. Pour lui donner corps, il la formula à voix haute, comme s'il questionnait l'image de Ninel projetée en boucle sur le mur.

— Est-ce que c'est toi qui as fait tout ça ? Est-ce que c'est toi qui as tué tous ces gens ?

Il fixa les yeux durs de Ninel. Pourquoi cette idée polluait-elle son cerveau ? C'était forcément la fatigue.

Et pourtant. Il y avait tous ces petits détails qui commençaient à s'assembler comme les pièces d'un puzzle. Ninel détestait son père et adorait sa mère. Elle avait des accès de violence. Elle ne lui avait pas dit que Léonid était son frère. Elle avait refusé de monter à l'appartement d'où il avait été suspendu. Elle avait refusé de voir le taxidermiste. Elle avait repris le nom de sa mère et renié celui de son père. Vektor Sokolov la battait quand elle était jeune. La voix au téléphone était trafiquée. Leonski n'apparaissait pas sur la vidéo. Il n'y avait pas ses empreintes dans le Palais de la culture. Et si c'était elle, dans la combinaison antiradiation ? Et si c'était elle qui l'avait assommé, plutôt que de le tuer ?

Mais pourquoi assassiner tous ces gens ?

Elle tue son frère car il est comme son père et qu'elle le déteste. Elle assassine le fils d'Arseni parce qu'il n'a pas arrêté Leonski, le meurtrier de sa mère. Et la fille de Winograd ? Aucune idée. Et Leonski ? Est-ce qu'elle l'a tué, lui aussi ?

Il y avait également les oiseaux. Elle était ornithologue. Elle avait facilement pu piéger des faucons. Et pour les hirondelles empaillées, peut-être qu'elle avait récupéré celles de Leonski, dans son atelier.

Non, non, non.

Il retourna tout l'appartement à la recherche d'indices. Dans une armoire, bien cachée, il découvrit une grande boîte contenant des souvenirs de la mère de Ninel. Des photos, des petits mots. Mais rien qui évoque son père.

Il ne savait plus quoi penser. Il regarda sa montre : encore deux heures avaient filé. Il fallait qu'il se concentre sur autre chose. La mélodie. Les chants. C'était quelque chose qu'il avait entendu récemment, il en était sûr. Mais où ?... On aurait dit une chorale... oui, une chorale d'enfants... c'était ça ! C'était l'air que chantaient les enfants au dispensaire où Ninel l'avait emmené, quand il cherchait un guide pour traverser illégalement la zone.

Il quitta l'appartement en trombe.

46

Il était tard et le dispensaire allait fermer ses portes aux visiteurs. À l'entrée, il demanda à voir Maria, l'amie de Ninel. On lui fit savoir qu'elle était rentrée chez elle. Il insista pour parler à un responsable et au bout de quinze minutes d'attente, une petite femme énergique aux cheveux blond-roux se présenta à lui :

— Docteur Radecki. On m'a dit que vous vouliez me voir en urgence ?

— Oui. C'est au sujet de Ninel.

— Elle a un problème ?

— Est-ce que vous avez entendu parler du tueur à l'hirondelle ?

— Non.

— Pour faire court, c'est un homme…

Et si c'était une femme ?

— … qui sévit dans la région de Tchernobyl. Il…

Ou elle, Ninel.

— … a déjà tué de nombreuses personnes. Et il a enlevé Ninel.

Elle a fait croire qu'il l'avait enlevée.

— Mon Dieu ! s'exclama le médecin. Mais qu'est-ce que je peux faire pour vous aider ?

Il sortit son téléphone.

— J'aimerais que vous jetiez un coup d'œil à cette vidéo et que vous me disiez si la pièce vous semble familière.

Estomaquée dès la première image, Radecki mit sa main devant sa bouche et la garda plaquée contre ses lèvres tout le long du visionnage.

— Est-ce que vous reconnaissez l'endroit ? demanda-t-il.

— Je… eh bien… ça ressemble à une salle que l'on a au sous-sol, mais… mon Dieu, vous pensez qu'elle a été retenue ici ? C'est de la folie…

— Il faut que je voie cette pièce. Vous pouvez m'y amener ?

Elle accepta et le guida d'un pas inquiet vers les profondeurs de l'établissement.

— Qui peut avoir accès à cette partie du dispensaire ? demanda-t-il.

— Les personnes chargées de l'entretien, les soignants s'ils le veulent.

— Les patients ?

— Non. C'est réservé au personnel.

— Et cette pièce, à quoi elle sert ?

— C'est une remise, mais on ne l'utilise plus depuis des années à cause de problèmes d'humidité. Tout ce qu'on y stockait finissait par moisir.

— Il faut une clé particulière pour y accéder ?

— C'est le même modèle de serrure que sur les autres portes du sous-sol.

— Et qui détient ce genre de clé ?

— Au moins une dizaine de personnes. Et on peut en trouver une dans la salle de repos du personnel.

Arrivée devant la porte, elle sortit son trousseau. Elle mit une clé dans la serrure, mais celle-ci refusa de tourner.

— C'est bizarre, je suis pourtant sûre que c'est la bonne…

Elle passa en revue les clés, mais aucune ne réussit à ouvrir la porte.

— C'est incompréhensible, on dirait qu'on a changé la serrure !

— Écartez-vous, dit Rybalko en l'attrapant par l'épaule.

Il sortit le pistolet que lui avait confié Kachine. La femme blêmit légèrement.

— Mettez-vous à l'abri. Le tueur est peut-être à l'intérieur.

Elle se recula. Il balança son pied en avant. La porte était rongée par l'humidité et la serrure céda au bout de quelques assauts seulement. Il pénétra l'arme au poing dans la remise. Au milieu de la pièce se trouvait une chaise semblable à celle sur laquelle se tenait Ninel pendant l'enregistrement de la demande de rançon. À quelques mètres devant, sur le sol, il remarqua trois taches arrondies qui formaient un triangle équilatéral. Certainement les marques du trépied qui soutenait la caméra.

Il fouilla rapidement la pièce, mais il n'y avait rien de particulier en dehors de quelques meubles moisis.

— Vous pouvez venir, lança-t-il au médecin.

Elle apparut sur le pas de la porte.

— Le tueur a utilisé ici une caméra. Un vieux modèle à cassette. Il avait aussi un trépied pour la soutenir. Est-ce que vous auriez vu un de vos employés avec ce genre d'équipement?

— Pas du tout.

Pourtant Leonski était bien venu ici avec le matériel et Ninel. Quelqu'un avait forcément vu quelque chose. À moins que… *à moins qu'elle soit entrée seule.* Elle pouvait aisément trouver une double de la clé, vu qu'elle travaillait de temps en temps au dispensaire. Elle n'avait qu'à transporter discrètement la caméra et le trépied, s'installer sur la chaise et jouer la comédie.

Non. Oublie ça.

Il sortit de sa poche une impression papier d'une vieille photo noir et blanc de Leonski, qui datait du temps où il travaillait à la centrale.

— Est-ce que vous reconnaissez cet homme?

Le médecin scruta longuement le visage arrondi de Leonski, ses sourcils broussailleux et sa tignasse sombre.

— Non, son visage ne me dit rien.

— Aujourd'hui, il a trente ans de plus. Concentrez-vous sur le regard. Est-ce qu'il vous dit quelque chose?

— Peut-être que… c'est vraiment étrange, mais il ressemble à Hanss.

— Hanss? Qui est-ce?

— Notre homme à tout faire. Il est employé ici depuis un an. Vous l'avez sans doute croisé dans les couloirs, quand vous êtes venu la première fois. Il n'a plus un seul cheveu ni aucun poil, pas même de sourcils.

Il se rappela le type en bleu de travail qui lui avait parlé quand il attendait Ninel devant la porte de la salle de jeux. Se pouvait-il que ce soit Leonski? Il essaya de se souvenir de ses yeux... oui, il y avait quelque chose dans ce regard qui était malsain... et le type lui avait fait un étrange sourire... comme s'il le connaissait... Leonski devait être malade, il avait pu perdre sa pilosité à cause d'un traitement médical...

— Il faut que je voie ce Hanss. Où je peux le trouver?

— Il n'est pas là ce soir, mais il dort habituellement dans une chambre sous les toits les nuits où il est de garde.

— Montrez-la-moi.

Ils remontèrent en direction des combles. La pièce qu'occupait l'homme à tout faire était de taille modeste et ne comportait pas d'objets personnels. Rybalko eut beau fouiller, il ne trouva rien.

— Est-ce que Hanss aime observer les oiseaux?

— Pardon?

— Le tueur à l'hirondelle naturalise des oiseaux. Il est fasciné par eux.

Elle réfléchit intensément.

— Je n'ai jamais remarqué un intérêt de ce genre chez Hanss.

— Est-ce qu'il a de grands pieds?

Elle blêmit.

— Oui. Très grands même.

Il fut presque soulagé. Il s'était trompé. Ninel était une victime, pas le bourreau.

— Ninel et Sveta font souvent des animations sur les animaux. Est-ce qu'il y assistait?

— Il... il était là pour la conférence de Ninel, il y a deux jours. Il était installé au fond de la salle.

— Où habite-t-il quand il ne dort pas ici?

— Aucune idée.

— Il travaillait aujourd'hui?

— Non. Il a appelé pour dire qu'il était malade.

— Et hier?

— Il est parti très tôt. Il disait qu'il ne se sentait pas bien.

— Est-ce qu'une femme est venue le voir?

L'horrible regard dans la glacière le hanta un instant.

— Je n'en sais rien. J'ai passé la majeure partie de la journée avec les enfants. Il faudrait demander à une des secrétaires, mais à cette heure, elles sont rentrées chez elles.

Il s'occuperait de ça plus tard. Novak avait sans doute découvert d'une manière ou d'une autre le lien entre Leonski et le dispensaire. Il n'y avait pas de traces de sang dans la pièce du sous-sol. Cela voulait-il dire que Leonski l'avait nettoyée, ou bien qu'il avait tué l'officier de police ailleurs?

— Comment vient-il au travail? Il a une voiture?

— Non. Il me semble qu'il se déplace en bus ou qu'il fait du covoiturage… oh mon Dieu!

Elle mit la main devant sa bouche.

— Hier… hier je l'ai vu partir avec Maria. Elle… elle allait rentrer chez elle et il lui a demandé si elle pouvait le déposer à son appartement. Elle n'est pas venue au travail aujourd'hui… Vous pensez qu'il s'en est pris à elle?

Un scénario s'esquissa dans son esprit. *Novak débarque au dispensaire. Elle pose des questions.*

Leonski la tue. Il cache le corps, peut-être dans la pièce où lui-même se trouve actuellement. Mais il sait qu'il doit s'en débarrasser rapidement. Il n'a pas de véhicule. Il demande à Maria de l'amener chez lui. Il utilise un prétexte pour l'attirer dans son appartement. Peut-être qu'il joue sur la corde sensible : il est malade, elle est médecin. Elle ne peut pas refuser de l'aider. Mais une fois la porte fermée, il la tue. Puis il retourne chercher le cadavre de Novak avec sa voiture. Il sait qu'on découvrira la mort de Maria quelques jours plus tard, au mieux, mais il s'en fiche : sa vengeance est presque accomplie. Il veut juste gagner un peu de temps.

— Il me faut l'adresse de Maria, vite.

Ils se dirigèrent à pas rapides jusqu'au secrétariat. Là, le médecin éplucha le listing des adresses des employés du dispensaire et lui donna celle de Maria. Elle habitait à dix minutes de là. Rybalko ordonna au médecin de prévenir la police puis fonça chez Maria. Arrivé en bas de son immeuble, il appela Melnyk. Le flic ne décrocha pas. Il lui laissa un message lui disant de le rejoindre et entra dans le bâtiment.

La sonnette de l'appartement était en panne. Il tambourina à la porte, avant de constater qu'elle n'était pas verrouillée. Il se glissa à l'intérieur, pistolet braqué devant lui. Ça puait le sang et la chair morte dans le hall d'entrée. Quand il passa près de la salle de bains, l'odeur s'intensifia. La baignoire était close par un rideau de douche transparent. Derrière, on devinait une forme allongée. Le souffle court, il écarta le tissu et découvrit un corps de femme nue sans tête. Le reste du cadavre de Novak. Il réprima un haut-le-cœur, se retourna, et juste avant de s'évanouir aperçut une batte de base-ball qui s'abattait sur son crâne.

47

Quand il rouvrit les yeux, il était attaché sur une chaise. Sa tête était un chaudron bouillonnant de douleur. Il se trouvait dans le salon. Les volets étaient fermés. L'air était vicié d'odeurs de cuir et de produits chimiques.

Il essaya de se défaire de ses entraves. En vain : ses chevilles et ses poignets étaient solidement ficelés à la chaise en bois. À quelques mètres de lui, l'œil électronique d'une caméra était pointé dans sa direction.

Leonski entra dans la pièce.

— Déjà réveillé ?

Rybalko essaya de bouger les lèvres. Il réalisa qu'il était bâillonné avec du gros scotch.

— Mesure de précaution, dit le tueur en sortant un pistolet.

Il gratta le coin de la bande de scotch collée contre ses lèvres pour en soulever une petite partie.

— Je vais vous retirer ça, mais si vous criez, je devrai vous tuer. Compris ?

Rybalko hocha la tête. Leonski tira d'un coup sec sur le scotch. Rybalko réprima un grognement, puis étira ses lèvres qui le brûlaient désagréablement.

— Qu'est-ce que vous avez fait à Maria? demanda-t-il.

— La même chose qu'aux autres.

Aux autres? Un torrent de glace se déversa dans son ventre. Est-ce que Ninel était déjà morte? Ou bien est-ce qu'il parlait juste des trois autres victimes?

— Ninel... elle est vivante?

— Vous feriez mieux de vous inquiéter pour vous, plutôt que pour elle.

Posté derrière la caméra, Leonski appuya sur un bouton et une lumière rouge apparut.

— Qu'est-ce que vous faites?

— Vous étiez là pour m'arrêter, non? Vous vouliez que je confesse mes crimes? Alors allons-y.

Il apporta une chaise et s'installa à côté de lui.

— Je m'appelle Piotr Mikhaïlovitch Leonski, commença le tueur à l'hirondelle d'un ton froid, et je suis né en 1960 à Kiev. J'ai tué Léonid Sokolov. J'ai également tué la fille d'Anton Winograd et le fils d'Arseni Agopian. Il y a deux jours, j'ai enlevé Ninel Sokolov.

— Où est-elle? demanda Rybalko.

— Dans un endroit à l'abri, en attendant que son père accepte mon offre.

— Vous savez qu'il n'acceptera jamais.

— Alors sa fille mourra.

— Pourquoi vous...

— Vous voulez savoir ce qui me motive? C'est simple. La vengeance. La colère. La haine.

— La vengeance de quoi?

— De ce que m'a fait Sokolov.

— Je sais qu'il a payé des types pour vous passer à tabac en prison. Ça ne justifie pas que vous assassiniez toute sa famille.

— «Passer à tabac»? C'est une expression tellement dérisoire pour désigner ce qu'on m'a fait subir là-bas.

Il souleva un pan du T-shirt qu'il portait, dévoilant d'horribles lacérations qui striaient sa peau.

— Mes bourreaux m'ont fait ça avec le couvercle d'une boîte de conserve. Il l'enfonçait entre mes côtes jusqu'à ce que je les supplie d'arrêter. Et ça, ce n'était pas le pire, croyez-moi. La mort de son bâtard de fils, c'était pour payer ça.

Leonski se tut. Rybalko sentit qu'il attendait la prochaine question.

— Et Ninel? Pourquoi la tuer?

— Pour égaliser les comptes. J'ai perdu une fille à cause de lui. Il perdra la sienne, lui aussi.

— Elle est innocente.

— Tout comme l'étaient ma fille et ma femme.

— Votre femme, vous l'avez tuée.

Il crut déceler l'ébauche d'un sourire sur les lèvres de Leonski.

— C'est Arseni Agopian qui vous a dit ça? Arseni… cette pourriture corrompue. Il a suivi ce que Sokolov lui avait dit. Il n'a même pas imaginé un instant que Vektor ait pu être l'assassin.

Abasourdi, Rybalko bredouilla :

— Mais… vous voulez dire…

— Je n'ai pas tué ma femme. C'est Vektor Sokolov qui l'a tuée. Ainsi que sa propre épouse, Olga.

— Mais pourquoi…

553

— Vous êtes lent à la détente. Réfléchissez un peu. Pourquoi Sokolov aurait-il tué ma femme et la sienne le même soir ?

Le policier se repassa le film de la soirée du double meurtre en essayant d'y ajouter Vektor Sokolov. Que faisait-il chez Leonski ?

— Vektor était l'amant de votre femme. Olga les a surpris. Ça a dégénéré. Il les a tuées.

Leonski fit non de la tête.

— Vous prenez le triangle amoureux dans le mauvais sens. Prenez ça sous un autre angle. Il y a deux femmes mortes et un tueur. Conclusion ?

Deux femmes mortes... un triangle amoureux...

— Ce n'est pas avec Vektor Sokolov que votre femme vous trompait, mais avec Olga. Elles étaient amantes !

Le visage de Leonski se fit grave.

— Vous n'êtes pas si bête que ça, finalement. Moi j'ai mis des semaines à accepter la vérité. En nettoyant la chambre dans notre ancienne datcha, j'ai trouvé des lettres d'amour adressées à ma femme.

Il sortit un instant du champ de la caméra pour aller chercher une lettre au papier jauni.

— Celle-ci date du mois de mars 1986. C'est une des dernières qu'Olga ait envoyées. Elle parle de ses relations avec son mari, de sa violence et de sa jalousie. Elle y dit qu'il n'hésitera pas à la tuer s'il découvre leur relation.

Il déposa délicatement la lettre sur une table basse.

— Hélas, c'est ce qui s'est produit. Elles ont dû passer la nuit ensemble, le jour du meurtre. Sokolov a dû vouloir venir chercher sa femme pour la mettre à l'abri des retombées radioactives. Comme il ne l'a pas trouvée à leur datcha, il est allé chez moi. Il savait que ma femme et la sienne étaient proches. Il ne pensait pas qu'elles l'étaient à ce point… À l'époque, personne ne fermait sa porte à clé le soir. Il n'y avait pas de voleurs en Union soviétique, d'après la propagande. Il a dû entrer et entendre des gémissements dans la chambre à coucher. Il a dû reconnaître la voix de sa femme. Il a trouvé un couteau dans un tiroir et il est monté à l'étage. Quand il les a trouvées toutes les deux dans notre lit, il est certainement devenu fou de rage. Il a dû poignarder d'abord sa femme, puis il s'est acharné sur Larissa. Ensuite, je suppose qu'il a rhabillé Olga et a déplacé son corps pour que la milice ne soupçonne pas qu'elle était l'amante de Larissa.

Leonski parlait d'une voix vibrante d'émotion, comme s'il avait assisté à la scène. En écoutant la suite de son histoire, Rybalko comprit pourquoi :

— Peu après l'explosion du réacteur, j'ai fui la centrale. Je suis allé à notre appartement de Pripiat et j'ai pris nos affaires. J'ai récupéré mes filles, qui dormaient chez les Winograd pour l'anniversaire de leur aînée, et je suis parti avec elles à Zalissya. Quand je suis arrivé à notre datcha, j'ai trouvé les deux corps. Il y avait du sang partout. Ma Larissa… il s'était tellement déchaîné sur elle que tout son corps était rouge de sang. Et il y avait des projections partout, sur le matelas, sur les murs…

— Sur l'hirondelle empaillée.

Le regard de Leonski flamboya d'une colère noire.

— Oui. Sur l'hirondelle. C'est pour rappeler le crime de Sokolov que j'en ai déposé une près de chaque personne que j'ai tuée. Je savais qu'il ne pourrait pas s'empêcher de mettre son nez dans l'enquête. Je voulais qu'il ait peur. Qu'il craigne que son secret soit révélé aux yeux de tous.

— Pourquoi avoir tué le fils d'Arseni Agopian ? Et la fille d'Anton Winograd ?

— Agopian n'a jamais vraiment cherché la vérité. Il m'a sacrifié. Quant à Anton, il a raconté à la milice que j'avais du sang sur ma chemise, ce qui était faux. Il a dit ça pour s'éviter des problèmes, parce que Agopian ou Sokolov lui avait certainement dicté sa déposition. Vektor n'a pas eu de mal à dissimuler son crime. J'étais le suspect idéal. Il a juste eu à encourager la milice à m'enfoncer. Pourtant ça ne lui suffisait pas. Il voulait que j'avoue, pour le dédouaner complètement. Mais je n'ai jamais cédé. J'aimais ma femme. Je n'étais pas un assassin. Pas à cette époque.

Un sourire amer plissa ses lèvres.

— J'ai mûri ma vengeance pendant des années. J'ai étudié ce pourri dans les moindres détails. J'ai compris qu'il avait assassiné ma femme parce qu'il ne pouvait pas accepter que son épouse soit une *lesbiyanka*. Il aurait été montré du doigt si ça s'était su. Sa carrière se serait écroulée. C'est pour ça qu'il les a assassinées toutes les deux. Pour qu'elles ne puissent jamais parler. Pour que personne ne sache la vérité.

Tout s'éclairait d'un jour nouveau. Les sautes d'humeur de Sokolov... sa violence contenue... C'était bien le genre d'homme à tuer sous le coup de la colère et à s'acharner ensuite sur le cadavre de sa victime.

— Pour mener à bien ma vengeance, j'ai abandonné l'appartement que l'État m'avait octroyé et j'ai usurpé l'identité d'un type qui n'avait pas de famille. C'était facile : l'URSS était en pleine déliquescence, avec un peu d'argent on pouvait tout acheter. Je suis parti en Russie. J'ai enchaîné les petits boulots, j'ai réussi à mettre de l'argent de côté et j'ai ouvert une boutique d'électronique qui a plutôt bien marché. Je me suis acheté une arme. Je pensais abattre Sokolov, mais j'ai vite compris qu'il était inatteignable. Il y avait toujours des gardes autour de lui et je suis loin d'être un bon tireur. Alors j'ai attendu mon heure. J'ai appris que Ninel avait fondé une association à Tchernobyl. J'ai décidé que c'était dans la zone que je tuerais mes cibles. C'était un juste retour des choses : tout avait commencé là, après tout. Le plus compliqué, ça a été de faire venir Léonid. Pour le convaincre, je lui ai fait croire que le véritable assassin de sa mère vivait dans la zone. J'avais récupéré dans la datcha de Sokolov de vieilles affaires qui avaient appartenu à Olga. J'ai donné à Léonid un médaillon en guise de preuve et il a accepté d'aller en Ukraine. Et j'avais un suspect tout désigné : moi-même ! Je l'ai envoyé consulter les archives du KGB pour qu'il découvre qu'on me soupçonnait à l'époque. Je savais que je ne risquais pas grand-chose : Léonid me connaissait sous une fausse identité, et même s'il y avait des photos de moi à l'intérieur du dossier, elles ne risquaient guère de me trahir. Comme vous l'avez remarqué, physiquement je n'ai plus rien à voir avec l'homme que j'étais en 1986. J'ai mis un peu de temps ensuite à le persuader de me suivre dans la zone, pour voir la datcha où sa mère avait été tuée. Il pensait que c'était inutile. Je lui ai dit qu'il y avait peut-être là-bas des indices négligés par la police et il a fini par se laisser convaincre, l'imbécile. Je l'ai emmené dans mon atelier, là où personne n'entendrait ses cris. Et je lui ai montré ce que j'avais appris sur la souffrance, grâce à son père.

— Et Ninel? Elle aussi mérite de payer pour les crimes de son père? Elle a fondé une ONG ici. Elle se bat pour atténuer les conséquences d'une catastrophe que les gens de votre génération ont causée. Et elle déteste son père presque autant que vous. Il la battait quand elle était gamine. Vous le saviez, ça?

Leonski parut presque désolé :

— C'est regrettable. Ninel est quelqu'un de bien. Mais elle doit mourir pour expier les péchés de son père.

— Et Maria? Qu'avait-elle fait? Et l'officier Novak?

— Des sacrifices nécessaires. J'en suis désolé. Elles ont vu des choses qu'elles n'auraient pas dû voir. J'ai tué la flic pour lancer un avertissement à Sokolov et à la police. Maria... je m'occuperai d'elle plus tard.

— Votre vengeance dérape, Leonski. Vous tuez des innocents. Vous ne valez pas mieux que Sokolov.

— Dans une guerre, il y a des victimes collatérales. Vous le savez, non? Vous avez fait la Tchétchénie.

Comment Leonski savait-il ça? Rybalko n'en avait parlé qu'à Ninel. Est-ce qu'il l'avait torturée pour lui faire dire tout ce qu'elle savait sur lui?

— Vous m'avez épargné dans le Palais de la culture. Vous auriez pu facilement m'abattre. Pourquoi vous n'avez pas tiré?

— Je n'avais aucune raison de le faire. Votre enquête ne me menaçait pas.

Un tic fit palpiter les paupières du tueur. Rybalko sentit de la nervosité chez lui. Pourquoi maintenant?

— Je ne vous crois pas. Vous avez abattu une jeune femme innocente pour ne pas laisser de témoins derrière vous. Il y a une raison particulière qui fait que vous ne vouliez pas me tuer...

Il regarda les jambes frêles de Leonski et ses immenses chaussures de basket qui tapotaient nerveusement le tapis du salon. Il repensa à la course-poursuite. Il le revit en train de courir devant lui dans les ruines de Zalissya, sa silhouette se découpant dans la lumière de sa lampe. Il le revoyait ramasser son pistolet et le tendre vers lui. Il se souvenait des violents coups de pied qu'il lui avait assenés au visage.

Les coups de pied... les empreintes... les doutes qu'il avait eus sur Ninel lui revinrent en mémoire.

— Ce n'était pas vous ce soir-là, dans la zone! cria-t-il. Vous aviez un complice!

Le visage tordu par la colère, Leonski se leva et marcha jusqu'à la caméra.

— Qui est-ce? Qui vous a aidé? Sveta... non... Maria! cria Rybalko.

— La ferme! ordonna Leonski en le frappant du revers de la main.

La douleur explosa dans son crâne et le goût du sang se propagea dans sa bouche. Leonski retourna à sa caméra et sortit la cassette.

— Vous avez tout gâché. Il va falloir en refaire une autre, maugréa-t-il.

— Pourquoi Maria vous aide-t-elle? Soudain, Rybalko comprit.

— Maria est votre fille. C'est la jumelle qui a survécu. C'est elle que j'ai poursuivie à Zalissya. Contrairement à vous, ce n'est pas une tueuse. Elle n'a pas pu me tirer dessus. Mais qu'est-ce qu'elle faisait dans votre ancienne datcha cette nuit-là?

Leonski lui lança un regard venimeux.

— Elle a su que vous alliez vous rendre là-bas. Souvenez-vous : c'est elle qui vous a donné le nom de votre guide. Quand la zone a été bouclée, je me suis retrouvé bloqué à l'extérieur. Maria a des contacts parmi les personnes qui tiennent les checkpoints. Elle s'est arrangée pour retourner de nuit dans la zone, pour récupérer certaines choses compromettantes que j'avais laissées avec le corps du fils d'Arseni Agopian.

— C'était risqué.

— Elle pensait avoir tout prévu. Elle avait appelé ses amis dans la police pour leur dire que des stalkers allaient essayer de traverser le pont à côté du village de Tcherevatch pendant la nuit. Mais ils vous ont raté. Heureusement, elle a réussi à vous échapper.

— Elle est avec Ninel? C'est elle qui la retient prisonnière?

Leonski ignora sa question : il était occupé à allumer un feu dans la cheminée avec un peu de bois et de l'essence. Une fois les flammes suffisamment hautes, il jeta sur le tas de bûches la cassette vidéo qu'ils venaient d'enregistrer.

— Comment pouvez-vous faire ça à votre propre fille?

Une horrible odeur de plastique brûlé envahit le salon, tandis que la cassette flambait en grésillant.

— Elle le fait pour venger sa mère. Parce que cette pourriture de Sokolov l'a tuée, elle a dû grandir sans elle. Et elle a assisté à l'agonie de sa sœur jumelle. Vous imaginez ce qu'elle a vécu?

— Quel est son rôle dans tout ça?

— Elle a pris un job au dispensaire. Elle a fait de brillantes études de médecine, ce n'était pas compliqué. Un bon médecin qui accepte de travailler pour presque rien dans un dispensaire à moitié abandonné, on ne le refuse pas. Je savais que son travail lui donnerait un accès facilité à la zone. Il suffisait qu'elle prétende mener des expériences sur la santé des résidents permanents.

Le tueur chargea une autre cassette dans la caméra.

— Nous allons refaire une prise. Vous allez vous montrer coopératif, sinon je devrai vous tuer et faire cet enregistrement seul.

— Vous voulez protéger votre fille en faisant croire que vous avez agi sans aucune aide extérieure?

— C'est ça. Ensuite, je mettrai le feu à l'appartement. J'appellerai Maria pour qu'elle tue Ninel. Ensuite, elle ira chercher des secours et dira que je l'ai enlevée pour la tuer elle aussi. Et tout le monde la croira, d'autant plus facilement que j'aurai envoyé cette cassette à la police.

Une stratégie de joueur d'échecs, songea Rybalko. Leonski reprit sa confession comme si c'était la première fois. Rybalko décida de jouer le jeu, du moins jusqu'à ce que Leonski se lève pour aller éteindre la caméra. Là, il comptait crier que Maria était sa fille pour l'obliger à refaire un nouvel enregistrement.

Mais quelques minutes après qu'ils eurent commencé, on tambourina à la porte de l'appartement.

— Capitaine Melnyk! lança la voix bourrue du flic ukrainien. Ouvrez!

Avant que Leonski n'esquisse un geste, Rybalko hurla :

— Attention! Il est armé!

Leonski le frappa avec la crosse de son pistolet et il tomba à la renverse, toujours ficelé à la chaise, dossier contre le sol. Le plafond tournoya au-dessus de lui, tandis qu'il luttait pour ne pas perdre connaissance. Un épouvantable fracas de bois brisé retentit, puis des coups de feu résonnèrent. Le plancher vibra sous la chute d'un corps, puis le silence s'abattit sur l'appartement. Au bout d'un moment, Rybalko perçut une respiration, lourde, sifflante, inquiétante.

— Melnyk?

La chaise, usée et branlante, s'était abîmée dans sa chute. Il tira fortement sur ses liens et un des accoudoirs céda, puis le second. Il parvint à se dégager de la corde qui enserrait ses jambes et se releva péniblement. Il découvrit Leonski allongé sur le sol. Sa bouche s'ouvrait en grand pour capter de l'air. Sa poitrine était maculée de sang.

Un gémissement.

Rybalko se tourna vers le couloir et aperçut Melnyk adossé contre un mur. Il se tenait le ventre à deux mains. Son visage était blême et il transpirait abondamment.

— Melnyk... nom de Dieu !

Il s'accroupit à côté du flic blessé. Un sang noirâtre coulait des interstices entre ses doigts crispés.

— La balle est passée à travers le gilet ? demanda Rybalko.

— Ai pas... de gilet pare-balles.

Le flic grimaça de douleur. Rybalko attrapa son téléphone et composa le numéro des secours :

— J'ai deux hommes grièvement blessés par balle. Envoyez des ambulances.

Il récita l'adresse, puis raccrocha.

— Tenez bon, dit-il au vieux flic.

Melnyk grelottait. De grosses gouttes de sueur perlaient à son front. Rybalko remonta le couloir et alla chercher une couverture qu'il posa sur lui.

— Accrochez-vous. Je vais voir si Leonski est toujours vivant.

L'Ukrainien hocha la tête. Dans le salon, la poitrine de Leonski se soulevait encore au rythme de sa respiration, mais il n'y avait aucun doute : le tueur à l'hirondelle n'en avait plus que pour quelques minutes. Rybalko s'agenouilla près de lui. Une odeur de sang et de tissu brûlé émanait de sa chemise, là où les balles avaient transpercé son torse.

— Votre vengeance est terminée, lui souffla-t-il. Vous avez pris la vie du fils de Sokolov et tout le monde saura quelle crapule il est. J'y veillerai si vous me dites où se trouve Ninel.

— Ça ne suffit pas... il faut qu'il souffre plus... il faut qu'il perde... sa fille.

Leonski ferma les paupières. Rybalko lui prit la tête et la secoua légèrement.

— Leonski! Regardez-moi!

Le tueur rouvrit les yeux. Son regard était vitreux.

— Ninel et Maria, dites-moi où elles sont! Il est trop tard pour vous, mais pas pour votre fille. Elle n'a tué personne. Ninel n'a pas à payer pour vos erreurs... et Maria non plus... Elles n'ont pas à payer pour les erreurs de leurs pères!

Leonski essaya de parler, mais sa voix était plus faible qu'un murmure. Le policier plaqua son oreille au plus près de ses lèvres pour entendre ses derniers mots :

— Elles sont... elles sont dans la...

Un hoquet l'interrompit. Au coin de ses lèvres, des bulles de sang moussaient tandis qu'il marmonnait des mots incompréhensibles.

— Où? Où sont-elles? gronda Rybalko.

— Dans la... dans la main de Dieu.

Leonski eut un sursaut puis s'immobilisa, aussi inerte que ses animaux empaillés.

Rybalko remonta le couloir pour voir comment allait Melnyk. Une tache de sang s'était formée sur la couverture jetée sur lui.

— Bordel, Melnyk... pourquoi vous n'avez pas pris votre gilet pare-balles?

Une voix faiblarde lui répondit, à peine plus forte qu'un râle :

— Je l'ai... donné... à mon fils...

Un cri de femme assourdissant retentit à la porte d'entrée. Les voisins, alertés par le bruit, étaient venus voir ce qui se passait.

— Allez trouver des secours au lieu de gueuler ! lui lança Rybalko. Est-ce qu'il y a un docteur qui vit dans l'immeuble ?

— Oui… au cinquième, bredouilla la voisine.

— Allez vite le chercher ! ordonna-t-il.

Il se tourna vers Melnyk. Très pâle, le policier avait la respiration sifflante.

— Tenez bon, lui ordonna-t-il.

Le médecin arriva rapidement, muni d'une grosse mallette de premiers secours.

Melnyk était entre de bonnes mains. Rybalko estima qu'il avait cinq minutes au maximum pour chercher des indices sur l'endroit où était retenue Ninel. Après, les flics débarqueraient et il devrait perdre de précieuses heures à leur expliquer pourquoi il se trouvait dans l'appartement de Maria.

Il dégagea d'un coup de pied le pistolet au pied du cadavre de Leonski et fouilla rapidement les poches du mort. Il ne trouva que les clés d'une voiture et un couteau à cran d'arrêt.

Quatre minutes.

Il remonta le couloir et s'attaqua aux tiroirs, aux étagères et à tout ce qui pouvait contenir la moindre indication : agenda, Post-it, brouillons… Il essaya de déverrouiller l'ordinateur en tentant différents codes, de Sokolov à Hirondelle en passant par Maria, mais c'était aussi idiot que désespéré et il le savait.

Deux minutes.

Il fallait qu'il réfléchisse. Qu'il cesse de s'éparpiller et qu'il réfléchisse. Leonski savait dès le début qu'il allait séquestrer Ninel. Il avait donc soigneusement choisi l'endroit où la détenir bien avant l'enlèvement.

Une minute.

Les symboles, les symboles… une bible traînait sur la table du salon.

— Elle sont dans la main de Dieu, marmonna Rybalko.

C'est ce que Leonski avait dit avant de mourir. Et si Maria retenait Ninel dans une église? Il quitta la pièce en trombe. Toujours pas de sirène de police, mais l'ambulance, elle, était déjà arrivée. On s'activait autour de Melnyk.

À contrecœur, il abandonna l'Ukrainien aux soins des secouristes et profita de l'agitation pour disparaître. Il fallait qu'il trouve Maria avant qu'elle n'apprenne la mort de son père.

48

Une fois suffisamment éloigné de l'appartement de Maria, Rybalko se gara sur le bord de la route et composa le numéro de Sokolov. L'ex-ministre décrocha rapidement.

— Vous avez du neuf ? demanda-t-il d'un ton irrité.

— Vous vous êtes bien foutu de ma gueule, espèce de salopard.

— Qu'est-ce qui vous prend ? Vous avez perdu l'esprit ?

— Je viens de parler à Leonski.

— Il est vivant ? demanda Sokolov d'une voix où perçaient l'étonnement et la peur.

— Plus maintenant. La police…

Il songea à Melnyk, allongé dans le couloir, et sentit sa gorge se serrer.

— La police l'a abattu.

— Il a dit où était Ninel ?

— Non. Mais il a parlé de ses crimes. Et des vôtres.

L'ex-ministre comprit tout de suite.

— Quoi que vous ait raconté Leonski, ne le répétez à personne tant que nous ne nous serons pas vus, lui intima-t-il.

— Vous ne voulez pas que je dise que vous avez tué Olga ? Et Larissa ?

— Ne parlez pas de ça, pas au téléphone !

— Tout ce qui s'est passé, la mort de votre fils, celle des autres victimes, l'enlèvement de votre fille, tout ça c'est à cause de vous, de vos crimes et de vos mensonges.

— Taisez-vous ! Vous avez oublié pour qui vous bossez ? Vous voulez que je vous verse votre fric, oui ou non ?

— Allez vous faire foutre, Sokolov. L'argent, vous allez me le donner, ou bien je dirai à tout le monde que vous êtes un assassin.

— Personne ne vous croira !

— C'est ce qu'on verra. Il doit bien rester des témoins. Les types que vous avez payés pour s'occuper de Leonski en prison. Et Arseni, que vous avez essayé de soudoyer pour qu'il le tue, vous pensez qu'il hésitera à vous balancer quand il comprendra que c'est à cause de vous qu'il a perdu son fils ?

— Fermez votre grande gueule !

— Non, c'est vous qui allez la boucler, espèce d'enfoiré. Je pense savoir dans quel genre d'endroit est retenue Ninel. J'ai encore une chance de la sauver, mais il faut faire vite. Si la fille de Leonski découvre que son père est mort, elle risque de paniquer et de la descendre.

— La fille de Leonski ? C'est elle qui l'a aidé à commettre ses meurtres ?

— Elle n'a pas tué directement, mais elle a dû fournir un appui logistique. Je pense que Leonski a choisi un bâtiment religieux dans la zone pour cacher Ninel et qu'elle est sous sa garde. Il ne doit pas y en avoir des masses.

— Il y a Saint-Élie, à Tchernobyl, qui est toujours en activité, proposa Sokolov.

— Je songeais davantage à une église ou un monastère abandonnés. Est-ce que ça vous dit quelque chose?

— Oui, oui… Il y avait une belle église dans un des villages qu'on a évacués. Krasno, je crois.

Krasno se trouvait dans un des recoins les plus reculés de la zone, là où personne ne passait jamais. C'était l'endroit idéal pour garder un otage.

— C'est peut-être ça. Je vais essayer.

— Je vais envoyer des renforts vous épauler.

— Hors de question. J'y vais seul.

Il allait raccrocher, mais Sokolov l'interpella:

— Attendez: j'aimerais que vous fassiez quelque chose pour moi.

— Quoi?

— Tuez la fille.

— Pardon?

— Tuez-la. Je veux qu'elle disparaisse. Si vous faites ça, je double la somme que je vous ai promise.

Il considéra l'offre en silence. Est-ce qu'il était prêt à se damner davantage pour un peu plus de fric?

— Nom de Dieu, Alexandre, dites quelque chose!

— Je verrai, répondit-il.

— C'est tout vu, mon vieux: vous allez descendre cette garce, sinon vous ne toucherez jamais votre argent. Ne jouez pas au plus malin avec moi. Je pourrais vous écraser, vous et votre famille, comme des insectes.

— Vous ne devriez pas menacer l'homme qui tient la vie de votre fille entre ses mains. Et votre réputation.

Sokolov siffla une insulte.

— Tuez-la. Tuez la fille de Leonski !

Il raccrocha. Cette ordure lui filait la nausée. Sokolov avait assassiné deux personnes et ruiné la vie de bien d'autres encore, mais rien de tout cela ne semblait l'atteindre. Pour lui, il suffisait de régler les problèmes à coups de millions de roubles. Et dire qu'il avait vendu ses derniers jours à cette pourriture.

Il enfonça la pédale d'accélérateur et la voiture fila sur la route déserte. Tout le long du trajet, il pensa à Maria. Elle l'avait épargné dans le Palais de la culture. Il sentait qu'elle n'était qu'un pion manipulé par son père. Il pouvait la sauver.

Puis il pensa à la proposition de Sokolov. Cinquante millions pour prendre une vie. Bientôt, il serait mort, alors il ne traînerait pas bien longtemps ses remords. *Allez, Rybalko. Depuis quand tu as des états d'âme ? Pense aux pauvres types que tu as descendus en Tchétchénie. On t'a dit : « Tire », et tu as tiré sur des hommes désarmés. On t'a dit : « Brûle », et tu as brûlé des villages entiers. On t'a dit : « Lance », et tu as lancé des grenades dans des maisons où vivaient des civils. Il n'y aura pas de paradis pour toi, de l'autre côté. D'ailleurs, tu n'as jamais vraiment cru en Dieu, sinon tu n'aurais pas commis toutes ces atrocités.*

Poste de contrôle de Dytyatki. Il présenta ses papiers et on le laissa entrer, malgré l'heure tardive. Melnyk avait fait circuler la consigne : « Laissez l'ornithologue passer de jour comme de nuit, sans

570

poser de questions.» Il roula encore plus d'une heure avant d'arriver à Krasno. Il se gara loin de l'orée de la ville, et marcha jusqu'à l'église en bois. Sa présence muette au milieu de la brume qui glissait sur la forêt était inquiétante. On avait l'impression que les morts du cimetière voisin allaient se relever et qu'un démon des Carpates allait tomber d'un arbre pour vous sucer le sang.

Arrivé à la porte, il hésita. Fallait-il frapper, ou appeler Maria? Il se contenta de pousser les battants en bois qui grincèrent bruyamment. Au fond de l'église, devant l'iconostase chargée d'image de saints, Ninel se tenait debout, les mains entravées et la bouche bâillonnée. Maria, tout à côté, pointait vers elle un fusil de chasse.

— Restez calme, Maria, lui lança-t-il.

— Comment vous m'avez trouvée?

— C'est votre père. Il voulait que je vous protège.

— Mon père? C'est impossible, jamais il ne vous aurait dit où je me trouvais.

— Et pourtant, c'est ce qu'il a fait.

— Où est-il? Il est en prison? Vous l'avez arrêté?

— Non. Il est à l'hôpital. Il a tiré sur un officier de police qui a répliqué.

— Quel hôpital?

— Je n'en sais rien. L'important, c'est qu'il veut que vous vous rendiez…

Il avança d'un pas.

— Ne bougez pas! hurla-t-elle en pointant son arme vers lui.

Il continua à marcher, malgré l'avertissement. Il était étrangement calme. Sa vie n'avait pas d'importance. Il était là pour accomplir une dernière mission. Après, il n'y aurait que la maladie et la mort. Alors pourquoi avoir peur ?

— Du calme, Maria, vous n'êtes pas une meurtrière. Vous avez choisi de m'épargner quand je vous ai poursuivie à Zalissya. Vous aviez l'opportunité de me tuer, mais vous ne l'avez pas fait.

— J'aurais dû le faire. Mon père ne serait pas à l'hôpital si j'avais eu le courage de vous tirer dessus la première fois.

Elle actionna la pompe du fusil. Une cartouche pleine s'éjecta de l'arme et tomba au sol, inoffensive.

— Si vous me tuez, vous irez en prison jusqu'à la fin de vos jours. Mais si vous posez votre arme, les juges vous trouveront des circonstances atténuantes. Vous n'avez fait qu'aider votre père. Vous étiez sous son emprise.

— Je m'en fiche. Aller en prison ou mourir, ça m'est égal.

— Vous n'êtes pas comme votre père, Maria. Ce n'est pas une tueuse que j'ai vue à l'orphelinat, avec les enfants, mais une femme pleine d'amour et de bonté. Vous n'avez pas à poursuivre la vengeance de votre père.

— Vektor Sokolov doit payer !

— Il a déjà payé. Il a perdu son fils. Et tout le monde saura bientôt ce qu'il a fait, mais…

Il s'interrompit et regarda Ninel. Est-ce qu'elle était au courant pour sa mère ?

— Mais seulement si vous restez en vie. Si vous témoignez pendant votre procès.

— Il échappera à la justice… il a toujours su s'en sortir…

— Pas cette fois. Il est en Ukraine. Il n'a pas d'appuis politiques ici. La police se fera une joie de l'arrêter. Un ancien ministre russe accusé de meurtre : ils ne le rateront pas. Malgré tous ses millions, il pourrira en prison jusqu'à la fin de ses jours.

Maria hésita. Il continua à avancer.

— Donnez-moi votre arme. Vous n'êtes pas une tueuse. Votre père vous a programmée pour que vous l'assistiez dans sa vengeance. Vous l'avez aidé à mettre en place son piège, mais vous n'êtes pas quelqu'un de mauvais…

— On ne pouvait pas faire autrement… il était intouchable en Russie… il fallait qu'on l'attire ici…

— Et les autres victimes ?

— Elles ont payé pour les péchés de leurs parents… À cause d'eux, ma sœur est morte. Son corps s'est mis à pourrir de l'intérieur. Chaque jour, elle était plus faible. C'était comme si je me regardais en train de mourir… vous pouvez imaginer ça ? Ils méritaient de souffrir pour ce qu'ils nous avaient fait.

— Et Novak ? Elle méritait de mourir ?

— La policière… elle est morte ?

— J'ai retrouvé son corps dans la baignoire, chez vous. Votre père l'a tuée. Il ne vous l'a pas dit ?

— Non… Vous mentez ! Vous dites tout ça pour m'embrouiller l'esprit.

Elle braqua son fusil sur la tempe de Ninel.

— Non !

Il avança d'un pas.

— Ne bougez plus, ordonna Maria.

Il fit un pas de plus.

— Tirez-moi dessus si ça vous chante, mais laissez-la vivre.

— Arrêtez-vous !

— Vous n'êtes pas une tueuse, Maria, répéta-t-il comme pour s'en convaincre. Lâchez votre fusil et venez avec moi. Je ne vais pas vous dire que tout se passera bien. Je ne veux pas vous mentir. Mais je peux vous jurer que si vous posez votre arme, nous irons ensemble à la police et ils enregistreront votre témoignage. Sokolov sera arrêté.

Encore un pas.

— Ne… ne faites plus un geste !

— Il y aura un procès. Vous pourrez y témoigner. Raconter la mort de votre mère. On vous écoutera. Tout le monde saura pour Sokolov. Votre père vous a certainement expliqué que rien ne compte plus à ses yeux que sa réputation. Elle sera détruite. Tout le monde verra son vrai visage. Ce n'est pas ce que voudrait votre père, au fond ?

Il s'avança de nouveau. Il n'était plus qu'à deux ou trois mètres d'elle. Soudain, une détonation résonna dans toute l'église. Il s'arrêta net, stoppé dans son élan. Le canon de l'arme de Maria avait craché une gerbe de feu. Ninel tomba à genoux.

— N'avancez plus ! Je vais vous tuer, je vous jure, si vous avancez encore je vais tirer !

Elle le mit en joue. À ses pieds, Ninel pressait ses mains entravées contre son visage.

— Eh bien, allez-y ! tonna Rybalko. Tirez-moi dessus. Et tuez Ninel. Et après ? C'est quoi la suite ?

— Je… je tuerai Sokolov.

574

— Et comment, sans otage pour l'appâter?

— Je… je…

— Est-ce qu'il est venu lui-même déposer la rançon qu'avait demandée votre père?

Elle bredouilla quelque chose d'incompréhensible.

— Est-ce qu'il était là, oui ou non?

— Non, souffla-t-elle.

Elle était en train de craquer, il le sentait. Trop de pression : elle allait s'effondrer et se rendre. Il en était persuadé.

— La première vérité, c'est que si vous tuez Ninel, Vektor Sokolov montera dans un avion pour Moscou dès ce soir, et vous ne pourrez plus jamais l'atteindre. Et la seconde, c'est qu'il ne se mettra jamais en danger pour sauver sa fille. Vous le savez, n'est-ce pas? Jamais il ne le fera, parce que… parce que…

Il regarda Ninel. Ce qu'il allait dire lui déchirait le cœur, mais il n'avait pas le choix, s'il voulait qu'elle vive.

— Parce qu'il ne l'aime pas. Il l'a toujours éloignée de lui. Pas parce qu'il la haïssait. Mais vous savez pourquoi, non? Parce qu'elle lui rappelait constamment son crime. Par sa simple présence elle… elle lui rappelait qu'il avait… qu'il avait tué sa mère.

Des larmes coulèrent sur les joues de Ninel. De sa bouche fermée par le bâillon s'éleva un long cri étouffé, puis elle éclata en sanglots en se tassant sur elle-même.

— Est-ce que vraiment vous voulez la tuer? Elle est le souvenir vivant de sa mère. Tant qu'elle vivra, Sokolov ne pourra pas oublier ses péchés.

Maria regarda Ninel. Il y avait de la compassion dans ses yeux. Rybalko sentit qu'il était en train de gagner.

— Elle aussi a souffert. Elle aussi est une victime. Elle a perdu sa mère, comme vous. Vous êtes toutes les deux des victimes de Sokolov. Ne lui faites pas payer à elle les crimes de son père.

Elle hésita. Le canon de son arme vacilla, puis s'abaissa légèrement. Il s'avança, mais presque aussitôt les yeux de Maria s'embrasèrent de haine et elle releva de nouveau son fusil. Du feu jaillit du canon. Deux détonations emplirent l'air et le souffle chaud d'une balle passa sur la joue de Rybalko. Le temps qu'il comprenne qu'elle venait de derrière lui, le beau visage de Maria était emporté. Hébété, il la regarda tomber en arrière, sur le plancher qui émit un craquement sinistre au moment où son corps frêle percuta le sol.

— Bien joué, lança une voix dans son dos.

49

Ninel avait le visage enfoui dans ses paumes. Ses cheveux d'or étaient mouchetés d'une pluie de sang. Quand Rybalko se reconnecta à la réalité, Kachine était en train de se diriger vers les deux femmes. Il écarta d'un coup de pied l'arme qui gisait près de Maria, puis se pencha sur Ninel.

— C'est fini. On va te ramener chez toi.

Il la releva en l'attrapant par le bras. Ninel se laissa faire. Elle avait une allure de droguée. Rien dans le regard. Rybalko voulut lui parler, mais une main se posa sur son épaule.

— Bien joué, Pouchkine, lui glissa Kamenev, le néonazi avec le tatouage d'aigle sur le bras. On ne pouvait rien faire tant qu'elle tenait la fille en joue. Tu t'es débrouillé comme un chef.

Dans ses mains, le fusil de précision avec lequel il avait abattu Maria fumait légèrement.

— Elle… elle allait se rendre, marmonna Rybalko.

— Ouais, c'est ça. C'était une dingo. Elle aurait aussi bien pu te descendre et descendre la fille avec.

Le tatoué mit son arme en bandoulière et marcha vers le cadavre.

— Un beau petit lot. Quel gâchis, dit-il en poussant la tête de Maria du bout de sa chaussure.

Son visage en bouillie pivota sur le côté, révélant l'arrière de son crâne à demi emporté par la balle de fusil.

— Il va falloir qu'on la sorte d'ici. Ne reste pas planté là : aide-moi à la mettre dans le coffre, lança Kamenev.

— Dans le... coffre ? articula difficilement Rybalko.

— Ouais, ouais, dans le coffre. Tu crois pas qu'on va la laisser là, quand même. Faut qu'on fasse disparaître son cadavre. Ton patron veut qu'on laisse le moins de traces possible derrière nous.

Le tatoué lui ordonna de prendre les jambes tandis que lui-même saisissait les poignets de la morte. Sans réfléchir, Rybalko obéit. Ils transportèrent le corps à travers l'église. Ses longs cheveux qui traînaient sur le sol peignirent une traînée rouge jusqu'aux portes. Dehors était stationné un volumineux tout-terrain gris. Le coffre était ouvert. Ils posèrent le cadavre à l'intérieur.

Soudain, Rybalko prit conscience que Ninel et Kachine avaient disparu.

— Où est-elle ? Où est Ninel ?

— Avec son père et ton pote. Ils sont partis devant.

Il était tellement abasourdi par ce qui s'était passé qu'il n'avait pas entendu le véhicule démarrer.

— Je dois parler à Ninel. Elle est sous le choc...

— Il faut d'abord qu'on se débarrasse du corps. Ensuite on les rejoindra. Allez, grimpe.

Kamenev prit le volant et ils quittèrent le village. Rybalko s'imagina Ninel assise à côté de ce père détesté qui avait tué sa mère. Qu'était-il en train de se passer dans sa tête?

Kamenev se pencha légèrement vers lui.

— Alors, Pouchkine, qu'est-ce que tu vas faire, maintenant que tu as terminé ici?

— Retrouver ma famille, marmonna-t-il.

— C'est bien. C'est important la famille. Au fait, Sokolov a décidé de nous donner un extra pour qu'on reste discrets sur tout ce qu'on a fait ici. Plutôt une bonne nouvelle, hein?

Ils roulèrent jusqu'à une maison solitaire en bordure de route.

— Ici, ça m'a l'air bien, dit le tatoué.

Il manœuvra pour placer l'arrière de la voiture face à l'entrée.

— On va mettre le corps dans la maison et on va siphonner un peu d'essence du réservoir pour la balancer sur la baraque, expliqua-t-il. Ensuite, on va y foutre le feu.

Ils sortirent le cadavre du coffre et entrèrent dans la maison.

— Y a une cave. On va la descendre là-dedans.

Posant un instant le corps, Kamenev ouvrit la porte défoncée qui menait au sous-sol et sortit de sa poche un feu de détresse. Il l'alluma et le jeta au bas des escaliers.

— Faudrait pas qu'on se casse la gueule! Fais gaffe en marchant. Si tu tombes, je tombe aussi.

Le tatoué descendit en premier, à reculons, tâtant du pied les marches de l'escalier. La lumière du feu de détresse teintait sa peau d'un halo rougeâtre, lui donnant l'apparence d'un démon tout droit sorti des enfers. La descente était lente et pénible. Les marches en bois couinaient et semblaient sur le point de s'effondrer. Kamenev ne paraissait pas s'en soucier.

Une sensation de malaise envahit Rybalko. Le tatoué était trop détendu. Trop joyeux. Il se rappela subitement les menaces que le nazillon avait proférées à leur première rencontre, à Poliske : «Ici, les curieux ne vivent pas vieux. Ils se font descendre et parfois, on ne retrouve jamais leur corps. On les fout dans une cave et on met le feu à la baraque au-dessus. Et vu que tout est irradié, personne ne viendra jamais voir ce qu'il y a en dessous.»

Il s'arrêta à mi-escalier.

— Qu'est-ce que tu fous? Elle pèse une tonne, l'engueula Kamenev.

— C'est supposé être une tombe pour deux, n'est-ce pas?

Le tatoué fronça les sourcils.

— Arrête de délirer. On travaille ensemble.

— Combien Sokolov te paie pour me descendre?

Rybalko le toisa, guettant sur son visage une expression, un tic, un mouvement nerveux qui le trahirait.

— Allez, arrête tes conneries. Elle est vachement lourde, la petite, on ne va pas rester comme des abrutis au milieu de l'escalier…

— Tu l'as dit toi-même : Sokolov ne veut pas de témoins. Il t'a payé pour me buter, espèce de fils de pute.

Une lueur homicide s'alluma dans le regard du tatoué. Il avait compris qu'il était inutile de continuer à jouer la comédie. Pourtant, le néonazi n'esquissa pas le moindre geste. Chacun avait une arme. Kamenev avait la sienne dans son holster d'épaule, celle de Rybalko était dans son dos, glissée dans sa ceinture. L'un comme l'autre avaient pleinement conscience que la fusillade commencerait au moment où l'un des deux lâcherait le cadavre.

Sauf que Rybalko avait un avantage sur Kamenev : lui s'était déjà fait à l'idée de mourir.

— OK. C'est toi le plus malin, dit le tatoué. Ton patron m'a payé pour te descendre.

— Pourquoi ? Il sait que j'ai besoin de son argent.

— Il s'est dit que tu pourrais avoir envie de parler à un procureur à ton retour en Russie. Au sujet de sa femme. Ou que tu serais tenté de le faire chanter. Pour plus de fric.

Une goutte de sueur grasse se forma à la naissance de ses cheveux, puis coula le long de sa tempe gauche.

— Tu crois que tu es assez rapide pour me descendre avant que je te tire dessus ? fit Rybalko, bravache.

— Je pense que oui, répondit calmement Kamenev.

La tension monta d'un cran, leurs souffles se firent fébriles. Une pulsation nerveuse faisait tressaillir la paupière gauche de Kamenev. En bas de l'escalier, la fusée de détresse fumait en silence, diffusant une odeur âcre et une lumière de plus en plus faible. Tous deux savaient qu'ils lâcheraient le corps pour tirer avant qu'elle ne s'éteigne.

— Voilà ce qui va se passer, dit Rybalko. Je vais poser le cadavre et sortir mon arme. Si tu fais pareil, je te descends.

Le haut de ses épaules commençait à être douloureux. Le corps de Maria semblait peser des tonnes.

— Et ensuite?

— On remonte. Je t'attache à un arbre. Je prends
le tout-terrain et je retrouve Sokolov.

Le tatoué rit nerveusement.

— Et qu'est-ce que tu vas faire? Le descendre?
C'est quoi l'intérêt, hein? Tout ce que tu auras fait, à
quoi ça aura servi? Ta fille, est-ce qu'elle vivra mieux
grâce à toi? Parce que si tu tues Sokolov, adieu son
fric!

— Comment tu sais pour ma fille?

— Ton copain, Kachine. Il nous a briefés sur la
situation. C'est lui qui nous a dit de te descendre. Il
s'est bien foutu de ta gueule. Il nous a raconté pour
ta maladie.

— Comment...

— Comment il sait qu'il ne te reste que quelques
mois à vivre? Mais espèce d'imbécile, c'est parce
qu'il a payé ton médecin pour te faire croire que tu
allais mourir!

Kamenev explosa de rire et Rybalko sentit un
frisson traverser tout son corps. Ce n'était pas
possible... c'était forcément un mensonge... Soudain, il sentit que le cadavre de Maria s'affaissait.
Kamenev venait de lâcher les poignets du cadavre et
plongeait sa main vers l'arme rangée dans son holster. Rybalko dégaina une microseconde trop tard.
Une détonation claqua. Un choc violent à l'épaule
gauche lui arracha un cri de douleur. Il tomba en
arrière, le dos contre les marches. Heureusement, il
n'avait pas lâché son arme : son doigt se crispa sur

la queue de détente et il tira à son tour. Le projectile toucha le tatoué quelque part dans le ventre. Son gilet pare-balles absorba le choc, mais l'impact le déséquilibra et il tomba à la renverse, dégringolant l'escalier jusqu'en bas, bientôt rejoint par le cadavre de Maria. Avant que Kamenev ne réagisse, Rybalko vida son chargeur jusqu'à ce que le crâne du néonazi explose.

Le silence retomba. Son bras gauche était en feu et son épaule lançait des décharges de douleur. Il remonta l'escalier lentement. Dehors, la portière avant du tout-terrain était ouverte. Il s'assit côté passager, alluma le plafonnier, puis enleva son manteau. L'air froid s'engouffra sur sa peau. Il déchira sa chemise et inspecta son épaule. La balle n'était pas ressortie. Elle continuait de se balader entre ses muscles, ses os et ses tendons.

Le tout-terrain de Kachine avait laissé des marques dans la neige fraîche. Il les suivit en roulant aussi vite que le lui permettait l'état de la route. Il avait l'impression que tout son corps le brûlait. Peut-être était-ce le choc hémorragique. Ou bien les radiations? Il repensa à l'autopsie de Léonid, à ses mains plongées dans ses entrailles irradiées, au thé fait avec l'eau du puits contaminée qu'il avait bu chez Kazimira, à la poussière qu'il avait inhalée en tombant à travers le plancher du Palais de la culture, au tumulus radioactif…

Le moindre nid-de-poule lui donnait des coups de poignard dans l'épaule et passer les vitesses était un véritable calvaire. Heureusement, l'adrénaline et la colère l'aidaient à tenir bon. Il était déterminé à retrouver Sokolov et Kachine. À les faire payer. Il pensa à Ninel, encadrée par ces deux salopards. À l'horreur qu'elle devait ressentir maintenant qu'elle savait que son père avait assassiné sa mère. Avec angoisse, il se demanda s'il allait la faire taire, elle aussi. Ninel n'était pas du genre à ployer. Elle refuserait de garder pour elle ce qu'elle avait appris. Il allait tuer sa fille, si lui ne la retrouvait pas assez vite.

Tout à coup, il aperçut une voiture sur le bord du chemin, au bout d'un long sillage qui zigzaguait dans la neige recouvrant le bas-côté. Le véhicule avait quitté la route et fini sa course dans un bosquet de jeunes bouleaux qu'il avait fauchés comme des fétus de paille. Rybalko s'arrêta à distance raisonnable, sortit son arme et avança avec prudence. Personne à l'intérieur de la voiture. Des traces de pas filaient en direction de la forêt. De loin en loin, une tache de sang ponctuait la neige. Quelqu'un avait été blessé pendant l'accident.

Des cris retentirent. Ninel. Rybalko serra les dents et courut jusqu'à ce que la forêt débouche sur une barrière barbelée qui interdisait l'accès à un vaste terrain vague. Des centaines de véhicules y étaient entassés. Des voitures, des camions et même des hélicoptères. Que des reliques datant du temps de l'URSS. Des engins qui avaient servi pendant la catastrophe de Tchernobyl. Des épaves lourdement irradiées.

Trop tard pour faire demi-tour. Il passa par une faille dans les barbelés. Alors qu'il progressait entre des carcasses d'engins militaires, il essaya de ne pas penser aux chiffres notés sur les capots, indiquant des niveaux de radiations vertigineux. Brutalement, il prit conscience de sa fragilité. La certitude de sa mort prochaine avait fait de lui une machine sans peur. Maintenant, il se sentait vulnérable. Ses mains tremblaient.

Il entendit des éclats de voix, tout proches. Ninel hurlait. Son cœur se mit à pulser un peu plus fort. La douleur dans son épaule fit de même. Aiguillonné par l'adrénaline, il avança plus vite, prenant moins de précautions. Au détour d'une allée d'hélicoptères désossés, il vit enfin Ninel. Elle était à une cinquantaine de mètres de lui, en train d'essayer de se dégager de l'étreinte de son père qui l'avait saisie à la gorge. Rybalko allait s'élancer vers elle quand il aperçut une ombre à sa gauche, à un mètre à peine. C'était Kachine. Il observait la scène d'un œil indifférent. Son fusil, qu'il portait en bandoulière, pendait dans son dos, inoffensif. Lorsque le mafieux le remarqua à son tour, son visage exprima une brève surprise, puis il plongea en avant. Rybalko eut le temps de tirer une balle avant que Kachine ne le plaque par terre comme un joueur de football américain.

Impact sur le sol glacé. La douleur dans son épaule explosa. Kachine l'écrasait de tout son poids, mais ne profitait pas de sa position pour le frapper. Il grimaçait. Le projectile l'avait atteint au flanc. Rybalko poussa sur ses jambes et le renversa. Juché sur son torse, il lui mitrailla le visage de son poing valide, jusqu'à ce que Kachine le rejette à son tour d'un coup de pied. Rybalko tomba sur son épaule blessée et hurla de douleur.

Au bout de l'allée, il aperçut Sokolov qui se tournait dans sa direction. Ninel en profita pour se dégager de son emprise et tenter de s'enfuir.

Kachine repassa à l'attaque et lui bondit dessus. Handicapé par la balle qu'il avait reçue, il ne cognait pas au maximum de sa puissance, mais ses coups étaient suffisamment forts pour que Rybalko soit crucifié de douleur chaque fois qu'ils touchaient son épaule. Mais alors que Kachine levait le poing pour le frapper au visage, il lui lança un crochet dans les côtes, juste là où une tache de sang s'épanouissait. Le mafieux hurla. Rybalko lui assena un violent coup de paume dans la gorge. Kachine tomba à la renverse et se mit à suffoquer. Il lui sauta dessus, le retourna sur le ventre et lui enfonça la tête dans la neige mêlée de boue. Ivre de rage, Rybalko voulait que la terre molle rentre dans sa gorge, dans ses poumons, que les particules radioactives qu'elle contenait s'insinuent au cœur de ses cellules, qu'il crève à petit feu, puis il réalisa que Kachine ne se débattait plus. Il releva sa tête. Ses yeux vitreux étaient exorbités et injectés de sang. Rybalko se redressa et regarda ses mains. Elles étaient contaminées par la terre souillée. Tout son corps était contaminé. À cause de ce salopard qui lui avait fait croire qu'il ne lui restait plus que quelques mois, de combien de temps avait-il raccourci son espérance de vie ?

Une détonation retentit et une balle ricocha sur la carlingue de l'hélicoptère à quelques centimètres de lui. Il plongea derrière la carcasse de l'engin.

— Sortez de là ou je la tue !

Rybalko jeta un coup d'œil à travers le pare-brise de l'hélicoptère. Sokolov tenait sa fille contre lui, une arme braquée sur sa tempe. Une peur panique se lisait dans les yeux de Ninel. Elle avait compris que son père était sérieux. Qu'il allait la tuer pour se protéger, comme il l'avait fait avec sa mère.

— Je compte jusqu'à trois ! lança Sokolov.

Le pistolet de Rybalko brillait faiblement dans la neige. Il le ramassa. L'ancien ministre était à une dizaine de mètres. À cette distance, dans des conditions normales, un flic entrainé ne pouvait pas rater sa cible. Seulement, il n'était pas dans des conditions normales : impossible de tenir son arme à deux mains pour assurer le tir.

— Un...

Il vérifia qu'il y avait encore des balles dans son chargeur.

— Deux...

S'il ratait son tir, Ninel mourrait. S'il ne faisait rien, Ninel mourrait. Il devait tenter sa chance. Bondir de sa cachette et viser la tête de Sokolov.

— Trois !

Il surgit, l'arme dressée devant lui. Surpris, Sokolov décolla son pistolet de la tempe de sa fille et le pointa vers lui. Une détonation secoua l'air. Rybalko sentit un choc dans sa jambe et tomba à genoux. La balle l'avait touché à la cuisse. Une deuxième ricocha sur la carlingue de l'hélicoptère à côté de lui. Ninel s'était débattue pour empêcher son père d'achever sa cible. Elle lui griffa le visage et Sokolov la repoussa au sol en hurlant de douleur. Rybalko ne lui laissa pas le temps de lever de nouveau son arme :

il tira une balle qui lui transperça la poitrine, le tuant sur le coup.

Puis le pistolet lui glissa des mains et un grand froid l'envahit. Il prenait naissance au creux de sa cuisse et se diffusait lentement dans tout son corps. Le sang coulait en abondance, teintant la neige d'un rouge sombre. Sa tête tournait. *Une veine ou une artère*, pensa-t-il en s'allongeant sur le sol glacé. Une balle à la jambe pouvait vous tuer. Il avait vu ça en Tchétchénie.

Ninel se mit à genoux près de lui.

— On va appeler les secours, ça va aller, lui dit-elle, ça va aller… tu as ton téléphone ?

— Dans ma veste…

D'une main, elle ouvrit son manteau, attrapa le téléphone qui se trouvait dans la poche intérieure et composa le numéro du commissariat de Tchernobyl. Dès qu'un policier décrocha, elle lui hurla qu'un homme était en train de se vider de son sang et qu'il fallait venir de toute urgence.

Rybalko ferma les yeux un instant. Ses paupières étaient lourdes. Alors qu'il allait perdre connaissance, un claquement sec sur sa joue le réveilla. Ninel venait de le gifler.

— Tu restes avec moi, lui ordonna-t-elle.

Elle essaya de stopper l'hémorragie en lui faisant un point de compression.

— Il ne faut pas que tu fermes les yeux. Les secours vont arriver.

— C'est trop tard… on est loin de tout…

— Ne raconte pas n'importe quoi. Ils ont un hélicoptère. Ils vont venir nous chercher. Il faut juste tenir une vingtaine de minutes. Parle-moi… parle-moi de ce que tu vas faire après… Parle-moi de ta fille… dis-moi ce que vous allez faire quand tu vas la retrouver.

— Je sais pas… J'aimerais… aller à Cuba… avec elle…

— Cuba, c'est bien. C'est une île magnifique.

— Tu viendras ?

Elle retira une main de sa blessure et caressa délicatement son front enfiévré.

— Je viendrai.

Il aperçut des griffures sur son cou, là où son père avait serré pour l'étrangler. Elle remarqua son regard.

— Ma mère… j'aurais dû comprendre depuis le début que c'était lui. Tout est si évident maintenant. Quand il me battait, c'est elle qu'il frappait à travers moi. J'aurais dû le deviner. Dans la voiture, il a essayé de me convaincre de ne rien dire… comment a-t-il pu imaginer une seconde… comment a-t-il pu croire que j'accepterais ?

Ninel avait beau presser la plaie, Rybalko continuait de se vider de son sang. Le froid avait maintenant envahi tout son corps et son champ de vision se réduisait à un tunnel en face de lui.

Il réalisa que c'était la fin.

— Non… non… tu vas vivre ! protesta Ninel. Tu ne peux pas partir comme ça… tu ne peux pas…

Elle éclata en sanglots. Les secours n'arriveraient pas à temps. Elle le savait depuis le début, sans vouloir l'admettre.

— Fais-moi une promesse, lui demanda-t-il. Ma fille… promets-moi que tu veilleras sur elle… son opération… ses études…

— Je te le promets.

— Tu lui diras que son père… que son père…

Il n'arrivait plus à articuler.

— Je lui dirai. Ne t'inquiète pas.

Elle se serra contre lui. La douce chaleur qui émanait du corps de la jeune femme lui fit du bien. Dans le ciel, des oiseaux planaient au-dessus de la cime des arbres incendiés par le soleil couchant. Il ferma les yeux et se sentit glisser dans les ténèbres.

Ce n'était pas le pire endroit où mourir, après tout.

Épilogue

Un mariage ukrainien ne peut pas être triste. Malgré la guerre, malgré les morts, on chante, on danse, on souhaite toute la joie du monde aux jeunes mariés.

Nikolaï et Oksana Melnyk formaient un joli couple, même si Mme Melnyk trouvait son fils un peu trop maigre. Les mois qu'il avait passés au front lui avaient fait perdre ses belles joues de gamin en bonne santé. Mais qu'il était beau, dans son costume ! Et puis il aurait tout le temps de reprendre du poids. Il avait choisi de ne pas repartir dans le Donbass après le mariage. Oksana était enceinte. Il ne voulait pas risquer que son fils soit orphelin. C'est sans doute ce qui était arrivé à Joseph, son père, qui l'avait fait changer d'avis. D'ailleurs, il avait décidé de devenir policier, comme lui.

Le soir, quand Tatiana Melnyk se retrouva seule dans le salon de l'appartement, elle feuilleta quelques vieux albums de famille. Comme ses enfants avaient grandi… Sur la table basse traînait une carte postale envoyée des États-Unis par Ninel, la jeune femme que Joseph et le policier russe avaient arrachée aux griffes de Leonski. Elle écrivait que l'opération de la fille de Rybalko s'était bien passée. Tatiana rangea la carte postale avec d'autres lettres importantes, comme celle de la famille de Galina Novak qui les remerciait pour les mots prononcés à son enterrement.

— *Blyad!*

Le juron, suivi d'un grognement, venait de la chambre. Elle s'y précipita.

— Tout va bien, Joseph?

Le major Melnyk grimaçait de douleur.

— Je me suis cogné contre cette foutue table basse, dit-il en se massant le pied.

Il était torse nu et sur son abdomen courait la cicatrice de la balle qui lui avait transpercé le ventre quelques mois plus tôt. Ses cheveux et sa barbe avaient repoussé depuis son accident dans la piscine de Pripiat, mais il avait dû consentir à les domestiquer un peu maintenant qu'il travaillait dans un bureau à Kiev.

— Tu es vraiment une petite nature, plaisanta Tatiana en l'enlaçant.

REMERCIEMENTS

Merci Sophie, toi qui me suis depuis mes premiers pas de romancier.

Merci Caroline, pour ta patience, ton engagement et pour la qualité de ton travail. Merci Lina, d'avoir cru en mon texte. Merci à tous ceux qui ont œuvré pour ce roman, chez Albin Michel.

Merci David Khara, pour tes conseils et ta bienveillance, un vrai bonheur.

Merci à ma famille, à mes amis, merci à mes collègues, merci aux Cancalais, merci à tous ceux qui ont pris le temps de lire mon premier roman et d'en parler autour d'eux. Sans vous, ce deuxième livre n'aurait peut-être jamais vu le jour.

Trop de morts au pays des merveilles, Rouergue, 2016.

Le Livre de Poche s'engage pour l'environnement en réduisant l'empreinte carbone de ses livres. Celle de cet exemplaire est de :
400 g éq. CO₂
Rendez-vous sur www.livredepoche-durable.fr

PAPIER À BASE DE FIBRES CERTIFIÉES

Composition réalisée par Lumina Datamatics, Inc.

Achevé d'imprimer en France par
CPI BRODARD & TAUPIN (72200 La Flèche)
en mai 2020
N° d'impression : 3038938
Dépôt légal 1ʳᵉ publication : juin 2020
LIBRAIRIE GÉNÉRALE FRANÇAISE
21, rue du Montparnasse – 75298 Paris Cedex 06

39/1862/1